佛手之香

亲情与友情 卷

肖复兴散文精选集

作家出版社

自 序

很多年前，曾读过雕塑家熊秉明先生的一则日记，他提到罗丹那个有名的雕塑作品《行走的人》时，写下了这样几句话："残破的躯体，然而每一局部都是壮实的、金属性的，肌肉在拉紧、鼓胀，绝无屈服和妥协。这部作品以其悲壮和浩瀚，可以看作是贝多芬第五交响曲的雕像，甚至让人想到'天行健'。"

读熊秉明先生的这段话，留给我印象的，不是前边对罗丹雕塑的描写，而是后面他将罗丹的雕塑看作音乐和诗。这不是文学家一般修辞中的联想或比喻，而是作为艺术家才具有的通感，方能打通不同类别的文学艺术的脉络，使其如水回环，横竖相通。

在谈到普希金的诗时，我读到柴可夫斯基说过的这样一段话："他凭卓越的才能，经常越出诗创作的狭隘范围而进入音乐的无边境界……在他的诗中，在诗的音响序列中，有某种穿透内心深处的东西。这东西就是音乐。"

同样，这不是文学家一般修辞中的联想或比喻，是只有音乐家才能说出的话，才能敏感地感悟到诗与音乐之间的关系。这种关系密切的衔接，便是文学与其他艺术形式之间水天一线的相融相通，更能直抵人的内心深处。

这一直是我神往的境界。虽不能至，心向往之。

作为作家，需要这样的艺术修养来营养自己。自古以来，中国艺术讲究的也是诗书画一体。单打一，仅仅跟文字较劲，仅仅在自己熟知的生活和文学圈子里徘徊，对于文学写作，尤其对于散文随笔写作，走不远，容易越走越窄，情不自禁又乐此不疲地重复自己。

布罗茨基讲："通常，缺乏积极的诗歌体验的小说家，都会流于累赘和雕琢。"也可以这样说：缺乏积极的艺术体验的小说家，尤其是散文家，更会流于累赘和雕琢。还可以再加一句：而且，少了些味道。或者，这便是老话所说的，散文，易写难工吧。

感谢作家出版社的编辑赵超先生的青睐，建议我编辑一套四本的散文精选集，将我多年以来写过的篇章，分为四卷：音乐卷、读书与怀人卷、生活与感想卷、亲情与友情卷，集中做一次回顾。这自然是对我的鼓励，也正好与我的心思相吻合，可以将这些年来我的人生与艺术相通与交汇的实验与努力，做一次小小的检点与总结。三月烟花千里梦，十年旧事一回头。旧事回头，旧梦重寻，即使难以做到落花流水，蔚为文章，却也是雪泥鸿爪，在那些深深浅浅的印痕中，毕竟有比现实世界更让我心动更有价值更值得向往的世界，让自己春晚秋深之际的日子里和心里，多一点儿湿润，而不至于苍老皲裂如一块搓脚石。

2020 年 9 月底中秋前夕于北京

目录 Contents

上卷

佛手之香

那个星期天，我在潘家园旧货市场外面的街上，买了一个佛手。那时，这条街和市场里面一样地热闹，摆满了小摊，其中一个小摊卖的就是佛手。卖货的是个山东妇女，十几个大小不一有青有黄的佛手，浑身疙疙瘩瘩的，躺在她脚前的一个竹篮里，百无聊赖的样子，像伸出来长短不一粗细不均的枝杈来勾引人们的注意。很多人不认识这玩意儿，路过这里都问问这是什么呀，这么难看？扭头就走了，没有人买。我买了一个黄中带绿的大佛手，她很高兴，便宜了我两块钱，说我是大老远从山东带来的，谁知道你们北京人不认！

这东西好长时间没有在北京卖了。记得第一次见到它，起码是四十多年前了。那时，我还在读中学，是春节前，在街上买回一个，个头儿没有这个大，但小巧玲珑，长得比这个秀气。那时，父母都还健在，把它放在柜子上，像供奉小小的一尊佛，满屋飘香。

我不知道佛手能不能称之为水果。它可以吃，记得那时我偷偷掐下它的一小角，皮的味道像橘子皮，肉没有橘子好吃，发酸发苦，很涩。那时，我查过词典，说它是枸橼的变种，初夏时开上白下紫两种颜色的小花，冬天结果，但果实变形，像是过于饱满炸开了，裂成如今这般模样。它的用途很多，可以入药，可以泡酒，也可以做成蜜饯。那时我买的那个佛手没有摆到过年，就被父亲泡酒了，母亲一再埋怨父亲，说是摆到过年，多喜兴呀。

以后，我在唐花坞和植物园里看到过佛手，但都是盆栽的，很袖珍，只是看花一样赏景的。插队北大荒时，每次回北京探亲结束都要去六必居买咸菜带走，好度过北大荒没有青菜的漫长冬春两季，在六必居我见过腌制的佛手，不过，已经切成片，变成了酱黄色，看不出一点儿佛指如仙的样子了。

我们中国人很会给水果起名字，我以为起得最好的便是佛手了，它不仅最象形，而且最具有超尘拔俗的境界。它伸出的权权，确实像佛手，只有佛的手指才会这样如兰花瓣宛转修长，曲折中有这样的韵致。我在敦煌壁画中看那些端坐于莲花座上和飞天于彩云间的各式佛的手指，确实和它几分相似。前不久看到了残疾人艺术团表演的《千手观音》，那伸展自如风姿绰约的金色手指，确实能够让人把它们和佛手联系一起。我买的这个佛手，回家后我细细数了数，一共二十四支手指。我不知道一般佛手长多少佛指，我猜想，二十四支，除了和千手观音比，它应该不算少了。

我把它放在卧室里，没有想到它会如此地香。特别是它身上的绿色完全变黄的时候，香味扑满了整个卧室，甚至长上了翅膀似的，飞出我的卧室，每当我从外面回来，刚刚打开房间的门，香味就像家里有条宠物狗一样扑了过来，毛茸茸的感觉，萦绕在身旁。我相信世界上所有的水果都没有它这种独特的香味。在水果里，只有菲律宾的菠萝才可以和它相比，但那种菠萝香味清新倒是清新，没有它的浓郁；有的水果，倒是很浓郁，比如榴梿，却有些浓郁得刺鼻。它的香味，真的是少一分则欠缺，多一分则过了界，拿捏得那样恰到好处，仿佛妙手天成，是上天的赐予，称它为佛手，确为得天独厚，别无二致，只有天国境界，才会有如此如梵乐清音一般的香味。西方是将亨德尔宗教色彩浓郁的清唱剧《弥赛亚》中那段清澈透明、高蹈如云的《哈利路亚》，视为天国的国歌的，我想我们东方可以把佛手之香，称之为天国之香的。这样说，也许并非没有道理，过去文字中常见珠玉成诗，兰露滋香，我想，香与花的供奉是佛教的一种虔诚的仪式，那种仪式中所供奉的香所散发的香味，大概就是这样的吧？《金刚经》里所说的处处花香散处的香味大概也就是这样的吧？

它的香味那样持久，也是我所料未及。一个多月过去了，房间里还是香飘不断，可以说没有一朵花的香味能够存留得如此长久，越是花香浓郁的花，凋零得越快，香味便也随之玉殒色残了。它却还像当初一样，依旧香如故。但看看它的皮，已经从青绿到鹅黄到柠檬黄到芥末黄到土黄，到如今黄中带黑的斑斑点点了，而且，它的皮已经发干发皱，萎缩了，像是瘦筋筋的，只剩下了皮包骨。想想刚买回它时那丰满妖娆的样子，但让我感到的却不是美人迟暮的感觉，而是和日子一起变老的沧桑。

它已经老了，却还是把香味散发给我，虽然没有最初那样浓郁了，依然那样地清新沁人。那一刻，我忽然觉得它老得像母亲。是的，我想起了母亲，四十多年前，我第一次见到佛手的时候，母亲还不老。

蓝围巾

不知为什么，最近一些日子总想起那条蓝围巾。我怎么也想不起来，是在什么时候什么地方，怎么把它弄丢的了。只记得，那时候，我在北大荒，收到这条蓝围巾，打开包裹，抖搂出来一看，足有一米四长，逶迤在炕上，拖到地上，像一条蓝色的蛇，明显是一条女式的围巾。心里想，我妈也真是的，怎么买了一条女式的围巾。尽管是纯毛的，花了20元，我还是把它丢到一旁，一天也没有戴过。那时候，20元对于一般家庭不是一笔小数字。父亲退休后，每月的工资只有42元，也就是说，这条围巾花了父亲近一半的工资。

那应该是1970年或者是1971年的事。那时候，北大荒的冬天大烟泡一刮，冷得刀割一般难受。是我写信向家里要一条围巾。当然，也是为了臭美。那时候，知青不讲究穿，但就像当年时兴假领子一样，戴一条好看点儿的围巾，不显山显水，却成为我们的一种暗暗的时尚。

就像我妈一直不知道我竟然是如此对待她寄给我的这条蓝围巾一样，我也不知道我妈寄我这条蓝围巾时所经历的辛酸。一直到父亲去世，我从北大荒困退回北京，和我妈相依为命好几年之后，才在一次偶然的聊天中知道，原来这条蓝围巾上还有我妈的眼泪。

我妈是在王府井百货大楼买的这条蓝围巾。一辈子从来没有戴过围巾，甚至连一件毛线织的任何衣物都没有穿戴过的我妈，哪里懂得围巾的品种起码是要分男女的。她只想买最长最厚最贵的，认为那样才是最好，最能抵挡北大荒的风寒。

买好围巾，正好有一位我们队上的北京知青从北大荒回家探亲，我写信时告诉家里，如果围巾买好，就让他帮我带回北大荒。在信的末尾，我写上了这位知青家里的地址。他家离我家不远，也在前门附近的一条胡同里。但是，我只重视了知青身份的相同，却忽略了他家与我家的不同。我家只是普通人家，我父亲只是税务局的一个小职员，住在一个大杂院两间窄小的东房里。他家以前是一个资本家，住一个独门独户的小四合院，虽然经过了"文革"中的抄家，却是瘦死的骆驼比马大，大户人家的气势并未完全消失。我和我妈都以为是举手之劳的事情，竟然到了那个四合院里，成了令人皱眉头的恼人的事情。因为我妈按照地址把围巾给人家送去的时候，人家没让给带，说是孩子带的东西已经很多了，行李包里放不下了。

怪我，除了围巾还买了点儿六必居的咸菜，包好，夹在围巾里。可能是人家嫌沉。我妈这样对我说。

我说是，你让人家带围巾就带围巾，干吗还非要带咸菜。我这样附和着我妈的话说，是想安慰她。我知道，我妈是想让我冬天吃饭时候有点儿就着下饭的东西，她从回家探亲的知青的口中知道，到了冬天，我们吃的菜只有老三样：土豆、白菜、胡萝卜，还都是冻的。经常的菜，就是炖一锅这样的冻菜汤，最后用淀粉拢上芡，稠糊糊的，我们管它叫"塑料汤"。

我不知道，我妈对我这样说，是为了安慰我。人家没有带给我那条蓝围巾，其实，并不是因为咸菜。

那天，我们队上的那位知青没在家，我妈见到的是他妈。他妈根本没有让我妈进屋，只是在院子里说了几句话，就把我妈打发回来了。

我妈虽然出身贫寒，又没有文化，但看人多了，也知道眉眼高低，尽管不讲究穿戴了，但从人家细致的衣服、白嫩的皮肤和飘忽的眼神，也看得出来，人家是在嫌弃自己呢。我妈听完人家这番话后，把围巾和咸菜包裹好，说了句那就不麻烦你了，便离开了那个小四合院。

那天，是腊月天，天寒地冻。而我妈是缠足，抱着围巾和咸菜，踩着小脚，一步步走到他们的那个小四合院的。那天的情景，总让我觉得像是电影《青春之歌》里的余永泽，没让乡下来的亲戚进屋，也是冷漠地让人家站在风雪之中的院子里。

那天，我妈没有回家，直接到了邮局。因为包围巾和咸菜的包上有我父亲写的我的名字和地址，我妈就求别人按照上面的字写在包裹单上，把围巾和咸菜寄给了我。

这件事，一直到我妈去世之后，听我弟弟讲，才知道全部真实的过程。那一年，我弟弟从青海探亲回北京，他的一个同事的妈妈带着十几斤香肠到我家，让我弟弟帮助带回青海，我弟弟面有难色，他自己这么多东西，这十几斤香肠不轻呢，便想只带其中一部分，让我妈给拦下了。等人家走后，我妈对我弟弟说，都知道你们青海那里一年四季难得有肉吃，人家才会让你带这么多，人家让你带，是对你的信任，别伤人家的心。然后，我妈对我弟弟说了让人家帮我带那条蓝围巾被拒的事情。

在我妈的一生中，蓝围巾只是一件小事。不知为什么，却总让我想起。在一个还有出身地位和财富不对等的社会里，人和人之间，不平等是存在的，不经意之间对于他人自尊的伤害是存在的。我们要努力去做的是，居高不自矜，位卑不屈辱，在任何时候，对任何人，要有最起码的尊重，而努力避免不经意的伤害。

我只是想起那条蓝围巾的时候在想，如果在收到我妈寄给我那条蓝围巾的当时，知道了事情的真实原委，也许，我会好好珍惜那条蓝围巾，而不至于让它那么轻易丢失。

但也没准儿，那时还年轻，年轻时的心，没有经历过多世事沧桑和人生况味，很多事情不会真正明白。

前些天，我路过前门，发现我家原来住的大院已经拆除，不由得想起我们队上那个知青家的小四合院，便又拐个弯儿，上前多走了几步，那一整条胡同都拆干净了，变成了宽阔的马路。想想，是应该料到的。那个小四合院，我曾经去过两次。刚开始返城回京的时候，那个知青邀请我到他家去过。见到他妈时，我不知道由于蓝围巾我妈受辱的事情，否则，我不会去的，去了，也会很尴尬。只记得正是秋天，长得很富态的他妈，大概早忘记了蓝围巾的事，兴致勃勃地对我说，秋天到了，要贴秋膘，哪怕是袜子露脚后跟了，借钱也得吃顿涮羊肉。可那时我和我妈还从来没有吃过涮羊肉。

正是秋风起时，落叶萧萧，我想起了我妈。那天去他家见他妈之前，中午刚吃完炸酱面，就了几瓣蒜，怕嘴里有蒜味，让人家闻见了不高兴，妈妈临出门特意嚼了嚼泡好的茶叶。这是当年我妈对弟弟讲的。我知道，这是我妈的老习惯，她说茶叶可以去味儿。可是，去味儿的茶叶，没能帮助得了我妈。我妈的精心，抵不住他妈的轻心。

已经是四十多年前的事情了。我妈已经去世二十六年，他妈也肯定早不在了，世事沧桑和人生况味都经历了，世事沧桑和人生况味却依然还在，磨出的老茧一样，轮回在新的一代和新的世风中。

2015 年 9 月 13 日

夜寒雪后独灯红

　　人老之后，独自一人的时候居多。特别是孩子不在身边，即使是星期天和节假日里，也不会有人敲响房门，当然，更不会有小孩子们的嬉笑声。我不玩微信，没有博客，和外界的联系，便越发少得可怜。我又不喜欢聚会，不热衷旅游，更是自我切断了与大千世界的瓜葛。除了到自由市场或超市买买菜、水果和日常用品，到邮局发发信件和取取稿费，一般，我只是倚在床上打电脑写点儿自以为是的文章，或坐在桌前画点儿自得其乐的画。我写过一首打油诗，所谓"写些碎文字，挣点零花钱"而已。有时，连楼都懒得下。商场，更是好多年都未曾谋面了。

　　其实，人老了之后，状态都不过如此，特别是作为如我这样独生子女一代的父母，命定更是如此。孩子结婚单挑门户自己过，家里就剩下了空巢。有的人可能还不如我，因为我多少可以写些碎文章，聊以解闷，打发时间。好多和我年纪相差无几的同学，无所事事，每天只好跑到立交桥底下去跳广场舞，或者到天坛扯开嗓子去唱大合唱。我知道，大家彼此彼此，都是年龄老了，又不甘寂寞。以前，同学之间还能够聚聚，那时，各家住得不远，来往方便。如今，拆迁闹得，搬家越来越远，更重要的，心气和腿力大不如以前了。以前，我出了一本新书，还愿意送给大家看看。如今，不送了，因为大家的心气和眼睛一起也都不如以前了，连原来最爱看的报纸都不看了，看也只是看看微信上的朋友圈，谁还看书呀！放翁诗说得对：老来每恨无同学，梦里犹曾得异书。看书，似乎也真的只能是在梦里看看了。

我不敢说人老了就必定孤独，"孤独"是一个高贵的词，高贵的人说是享受孤独。配得上享受这个孤独的人不多，我不是，好多朋友也不是这样的人。但这种状态却是一种常态，是人进入老年之后所必须面对的。因为，老朋友一个个不是走了，就是老了，自顾不暇，心有余而力不足；孩子有了自己的家，有了自己的孩子，整天忙得脚后跟直打后脑勺，"常回家看看"，只是歌里这么唱；更何况，我的孩子在国外，远水更难解近渴。

因此，尽管身居北京，但大都市的繁华，都被关在房门之外，似乎离我很远。繁华和热闹，本来就应该是属于年轻人的，就像蜜蜂就应该是成群结队飞舞在姹紫嫣红的花丛之中，而风筝只会飘荡在安静的空中。能够给予蜜蜂蜜的，只有花丛；能够安慰风筝的，只有微风。

前一阵子，孩子从美国回家，他有一个月的假期。他已经是两年多没有回家了。但是，对于家的概念，已经和他小时候大有不同。这一个月的时间里，他的重心已经不是家和家里年老的父母，而是两年未见却那样日新月异的北京，和变化更非寻常的大学和中学里的同学，尽管这些同学平时很少甚至根本没有联系，这时候却亲密无常，胶粘一起一般，几乎天天都有饭局，天天像是陀螺一样在不停地旋转，似乎没有停下来的时候，而和我们围坐在一起吃饭的工夫，越发稀少。

开始，我有些埋怨孩子。后来，我不埋怨了。我想起自己年轻的时候，不是和他一样吗？那时候，在北大荒，好不容易有了一次探亲假，回到北京。一个月或者半个月的时间里，不是一样屁股上长了草一样，天天不着家，不是和同学聚会，就是外出去玩，要不就是去饭馆打牙祭解馋？不是一样天天回到家里父母守着一盏灯，等着给你开大院里的大门？那时候，我家住在一个很深的大院里，大院的大门有一个粗粗木头的门闩，晚上一过11点，门闩就会横插在两扇大门之间，即使喊破了天，也不会有人听见，来为你开门。那时候，不是让父母一夜夜守候在大门的后面，等候着你迟归，让大门为你而开？

家，那时候，不是一样只是如住客的店一样，只是每晚睡觉的地方？生命的轮回之中，命运也在轮回，孩子不过是重走上一代的老路而已。都是脚上的泡，自己踩出来的。忘记或不懂得安慰风筝的只有风，是必然的。

孩子回美国之后，我写了一首小诗，其中一联：花暖雨前唯草绿，夜寒雪后独灯红。我想起四十多年前。前一句是说我在北大荒，那时候，我正在恋爱，更是只顾自己的花暖草绿。后一句是说那年的冬天，我回到北京，天天归家很晚，都是父母为我守着那盏灯，独自面对孤灯冷壁；守着大院的大门，独自面对漆黑的大门和那个粗粗油亮的木头门闩，还有那些个寒夜。那时候，我和孩子现在一样，以为父母可以长生不老。

2015 年 9 月底

花边饺

　　小时候，包饺子是我家的一桩大事。那时候，家里生活拮据，吃饺子当然只能等到年节。平常的日子，破天荒包上一顿饺子，自然就成了全家的节日。这时候，妈妈威风凛凛，最为得意，一手和面，一手调馅，馅调得又香又绵，面和得软硬适度，最后盆手两净，不沾一星面粉。然后妈妈指挥爸爸、弟弟和我，看火的看火、擀皮的擀皮、送皮的送皮，颇似沙场点兵。

　　一般，妈妈总要包两种馅的饺子，一种肉一种素。这时候，圆圆的盖帘上分两头码上不同馅的饺子，像是两军对弈，隔着楚河汉界。我和弟弟常捣乱，把饺子弄混，但妈妈不生气，用手指捅捅我和弟弟的脑瓜儿说："来，妈教你们包花边饺！"我和弟弟好奇地看妈妈将包了的饺子沿儿用手轻轻一捏，捏出一圈穗状的花边，煞是好看，像小姑娘头上戴了一圈花环。我们却不知道妈妈耍了一个小小的花招儿，她把肉馅的饺子都捏上花边，让我和弟弟连吃带玩地吞进肚里，自己和爸爸却吃那些素馅的饺子。

　　那段艰苦的岁月，妈妈的花边饺，给了我们难忘的记忆。但是，这些记忆，都是长到自己做了父亲的时候，才开始清晰起来，仿佛它一直沉睡着，必须让我们用经历的代价才可以把它唤醒。

　　自从我能写几本书以后，家里的经济状况好转，饺子不再是什么圣餐。想起那些个辛酸和我不懂事的日子，想起妈妈自父亲去世后独自一人艰难度日的情景，我想起码不能再让妈妈吃得受委屈了。我曾拉妈妈到外面的餐馆开开洋荤，她连连摇头："妈老了，腿脚不利索，懒得下楼啦！"我曾在菜市场买来新鲜的鱼肉或时令蔬菜，回到家里自己做，妈妈并不那么爱吃，只是尝几口便放下筷子。我便笑妈妈："您呀，真是享不了福！"

后来，我明白了，尽管世上食品名目繁多，人的胃口花样翻新，妈妈雷打不动只爱吃饺子。那是她老人家几十年一贯历久常新的最佳食谱。我知道唯一的方法是常包饺子。每逢我买回肉馅，妈妈看出要包饺子了，立刻麻利地系上围裙，先去和面，再去调馅，绝对不让别人插手。那精气神儿，又回到我们小时候。

那一年大年初二，全家又包饺子。我要给妈妈一个意外的惊喜，因为这一天是她老人家的生日。我包了一个带糖馅的饺子，放进盖帘上一圈圈饺子之中，然后对妈妈说："今儿您要吃着这个带糖馅的饺子，您一准儿是大吉大利！"

妈妈连连摇头笑着说："这么一大堆饺子，我哪儿那么巧能有福气吃到？"说着，她亲自把饺子下进锅里。饺子如一尾尾小银鱼在翻滚的水花中上下翻腾，充满生趣。望着妈妈昏花的老眼，我看出来她是想吃到那个糖饺子呢！

热腾腾的饺子盛上盘，端上桌，我往妈妈的碟中先拨上三个饺子。第二个饺子妈妈就咬着了糖馅，惊喜地叫了起来："哟！我真的吃到了！"我说："要不怎么说您有福气呢？"妈妈的眼睛笑得眯成了一条缝。

其实，妈妈的眼睛实在是太昏花了。她不知道我耍了一个小小的花招，用糖馅包了一个有记号的花边饺。

那曾是她老人家教我包过的花边饺。

荔　枝

　　我第一次吃荔枝，是28岁的时候。那时，我刚从北大荒回到北京，家中只有孤零零的老母。站在荔枝摊前，脚挪不动步。那时，北京很少见到这种南国水果，时令一过，不消几日，再想买就买不到。想想活到28岁，居然没有尝过荔枝的滋味，再想想母亲快70岁的人了，也从来没有吃过荔枝呢！虽然一斤要好几元，挺贵的，咬咬牙，还是掏出钱买上一斤。那时，我刚在郊区谋上中学老师的职，衣袋里正有当月42元5角的工资，硬邦邦的，鼓起几分胆气。我想让母亲尝尝鲜，她一定会高兴的。

　　回到家，还没容我从书包里掏出荔枝，母亲先端出一盘沙果。这是一种比海棠大不了多少的小果子，居然每个都长着疤，有的还烂了皮，只是让母亲一一剜去了疤，洗得干干净净。每个沙果都显得晶光透亮，沾着晶莹的水珠，果皮上红的纹络显得格外清晰。不知老人家洗了几遍才洗成这般模样。我知道这一定是母亲买的处理水果，每斤顶多5分或者1角。居家过日子，老人就这样一辈子过来了。不知怎么搞的，我一时竟不敢掏出荔枝，生怕母亲骂我大手大脚，毕竟这是那一年里我买的最昂贵的东西了。

　　我拿了一个沙果塞进嘴里，连声说真好吃，又明知故问多少钱一斤，然后不住口说真便宜——其实，母亲知道那是我在安慰她而已，但这样的把戏每次依然让她高兴。趁着她高兴的劲儿，我掏出荔枝："妈！今儿我给您也买了好东西。"母亲一见荔枝，脸立刻沉了下来："你财主了怎么着？这么贵的东西，你……"我打断母亲的话："这么贵的东西，不兴咱们尝尝鲜！"母亲扑哧一声笑了，筋脉突兀的手不停地抚摸着荔枝，然后用小拇指甲盖划破荔枝皮，小心翼翼地剥开皮又不让皮掉下，手心托着荔枝，像是托着一只刚刚啄破蛋壳的小鸡，那样爱怜地望着舍不得吞下，嘴里不住地对我说："你说它是怎么长的？怎么红皮里就长着这么白的肉？"毕竟是第一次吃，毕竟是好吃！母亲竟像孩子一样高兴。

那一晚，正巧有位老师带着几个学生突然到我家做客，望着桌上这两盘水果有些奇怪。也是，一盘沙果伤痕累累，一盘荔枝玲珑剔透，对比过于鲜明。说实话，自尊心与虚荣心齐头并进，我觉得自己仿佛是那盘丑小鸭般的沙果，真恨不得变戏法一样把它一下子变走。母亲端上茶来，笑吟吟顺手把沙果端走，那般不经意，然后回过头对客人说："快尝尝荔枝吧！"说得那般自然、妥帖。

母亲很喜欢吃荔枝，但是她舍不得吃，每次都把大个的荔枝给我吃。以后每年的夏天，不管荔枝多贵，我总要买上一两斤，让母亲尝尝鲜。荔枝成了我家一年一度的保留节目，一直延续到三年前母亲去世。

母亲去世前是夏天，正赶上荔枝刚上市。我买了好多新鲜的荔枝，皮薄核小，鲜红的皮一剥掉，白中泛青的肉蒙着一层细细的水珠，仿佛跑了多远的路，累得张着一张张汗津津的小脸。是啊，它们整整跑了一年的长路，才和我们阔别重逢。我感到慰藉的是，母亲临终前一天还吃到了水灵灵的荔枝，我一直认为是天命，是母亲善良忠厚一生的报偿。如果荔枝晚几天上市，我迟几天才买，那该是何等地遗憾，会让我产生多少无法弥补的痛楚。

其实，我错了。自从家里添了小孙子，母亲便把原来给儿子的爱分给孙子一部分。我忽略了身旁小馋猫的存在，他再不用熬到 28 岁才能尝到荔枝，他还不懂得什么叫珍贵，什么叫舍不得，只知道想吃便张开嘴巴。母亲去世很久，我才知道母亲临终前一直舍不得吃一颗荔枝，都给了她心爱的太馋嘴的小孙子吃了。

而今，荔枝依旧年年红。

苦　瓜

　　原来我家有个小院，院里可以种些花草和蔬菜。这些活儿，都是母亲特别喜欢做的。把那些花草蔬菜侍弄得姹紫嫣红，像是给自己的儿女收拾得眉清目秀，招人眼目，母亲的心里很舒坦。

　　那时，母亲每年都特别喜欢种苦瓜。其实这么说并不准确，是我特别喜欢苦瓜。刚开始，是我从别人家里要回苦瓜籽，给母亲种，并对她说："这玩意儿特别好玩，皮是绿的，里面的瓤和籽是红的！"我之所以喜欢苦瓜，最初的原因是它里面瓤和籽格外吸引我。苦瓜结在架上，母亲一直不摘，就让它们那么老着，一直挂到秋风起时，越老，它们里面的瓤和籽越红，红得像玛瑙、像热血、像燃烧了一天的落日。当我掰开苦瓜，兴奋地注视着这两片像船一样而盛满了鲜红欲滴的瓤和籽的瓜时，母亲总要眯缝起昏花的老眼看着，露出和我一样喜出望外的神情，仿佛那是她的杰作，是她才能给予我的欧·亨利式的意外结尾，让我看到苦瓜最终具有了这一朝阳般的血红和辉煌。

　　以后，我发现苦瓜做菜其实很好吃。无论做汤，还是炒肉，都有一种清苦味。那苦味，格外别致，既不会传染给肉或别的菜，又有一种苦中蕴含的清香，和苦味淡去的清新。

　　像喜欢院子里母亲种的苦瓜一样，我喜欢上了苦瓜这一道菜。每年夏天，母亲经常都会从小院里摘下沾着露水珠的鲜嫩的苦瓜，给我炒一盘苦瓜青椒肉丝。它成了我家夏日饭桌上一道经久不衰的家常菜。

自从这之后，再见不到苦瓜瓤和籽鲜红欲滴的时候，是因为再等不到那个时候了。

这样的菜，一直吃到我离开了小院，搬进了楼房。住进楼房，依然爱吃这样的菜，只是再吃不到母亲亲手种、亲手摘的苦瓜了，只能吃母亲亲手炒的苦瓜了。

一直吃到母亲六年前去世。

如今，依然爱吃这样的菜，只是母亲再也不能为我亲手到厨房去将青嫩的苦瓜切成丝，再掂起炒锅亲手将它炒熟，端上自家的餐桌了。

因为常吃苦瓜，便常想起母亲。其实，母亲并不爱吃苦瓜。除了头几次，在我一再地怂恿下，勉强动了几筷子，皱起眉头，便不再问津。母亲实在忍受不了那股异样的苦味。她说过，苦瓜还是留着看红瓤红籽好。可是，每年夏天当苦瓜爬满架时，她依然为我清炒一盘我特别喜欢吃的苦瓜肉丝。

最近，看了一则介绍苦瓜的短文，上面有这样一段文字："苦瓜味苦，但它从不把苦味传给其他食物。用苦瓜炒肉、焖肉、炖肉，其肉丝毫不沾苦味，故而人们美其名曰'君子菜'。"

不知怎么搞的，看完这段话，让我想起母亲。

1992 年 10 月 1 日

酸　菜

又到了冬天，又到了吃酸菜的时候了。

如今吃酸菜，只有到副食店里去买，每袋1元8角，是那种经过科学高速发酵的科技产品。方便倒是方便了，而且颜色白白的，清清爽爽，只是觉得味道怎么也赶不上母亲渍过的酸菜。也曾经到私人那里买过人工渍过的酸菜，质量更是没有保证。还曾经到过专门经营东北风味菜肴的饭店买过酸菜炒粉或酸菜汆白肉，过细的加工，倒吃不出酸菜的原汁原味了。

渍酸菜，的确是一门学问。每年到了冬天，大白菜上市以后，母亲都要买好多大白菜储存起来。一般，母亲都是把棵大、包心的好菜，用废报纸包好，再用破棉被盖好，剩下那些没心或散心、帮子多又大的次菜，用来渍酸菜。酸菜的出身比较贫贱，和母亲那些居家过日子的普通妇女一样。

我家有个酱红色的小缸，是母亲专门用来渍酸菜的。那缸的历史几乎和我的年龄不相上下，因为打我记事时起，母亲就用它来渍酸菜。每年母亲渍酸菜，是把它当成大事来办的，因为几乎一冬全家的酸菜熬肉或酸菜粉丝汤或酸菜馅饺子，都指着它了。母亲先要把缸里里外外擦得干干净净，然后烧一锅滚开的水，把一棵白菜一刀切开四瓣，扔进锅里一渍，捞将出来，等它凉后码放在缸里，一层一层撒上盐，再浇上一圈花椒水。这些先后的顺序是不能变的，而且绝对不让人插手帮忙。最后，在缸口包上一层纸，不能包塑料布或别的什么，说那样不透气，酸菜和人一样，也得喘匀了气才行，渍出来才好吃。

那时候，只关心吃，不操心别的，不知道母亲到底渍酸菜要渍多少时候，便没有把母亲这门学问学到手。只记得不到时候，母亲是不允许别人动她这个宝贝缸的。当她的酸菜渍好了，亲手为全家做一盆酸菜熬肉或酸菜粉丝汤，看着我和弟弟狼吞虎咽，吃得香喷喷，满脸的皱纹便绽开一朵金丝菊。对于母亲，渍酸菜是变废为宝，是把菜帮子变成了上得席面的一道好吃的菜，是用有限的钱过无限的日子，并把这日子尽量过得有滋有味。那时候，是母亲的节日。

母亲渍的酸菜伴我度过整个童年、青年，甚至大半个壮年时期。自从母亲那年的夏天突然去世，我吃的酸菜只有到副食店里去买了。

母亲渍的酸菜确实好吃，不像现在买的酸菜，不是不酸，就是太酸；不是硬得嚼不动，就是绵得没嚼头。其实，酸菜不是什么上等的名菜，母亲渍酸菜的技术是年轻时在老家闹饥荒时学来的，她好多次说那时候渍的酸菜是什么呀，净是捡来的烂菜帮……像现在的孩子不爱听父母讲过去的陈芝麻烂谷子一样，那时我也不爱听。母亲去世之后，我自己也曾经学着渍过酸菜，但那味道总不地道。我知道，艰苦时学到的学问是刻进骨髓的，平常的日子只能学到皮毛。

如今，我只有到副食店里去买酸菜。如今，只有母亲渍过大半辈子的酸菜缸还在。

豆包儿

　　如今的豆包儿，很少有人在家里自己做了，一般都会到外面买。外面卖的豆包儿，馅大多用的是红豆沙，这种红豆沙，是机械化批量生产的产物，稀烂如泥，豆子是一点儿也不看到的，自然，红小豆的豆粒那种沙沙的独有味道，也就大减，甚至索性全无。要想尝到这种味道，只有自己动手将红小豆下锅熬煮，不用说，这样传统的法子，费时费力又费火，谁还愿意做这种豆包儿？

　　在北京，唯有柳泉居儿家老字号的豆包儿，一直坚持用这样的传统方法熬制豆馅，制作豆包儿。就因为费时费力又费火的缘故，如今柳泉居小小的豆包儿，一个卖到两元钱，价钱涨了不少。而且，皮厚馅少，塞进嘴里，那种豆粒的沙沙感觉，让位给了皮的面香。这绝对不是老北京豆包儿的做法，老北京的豆包儿，讲究的是皮薄馅大。这和包饺子的道理一样，主角必须得是馅，一口咬下，满口豆香，才能够吃出豆包儿独有的味道。

　　小时候，我吃的豆包儿，都是我母亲做的。那时候，包豆包儿，不会经常，一般在改善一下生活的时候。春节前，必定是要包上满满一锅的，上锅之前，母亲还要在每一个豆包儿上面点上一个小红点儿，出锅的时候，豆包儿变得白白白胖胖，小红点儿像用指甲草或胭脂花抹上的小红嘴唇，格外喜兴。豆包儿，便显得和节日一样地喜兴了。

因此，每一次母亲包豆包儿，都会像过节一样，在我家是件大事。包豆包儿的重头戏，在于熬馅。我家有一口炒菜的大铁锅和一个蒸馒头的铝锅，熬豆馅必得用铁锅，至于有什么道理，母亲是讲不出来的，只是说用铁锅熬出的豆馅好吃。说完之后，母亲觉得说的好像没有说服力，会进一步解释：你看炖肉是不是也得用铁锅，没有用铝锅的吧？这样解释之后，她觉得道理已经充足了。

熬豆馅的重头戏，在于熬的火候。红小豆和凉水一起下锅，一次要把水加足。不能在熬到半截时看着水不够，一次次地加水，逗着玩！母亲这样说的时候，同时把枣下进锅里。那枣是早就用开水泡好，一切两半，去核去皮。我老家是河北沧县，出金丝小枣，但母亲从来不会用这种金丝小枣，用的是那种肉厚实的大红枣。用小枣煮出的豆馅没有枣的香味，那种金丝小枣，母亲会用它来蒸枣馒头。

水开之后，大火要改小火，还要用勺子不停地搅动，免得豆子扒锅。豆子不能熬得过烂，烂成一摊泥，豆子的香味就没有了。也不能熬得太稀，太稀包不成个儿不说，豆子的香味也就没有了。母亲包的豆包儿，馅一般会比较干，不会有那种黏稠的豆液出现，开花之后的红小豆的豆粒的存在感非常明显，咬起来，沙沙的，豆子虽然被煮烂了，但是小小的颗粒还在，没有完全变成另一种形态，很实在的豆子的感觉和豆子的香味，会长久在嘴里回荡，不像现在卖的豆包儿那样稀软如同脚踩在泥塘里的感觉。按照那时母亲的话说，那是把豆子给熬得没魂儿了！按照我长大以后开玩笑对母亲说的话是，就像唱戏，那样的豆馅是属于大众甜面酱的嗓子，您熬的这豆馅属于云遮月的嗓子。

豆馅熬得差不多了，放糖，是放红糖，不能放白糖。吃豆包儿和吃年糕不一样，吃年糕要放白糖，吃豆包儿必须放红糖。这个规矩，是母亲从上辈那里传下来的，是不能变的。只是，在闹灾荒的那几年，买什么糖都得要票，不是坐月子的或闹病的，红糖更是难淘换。没有办法，只能改成糖精，豆馅的味道差得太多，母亲嫌丢了自己的脸，那几年，豆包儿很少包了。

我长大以后，特别是大学毕业之后，自以为见多识广，建议母亲再包豆包儿熬馅的时候，加上一点儿糖桂花，味道会更好的。母亲不大相信，在她的眼里，糖桂花那玩意儿是南方货，包元宵和汤圆在馅里加一点儿可以，她包了一辈子豆包儿，从来没有加过这玩意儿。别遮了味儿！她摇摇头说，坚持她的老法子。我说不服她，由她去。

如今，母亲去世多年，买来的豆包儿都会加有糖桂花，母亲包的没有糖桂花的豆包儿，却再也吃不到了。

腊八蒜

过年，无论穷富贵贱，哪一家都得吃顿饺子。吃饺子，旁边必得备一碟腊八蒜。这几乎是所有中国人过年的讲究。年夜饭里，饺子是必不可少的绝对主角，腊八蒜便是饺子的最佳搭档。

腊八蒜，为什么必得腊八这一天泡？我的猜度，是因为按照我们中国的传统，一进腊八就算是过年了。过去老北京有这样的民谣："老太太，别心烦，过了腊八就是年。"也就是说，腊八是过年的门槛，这个节点决定了这一天的重要性。所以，腊八这一天，重要的节目，除了熬腊八粥，就是要泡腊八蒜。腊八粥是腊八这天吃的，腊八蒜则是为了大年三十就饺子吃的。一为过年的祭奠，一为过年的准备，年在这样铺垫之中才显得庄重而令人期待。

想一想，谁家年三十的饺子可以离得开腊八蒜呢？一尾尾小银鱼似的饺子出了锅，端在盘子里，旁边再放上一碗汪汪的腊八醋，一碟湛青旺绿的腊八蒜，光从色彩的对比上，就让人看着高兴。

为什么只有腊八那天泡的蒜，到了年三十的夜里才会这样地绿，我一直不明就里。但是，确实是这样的因果关系。以我的经验来看，如果不是腊八那天泡的蒜，怎么泡都不会那么绿了。有好几个冬天，过了腊八才想起泡腊八蒜，心想不过才过了几天，但是，就是泡不绿了，年三十吃饺子时候拿出来，总是灰绿灰绿的，雾霾的天一样，像蒙上一层灰。

母亲在世的时候，是不会忘记腊八那天泡腊八蒜的。母亲总要到腊八晚上才会泡蒜。这是她老人家的规矩，说是这时候泡的蒜才会绿，白天就差多了。至于原因，她也说不清，我猜想这只是她的一厢情愿，泡腊八蒜难道还得像入朝退朝一般讲究时辰，或者像赶火车一样，错过了点儿，火车就开跑了不成？母亲只是笑，依旧抱紧了她泡腊八蒜的时辰不松手。

母亲泡腊八蒜，还要讲究买的蒜，必须是那种紫皮的，而且是不能长芽的，那种蒜泡出来，不会那么脆。这原因，母亲说得出来，长了芽的蒜，就像是发育过的大人，当然没有小孩子那么嫩。

也不能买那种独头蒜。那种蒜，泡出来辣。

还要一条，买的醋，必须得是天津出的独流醋。

最后一条，把剥好的蒜放进醋里，要再加一点儿白糖。

母亲做的腊八蒜，规矩还真的不少，就像戏里的一个角儿出场前，师傅要三令五申，嘱咐再三，哪怕这个角儿只是个挎刀的配角。不过，母亲泡的腊八蒜，确实好吃，又香又脆，还有一丝丝的甜味儿。

母亲过世后，我也曾经按照她老人家的这套规矩和程序泡腊八蒜，只是，泡出的腊八蒜，怎么也不是母亲泡的那种滋味了。后来想，大概是我把母亲每年泡腊八蒜的那个坛子给扔掉了的缘故。那个坛子是酱色的，粗陶做的，个头儿挺大，占地方，搬家的时候，就把它丢掉了。

腊八蒜，不是什么大菜，只是诸多配菜中的一种而已。但是，泥人还有个土性呢，小小的腊八蒜也有自己的脾气秉性。都说是石能可人，花能解语，看似没有生命的东西，和人的心情与感情，有时候是相通的。腊八蒜也是一样，不仅认蒜，认醋，认器物，认时辰，也认人。

去年春节过后从北京到美国，到一家中国餐馆吃饭，吃的饺子，餐馆还挺讲究，特意上来一碟腊八蒜。那蒜灰头灰脸的，见不着一点儿绿模样。我问老板：您的这腊八蒜怎么长成这模样？从山东来的老板对我说：就是怪了，每年泡出的腊八蒜，怎么泡也泡不绿！

腊八蒜，还认地方呢。

2012 年 1 月 17 日

母亲的月饼

中国的节日是一般都是和吃联系在一起的，这是和中国传统的节气相关，每一个节日都是和节气呼应着的，故每一个节日都有一个和节气相关联的吃食做主角。又快到中秋节了，主角当然是月饼，只可惜近两年来，南京冠生园的黑心月饼和豪华包装的天价月饼相继登场，让中秋节跟着吃挂落儿。

记得我小时候每到中秋节是特别羡慕店里卖的自来红、自来白、翻毛、提浆，那时就只是这样传统月饼老几样，哪里有如今又是水果馅又是海鲜馅，居然还有什么人参馅，花脸一样百变时尚起来。可那时中秋的月饼在北京城里绝对地地道，做工地道，包装也地道，装在油篓或纸匣子里，顶上面再包一张红纸，简朴，却透着喜兴，旧时有竹枝词写道："红白翻毛制造精，中秋送礼遍都城。"

只是那时家里穷，买不起月饼，年年中秋节，都是母亲自己做月饼。说老实话，她老人家的月饼是不仅远远赶不上致美斋或稻香村的味道，就连我家门口小店里的月饼的味道也赶不上。但母亲做月饼总是能够给全家带来快乐，节日的气氛，就是这样从母亲开始着手做月饼弥漫开来的。

母亲先剥好了瓜子、花生和核桃仁，掺上桂花和用擀面棍擀碎的冰糖渣儿，撒上青丝红丝，再浇上香油，拌上点儿湿面粉，切成一小方块一小方块的，便是月饼馅了。然后，母亲用香油和面，用擀面棍擀成圆圆的小薄饼，包上馅，再在中间点上小红点儿，就开始上锅煎了。怕饼厚煎不熟，母亲总是把饼用擀面棍擀得很薄，我总觉得这样薄，不是和一般的馅饼一样了吗？而店里卖的月饼，都是厚厚的，就像京戏里武生或老生脚底下踩着的厚厚的高底靴，那才叫角儿，那才叫作月饼嘛。

每次和母亲争，母亲每次都会说："那是店里的月饼，这是咱家的月饼。"这样简单的解释怎么能够说服我呢？便总觉得没有外面店里卖的月饼好，嘴里吃着母亲做的月饼，心里还是惦记着外面店里卖的月饼，总觉得外面的月亮比自己家里的圆，这山望着那山高。其实，母亲亲手做的月饼，是外面绝对买不到的月饼。当然，明白这一点，是在我长大以后，小时候，孩子都是不大懂事的。

好多年前，母亲还在世的时候，中秋节时，我别出心裁请母亲动手再做做月饼给全家吃，其实，是为了给儿子吃。那时，儿子刚刚上小学，为了让他尝尝以往艰辛日子的味道，别一天到晚吃凉不管酸。多年不自己做月饼的母亲来了情绪，开始兴致勃勃地做馅、和面、点红点儿，上锅煎饼，一个人拳打脚踢，满屋子香飘四溢。月饼做得了，儿子咬了两口就扔下了。他还是愿意到外面去买商店里的月饼吃，特别要吃双黄莲蓉。

如今，谁还会在家里自己动手做月饼？谁又会愿意吃这样的月饼呢？都说岁月流逝，其实，流失的岂止是岁月？

金妈妈杏

杏树，在我国是个古老的树种，起码在孔子时代就已经很旺盛，孔子讲学的地方叫作杏坛，四围就种满了杏树，可见是和古柏一样神圣的树。非常奇怪的是，如今北京的孔庙里尽是柏树，没有了一株杏树。

"小楼一夜听春雨，深巷明朝卖杏花。"说明宋时陆游客居临安的时候，城里或城边还是有杏树的。可如今北京城里大街小巷也难找到一株杏树，杏树都被赶到了北京城外的山上。如果往北走，过了平谷和顺义，到了怀柔和密云，才能够见到山上一片片的杏林。

我不知道杏树的沦落出自何时，也不知道杏在众多水果中的地位是否也同样在坠落。和苹果葡萄香蕉梨这样的大众水果相比，杏可卖的时间极短。因为难以保存，很容易烂，一个杏烂，很快就会烂掉一筐。卖水果的，一般都不愿意卖杏。在北京，一年四季，什么水果都可以买到，真正属于时令水果的，就只剩下了杏。杏黄麦熟时节，水果摊上，卖杏只会卖那么短短的半个来月，香白杏卖过，黄杏一上市，基本就到了尾声。而且，卖的都是尖顶上带青的杏，为的是多保存几天。可是，和苹果、梨不一样，杏必须得是树熟才好吃，放熟的，就是两个味儿了。

很多年以前，我到兰州，赶上杏熟时节，满街好多卖杏的，有一处在纸牌子上写着"金妈妈杏"。我见少识短，第一次见到这个名字，杏里面还有这样人情味浓的品种，不觉好奇，便买了他家的杏。卖主儿一边给我称杏，一边说：算是你有眼光，这是我们甘肃的名产，敢说是全中国最好吃的杏！不信你就尝尝吧！

那杏金黄金黄的，有的一面带有一丝丝隐隐的金红，颜色油亮，像抹了一层釉。而且，个头儿很大，我从来没有见过这么大的杏，一斤才有十来个。关键是确实好吃，绵沙沙的，甜丝丝的，还有一股难以言传的清香。那香不像花香那样轻浮或过于浓郁，而像是经过沉淀之后慢慢浸透进你的心里。

卖杏的看着我美美地吃了第一个杏后，说：没骗你吧？

我问他：为什么叫金妈妈杏？他答不上来，说：反正我们这里都这么叫！妈妈呗，还有比妈妈更亲更好的吗？杏和人是一个样的！

我自幼喜欢吃杏，每年杏上市那短短的几天，都不会放过它。那时候，杏很便宜，几分钱就能买一斤。比起枇杷、荔枝这样富贵的水果，杏属于贫民的水果，连带着我童年的记忆。可以说，除了到北大荒那六年，我年年都没有和杏失约。只是最近这几年到美国去看望孩子，时间都安排在春天和夏天，没能吃得上杏。美国自己没有什么杏树，超市里很少见到杏，即便有，卖得很贵，而且味道远不如金妈妈杏。那几年，每每到杏黄麦熟时节，我都非常想念北京的香白杏和大黄杏。当然，还有金妈妈杏。

今年，杏黄麦熟时节，孩子从美国回北京，没有错过吃杏。由于我喜欢吃，连带着孩子也跟着吃，连连说好吃，比美国的杏好吃！

陪孩子一起到密云的黑龙潭玩，在售票处的门外，正好遇到一位卖杏的老大娘，她蹬着一辆三轮车，车上的两个大柳条筐里装满着的都是杏，那杏个头儿不大，黄澄澄的，在午后热辣辣的阳光下格外明亮，特别是和她那一头白发对比得过于醒目。

我对于杏没有免疫力，忍不住走了过去。其实，上午经过怀柔，我刚买过杏。老大娘笑吟吟冲我说："都是刚从树上打下来的，甜着呢！青的也甜着呢！你尝一个！"说着，她掰开一个青杏递在我的手里。我吃了这个青杏，真的很甜。便和她聊起天来，知道自打杏熟之后，她天天骑着三轮车到这里来卖。我问她家种多少棵杏树？她说："那我可没数过，每年这个季节，能打几千斤吧！"我说："这么多杏，怎么不让你家老头儿来卖？都是你自己一个人蹬车来卖？"她一摆手，说："我家老头儿这些年一直在外面打工，哪儿顾得过来。"我说，"让你孩子来卖呀！"她又说："眼睛都指望不上，还指望眼眉毛？孩子考上了大学，结了婚住在城里，现在正忙活他们自己的孩子呢！""每年这几千斤杏，都是您自己一个人蹬着车跑这里卖的？都能卖得出去吗？"她有些欣慰地告诉我："还真的都卖出去了，借着黑龙潭这块地方，来的游人多。我卖得便宜，挣点儿是点儿，给儿子养孩子添点儿力呗！他也不容易！"说着，她拿起一个黄杏让我尝："不买也没事，都是自家的玩意儿！"

我尝了，要说甜和香，比不上金妈妈杏，但说味道，比金妈妈杏更让我难忘。那一刻，我想起了金妈妈杏。

水袖之痛

　　胡文阁是梅葆玖的徒弟，近几年名声渐起。作为梅派硕果仅存的男旦演员，胡文阁的声名无疑是沾的梅派的光。其实，他自己很刻苦努力，唱得确实不错。六年前，我第一次看他的演出，是在长安剧院，他师傅梅葆玖和他前后各演一折《御碑亭》。坦率讲，说韵味，他还欠着火候，和师傅有距离，单说声音，他要比师傅更亮也更好听，毕竟他正值当年。

　　对于我，对于胡文阁的兴趣，不仅在于他的梅派男旦的声名和功力，而是在听他讲了自己80年代的一件往事之后。

　　那时，他还不到20岁，在西安唱秦腔小生，却心有旁骛，痴迷京戏，痴迷梅派青衣，便私下向高师李德富先生学艺。青衣的唱腔当然重要，水袖却也是必须要苦练的功夫。四大名旦中，水袖舞得好的，当属梅程二位。水袖是青衣的看家玩意儿，和脸谱一起是京戏独一无二的发明，既可以是手臂的延长，载歌载舞；又可以是心情的外化，风情万千。那时候，不到20岁的胡文阁痴迷水袖，但和老师学舞水袖，需要自己买一幅七尺长的杭纺做水袖。这一幅七尺长的杭纺，当时需要22元，正好是他一个月的工资。

　　为了学舞水袖，花上一个月的工资，也是值得的，而且，对于一个学艺者，也算不上什么。干什么，不需要付出学费呢？关键的问题是，那时候，胡文阁的母亲正在病重之中，他很想在母亲很可能是一辈子最后一个生日的时候，给母亲买上一件生日礼物。但是，他已经没有钱给母亲买生日礼物了。在水袖和生日礼物两者之间，他连选择都没有，犹豫也没有，毫无悬念地买了七尺杭纺做了水袖。他想得很简单——年轻人，谁都是这样，把很多事情想得简单了——下个月发了工资之后，再给母亲买上生日礼物补上。

在母亲的病床上，他把自己的想法对母亲说了。已经不会讲话的母亲嘶哑着嗓子，呃呃地不知在回答他什么。无情的时间，对于母亲，已经没有了下个月，便也就没有给胡文阁这个补上母亲生日礼物的机会。母亲去世了，他才明白，世上有的东西是补不上的，落到地上的叶子，再也无法如鸟一样重新飞上枝头。三十多年过去了，胡文阁到现在一直非常后悔这件事情。水袖，成了他的心头之痛，是扎在他心上的一枚永远拔不出来的刺。

胡文阁坦白道出自己的心头之痛，让我感动。作为孩子，对于养育我们的父母，常常会出现类似胡文阁这样的事情。在我们自己的人生之路上，事业也好，爱情也好，婚姻也好，小孩也好……摩肩接踵，次第而来，件件都自觉不自觉地觉得比父母重要，即使在母亲如此病重的时刻，像胡文阁这样还是觉得自己的水袖重要呢。都说年轻时不懂爱情，其实，年轻时是不懂亲情。爱情，总还要去追求，亲情则是伸手大把大把接着就是了，是那么轻而易举。问题是，胡文阁还敢于面对自己年轻时的浅薄，坦陈内疚，多少孩子吃凉不管酸，并没有觉得自己有什么对不起父母的地方，没有什么心痛之感，而是将那一枚刺当成了绣花针，为自己刺绣出最新最美的图画。

面对我的父母，我常常会涌出无比惭愧的心情，因为在我年轻的时候，一样觉得自己的事情才是重要的，父母总是被放在了后面。记得80年代母亲从平房搬进新楼之后，年龄已经过了八十，腿脚不利落，我生怕她下楼不小心摔倒，便不让她下楼。母亲去世之前，一直想下楼看看家前面新建起来的元大都公园，兴致很高地对我说：听说那里种了好多的月季花！正是数伏天，我对她说天凉快点儿再去吧。谁想，没等到天凉快，母亲突然走了。真的，那时候，总以为父母可以长生不老地永远陪伴着我们。我们就像蚂蟥一样，趴在父母的身上，那样理所当然地吸吮着他们身上的血而心安理得。

我不知道，如今的胡文阁站在舞台上舞动他风情万种的水袖的时候，会不会在偶然的一瞬间想起母亲。不知道为什么，自从听到了胡文阁讲述了自己这件三十多年前的往事之后，无论是在舞台上，还是在电视里，再看到他舞动水袖的时候，我总是有些走神，忍不住想起他的母亲。

也想起我的母亲。

2016 年 7 月 30 日

母亲和莫扎特

今年是莫扎特诞辰二百五十周年，想起了十七年前夏天的一件事。母亲和莫扎特，是冥冥中的命运，把他们连在一起。其实，母亲目不识丁，根本没有想过这个世界上曾有过一位莫扎特。

那一年的夏天最难熬，我常去两个地方打发时光：一是月坛邮票市场，一是灯市口唱片公司。抱着邮票回家，邮票不会说话，任你摆弄，母亲只是悄悄坐在床头看我，看困了，便倒下睡着了，微微打着鼾。唱片不是邮票，买回来是要听的，而且，常觉得音量太小难听出效果，便把音量放大，震得满屋摇摇晃晃；又常在夜深人静时听，觉得那时才有韵味，才能把心融化。

母亲常无法休息。我几次对老人说："吵您睡觉吧？"她总是摆摆手："不碍的，听你的！"我问她："好听吗？"她点着头："好听！"其实，我知道，一切都是为了我。她总是默默地坐在床头，陪我听到很晚。母亲并不关心那个大黑匣中的贝多芬、马勒或曼托瓦尼，母亲只关心一个人，那便是我。

8月的一天的黄昏，我又来到了灯市口，偶然间看到一盘莫扎特《安魂曲》。我拿了起来，犹豫了一下，买还是不买？这是莫扎特最后一部未完成曲，拥有它是值得的，但是，我实在不大喜欢莫扎特。我一直觉得他缺少柴可夫斯基的忧郁，勃拉姆斯的挚情，更缺少贝多芬的深刻，我知道这是我的偏执，但在音乐面前喜欢与不喜欢，来不得半点虚假。

这一天黄昏，我空手而归，母亲还好好的，正坐在厨房里的小板凳上帮我择新买的小白菜和嫩葱。我问她："今晚您想吃点什么？"她像以往一样说："你想吃什么就做什么吧！"几十年，她就是这样辛苦操劳，却从不为自己提一点点要求。我炒菜，她像以往一样站在我旁边帮我打下手。晚饭后我听音乐，她像以往一样坐在床头默默陪我一起听，一直听到很晚、很晚……谁会想到，第二天老人家竟会溘然长逝呢？母亲依然如平日一样默默坐在床头，突然头一歪倒在床上，无疾而终，突然得让我的心一时无法承受。

丧事过后，我想起那盘《安魂曲》。莫非莫扎特在启迪我母亲即将告别这个世界，灵魂需要安慰？而我却疏忽了，只咀嚼个人的滋味？我很后悔没有买。如果买下那盘《安魂曲》，让母亲临别最后一夜听听也好啊！我甚至想，如果买下也许能保佑母亲不会那样突然而去呢！

我真感到对不住莫扎特，我真感到对不住母亲。

不要执意追求什么深刻，平凡、美好本身不就是一种深刻吗？母亲太过于平凡，但给予孩子最后一刻的爱，难道不也是一种深刻吗？我看到梅纽因写过的一段话，说莫扎特的音乐："像一座火山斜坡上的葡萄园，外面幽美宁静，里面却是火热的！"我没有理解莫扎特，也没有理解母亲。

我鬼使神差又跑到灯市口，可惜，那张唱片没有了。

日子飞逝，母亲竟离我十七年了。如今，盗版唱片臭了街。

1991 年 12 月 5 日莫扎特逝世 200 周年

窗前的母亲

在家里，母亲最爱待的地方就是窗前。

自从搬进楼房，母亲很少下楼，我们都嘱咐她，她自己也格外注意，知道楼层高楼梯又陡，自己老了，腿脚不利落，磕着碰着，给孩子添麻烦。每天，我们在家的时候，她和我们一起忙乎着做饭等家务，脚不识闲儿，我们一上班，孩子一上学，家里只剩下她一个人，没什么事情可干，大部分的时间里，她是待在窗前。

那时，母亲的房间，一张床紧靠着窗子，那扇朝南的窗子很大，几乎占了一面墙，母亲坐在床上，靠着被子，窗前的一切就一览无余。阳光总是那样地灿烂，透过窗子，照得母亲全身暖洋洋的，母亲就像一株向日葵似的特别爱追着太阳烤着，让身子有一种暖烘烘的感觉。有时候，不知不觉地就倚在被子上睡着了。一个盹打过来，睁开眼睛，她会接着望着窗外。

窗外有一条还没有完全修好的马路，马路的对面是一片工地，恐龙似的脚手架，簇拥着正在盖起的楼房，切割着那时湛蓝的蓝天，遮挡住了再远的视线。由于马路没有完全修好，来往的车辆不多，人也很少，窗前大部分时间是安静的，只有太阳在悄悄地移动着，从窗子的这边移到了另一边，然后移到了窗后面，留给母亲一片阴凉。

我们回家，只要走到了楼前，抬头望一下家里的那扇窗子，就能够看见母亲的身影，窗子开着的时候，母亲花白的头发会迎风摆动，窗框就像一个恰到好处的画框。等我们爬上楼梯，不等手掏出门钥匙，门已经开了，母亲站在门口。不用说，就在我们在楼下看见母亲的时候，母亲也望见了我们。那时候，我们出门永远不怕忘记带房门的钥匙，有母亲在窗前守候着，门后面总会有一张温暖的脸庞。即使是晚上很晚我们回家，楼下已经是一片黑乎乎的了，在窗前的母亲也能看见我们。其实，她早老眼昏花，不过是凭感觉而已，不过，那感觉从来都十拿九稳，她总是那样及时地出现在家门的后面，替我们早早地打开了门。

母亲最大的乐趣，是对我们讲她这一天在窗前看见的新闻。她会告诉我们今天马路上开过来的汽车比往常多了几辆，今天对面的路边卸下好多的沙子，今天咱们这边的马路边栽了小树苗，今天她的小孙子放学和同学一前一后追赶着，跟风似的呼呼地跑，今天还有几只麻雀落在咱家的窗台上……都是些平淡无奇的小事，但她有枣一棍子没枣一棒子地讲起来会津津有味。

母亲不爱看电视，总说她看不懂那玩意儿，但她看得懂窗前这一切，这一切都像是放电影似的，演着重复的和不重复的琐琐碎碎的故事，沟通着她和外界的联系，也沟通着她和我们的联系。有时候，望着窗前的一切，她会生出一些东一榔头西一棒子的联想，大多是些陈年往事，不是过去住平房时的陈芝麻烂谷子，就是沉淀在农村老家时她年轻的回忆。听母亲讲述这些八竿子都打不到一起的事情的时候，让我感到岁月的流逝，人生的沧桑，就是这样在她的眼睛里和窗前闪现着。有时候，我偶尔会想，要是把母亲这些都写下来，才是真正的意识流。

母亲在这个新楼里一共住了五年。母亲去世以后，好长一段时间，我出门总是忘记带钥匙。而每一次回家走到楼下的时候，总是习惯地望望楼上家的窗前，空荡荡的窗前，像是没有了画幅的一个镜框，像是没有了牙齿的一张瘪嘴。这时，才明白那五年时光里窗前曾经闪现的母亲的身影，对我们是多么的珍贵而温馨；才明白窗前有母亲的回忆，也有我们的回忆；也才明白窗前该落有并留下了多少母亲企盼的目光。

当然，就更明白了：只要母亲在，家里的窗前就会有母亲的身影。那是每个家庭里无声却情动人的一幅画。

春节写给母亲的信

1974年的春节，我是在北大荒过的。半年前，父亲突然去世，我回到北京陪母亲，一直再没有回北大荒。这一次，我是来办理调动返城的关系的。却没有想到赶上了暴风雪，无法回北京和母亲一起过年了。大年初一的晚上，我给母亲写了一封信。

这是我第一次给母亲写信，也是唯一的一次。母亲不识字，这是以前我没有给她写信的理由。但那一天，我责怪并质疑自己这个自以为是的理由。我的心里充满了牵挂，我们家姐弟三人，寥落四方，一个在内蒙古，一个在青海，一个在北大荒，以前即使我们都不在家，毕竟父亲在，而这个春节却是母亲生平第一次一个人形单影只地过了。特别是这一天在北大荒，五个同学买了六十斤猪肉，美美地又吃又喝；第二天，也就是大年初二，我们几个同学还要回到我们最初插队落户的生产队，那里的人早早都宰好了一头猪，要做一席丰盛的杀猪菜，专门为我饯行。热闹的场景，红红火火的年味儿，让我越发地想起了家中冷清的母亲，她一个人该怎么过这个春节呢？虽然，前几天，我已经托一位离邮局最近的同学，替我给她寄去40元，希望能够在春节前收到，但她那样一个节俭惯的人，舍得花这笔钱吗？独自一人，又能用这钱买些什么呢？

天远地远，漫天飞雪中，我的心思被搅得飘荡不定。我从来没有像那一夜那么想念母亲，一种从来没有过的相依为命的感觉，袭上心头。我才意识到自己以前是多么地忽略了母亲，在我离开北京到北大荒的那六年里，没有一个春节是陪她过的。我自以为八千里外狂渔父，我自以为天涯何处无芳草，我自以为她总也不老而我永远年轻，我自以为只有自己的事情最重要，而她永远不会对我提什么要求。我不知道一个孩子的长大，是以一个母亲的变老，和孤独地嚼碎那么多寂寞的夜晚为代价的。父亲的突然去世，才让我恍然长大成人，知道母亲的那一头如同牵着风筝的线，风筝飞得再远，心也是被那一颗心牵着。

　　那时候，我马上就到 27 岁。我才发现，以前我是不孝，而此刻我是无能和无助，我没有任何其他的法子来排遣我的愁绪，来帮助与我天各一方的母亲，唯一可以做的，就是写一封信给她。按照传统的规矩，没过正月十五就都算是过年，我希望母亲能够在正月十五前收到它。

　　我给母亲写了一封信。她看不懂，就让她拿给我在北京的同学读给她听，让她知道我对她的想念和牵挂，希望她能够过一个好年。第二天一清早，托人顶着风雪以最快的速度到县邮局给母亲寄一封航空信。

　　在这封信里，我告诉母亲，我在北大荒的情况，特别告诉了她：五个同学买了六十斤猪肉，另外还有我们几个同学已经让村里的人宰好了一头猪，等着我去好为我送行。所有这一切，都是为了让她放心。同时我问她，北京下雪了吗？一个人出门一定要注意，路滑别跌倒了。我问她的年过得怎么样，寄去的那 40 元钱收到了吗？就把那钱都花了吧，特别嘱咐她"做饭做菜多做点儿，多吃点儿，多改善点儿伙食，不要怕花钱"。我又告诉她在京的两个特别要好也特别叮嘱过的好朋友的电话，就写在月份牌上，一个在左面，一个在右面，有什么事就给他们两人打电话，有急事就让他们给我发电报……

我忽然发现，自己变得婆婆妈妈起来了。我从来没有对母亲这样细心过，而以前这样的细心都是母亲给予我的，一封信写得心里格外伤感和沉重。

我不知道母亲接到我写给她的这封信后是什么样的心情。事后朋友告诉我，他到家里看望母亲的时候，母亲拿出了这封信让他读后，只是笑着说了句："五个人买六十斤猪肉，怎么吃呀！"我从北大荒回到北京，她也没有再提及这封信。只是1989年的夏天母亲去世之后，我在她的遗物中发现了这封信，她把信封和信纸都保存得好好的，平平整整地压在她的包袱皮里。

我从小就知道这个海蓝的包袱皮，它对母亲来说很金贵，所以我从来都没有动过它，猜想里面包着她的"金银细软"。那天，我打开它，发现里面包着的是：她已经不算年轻时候的和她的老姐姐的一张合影，一件不知是什么年代的细纺绸的小褂，几十斤全国粮票，和几百块钱（那是我有时候出门留给她的零花钱），还有就是这封信。

1998 年春节

生命不仅属于自己

母亲已经去世十几年了，怪得很，还是在梦中常常见到，而且是那样清晰，母亲一如既往地绽开着皱纹纵横的笑容向我说着什么。一个人与一个人的生命就是这样系在一起，并不因为生命的结束而终止。

在母亲的晚年，曾经得过一场幻听式的精神分裂症的大病，折腾得她和我都不轻。记得那一年母亲终于大病初愈了，那时，我刚刚大学毕业留在学校里教书。好几年一直躺在病床上，母亲消瘦了许多，体力明显不支，但总算可以不再吃药了，我和母亲都舒了一口气。记不得是从哪一天的清早开始，我忽然被外屋的动静弄醒，忽然有些害怕。因为母亲以前得的是幻听式的精神分裂症，常常就是这样在半夜和清晨时突然醒来跳下床，我真是生怕她的旧病复发，一颗心禁不住一下子提到嗓子眼儿。我悄悄地爬起来往外看，只见母亲穿好了衣服，站在地上甩胳臂伸腿弯腰的，有规律地反复地动作着，那动作有些笨拙和呆滞，却很认真，看得出，显然是她自己编出来的早操，只管自己去练就是，根本不管也没有想到会被人看见。我的心里一下子静了下来，母亲知道练身体了，这是好事，再老的人对生命也有着本能的向往。

大概母亲后来发现了她每早的锻炼吵醒了我的懒觉，便到外面的院子里去练她自己编排的那一套早操，她的胳臂腿比以前有劲多了，饭量也好多了，蓬乱的头发也梳理得整齐得多了。正是冬天，清晨的天气很冷，我对母亲说："妈，您就在屋子里练吧，不碍事的，我睡觉死。"母亲却说："外面的空气好。"

也许到这时我也没能明白母亲坚持每早的锻炼是为了什么，以为仅仅是为了她自己大病痊愈后生命的延续。后来，有一次我开玩笑说她："妈，您可真行，这么冷，天天都能坚持！"她说："咳，练练吧，我身子骨硬朗点儿，省得以后给你们添累赘。"这话说得我的心头一沉，我才知母亲所做的一切是为了孩子，她把生命的意义看得是这样地直接和明了。在以后的很多日子里，我常常想起母亲的这话和她每天清早锻炼身体的情景，便常让我感动不已。一直到母亲去世的那一天，她都没有给孩子添一点累赘。母亲是无疾而终，临终的那一天，她如同预先感知即将到来的一切似的，将自己的衣服包括袜子和手绢都洗得干干净净，整齐地叠放在柜门里。她连一件脏衣服都没有给孩子留下来。

也许，只有母亲才会这样对待生命。她将生命不仅仅看成自己的，而是关系着每一个孩子，她就是这样将她的爱通过生命的方式传递着。

我们常说一个人和一个人感情是可以相通的，其实，一个人和一个人的生命更是可以相连的。

温暖的劈柴

那一年，父亲病故，我从北大荒回到北京，还不到 30 岁，也还没有结婚。那时候，我没有意识到母亲已经老了。那时候，我还年轻，心像长了草，总觉得家狭窄憋屈，一有空就老想往外跑，好像外面的世界真的很精彩，可以让自己散心，也能够让自己成材，便常常毫不犹豫地把母亲一个人孤零零地甩在家里。母亲从来不说什么，由着我的性子，没笼头的马驹子似的到处散逛，在她的眼里，孩子的事，甭管什么事，总是大的。

都说年轻时不懂得爱情，其实，年轻时最不懂得的是父母。

那时候，我在一所中学里当老师，有一次，放寒假了，我没有想到有时间了，可以在家里多陪陪已经老迈的母亲，相反觉得好不容易放假了，打开了笼子的鸟，还不可劲儿地飞？便利用假期和伙伴们到河北兴隆的山区玩了一个多星期。

回来的那天，到家已经是晚上了。推门进屋，屋里黑洞洞的，没亮灯。正纳闷，听见一个老爷子的声音：是复兴回来了吧？然后看见火柴噌噌响了好几声，大概是返潮，终于一闪一闪的，点亮了炉膛里的劈柴。正是冬天，我才感到屋里一股冷飕飕的寒气。

说话的是邻居赵大爷，年龄比母亲还要大几岁，身板很结实。我摸到开关，打开了电灯，才看见母亲蜷缩在床上的被子里。赵大爷对我说：你妈两天没出门了，我担心她一人在家别出什么事，进你家一看，老太太感冒躺在床上起不来了，炉子也灭了，这么冷的天，人哪儿受得了呀。这不赶紧找劈柴生火，连灯都没顾得上开。

炉火很快就生着了，火苗噌噌地往上蹿，屋子里暖和了起来，被子里的母亲也稍稍舒展了腰身。赵大爷一身的灰和劈柴渣儿，母亲对我说多亏了你赵大爷。我连忙谢他，他说街里街坊的，谢什么呀，快给你妈做饭吧。母亲连连摆手，说嘴里一点儿味儿没有，不想吃，让我先坐壶开水。我往水壶里灌好水，坐在炉子上，回过头看了一眼瘦弱的母亲，心里充满愧疚。

赵大爷出门前，回头对我说：你要不先到我家拿点儿劈柴去，你家的劈柴没有了，我刚才找了半天，才找出一点儿，刚刚够点着火炉子，省得明天火要是又灭了，你没的使。

我跟着他走到他家，他抱来满满一怀劈柴放到我的怀里，送我走出他家院门的时候，对我说了这么一句话，如今三十多年过去了，我还清晰地记得。他说：复兴呀，原来孔圣人说父母在，不远游，现在别说是你们年轻人了，就是搁谁也做不到，但改一个字，父母老，不远游，还是应该能做到的。

那天的晚上，没有星星，天很黑，很冷。走在回家的夜路上，耳边老响着赵大爷的这句话。心里很惭愧，怀里的劈柴很沉，但很暖。

母亲的学问

二十四年前，我从北大荒插队回到城里，挨过了一段待业的日子，终于找到了一份工作：在一所中学里当老师。每月42元5角的工资，这是我拿到的第一份工资，以后每月都把工资如数交给母亲。我和母亲两人就要靠这每月42元5角的工资过日子。

这时候，我的一个同学在旧书店里看见有一套十卷本的《鲁迅全集》，20元钱。他知道我喜欢书，肯定想要这一套《鲁迅全集》，怕别人买走，便替我买了下来。20元钱买一套《鲁迅全集》确实不贵，但以当时我家的生活水平来看，20元将近占了我一个月工资的一半，刚刚交给了母亲工资，我怎么好意思再要回将近一半的钱来买书呢？

我有些犹豫，心里却惦记着这套《鲁迅全集》。大概像所有孩子的心事都瞒不过母亲一样，母亲看出了我的心事。她从装钱的小箱子里拿出了20元钱递给我，让我去买书。她说你放心，我这儿有过日子的钱，你不用操心！

后来，我知道那是母亲从每月那可怜巴巴的42元5角的工资里一点点节省下来的。

母亲把42元5角经营得井井有条，沙场秋点兵一样，让这42元5角每分钱都恰到好处地派上用场；让这个已经破败得千疮百孔的家，重新张起了有些生气的风帆。

那时，水果才几毛钱一斤，母亲从来不买，她只买几分钱一斤的处理水果，在我还没有到家的时候，把水果上那些烂掉的、坏掉的部分用刀子剜掉，用水洗得干干净净，摆在盘子里等我回来一起吃。

有一次，母亲洗好了、剜好了这样一盘新买来的小沙果，恰巧，我的几个学生找到我家来看我，我赶紧把这些小沙果拿进了里屋，我有些不好意思让学生看见我生活的寒酸。偏偏母亲没觉得这样有什么不好，她从里屋里把沙果又端了出来，招待学生们吃。我觉得很伤我的自尊，心里很别扭。

等学生走后，我向母亲发脾气，赌气不吃那盘烂沙果。母亲听着，没说什么，只是默默地吃着那盘烂沙果。

事后，我有些后悔冲母亲发脾气。我虽然亲身经历着生活的艰难，但我并不真正懂得了生活，我不懂得生活其实是一天接连一天的日子，不管每一天是苦是乐、是希望着还是失望着、是有人关心还是被人遗忘……都是要去过的，而要过的每一天物质需要最起码的要求就是节省。

节省和节约不一样。节约，是自己还有一些东西，只不过不要大手大脚一下子用完花光；节省不是这样，节省是东西本来就这么些，要在短缺局促的方寸之间做道场。节约，像是衣柜里有许多服装，只是不要光穿那些漂亮的豪华的衣服，要拣些朴素的穿；节省，却是根本没有那么些衣服，甚至没有衣柜，必须要将破旧的衣服补上补丁来穿。节约是自我约束的一种品质，节省却是一门从艰辛生活中学来的学问，在平常的日子里尤其是在富裕的日子里不会学到的。

那确实是母亲的一门学问。

1995 年元旦

忽然想起了棉花

如今，在城里已经很少能见到棉花了。

这想法，是在偶然间一闪而过的。闪过之后，我有些吃惊。人真的可以不需要棉花了吗？城市真的可以离开棉花了吗？在人类发展史上，棉花的出现，曾经是何等地重要，它让人终于可以不用树叶、兽皮遮羞、取暖，而用棉花纺线织布，创造出了衣服。

如今，在城里衣服已经被服装甚至时装取代。五颜六色的服装和时装，款式越来越新潮，面料用纯棉布的已经少得几乎看不见。混纺品、化纤品早开始粉墨登场。即使原来要絮棉花的棉衣，里面早用羽绒了；原来要弹棉花套的棉被，里面早用太空棉了。

棉花，在城里越来越难见到了。

忽然意识到这一点，我不知道是有些伤感，还是高兴。是因为城市发展得太快、科技发展得太快，棉花已经被更新换代而显得名落孙山？还是因为我们已经越来越远离了淳朴天真的大自然，崇尚的再不是田野里热烘烘的阳光和晶莹湿润雨露滋养出来的东西，而是那些人造的、合成的、经过分子式重新排列组合的化学反应之后的东西了？

如今，真是谁会再穿用棉花絮得老厚老厚笨重的棉袄棉裤呢？

棉花，当然渐渐离我们远去了。

记得小时候，甚至年轻的时候，在城里还能见到棉花。虽然不多，但是还能见到。那时，每年每人能有半斤棉花票，可以用这棉花票买到棉花。每半斤棉花用纸包好一圈，两头露着雪白雪白的棉花，再用纸绳一系，从商店提到家，身上粘着好多棉絮，很像是从田间棉花地里走来。棉花很轻，半斤是不小的一包呢，蓬蓬松松、暄暄腾腾，提着棉花，连自己的身子都变得也轻了，走起道来，像是踩着棉花一样飘乎乎的。买棉花总能给人带来轻松。大概因为棉花本来就轻松、洁白的原因吧，将人的心情也絮得绵软了。

那时候，家里的棉被、棉衣，都是妈妈用棉花絮的。她老人家坐在床里边，把雪白的棉花摊开在自己身边，把棉花摊平，一层层絮下来，不一会儿，满床都是平展展的棉花了。她便像坐在一片白云彩里面了。而她的手上、眉毛上、头发上，粘满了棉花毛儿，满屋子里飘飞着棉花毛儿，处处看得见、闻得到来自田野的清新气息。尤其是当棉衣和棉被被絮好了新棉花，拿到院子里晾衣绳上一晾，穿在身上或盖在身上之后，能闻得见、感觉得到阳光的味道和分量，全是由于棉花可以像吸水一样将阳光吸满每一丝棉絮里去的呀……

如今，还能找得到这种感觉和乐趣吗？我们可以穿上羽绒服、盖上太空被，可以很保暖、很美观，但没有了棉花能给予我们的那种感觉了。

那时候，过年开联欢会时，我常和小伙伴们用棉花粘在嘴上和眼眶上面，当作白胡子、白眉毛，装扮成新年老人登台演节目。棉花，总能意想不到地帮助我们这些调皮的小孩子，便宜得不用花一分钱就成全我们好多好事。棉花，是我们童年要好的伙伴，温暖着伴我们长大……

如今的小孩子们，可以花一元钱，买上一大团棉花糖。雪白、雪白的，像是棉花，毕竟不是真正的棉花。

娘的四扇屏

这一次来呼和浩特姐姐家，发现客厅的墙上多了两幅国画，一幅童子和牛，一幅展翅的飞鹰，都裱成立轴，尤其是牵牛的两个古代童子，面容清纯，憨态可掬，很是不错。一问，才知道是姐姐的大女儿退休之后上老年大学学画的。然后，姐姐又说：这点随咱娘，咱娘手就巧，能描会画。说着她指指客厅的另一面墙，对我说，你看，那就是咱娘绣的。

我一看，墙上挂着四扇屏。屏中是四面四季内容的传统丝绣，一看年代就够久远了，缎面已经显旧，颜色有些暗淡。但是，丝线的质量很好，依然透着光泽，比一般的墨色和油画色还能保鲜。

春绣的是凤凰戏牡丹。牡丹的枝叶，像被风吹动，蜿蜒伸展自如，柔若无骨；有趣的是凤凰凌空展翅，多情又有些俏皮地伸着嘴，衔着牡丹上面探出的一根枝条，像是用力要把这一株牡丹都衔走，飞上天空。右上方用红丝线绣着两行小字：牡丹古人称花王。

夏绣的是映日荷花。绿绿的荷叶亭亭，粉红色的荷花格外婀娜，还横刺出一支绿莲蓬。荷花上有一只蜜蜂飞舞，水草中有一只螃蟹弄水，有意思的是，最下面的浪花全绣成了红色。右上方也是用红丝线绣着两行小字：夏月荷花阵阵香。

秋绣的是菊花烹酒。没有酒，只有一大一小、一上一下，两朵金菊盛开，几瓣花骨朵点缀其间，颜色很是跳跃。上面还有一只蝴蝶在花叶间翻飞，下面有一只七星瓢虫，倒挂金钟般在花枝下，像荡秋千。最底下的水里，有一条大眼睛的游鱼，有一只探出犄角来的小蜗牛，充满童趣。左上方用墨绿色的丝线绣着两行小字：菊花烹酒月中香。

冬绣的是传统的喜鹊登梅。五瓣梅花，绣成了粉红色、淡紫色和豆青色，点点未开的梅萼，红的，粉的，深浅不一，散落在疏枝之间，如小星星一样闪闪烁烁。喜鹊的长尾巴绣成紫色，翅膀黑色的羽毛下藏着几缕苹果绿，肚皮绣成了蛋青色。最下面的几块镂空的上水石，则被完全抽象化，绣成五彩斑斓的绣球模样了。依然是为了左右对称，在左上方用墨绿色的丝线绣着两行小字：梅萼出放人咸爱。

绣得真是清秀可爱。心里暗想，或许是"出"字绣错了，应该是"初"字。我知道娘的文化水平不高，好多字是结婚以后父亲教她的。

我问姐姐：这个四扇屏，以前我来过你家那么多次，怎么从来没有见过？

姐姐说，这也是前些日子她刚拿出来的，然后做了四个框，才挂在墙上的。然后，姐姐告诉我，这是娘做姑娘时候绣的呢。

姐姐从来称母亲作娘。或是母亲去世后，父亲从老家为我和弟弟娶回来继母的缘故吧，为了区别，我们都管继母叫妈，管生母叫娘。

我是第一次见到我娘的这个四扇屏。我娘死得早，37岁就突然病故，那一年，我才5岁。我没有见过娘留下的任何遗物。在家里，只存有娘的一张照片，那是葬礼上的一幅遗照，成为联系我和娘生命与情感的唯一凭证。

说实在的，由于那时候年龄小，我的脑海和记忆里，娘的印象是极其模糊的。突然见到这四扇屏，心里有些激动，禁不住贴近墙面，想仔细看，忽然有种感觉，好像不知是这面墙热，还是四扇屏有了热度，一下子觉得有了一种温暖的感觉，好像就贴在娘的身边。

这面墙正对着阳台的玻璃窗，四扇屏上反光很厉害，跳跃着的光点，晃着我的泪花闪烁的眼睛，一时光斑碰撞在一起，斑驳迷离。春夏秋冬的风景，仿佛晃动交错在一起，很多记忆，蜂拥而至，随四季变换而缤纷起来。而且，本来似是而非早已经模糊的娘的影子，似乎也水落石出一般，在四扇屏上清晰地浮现出来。

从北京来呼和浩特之前，我已经在心里算过了，如果娘活着，今年整整 100 岁。我对姐姐说了这话之后，姐姐一愣，然后说，可不是怎么着，娘 20 岁生下的我。我今天都 80 岁了。说完，姐姐又望望墙上的四扇屏。她没有想到娘的 100 岁，却正好赶上了娘的 100 岁。不是心里的情分，不是命运的缘分，又是什么？

亏了姐姐的心细，将这个四扇屏珍藏了八十年。这八十年，不要说经历了抗战和内战的战乱中的颠沛流离，就是"文化大革命"的"破四旧"运动，也够姐姐受的了。四扇屏是娘留下来唯一的遗物了。我才忽然发现，遗物对于人尤其是亲人的价值。它不仅是留给后人的一点仅存的念想，同时也是情感传递和复活的见证。

我想起去年夏天曾经读过徐渭的一首七绝诗，当时觉得写得好，抄了下来："箧里残花色尚明，分明世事隔前生。坐来不觉西窗暗，飞尽寒梅雪未晴。"他是写给自己亡妻的，看到箧里妻子旧衣上的残花而心生的感受与感喟，却是和我此时的心情那样地相同。有时候，真的会觉得冥冥之中的心理感应，莫非去年此时，徐渭的诗就已经昭示了今天我要像他在偶然之间看到亡妻的遗物一样，在突然之间和娘的遗物相遇？让相隔世事的前生，特别在娘100岁的时候，和我有一个意外的邂逅？

只是，和姐姐相对而坐，面临的不是西窗，而是南窗；飞落的不是梅花和雪花，而是一春以来难得的细雨潇潇。

我想，娘一定在四扇屏上看着我们。那上面有她绣的牡丹、荷花、菊花和梅花，簇拥着她，也簇拥着我们。

2015 年 6 月 4 日记于呼和浩特细雨中

姐　姐

这个世界上最先让我感觉到至为圣洁而宽厚的爱，而值得好好活下去的，一个是母亲，一个是姐姐。

一

年轻时，姐姐很漂亮，只是脾气不好，这一点儿随娘。在我和弟弟落生的时候，娘都把姐姐赶出家门远远地到城外去，说她命硬，会冲了我们降生的喜气。我和弟弟都是姐姐抱大的，只要我们一哭，娘常常不问青红皂白先要把姐姐骂上一顿，或者打上几下。可以说，为了我和弟弟，姐姐没少受气，脾气渐渐变得躁而格外拧。

可是，姐姐从来没对我和弟弟发过一次脾气。即使现在我们已经长大成人，在她眼里依然还像依偎在她怀中的小孩。

姐姐的脾气使得她主意格外大，什么事都敢自己做主。娘去世的那一年，她偷偷报名去了内蒙古。那时，正修京包铁路线，需要人。那时，家里生活愈发拮据，娘去世后一大笔亏空，父亲瘦削的肩已力不可支。临行前，姐姐特地在大栅栏为我和弟弟买了双白力士鞋，算是再为娘戴一次孝，带我们到劝业场照了张照片。带着这张照片，姐姐走了，独自一人走向风沙弥漫的内蒙古，虽未有昭君出塞那样重大的责任，但一样心事重重地为了我们而离开了北京。我和弟弟过早尝到了离别的滋味，它使我们过早品尝人生的苍凉而早熟。从此，火车站灯光凄迷的月台，便和我们命运相交无法分割。

那一年，姐姐17岁。

第二年，姐姐结婚了。她再一次自作主张让父亲很是惊奇得无奈。春节前夕，她和姐夫从内蒙古回到北京，然后回姐夫的家乡任丘。姐夫就是从那里怀揣着一本孙犁的《白洋淀纪事》参加革命的，人脾气很好，正好和姐姐成了鲜明的对比。

以后，我和弟弟便盼姐姐回来。因为每次姐姐回来，都会给我们带回许多好吃的、好玩的。我们还是不懂事的小馋猫呀！记得三年困难时期，姐姐到武汉出差，想买些香蕉带给我们，跑遍武汉三镇，只买回两挂芭蕉。那是我第一次吃芭蕉，短短的，粗粗的，口感虽没有香蕉细腻，却让我难忘。望着我和弟弟贪婪地吃着芭蕉的样子，姐姐悄悄落泪。那时，我不明白姐姐为什么要落泪。

那一次，姐姐和姐夫一起来北京，看见我和弟弟如狼似虎贪吃的样子，没说什么。正是我们长身体的时候，肚子却空空的像无底洞，家里粮食总是不够吃……父亲念叨着。姐姐掏出一些全国粮票给父亲，第二天一清早便和姐夫早早去前门大街全聚德烤鸭店排队。那时，排队的人多得不亚于现在办出国签证。我不知道姐姐、姐夫排了多长时间的队，当我和弟弟放学回家时，见到桌上已经摆放着烤鸭和薄饼。那是我们第一次吃烤鸭，以为该是世界上最好吃的东西了。望着我们一嘴油一手油可笑的样子，姐姐苦涩地笑了。

盼望姐姐回家，成了我和弟弟重要的生活内容。于是，我们尝到了思念的滋味。思念有时是很苦的，却让我们的情感丰富而成熟起来。

　　姐姐生了孩子以后，回家探亲的日子越来越少。她便常寄些钱来，父亲拿这些钱照样可以买各种各样的东西给我们，我却感到越发思念姐姐了。我们盼望姐姐归来已经不仅仅为了馋嘴，一股浓浓依恋的情感已经长成枝繁叶茂的大树，即使无风依然要婆娑摇曳。

　　终于，又盼到姐姐回来了，领着她的女儿。好日子太不禁过，像块糖越化越小，即使再精心地含着。既然已经是渴望中的重逢，命中必有一别。姐姐说什么也不要我和弟弟送，因为姐姐来的第二天，正是少先队宣传活动，我逃了活动挨了大队辅导员的批评。那一天中午，姐姐带我们到家附近的鲜鱼口联友照相馆。照相前，她没带眉笔，划着几根火柴，用火柴上烧后的可怜的一点点如笔尖上点金一样的炭，分别在我和弟弟眉毛上描了描，想把我们打扮得漂亮些。照完相回到家整理好行装，我和弟弟送姐姐她们娘俩到大院门口，姐姐不让送了，执意自己上火车站，走了几步，回头看我们还站在那里，便招招手说："快回去上学吧！"我和弟弟谁也没动，谁也没说话，就那样呆呆站着望着姐姐的身影消失在胡同尽头。当我们看到姐姐真的走了，一去不返了，才感到那样悲怆，依依难舍又无可奈何。我和弟弟悄悄回到大院，一时不敢回家，一人伏在一棵丁香树旁默默地擦眼泪。

　　我们不知在那里站了多久，一直到一种梦一样的声音突然在耳边响起，抬头一看，竟不敢相信：姐姐领着女儿再次出现在我们的面前，仿佛她早已料到会有这样的场面一样。她摸摸我们的头说："我今儿不走了！你们快上学吧！"我们破涕为笑。那一天过得格外长！我真希望它能够永远"定格"！

二

在一次次分离与重逢中，我和弟弟长大了。1967 年年底，弟弟不满 17 岁，像姐姐当年赴内蒙古一样自作主张报名去青海支援三线建设，一腔天涯何处无芳草的慷慨豪壮。姐姐以为他去西宁一定要走京包线的，就在呼和浩特铁路站一连等了他三天。姐姐等不及了，一脚踏上火车直奔北京，弟弟却已走郑州直插陇海线，远走高飞了。姐姐不胜悲恻，把原本带给弟弟的棉衣给了我，又带我跑到前门买了顶皮帽，仿佛她已经有了我也要走的先见之明一样。我只是把她本来送弟弟的那一份挚爱与牵挂统收下了。执手相对，无语凝噎，我才知道弟弟这次没有告别的分手，对姐姐的刺激是多么大。天涯羁旅，茫茫戈壁，会时时跳跃着姐姐一颗不安的心。

就在姐姐临走那天夜里，我隐隐听到一阵微微的哭泣声，禁不住惊醒一看，姐姐正伏在床上，为我赶缝一件棉坎肩。那是用她的一件外衣做面、衬衣做里的坎肩。泪花眯住她的眼，她不时要用手背擦擦，不时拆下缝歪的针脚重新抖起沾满棉絮的针线……

我不敢惊动她，藏在棉被里不敢动窝，眯着眼悄悄看她缝针、掉泪。一直到她缝完，轻轻地将棉坎肩放在我的枕边，转身要去的时候，我怎么也忍不住了，一把伸出手，紧紧抓住她的胳膊。我本以为我一定控制不住，会大哭起来，可我竟一声没哭，只是一句话也说不出来，喉咙和胸腔里像有一股火在冲，在拱，在涌动……

我就是穿着姐姐亲手缝制的棉坎肩，带着她的棉衣、皮帽以及绵绵无尽的情意和牵挂，踏上北去的列车到北大荒去的。那是弟弟走后不到一年的事。从此，我们姐仨一个东北、一个西北、一个内蒙古，离得那么远那么远，仿佛都到了天尽头。我知道以往月台凄迷灯光下含泪的别离，即使是痛苦的，也难再有了，而只会在我们各自迷蒙的梦中。

　　我和弟弟两个男子汉把业已年老的父亲孤零零甩在北京。当我们自以为的革命是何等辉煌之际，家正走向颓败。世态炎凉与人心险恶，是我万未料到的，以为"红色海洋"会荡涤出一片清纯和美好来。就在我离开家不久，父亲被人赶至两间破旧、矮小的房子里，原因是我家走了我和弟弟两个大活人，用不着那么大的空间，外加父亲曾经参加过国民党。老实又胆小的父亲便把家乖乖迁徙到这两间小黑屋中。最可气的是窗户跟前还有一个自来水龙头，全院人喝水洗涮全仰仗它，每天从早到晚的吵闹声使人无法休息，而且水洇得全屋地下潮漉漉的，爬满潮虫。

　　就在这一年元旦前夕，姐姐、姐夫来到北京开会。他们本可以住到招待所，看到家颓败到这种模样，老人孤零零如风中残烛，便没有住在别处，而在这潮漉漉、黑漆漆的小屋过夜，陪伴、安慰着父亲孤寂的心。这就是我和弟弟甩给姐姐的家。那一夜，查户口的突然不期而至，是为了给父亲要要威风看的。姐姐首先爬起床，气愤得很。查户口的厉声问："你是什么人？"姐姐嗓门一向很大："我是他女儿。"又问姐夫："你呢？"姐夫掏出工作证，不说一句话，他太清楚这些人的嘴脸，果然，他们客气地退去了。那工作证上写着：中共党员、呼和浩特铁路局监委书记。

　　姐姐、姐夫走的那一天清早，买了许多元宵，煮熟吃时，姐姐、姐夫和父亲却谁也吃不下。元宵本该团圆之际吃，而我和弟弟却远走天涯。她回内蒙古后不时给父亲寄些钱来，其实那本该是我和弟弟的责任。姐姐也常给我和弟弟分别寄些衣物食品，她把她的以及远逝的那一份母爱一并密密缝进包裹之中。她只要我常常给她写信、寄照片。

当我有一次颇为自得地写信告诉她我能扛起九十公斤重的大豆踩着颤悠悠三级跳板入囤时，姐姐吓坏了，写信告诉我她一夜未睡，叮嘱我一定小心，千万别跌下来，让姐一辈子难得安宁。

又一次她看见我寄去的照片，穿着临走时她给我的那件已经破得不成样子的棉衣，补着我那针脚粗粗拉拉实在难看的补丁，又腰扎一根草绳时，她哭了，哭得那样伤心，以致姐夫不知该怎么劝才好……

三

当我像只飞得疲倦的鸟又飞回北京，北京没有如当年扯旗放炮欢送我一样欢迎我。可怜巴巴的我像条乞讨的狗一样，连一份工作都没有，只好待业在家，才知道无论什么时候只有家才是憩息地。

从我回北京那一月起，姐姐每月寄来30元钱，一直寄到我考入大学。似乎我理所应当从她那里领取这份"工资"。她已经有三个孩子，一大家子人。而那年我已经27岁！每月邮递员呼喊我的名字，递给我这份寄款单时，我的手心都会发热发颤。仿佛长得这么大了，我还是个嗷嗷待哺的孩子。30元可以派些大的用场，脆薄的自尊与虚荣，常在这几张票子面前无地自容，又无法弥补。幸亏待业时间不长，一年多后，我找到了工作，在郊区一所中学教书。我把消息写信告诉姐姐，要她不要再寄钱给我，我已经有了每月42元5角的工资。谁知，姐姐不仅依然按月寄来30元钱，而且寄来一辆自行车，告诉我"车是你姐夫的，你到郊区上班远，骑车方便些，也可以省点儿汽车钱……"。

我从火车货运站取出自行车，心一阵阵发紧。这辆银色的自行车跟随姐夫十几年。我感到车上有姐姐和姐夫的殷殷心意，只觉得太对不起他们，不知要长到多大才不要他们再操心！

我盼望着姐姐能再来北京，机会却如北方的春雨难得了。只是有一次姐姐突然来到北京，让我喜出望外。那是单位组织她到北戴河疗养。她在铁路局房建段当管理员，平凡的工作，却坚持天天不迟到、不请假、坚守岗位，因此年年评什么先进工作者都要评上她。这次到北戴河便是对她的奖励，第一次，也是最后一次。十几年没见面了，姐姐明显老了许多，更让我惊奇的是大热的天，她还穿着棉毛裤。我问她怎么啦，她说早就得了风湿性关节炎。其实，我们小时候，她的腿就已经坏了，那时候我没注意罢了。我们长大了，姐姐老了，花白的头发飘飞在两鬓。她把她的青春献给了内蒙古，也融入了我和弟弟的血肉之躯！

我和弟弟都十分想念姐姐。想想，以往都是她千里奔波来看我们，这次，我大学毕业，弟弟考取研究生，利用暑假，我们各自带着孩子专程去看望一下姐姐！这突然的举动，好让姐姐高兴一下！是的，姐姐、姐夫异常高兴，看见了我们，又看见了和我们当年一般大的两个孩子，生命的延续让人感到生命的力量。临离开北京前，我特意买了两挂厄瓜多尔进口大香蕉，那曾是小时候姐姐和我们最爱吃的。我想让姐姐吃个够！谁知，姐姐看着这样橙黄、硕大的香蕉，不舍得吃，非让我们吃。我和弟弟不吃，她又让两个孩子吃。两个孩子真懂事，也不吃。直至香蕉一个个变软、变黑，最后快要烂了，还是没人吃。没人吃，也让人高兴！姐姐只好先掰开一只香蕉送进嘴里："好！我先吃！都快吃吧，要不浪费了多可惜！"我从来没有吃过这样美味的香蕉！我想起小时候姐姐从武汉买回的那把芭蕉。人生的滋味真正品味到了，是我们以全部青春作为代价。

昭君墓就在呼和浩特近郊，姐姐在这里生活了这么长时间，却从来没有去过一次。我们撺掇姐姐去玩一次。她说："我老了，腿也不行，你们去吧！"一想到她的老关节炎腿，也就不再劝，我们去的兴头也不大，便带着孩子到城里附近的人民公园去玩。不想那天玩到快出公园大门，天突然浓云四布，雷雨大作。塞外的豪雨莽撞如牛，铺天盖地而来，那阵势惊人，不知何时才能停下来。我们只好躲在走廊里避雨，待雨稍稍小下来，望望天依然沉沉的，索性不再等雨过天晴，领着孩子向公园门口跑去。刚跑到门口，就听前面传来呼唤我和弟弟的声音。真没有想到，是姐姐穿着雨衣，推着车，站在路旁招呼我们，后车座上夹满雨具，不知她在这里等了多久！雨珠一串串从打湿的头发梢上滚下来，雨衣挡不住雨水的冲击，姐姐的衣服已经湿漉漉一片，裤子已经完全湿透，紧紧包裹在腿上……

姐姐！无论风中、雨中，无论今天、明天，无论离你多近、多远，我会永远这样呼唤你，姐姐！

1992 年 3 月 9 日于北京

独草莓

　　姐姐家在呼和浩特，她住一楼，房前有块空地，种着一株香椿树、一株杏树，和一株苹果树。退休之后，姐姐把这块空地开辟成了菜园。翻土，播种，浇水，施肥……每天乐此不疲。姐姐一辈子在铁路局工作，年年的劳动模范，局里新盖了高层楼，分她新房，面积多出三十多平方米。她不去，舍不得她的这片菜园。孩子们都说她，如今，一平方米房子值多少钱？你那破菜园能值几个钱？却谁也拗不过她，只好随了她。

　　我已经好多年没有见到姐姐了。今年，是姐姐的八十大寿，说什么也要来看看姐姐。想想六十三年前，1952年，姐姐17岁，就只身一人来到内蒙古，修新建的京包线铁路。那时候，我才5岁，弟弟两岁，母亲突然逝去，姐姐是为了帮助父亲扛起家庭的担子，才选择来到了塞外。姐姐每月往家里寄30元钱，一直寄到我21岁到北大荒插队。那时候，姐姐每月的工资才有几十元钱呀。姐姐说起来当年她要来内蒙古前离开家时，我和弟弟舍不得她走，抱着她的大腿哭的情景，仿佛岁月没有流逝，一切都恍若目前。

　　来到姐姐家，先看姐姐的菜园。菜园不大，却是她的天堂，那里种着她的宝贝。特别是姐夫前几年病逝之后，那里更是她打发时光消除寂寞的好场所。菜园被姐姐收拾得井井有条。丝瓜扁豆满架，倭瓜满地爬，小葱棵棵似剑，韭菜根根如阵，西红柿、黄瓜和青椒，在架子上红的红，青的青，弯的弯，尖的尖……忍不住想起中学里学过的吴伯箫的课文《菜园小记》里说的，真的是姹紫嫣红。这么多的菜，吃不完，送给邻居，成了姐姐最开心的事情。

菜园旁，立着一个大水缸，每天洗米洗菜的水，姐姐从厨房里一桶一桶拎出来，穿过客厅和阳台，走进菜园，把水倒进水缸，备用浇菜。节省一辈子的姐姐，常被孩子们嘲笑，而且，劝她说现在菜好买，什么菜都有，就别整天忙乎这个了，好好养老不好吗？姐姐会说，劳动一辈子了，不干点儿活儿难受。想想，在风沙弥漫的京包铁路线上餐风饮露，这是她念了一辈子的经文，笃信难舍。再想想，人老了，其实不是享清闲，而是怕闲着，能有点儿事干，而且，这事干着又是快乐的，便是养老的最好境界了。姐姐种的那些菜，便有她自己的心情浸透，有她往事的回忆，是孩子都上班上学去之后孤独时的伙伴，她可以一边侍弄着它们，一边和它们说说话。

夸她的菜园，就像夸她的孩子一样地让她高兴。我对她的菜园赞不绝口。姐姐指着菜园前面绿葱葱的植物，我没认出是什么。她对我说，这里原来种的是生菜和小水萝卜，今年闹虫子，我把它们都给拔了，改种了草莓。不知怎么闹的，也可能是我不会种这玩意儿，你看，一春天都过去了，只结了一个草莓。

我跟着她走过去，俯下身子仔细看，才看见偌大的草莓丛中，果然只有一颗草莓，个头儿不大，颜色却很红，小小的红宝石一样，孤独地藏在叶子下面，好像害羞似的怕人看见。

孩子们看着它好玩，都想摘了吃，我没让摘。姐姐说。我问她，干吗不摘，时间久，回头再烂了，多可惜。姐姐笑着说，我心里盼望着有这么一个伴儿在这儿等着，兴许还能再结几个草莓！

相见时难别亦难，和姐姐分手的日子到了，离开呼和浩特回北京的前一天的晚上，姐姐蒸的米饭，我炒的香椿鸡蛋，做的西红柿汤，菜都来自姐姐的菜园。晚饭后，姐姐出屋去了一趟菜园，然后又去了一趟厨房，背着手，笑眯眯地走到我的面前，像变戏法一样，还没等我猜，就伸出手张开来让我看，原来是那颗草莓。你尝尝，看味儿怎么样？姐姐对我说。

我接过草莓，小小的，鲜红鲜红的，还沾着刚刚冲洗过的水珠儿，真不忍心下嘴吃。姐姐催促着，快尝尝！我尝了一口，真甜，更难得的是，有一股在市场买的和采摘园里摘的少有的草莓味儿。这是一种久违的味儿。

2015 年 6 月 8 日写于呼和浩特归来

今朝有酒

　　我家以往并没有嗜酒如命的人。细想一下，也就是父亲在世的时候爱喝两口酒，不过是两瓶二锅头要喝上一个月，八钱的小盅，每次倒上大半盅，用开水温着，慢慢地啜饮，绝不多喝。

　　如今，弟弟却迷上了酒。几乎不可一日无酒，而且常醉，醉得将胆汁都吐出来，他依然喝。命中注定，他这一辈子难以离开酒。辛弃疾词云"我饮不须劝，正怕酒樽空"，说他丝毫不差。家中并无此遗传因素，真不知他这酒是从何染上瘾的。

　　想想，该怨父亲。弟弟在家里属老小，小时候，一家人围在桌前吃饭，父亲常娇惯他，用筷子尖蘸一点儿酒，伸进他的嘴里，辣得弟弟直流泪。每次饭桌前这项保留节目，增添全家的欢乐，却渐渐让弟弟染上酒瘾。那时候，他才三四岁，还太小呀！

　　不满17岁，弟弟只身一人报到青海高原，说是支援三线建设，说是志在天涯战恶风，一派慷慨激昂。那一天，他到学校找我，我知道一切是板上钉钉，无可挽回了。我们两人没有坐公共汽车，沿着夕阳铺满的马路默默地走回家，一路谁也没有讲话。那天晚上，母亲蒸的豆包，是我们兄弟俩最爱吃的。父亲烫了酒，一家人默默地喝。我记不得那晚究竟喝了多少酒，不过，我敢肯定，父亲喝得多，而弟弟喝得并不多。他还是个孩子，白酒辛辣的刺激，对于他过早些，滋味并不那么好受。

三年后，我们分别从青海和北大荒第一次回家探亲，他长高了我半头，酒量增加得让我吃惊。我们来到王府井，那时北口往西拐一点儿，有家小酒馆，店铺不大，却琳琅满目，各种名酒，应有尽有。弟弟要我坐下，自己跑到柜台前，汾酒、董酒、西凤、洋河、五粮液、竹叶青……一样要了一两，足足十几杯子，满满一大盘端将上来，吓了我一跳。我的脸立刻拉了下来："酒有这么喝的吗？喝这么多？喝得了吗？"弟弟笑着说："难得我们聚一次，多喝点儿！以前，咱们不挣钱，现在我工资不少，尝尝这些咱们没喝过的名酒，也是享受！"

我看着他慢慢地喝。秋日的阳光暖洋洋、懒洋洋地洒进窗来，注满酒杯，闪着柔和的光泽。他将这一杯杯热辣辣的阳光一口一口地抿进嘴里，咽进肚里，脸上泛起红光和一层细细的汗珠，惬意的劲儿，难以言传。我知道，确如他说的那样，喝酒对于他已经是一种享受。三年的时光，水滴也能石穿，酒不知多少次穿肠而过，已经和他成为难舍难分的朋友。

想起他孤独一人，远离家乡，在茫茫戈壁滩上的艰苦情景，再硬的心也就软了下来。还是个没长大的孩子，就爬上高高的井架，井喷时喷得浑身是油，连内裤都油浸浸的。扛着百斤多重的油管，踩在滚烫的戈壁石子上，滋味并不好受。除了井架和土坯的工房，四周便是戈壁滩。除了芨芨草、无遮无挡的狂风，四周只是一片荒凉。没有一点儿业余生活，甚至连青菜和猪肉都没有。只有酒。下班之后，便是以酒为友，流淌不尽地诉说着绵绵无尽的衷肠。第一次和老工人喝酒，师傅把满满一茶缸白酒递给了他。他知道青海人的豪爽，却不知道青海人的酒量。他不能推托，一饮而尽，便醉倒，整整睡了一夜。从那时候起，他换了一个人。

他的酒量出奇地大起来。他常醉常饮。他把一切苦楚与不如意，吞进肚里，迷迷糊糊进入昏天黑地的梦乡。他在麻醉着自己。其实，这是对自己命运无奈的消极。但想想他那样小而且远在天涯，那样孤独无助，又如何要他不喝两口酒解解忧愁呢？"人间路窄酒杯宽"，一想到这儿，便不再阻拦他喝酒。世道不好或在世道突然变化的时候，酒都是格外畅销的。酒和人的性格相连，也与世道胶黏，怎么可单怪罪弟弟呢？

这几年，世道大变。"四人帮"粉碎之后，弟弟先是调到报社，然后升入大学、考上研究生。可是，"文章为命酒为魂"，他的酒依然有增无减。我的酒与世道的理论在他面前一无所用。

他照样喝，时有小醉或大醉，甚至住过医院。家里最怕来客人，因为他往往会热情得过分，借此大喝一通，不管人家爱喝不爱喝，他非要把一瓶瓶像手榴弹一样排成一列的啤酒喝光，再把白酒喝得底朝天，直至不知东方之既白。我最担心过春节，因为那是他喝酒的节日，从初一喝到十五，天天酡颜四起、酒气弥漫，让家人不知所从，似乎跟着他一起天天泡在酒缸里一般。有几次，从朋友家喝完酒归家，醉意蒙眬，骑车带着儿子，儿子迷迷糊糊睡着了，他竟将儿子摔下去，自己却全然不知，独自一人一摇三晃风摆杨柳一样骑回家。有一次，和头头脑脑聚餐，喝得兴起胆壮，酒后吐真言，将人家狗血淋头一通痛骂，最后又如电影里赴宴的共产党人义愤填膺将酒桌掀翻……

这样的事虽只是偶尔发生，却让人提心吊胆。他妻子便给我写信求救。虽远水解不了近火，我依然消防队员般扑救。只是我一次次做着无用功，他一次次依然喝。我唯一能够做的，是他回北京住我这里，控制他的酒量。但是，晚上酒未喝足，见他躺在床上辗转反侧、半宿半宿亮着灯光看书那痛苦的样子，心里常动恻隐之情。他无法离开酒，就让他喝吧！喝痛快之后，他倒头就睡，宠辱皆失、物我两忘的样子，让人心里还好受些。不过，我常将这涌起的恻隐之情斩断在摇篮中。我实在不愿意他成为不可救药的酒鬼。我希望帮他克制这个液体魔鬼！

我发现我这一切都落空。弟弟不和我争执，任我老太婆一样絮絮叨叨数落，任我狠着心就不把他的酒杯斟满。他的心磁针一样依然顽强指向酒，万难更易。实在馋得要命，他便带上我的孩子，到外面餐馆里痛痛快快喝一顿，喝完之后嘱咐孩子："千万别告诉你爸爸！"和我一起外出，他说他渴了，我说那就喝汽水吧，他说汽水不解渴。我知道他在馋酒，只好让他喝。一大杯啤酒饮马一样咕咚咚下肚，他回去退杯时趁我未注意，偷偷回头瞧我一眼，匆忙再要半升一饮而尽，方才心满意足退出酒铺。

去年，我和他一起到新疆采访，开着会却找不见他。不一会儿，他手拎着个酒瓶，站在会议室的门前，实在是立在一个画框里，让人哭笑不得。我们到野外钻井队采访，那里不许喝酒，三天下来可把他憋坏了，刚出井队便跑进商店，不管什么酒先买上一瓶再说。钻进越野车，酒却找不见了。看他麻了爪一样在座椅上下前后翻找的样子，真有些好笑，仿佛守财奴找他的钱包、贵妇人找她的钻戒、当官的找他丢失的大印……他那样子引起大家一阵笑。说心里话，我心里很不是滋味。

我的孩子曾颇为好奇地问他："叔叔，喝醉了以后是什么感觉呀？"他说："有人醉后打架骂人，有人醉后睡大觉，而我醉后是进入仙境！"

他这样对我说："我喜欢林则徐这样一句话：'诗无定律须是将，醉到真乡始是侯'。"

我不知醉到真乡究竟是什么样子，便也难以进入他的仙境之中。或许，人和人的心真是难以沟通，即便是亲兄弟也如此。我知道他生性狷介，与世无争，心折寸断或柔肠百结时愿意喝喝酒；萍水相逢或阔别重逢时也愿意喝喝酒；独坐四壁或置身喧嚣时还愿意喝喝酒……我并不反对他喝酒，只是希望他少喝，尤其不要喝醉。这要求多低、这希望多薄，他却只是对我笑，竖起一对早磨起茧子的耳朵，雷打不透，滴水不进。

从小失去父母，那么小独自一人漂泊天涯，怎不让人牵挂？记着弟弟喝酒成了我的一块心病。虽明知说也无用，偏还要唠叨不已。外出见到那些醉酒的人，总不由得想起弟弟。前年路过莫斯科，见到那么多酗酒的人被抬上警车狼狈的样子，今年在巴塞罗那，遇到醉酒的摩洛哥人拉着我的胳膊云山雾罩要和我攀谈的样子，都让我想起弟弟，莫非这便是醉到真乡、醉入仙境？我相信弟弟绝不致如此，他的真乡与仙境或许更妙，或许是一种解脱和升华，但我宁愿他不要这一切，而只像平常人一样将酒喝得适可而止，将酒视为一种普普通通的饮料。

今年秋天，弟弟千里迢迢来北京出差，虽长途跋涉，又几处换乘颇为不便，没带别的，竟带回一瓶瓷瓶的互助大曲。他掏出几经颠簸却保存完好的酒对我说："这是青稞酒，青海最好的酒！"我哭笑不得。

我们已经不再年轻。17岁的少年痛饮只是往昔的一场梦。这次回家，我发现弟弟明显苍老许多，酒量已不如以前，往往几杯酒下肚，话稠语多，眼睛泛红而混浊，肩膀倾斜，手臂也不时隐隐发抖。我真担心这样喝下去待他年老时会突然支撑不住的。他却一如既往，高声呼道："来，干杯！"

我无法干杯。虽然，我知道弟弟无限情感寄托于此。"功名万里外，心事一杯中"是他曾经抄给我的一句唐诗。但是，我依然不能干。弟弟，我劝你也不要干，而放下你手中的酒杯。尽管这番话也许没有一点儿分量，尽管这番话已经讲了一万遍，我仍然要对你再讲第一万零一遍！

你听到了吗？

1992 年 10 月 4 日于北京

冷湖之春

　　车过当金山，看见前两天刚落的雪，哈达一样飘在山上和路旁。到冷湖，迎接我的首先是风，足有八九级，刮得戈壁滩一片昏黄，正午的太阳仿佛被刮得醉汉一样摇摇晃晃。

　　这是我第四次到冷湖。

　　1967年的冬天，我唯一的弟弟，不到17岁，毅然决然地志愿报名，顶着纷飞的大雪从北京来到了这里，当一名石油修井工人。他寄回家的第一张照片，头戴铝盔身穿厚厚的轧满方格的棉工作服，登上高高的石油井架，仿佛要摸着蓝天白云。他在信中告诉我的第一件事，是井喷抢险，原油如雨一样喷湿了他的全身，连里面的裤衩都浇得透透的。冷湖，就这样地从那遥远的地方闯进了我的视线，变得含温带热，可触可摸，富于生命，富于情感，让我的心充满着牵挂、悬想和担忧。

　　1981年，我在中央戏剧学院读书的最后一年，学院组织毕业实习。那时，是金山先生当院长，开明得很，让我们自己选择地方，只要不出国，哪里都行。我毫不犹豫地选择了冷湖。它是那样的遥远，从北京坐了三天两夜的火车，到达甘肃的柳园，弟弟早早等在了那个沙漠中孤零零的小站接我。又坐上一辆五十铃大卡车奔波了250多公里，翻过祁连山和阿尔金山交界海拔3680米高的当金山口，进入柴达木盆地再行驶 130 公里，才到达了冷湖。这 380 公里蜿蜒而漫长公路的四周，是一眼望不到边的瀚海戈壁，除了星星点点的芨芨草、骆驼刺和红柳有些灰绿色外，黄色，黄色，扑入眼帘的便都是起伏连绵平铺天边的沙丘单调的黄色。冷湖，是在这无边黄色沙丘包围中的一个小镇。

那一次，我在冷湖住了一个半月，走遍了冷湖的角角落落。我首先来到了冷湖这个地名的发源地，那是一片远没有青海湖大，也赶不上苏干湖和尕斯库勒湖宽阔的高原湖，是阿尔金山的千年积雪融化流下来而形成的湖泊。我去的时候是初秋，正是好季节，湖面上漂浮着蓝天白云，将一湖清新的绿都沉淀在了湖底。谁也不知道这片湖水在柴达木沉睡有多少年，一直到了 1956 年，新中国的第一批女子勘探队闯进了柴达木，勘探到了这里，才发现了它。只不过她们发现它的时候，赶上的是数九寒冬，风沙呼啸，湖水给予她们的是凛冽，她们便给它起了这样一个写实并且有些情绪化的名字：冷湖。这个名字冷冰冰的，多少有些不吉利，谁想到，第三年，1958 年 9 月 13 日，就在它旁边不远的五号构造区的地中四井喷油了，喷得冲天的黑色油柱，落在井架四周不一会儿便成了一片汪洋油海，飞来的野鸭子误以为这里是冷湖呢，纷纷落下来，就被油粘住再也飞不起来了。地中四井是柴达木打出的第一口油井，年产量 32 万吨，现在看来并不多，但在当时石油年产量只有百万吨的中国来说，贡献是极大的。青海石油局浩浩荡荡地迁到了这里，给这里起个地名吧，冷湖就这样第一次画在祖国的版图上！冷湖，就是这样才渐渐平地起高楼在一片荒沙戈壁上建设起来了，石油局的职工家属从全国各地拥来，最多时达到了 6 万多人，最多时井架达到 1011 个，其中 726 口井出了油。说那时井架林立，炊烟缭绕，人气大振，生气勃勃，冷湖再不是寒冷袭人的湖，而是一片沸腾的油海，并不夸张。可以说，冷湖是新中国建设初期生产力和生产关系以及国家与人的精神风貌的一面旗帜，一种象征。我曾多次对弟弟讲，冷湖就是一部史，你应该为冷湖写史。

岁月如流，人生如流，三十一年过去了。我第四次来到冷湖，却是捧着弟弟的骨灰盒来的。去年年底，弟弟病逝前嘱咐家人，一定要把他的骨灰撒回柴达木。赶在清明节，我来到冷湖。

首先来到采油五队，弟弟最早就是在这里工作、结婚、生子的。第一次来到这里时，采油树高高矗立，我还曾经和他一起爬上去，他告诉我那一年井架上的卡瓦落下来，正好砸在他的头顶，幸好戴着头盔。调回北京时，他把这顶砸裂的头盔带回，一直放在他家的书柜上。

虽然，我知道冷湖地区的油井基本开采完毕，柴达木的石油开发的战略转移已经到了冷湖西部 310 公里的花土沟构造地带，多年前，就将 6 万职工家属撤离开海拔 3000 米缺氧三分之一的冷湖，把家搬到了敦煌。我也懂得建设同战争是有着相似的道理的，尤其是在这亘古无人的荒凉的戈壁滩上建设，同进攻是一样的，进攻必需，撤退也同样必需。不必为冷湖现在的荒芜而伤感。像是一个人一样，从青年走到老年，完成了人生的使命。它沧桑、辉煌，现在走得悲壮。但眼前的采油五队是一片废墟，断壁残垣，满目凋零，还是有些为它伤感。如果从 50 年代初期算起到现在，不过才六十个年头。一个曾经那样轰轰烈烈的地方，就这样像一个搬空了道具和布景的舞台，像一株凋零了枝叶和花朵的大树，像一片陨落了星星和云彩的星空。

弟弟结婚时住的房子剩下了一面墙，透过凋败的窗框，可以看到不远处一座废墟，那是当年的注水站，旁边就是他和他的师傅、和他的徒弟经常爬上爬下的井架。厚厚的黄沙中，埋有小孩的鞋，大人的毡靴，旧报纸，破碎的酒瓶和罐头瓶盖。我还捡起几枚乳白色的鹅卵石，不是戈壁滩的前世大海留下的遗迹，就是当年弟弟他们一帮工人苦中作乐的装饰品，成了这里曾经有过生命和生活的历史物证。

风和阳光是向导，带我走进烈士陵园。它坐落在起伏的沙丘上，沙子已经掩埋了坟茔的一部分，有的坟前的墓碑已经残缺凋落，有的墓碑里镶嵌的烈士的照片被风沙吞噬。每一次来冷湖，我都要来这里，为了拜谒两位前辈。

一位是新中国石油部第一任总地质师陈贲，莫名其妙被打成右派，发配到这里来劳动改造。他没有被压垮，相反积极参与了这里的勘探开发，参与了冷湖地中四井的发现工作，坚持实践着并应验着他的曾经被批判的"侏罗纪"的地质理论，以致后来整他的人也不得不对他另眼相看，来到冷湖，想找他谈谈，给他也给自己一个台阶。他却义正词严地说没什么好谈的，甩手而去，即使得罪了人家，为此迎接他的命运是紧接着连降两级，仍不改悔自己做人"宁做刚直的栋，不做弯腰的钩"的原则。这样一个对新中国石油事业有着卓越贡献的地质师，在"文化大革命"中冤死在冷湖，他忍受不了非人的批斗，选择了自杀也要留下自己刚正不阿的身影。

另一位黄先训也是石油部总地质师，他比陈贲的命运要好，赶上了拨乱反正的好时机，将自己头顶的"右派"和"反革命"的帽子摘了下来。平反之后，他唯一的要求是到柴达木盆地来一趟。作为总地质师，他跑遍了全国所有的油田，唯独没有来过青海油田。谁想到已经买好了去青海的火车票，却突然一病不起，查出是癌症晚期。临终之前，他摇着苍老瘦弱的手臂，要求将他的骨灰埋葬在冷湖这座沙丘之上。

那是1980年，弟弟在采油队，在报纸上看到了黄先训先生这个要求，当晚写了一首诗《冷湖的上空多了一颗星》，寄给了《青海湖》杂志。稿子恰巧到了也是刚刚右派改正的诗人昌耀的手中，很快就发表了。那是弟弟发表的第一篇作品。冥冥之中，他们三人之间有了默契的感应，弟弟在冷湖的每一年清明节，都会到这来为黄先生扫墓。这一次，弟弟来不了了，站在黄先生的墓前，我和黄先生的女儿通了电话。风非常大，纸怎么也烧不着，最后是把打火机和纸一起塞进皮夹克里面，才点着，差点连皮夹克一起烧着。风立刻把纸吹跑，燃起火焰的黄纸像是火中涅槃的鸟。

我最后要求去原来的学校看看。学校门前的一片空场上，原来曾经种着一大片上百棵白杨树。那是一片不同寻常的白杨树。1970年以前，这片空场只是一片戈壁滩。学生们到了冬天用水把它浇成宽阔的溜冰场，是它唯一的用场。也曾有一年的春天在它的四周栽上一圈白杨树的小树苗，但在干旱缺水的戈壁滩都枯死了。1970年的夏天，一个叫陈炎可的男人来到了这片空场上，他被委派的任务是给这片早已经枯死的树苗浇水。这不是当时人们对树苗的关心，而是对他的惩罚。原因很简单，他是当时的"现行反革命"，在被监督劳动改造，除了要给学校扫厕所、喂猪、修桌椅……再添上给死树苗浇水，总之不能让他闲着。

他是广州人，21岁就自愿到这里当一名老师，却被无端打成了"现行反革命"。面对着这一片枯死的树苗，像面对着自己枯死的心，真有一份同病相怜的象征意味。干完了所有要干的活，就到了晚上，挖好壕沟，接通学校里面的水源，让水流到这里，他计算好了时间大约要半小时，这段时间他才可以回去稍作喘息。半小时过后再回来，如果水未放满，他便打着手电接着放水。本来就是无用功，他和树都无动于衷，完全是一种机械作业。就在这时候，他读起了外语，也许这就是一份冥冥中的缘分，将他和树和外语一下子迅速地连接起来。他只是觉得和枯树苗天天夜晚相对实在无聊，为打发时间拿起了外语——是一本英文版的《毛主席语录》。谁想到大漠冷月，枯树孤魂，一一在清水中流淌起来了，奇迹便也在这清水中出现了。一个夏天和秋天过去了，他忽然发现那枯树苗的树根居然湿漉漉有了生机。他赶紧在入冬前给树苗浇了封冻水，他忽然对这片树苗、对自己荡漾起了信心。

四年过去了，浇了四年的水，读了四年的外语。日子像凝结住了一样，仿佛只成了一片空白。忽然有一天，他在水沟边读的外语，在一辆德国奔驰车出现故障翻出外语说明书谁也看不懂的时候，派上了用场，他的"现行反革命"的帽子莫名其妙地戴上，这一次又莫名其妙地平了反，他被调到局里当翻译。就在这一年的春天，他浇灌的那一片树苗终于绽开了生命的绿叶。在冷湖，在方圆几百里一直被黄色统治的戈壁滩，这是第一抹也是唯一一抹新绿。

第一次到冷湖。是弟弟带我见的陈炎可，那时候，他已经50岁了。他带我到学校前看那片白杨树。上百棵白杨绿荫蒙蒙，阔大的绿叶迎风飒飒细语。他告诉我这里已经成了石油局的公园，晚上或假日，人们常到这里来。如今，学校已经是一片废墟，上百棵的白杨树大多枯死，但左右对称似的，一边剩下八棵，一边剩下六棵，还顽强地活着。人们在两边各砌起水泥台，为了浇水时防止水流失，保护着冷湖生命的遗存。大概戈壁环境所致，这十四棵白杨长得和内地的白杨不一样，长得和我前三次见到的也不一样，树干越发地骨节突兀沧桑，像胡杨。

只可惜，我见不到陈炎可。而弟弟也只能隐约站在那白杨树的枝干后面，等待着 4 月枝条上即将萌发的绿意。

冷湖！我第四次来，我相信以后还会再来，因为弟弟还在这里。

在这世界上，有的城市在地图上消逝了，比如特洛伊，比如庞贝，它们是因为战争和灾害而彻底没有了生命。如果冷湖有一天也在地图上消失了，它是因为发展和前进，它的生命还在。

回北京的列车上，写了一首小诗，记录我此次冷湖 4 月春行的心情和感情：

> 千里黄沙黯白云，清明无雨送归门。
> 青杨正忆冷湖在，红柳犹诗苦意存。
> 大漠孤烟烟作梦，长河落日日为魂。
> 当金山过谁家祭，一阵车笛雪纷纷。

2012 年 4 月 7 日写于冷湖归来

复华断忆

前年清明节，遵照复华生前的愿望，我和复华的妻子与儿子，一起送复华的骨灰回青海，回了一趟冷湖。在这片荒凉又偏远的地方，复华生活和工作多年，最美好的青春期在这里随风散尽。那天，见到了复华的朋友艾剑青。我以前没有见过他，他是驱车几百公里，从格尔木赶过来的，只是听说我们来，要过来看看我们，更为了看看复华。他带来一本《钢铁是怎样炼成的》，是上个世纪五十年代出版的旧书，封面已经破损，书页也卷角了。他告诉我，这本书是当年他和复华一起在冷湖时复华送给他的，那时他们都爱好文学。他一直珍藏着这本《钢铁是怎样炼成的》，珍藏着和复华的友情，以及在冷湖共同拥有的青春岁月。

我发现，艾剑青那样重感情，也发现，复华真的有个好人缘。后来听复华的妻子告诉我，每年清明节，艾剑青都会给她发短信问候，一起怀念复华。并不是所有的人，都能够穿越几百公里沙漠戈壁，只是为看一个人的；并不是所有的人，都能够在清明节记得发来一条短信，只是为纪念一个人的。

真的，我非常感动，为艾剑青，更为复华。

那一刻，我想起了复华。石油部的总地质师黄先训先生，刚刚被平反，便要求来柴达木，因为他去过全国所有的油田，唯独没有来过青海油田。却在买好了火车票之际查出癌症晚期，病逝前要求把骨灰埋在柴达木的冷湖。复华是从广播里听到的这个消息，感动之余当晚写了那首《冷湖的上空多了一颗星》的诗。从那时开始，每年的清明，他都会一个人到冷湖的烈士公墓，去黄先训先生的墓前培土祭扫。

好人缘，是人们对复华的共识。复华的朋友多，不仅是因为他和艾剑青一样重感情，更重要的是，他和艾剑青一样，对曾经伴随他们共度青春期的柴达木有一份深情。无论是谁，见过的，或没见过的，只要是和柴达木有关系，他都会像是踩着尾巴头会动一样，禁不住感动而激动起来，乃至热泪盈眶。我便也就理解了他为什么一见到朋友就要那样纵情饮酒了，哪怕是到了晚年，到了病重的时候，依然会对酒一往情深。晚年放翁的诗有"百岁光阴半归酒，一生事业略存诗"，多少也就能够理解他了。

1981年，我第一次来冷湖的时候，见到复华周围很多这样的朋友。那时，他们才刚过三十，正青春勃发。那时，我对复华有一种不解，因为在和朋友分别的时候，他总会忍不住要落泪，我想早已经不是小孩子了，干吗要这样脆弱呢？见到艾剑青，我才明白了。因为看到艾剑青手里拿着那本破旧的《钢铁是怎样炼成的》时，我也忍不住要落泪。

1981年的夏天，那时候的冷湖，并没有让我觉得过于荒凉，大概就因为复华的身边有那么一大堆朋友的缘故吧。友情是一种奇异的燃料，可以点燃最琐碎枯燥的生活，和最平淡无奇的生命，让它们焕发光彩，并有了温热。有一次，在冷湖大道上一个叫"南北小吃店"的饭馆里，和复华以及一帮北京学生聚会。酒酣耳热之际，要每个人讲一个最让自己感动的故事。记得那天轮到复华讲的时候，他拉起了坐在他旁边的刘延德，说让刘延德讲讲他的故事吧，他的故事最感人！刘延德讲了一个枣红马的故事。那是一个感人的故事：刘延德冤屈入狱，只有那匹枣红马和他相依为命，在他出狱的时候，掏出身上仅有的钱，买了五个馒头，给枣红马吃了。就是在那里，我认识了刘延德夫妇，后来写了《柴达木作证》，这篇文章被多次转载，很多人是从这篇文章中认识了我，成了我和柴达木关系的铁证。我体会到复华和柴达木的感情，因为我的那一份感情，是首先由他传递给我的。

也就是在那前后，复华拿起了笔开始学习写作。他写出的东西，总要先寄给我，我的要求比较高，总是很不留情地提出很多意见，他不厌其烦地一遍遍修改。记得有一次他把稿子寄给我，因为稿子很长，他分别用了五个信封，才把稿子寄过来。那时，我正在中央戏剧学院读书，他的五封厚厚的信送到我的手里，正是课间休息的时候，全班同学看到了，都哈哈大笑，哪一个傻小子会寄五个信封来，就不会用一个大信封吗？写作是一门需要笨功夫的活儿，太聪明的人，其实不适于写作。复华属于那种愿意下笨功夫的人。他的作品就是在这样一遍遍修改磨砺中进步并成熟起来的。

很多年前，他从西安回北京探亲，那时他正在西北大学作家班读书，他带回一部稿子，是写北京学生在柴达木的。我看过后，对他说这是一部大书，你应该再沉淀一下，好好写，现在写得简单了，有些可惜。冷湖，是一个地球上原来根本没有的地名，是包括你们北京学生在内的一批批石油人到了那里，才有了这个地名，你应该写一部冷湖史！这部稿子，就在我家他的抽屉里放着，一放放了十多年。多年之后，他拿出书稿，重新书写，没有想到竟是他最后的两本书之中的一本，便是他最看重的《大漠之灵——北京学生在柴达木》。

他的另一本，即他最后的一本书，是《柴达木笔记》。这是他留下的两本关于柴达木的厚重的书，也是继李季和李若冰书写柴达木之后的两本厚重的书。为柴达木，为他自己，值得了。从1980年他的处女作《冷湖的上空多了一颗星》开始，到《大漠之灵》和《柴达木笔记》为止，连缀起他这三十余年文学创作的轨迹。重读复华的这些作品，像看他短促人生的足迹，深深浅浅，却磁针一样始终顽强指向一个地方：青海柴达木。这恐怕是他最看重的也是他人生中最为浓墨重彩的一笔。我曾经说，复华的作品可以分为前后两部分，即在柴达木时候写的和离开柴达木回到北京后写的。如果说他在青海时的文字充满身在青海时难以抑制的激情，那么，回到北京的文字则浸透着对那片土地和那里的人们的感怀至深的怀念与离别后忧郁难解的情怀。

在书中，复华曾经写过这样的话："每次回到柴达木油田，看到在一毛不长的戈壁大漠上那林立的石油井架，我都会情不自禁地把它们看成一片林立的常青树。因为，我太爱它们了，我相信，那林立的井架中，有一座井架就是我。"如今，重读这样的文字，让我感动，让我想起他刚到柴达木时，穿着一身石油工人的工作服，戴着头盔，爬上采油五队高高的井架，照了一张照片寄给我的情景。那张照片，成了他一生命定的象征，他和柴达木的不解之缘，如同井架立于戈壁一样，成为风吹不倒的坚毅标志。"井架就是我"！看到这里，总会让我心动不已。井架，和矗立井架的瀚海戈壁，就是复华生命存在的背景，也是他写作依托的背景。"井架就是我"！青春就这样一闪而逝，生命就这样令人猝不及防。重读这句话，我的心百感交集。可以慰藉我们的，是他留下了这样能够灼热人心的文字。

在复华病重的时候，他一直咬牙，每天坚持写一段《柴达木笔记》，那时，他刚学会电脑打字不久，常常会将稿子发给我看。同时，他还写过这样一首诗，是他 61 岁生日那天写的一首诗。其中有这样两句："古稀未过心不休，神来之笔画白头。"我对他说"神来之笔画白头"这句写得好，写出我们年老了，依然乐观的态度，有想象力，神来之笔的神，既是命运，也是你的精神。他听我说完之后，沉默了一会儿，对我说"古稀未过心不休"这句写得好。我问他为什么，他有些伤感地解释说：因为可能再也回不去青海了，所以心不休。

我一时说不出话来。我理解他对柴达木的感情，这一份感情，让他的文字凝重沉郁，有了来自心底深处的温度和力量；让他赢得了柴达木和柴达木那么多朋友对他的尊重。

最后一次住院之前，那是中秋刚过不久的秋天，那天，阳光很好，复华坐在医院花园里一张长椅上，指着来来往往的病人，对我说，很多病人都是走着进去，抬着出来的。他说得很平静，我在一旁听了却忍不住要掉泪。他说过："我不会怠慢生命，贻误时间，做到不怠世，不怨世，不恋世，平静平常于每一天。"我知道，这是他的生死观。但真正面对死神在叩门的时候，他居然还能这样平静，真的让我惊讶。我在想如果换成是我自己，我能这样吗？

焦急等候住院的那几天，我一直在复华的家里，陪他说说话，尽量找些轻松快乐的话题，想分散他的注意力。我们聊起了童年的一些往事，让他想起了很多，他本来就是一个爱怀旧的人。他的记忆力很好，说起父亲曾经挂在墙上的那幅郎世宁画的工笔画狗，在困难时期被父亲卖到了典当行；说起了我们家住过的北京前门外的粤东会馆大院里，我家那间屋子原来是主人的厨房，刚搬进时，灶台还在，拆灶台的时候，发现了几根金灿灿的东西，父亲以为挖出来金条，其实那是黄铜，是主人家为了吉利特意埋在那里的。说完，我们都忍不住笑了。

我对他说，这事我怎么不知道？他又说起另一件往事，那是我刚上初一的时候，他读小学三年级，有一天放学后，他突然跑回家对我说一起去花市电影院看电影，他说电影票都买好了，让我快点儿跟他走。我们俩跑出翟家口胡同，快到电影院的时候，我才想起来问电影是什么名字？他说是《白山》，我还跟他说只听说有《白痴》，没听说过《白山》呀！他马上说怎么没有呀？然后抬起脚举手扇了我一个耳光，说："就是这个白扇呀！"说完，扭头一溜儿烟地跑远。

第二天，我写了一首《和复华忆童年往事怀旧》的诗，抄好拿给他看："秋阳暖照满屋明，同忆儿时几许情。灶下挖金铜且土，院中扑枣紫还青。谁读书老孔夫子，独挂墙寒郎世宁。最忆那年看电影，白山一记耳光清。"谁知道，这是他看到的我写给他的最后一首诗。

快乐的往事，阻挡不住死神快速的脚步。那一天半夜，我梦见一只老虎在我家的门前，我开门时，看见它浑身是伤，还连中三枪。我在眼泪中惊醒，再也睡不着。尽管我并不迷信，但这个梦还是一连几日让我惊魂不定。毕竟复华是属虎的呀。一周以后，复华在医院里离我而去。

我知道，他去了他最想去的地方——柴达木。

2014 年 8 月 27 日于美国印第安纳

拥你入睡

儿子上初一以后，忽然一下子长大了。换内裤，要躲在被子里换；洗澡，再也不用妈妈帮助洗，连我帮他搓搓后背都不用了。

我知道，儿子长大了，像日子一样无可奈何地长大了。原来拥有的天然的肌肤之亲和无所顾忌的亲昵，都被儿子这长大拉开了距离，变得有些羞涩了。任何事物都有一些失去，才有一些得到吧？

有一天下午，儿子复习功课，累了，躺在我的床上看电视。实在是太累，刚看了一会儿眼皮就打架了。他忽然翻了一个身，倚在我的怀里，让我搂着他睡上一觉，迷迷糊糊中嘱咐我一句："一小时后叫我，我还得复习呢！"

我有些受宠若惊。许久，许久，儿子没有这种亲昵的动作了。以前，就是一早睡醒了，他还要光着小屁股钻进你的被窝里，和你腻乎腻乎。现在，让你搂着他像搂着只小猫一样入睡，简直类似天方夜谭了。

莫非懵懵懂懂中，睡意蒙眬中，儿子一下失去了现实，跌进了逝去的童年，记忆深处掀起了清新动人的一角，让他情不由己地拾蘑菇一样拾起他现在并不想拒绝的往日温馨？

儿子确实像小猫一样睡在我的怀里。均匀地呼吸，胸脯和鼻翼轻轻起伏着，像春天小河里升起又降落的暖洋洋的气泡。

我想起他小时候，妈妈上班，家又拥挤，他在一边玩，我在一边写东西，玩着玩腻了，他要喊："爸爸，你什么时候写完呀？陪我玩玩不行吗？"我说："快啦！快啦！"却永远快不了，心和笔被拽走得远远的。他等不及了，就跑过来跳在我的怀里带有几分央求的口吻说："爸爸！我不捣乱，我就坐这儿，看你写行吗？"我怎么能说不行？已经把儿子孤零零地抛到一边寂寞了那么长时光！我搂着他，腾出一只手接着写。

那时候，好多东西都是这样搂着儿子写出来的。他给我安详，给我亲情，给我灵感。他一点儿也不闹，一句话也不讲，就那么安安静静倚在我的怀里，像落在我身上的一只小鸟，看我写，仿佛看懂了我写的那些或哭或笑或哭笑交加的故事。其实，那时他认识不了几个字。有好几次，他倚在我的怀里睡着了，睡得那么香那么甜，我都没有发现……

以后我常常想起那段艰辛却温馨的写作日子，想起儿子倚在我怀中小鸟一样静谧睡着的情景。我觉得我的那些东西里有儿子的影子、呼吸，甚至睡着之后做的那些个灿若星光的梦……

儿子长大了。纵使我又写了很多比那时要好的故事，却再也寻不回那时的感觉、那一份梦境。因为儿子再不会像鸟儿一样蹦上你的枝头，那么纯真无邪地倚在你的怀里睡着了。

如今，儿子居然缩小了一圈，岁月居然回溯几年。他倚在我的怀里睡得那么香甜、恬静。我的胳膊被他枕麻了，我不敢动，我怕弄醒他，我知道这样的机会不会很多甚至不会再有，我要珍惜。我格外小心翼翼地拥着他，像拥着一支又轻又软又薄又透明的羽毛，生怕稍稍一失手，羽毛就会袅袅飞去……

并不是我太娇贵儿子，实在是他不会轻易地让你拥他入睡。

他已经长大，嘴唇上方已经展起一层细细的绒毛，喉结也已经像要啄破壳的小鸟一样在蠕动。用不了多久，他会长得比我还要高，这张床将伸不开他的四肢……

蓦地，我忽然想起儿子小时候曾经抄过的诗人傅天琳的一首诗，其中有这样几句：

> 你在梦中呼唤我呼唤我
> 孩子你是要我和你一起到公园去
> 我守候你从滑梯上一次次摔下
> 一次次摔下你一次次长高
> 如果有一天你梦中不再呼唤妈妈
> 而呼唤一个陌生的年轻的名字
> 那是妈妈的期待妈妈的期待
> 妈妈的期待是惊喜和忧伤

我禁不住望望儿子，他睡得那么沉稳，没有梦话，我不知他在睡梦中此刻是不是在呼唤着我，我却知道会有这么一天，拥他入睡的再不是我，而在他的睡梦中更会"呼唤一个陌生的年轻的名字"。亲爱的儿子，那将如诗人所写的，是爸爸的期待，爸爸的期待是惊喜又是忧伤。哦，我亲爱的儿子，你懂吗？此刻的睡梦中，你梦见爸爸这一份温馨而矛盾的心思了吗？

一个小时过去了，我没有舍得叫醒儿子。

1992 年暑假于北京

聪明是一张漂亮的糖纸

小铁上初二的时候，有一天下午我和他妈妈出门，问他去不去，他摇摇头，一个人闷在家里。晚上，我们回到家，他问我："你发现咱家有什么变化吗？"我望了望四周，一切如故，没发现什么变化。他不甘心，继续问我："你再仔细看看。"我还是没有发现什么蛛丝马迹。倒是他妈妈眼尖，洗脸时一下子看见脸盆和脸盆旁边的水管上贴着小纸条，上面写着脸盆和水管的英文名称。

我这才发现屋子里几乎所有的地方，柜子、书桌、房门、厨房、暖气、音响、书架……上面都贴着小纸条，纸条上面都用英文写着它们的名称。每一张小纸条剪得大小都一样，都是手指一般窄长形的，不仔细看还真不容易看到。

他很得意地望着我笑。

不用说，这是他一下午忙碌的结果。

我表扬了他。

那一年，他对外语突然有了兴趣。他就是这样开始外语学习的。他所付出的努力一般是在家里，总是默默的。它贴满在家里的那些小纸条，仿佛是安徒生童话中神奇的手指。他抚摸着那些东西，使得那些东西花开般地有了生命，和他对话，彼此鼓励，使得枯燥而艰苦的学习有了兴趣和色彩，有了学下去、学到底的诱惑力。

从小到大，总是有人夸奖小铁聪明。读中学时，他的老师当着班上的同学表扬他，说："只要肖铁想学好哪一门功课，他总是能把它学好。"大学期间，同学们也都认为他很聪明，都说他总是很轻松地就把学习学好了。我应该庆幸的是，小铁对这很清醒。每当别人夸他聪明时，他从来只是笑笑，没有骄傲而忘乎所以。他知道要论聪明，比他聪明的同学有的是，比如当时他最佩服的同学男的任飞、女的刘斯庸，后来都考取了清华大学。他所要做的就是认真，而且重复，把要学的东西弄得牢靠扎实。

当别人夸奖小铁聪明时，我当然很高兴，虚荣心得到了满足。但是我很清楚，孩子是以他的刻苦取得他应有的成绩的。

有一次，和另外一所学校的同学开座谈会，有个同学问他为什么能取得那么好的成绩，他回答说："没有别的好办法，就是得学、得背。比如历史，高考前老师带领大家复习之前，我已经把书从头到尾背了三遍了，而且要注意背那些图边上和注解的小字，要背得仔细，才能万无一失。"

那天座谈，我坐在他的身边，听到他的话，我很高兴，比他取得好成绩还要高兴。也许，只有我知道他是如何刻苦的。小学毕业时我整理他书桌的抽屉，光从四年级到六年级三年的作文练习的草稿，就装满了一抽屉，每一篇都改过不止一遍。小学毕业准备考中学，他把所有要背的准确答案都录在录音机里，每天晚上躺在床上先把录音机打开，一遍又一遍地听，哪怕睡觉前一点时间也绝不浪费。而光他抄写别人文章的本子，所作笔记的本子，不知该有多少，虽然许多本子都只记了半本就扔下换了新本子。尽管我批评他太浪费了，他还是愿意一个本子一个内容，频繁地跳跃着他的新内容。

有时候，他很贪玩。读中学时最迷恋的是 NBA，哪怕考试再忙，电视只要有 NBA 的比赛，他是必看不误，你怎么说，他也是雷打不动。为此，我和他发生过冲突。你想想都快要考试了，他一个大活人还在整晚看电视，做家长的心里能不慌？做家长的都希望孩子是个听话的小羊羔，到了晚上都要赶进圈里去学习，不要受外面的种种诱惑，外面净是大灰狼。冲突到了极点，弄得他哭着对我说："我什么时候因为看 NBA 把功课耽误了？我现在看电视耽误的时间，我会安排时间补回来。"

现在，我相信他了。他读大学期间，时间更紧张了，偶尔回家一趟，或是陪他妈妈逛商店，或是陪我聊聊天，其实都是很耽误他的时间的。我知道我们大人的时间显得越来越慵散了，但孩子正是忙的时候。而且，我发现我变得爱唠叨了，也许好不容易看到孩子回家一趟，总想和他多说说话，便缺少节制。而他变得懂事了许多，从来没有不耐烦过，总是放下手中的书本，听我说完之后，他会对他妈妈开句玩笑："妈，你看我爸又耽误了我的时间，我得晚睡几个小时了。"

有一次，他让我帮助他买盏应急灯，说晚上一过 11 点，宿舍就熄灯了。我劝他少熬夜。他说同学都这样，每个人的床上都有一盏应急灯。

应急灯要是妨碍同学了，他会骑上车跑出校园，到学校旁边的二十四小时永和豆浆店，买点吃的，就开始温书，一坐就是一个通宵或半夜。

虽然，我不赞成他熬夜，但我赞成他刻苦、努力。在智商方面，孩子之间的差别不是很大，关键在于每个人付出的努力不一样，结果就会不一样。要知道，聪明只是一张漂亮的糖纸，外表可能闪闪发光挺好看，但包裹在里面的东西才是最重要的，这重要的东西就是刻苦。

大三的一天晚上，小铁来电话告诉我和他妈妈："英语六级成绩出来了，我得了89.5分。"他知道做家长的就是一根筋——只认成绩，他很遗憾地说："就差半分，要不就90分了。"这个成绩是他们系里的第一。他的英语四级考试也是全系第一，得了92分。

我忽然想起初二时他贴满在家里几乎每一个地方的那些小纸条。

大四的那一年，他考了托福和GRE，成绩分别是647分和2390分，考得都不错。都说分数是学生的命根，其实分数更是家长的命根，做家长的只有看着分才踏实，我也一样，未能免俗。

我再次想起初二时他贴满在家里几乎每一个地方的那些小纸条。

前两年搬家的时候，我发现厨房、房门、厕所……好多地方居然还保留着那些小纸条，只是颜色已经变得发黄，但蓝色圆珠笔写的英文字迹依然清晰，好像岁月在它们的上面没有留下什么痕迹。

十年过去了，孩子如今已经在美国读书。他的房间空荡荡的，却总能发现在他的茶杯或玩具的背后贴着当年他写着英文的小纸条。就让这些小纸条一直保留着吧，保留着那一份回忆和感情。

2004 年年底于北京

荞麦皮枕头

我家枕的一直是荞麦皮做的枕头，已经很有些年头了。那还是父母在世的时候就开始用的，是他们从农村老家拿回来的荞麦皮，用清水洗净，晾干，再缝进枕头套里面。我从来没有见过田地里种的荞麦，据说它开着浅粉红色的小花，很好看。我见到母亲缝进枕头套里的荞麦皮却是黑乎乎的，一点也想象不出它曾经有过的花样年华。

不过，荞麦皮枕头软硬适度，冬暖夏凉，特别是枕在上面不会"落枕"。母亲夸它的功能的时候，还会特别加上一条，说枕着它睡觉不会做噩梦。我就是这样一直枕着它长大，枕到结婚。结婚那年，做了新被子新褥子，总不能再枕旧枕头了吧？我买了一对棉枕头，却是谁枕都不舒服，索性放在一边，还是枕原来的荞麦皮枕头。就这样枕着，一天几乎有一半的时间和它相亲相近，枕巾和枕头罩都不知换了多少，不变心的是里面的荞麦皮，几乎每年母亲都要用清水洗干净它，再在阳光下把它晒干，然后缝进枕头套里。枕在新洗的荞麦皮枕头上面，确实很舒服，有种暖洋洋阳光的气息和荞麦皮特殊的香味。

儿子落生的时候，母亲把家里的荞麦皮枕头都拆了，把里面的荞麦皮都倒在洗衣盆里，彻底清洗晾干，再装进枕头套之后，特意留出了一部分荞麦皮，给儿子做了一个枕头。那枕头不大，是用一块小碎花布做的枕套，袖珍玩具似的，伴随着儿子整个的童年。有意思的是，儿子从小就不愿意用枕巾，睡觉的时候，总是把铺好在枕头上面的枕巾拽走，直接枕在荞麦皮枕头上，他睡得踏实，荞麦皮枕头似乎和他更有亲和力。只好随他，他的那个枕头套总是很快就脏兮兮的了。

儿子10岁那年，我的母亲去世了。儿子枕的便是母亲的枕头。考入大学，要住校，带去的也是这个枕头，这个枕头陪伴他从小学四年级开始一直到高中毕业，又和他一起走进大学。去年的夏天，四年大学毕业，儿子带回家一箱子书、一堆脏衣服，被子和褥子都扔在了学校，却没有忘记把这个枕头带回来。这个枕头蜷缩在他的背包里，油渍麻花的，像一根油条。

不到两个月后，儿子要到美国读研，要带的东西很多，两个三十公斤重的大箱子都挤得满满的。我给他买了一个十二孔棉的枕头，这是新材料做的枕头，蓬松柔软不说，关键可以压缩成一小条，不仅不占地方，而且很轻，不占分量。儿子却对这新枕头不屑一顾，坚持带他那个沉甸甸的荞麦皮枕头。他说他晚上本来就睡眠不好，只有睡这个枕头能够睡着，睡别的枕头就是怎么也睡不着。只好把他那个脏油条似的枕头里的荞麦皮倒出来，重新洗净晾干，装进他妈妈帮他缝的新枕套里。虽然，那个枕头占据了他箱子里一个很大的空间，但他心里很踏实地带着它离开了家。

后来，过了很长的一段时间，儿子才告诉我们：到达美国他的学校已经是深夜，那一夜，枕在这个荞麦皮枕头上，怎么也睡不着。一下子，天远地远，只有它，让他感到家还在自己的身边。

2002年9月写于北京

年轻时去远方漂泊

　　寒假的时候，儿子从美国发来一封 E-mail，告诉我利用这个假期，他要开车从他所在的北方出发到南方去，并画出了一共要穿越十一个州的路线图。刚刚出发的第三天，他在得克萨斯州的首府奥斯汀打来电话，兴奋地对我说这里有写过《最后一片叶子》的作家欧·亨利博物馆，而在昨天经过孟菲斯城时，他参谒了摇滚歌星猫王的故居。

　　我羡慕他，也支持他，年轻时就应该去远方漂泊。漂泊，会让他见识到他没有见到过的东西，让他的人生半径像水一样漫延得更宽更远。

　　我想起有一年初春的深夜，我独自一人在西柏林火车站等候换乘的火车，寂静的站台上只有寥落的几个候车的人，其中一个像是中国人，我走过去一问，果然是，他是来接人。我们闲谈起来，知道了他是从天津大学毕业到这里学电子的留学生。他说了这样的一句话，虽然已经过去了十多年，我依然记忆犹新："我刚到柏林的时候，兜里只剩下了 10 美元。"就是怀揣着仅仅的 10 美元，他也敢于出来闯荡，我猜想得到他为此所付出的代价，异国他乡，举目无亲，餐风宿露，漂泊是他的命运，也成了他的性格。

我也想起我自己，比儿子还要小的年纪，驱车北上，跑到了北大荒。自然吃了不少的苦，北大荒的"大烟泡"一刮，就先给我了一个下马威，天寒地冻，路远心迷，仿佛已经到了天外，漂泊的心如同断线的风筝，不知会飘落在哪里。但是，它让我见识到了那么多的痛苦与残酷的同时，也让我触摸到了那么多美好的乡情与故人，而这一切不仅谱就了我当初青春的谱线，也成了我今天难忘的回忆。

　　没错，年轻时心不安分，不知天高地厚，想入非非，把远方想象得那样好，才敢于外出漂泊。而漂泊不是旅游，肯定是要付出代价的，品尝人生多一些的滋味，也绝不是如同冬天坐在暖烘烘的星巴克里啜饮咖啡的一种味道。但是，也只有年轻时才有可能去漂泊，漂泊，需要勇气，也需要年轻的身体和想象力，便有了只有在年轻时才能够拥有的收获，和以后你年老时的回忆。人的一生，如果真的有什么事情叫作无愧无悔的话，在我看来，就是你的童年有游戏的欢乐，你的青春有漂泊的经历，你的老年有难忘的回忆。

　　一辈子总是待在舒适的温室里，再是宝鼎香浮、锦衣玉食，也会弱不禁风、消化不良的；一辈子总是离不开家的一步之遥，再是严父慈母、娇妻美妾，也会目光短浅、膝软面薄的。青春时节，更不应该将自己的心锚过早地沉入窄小而琐碎的泥沼里，沉船一样跌倒在温柔之乡，在网络的虚拟中和在甜蜜蜜的小巢中，酿造自己龙须面一样细腻而细长的日子，消耗着自己的生命，让自己未老先衰变成了一只蜗牛，只能够在雨后的瞬间从沉重的驱壳里探出头来，望一眼灰蒙蒙的天空，便以为天空只是那样地大，那样地脏兮兮。

　　青春，就应该像是春天里的蒲公英，即使力气单薄，个头又小，还没有能力长出飞天的翅膀，借着风力也要吹向远方；哪怕是飘落在你所不知道的地方，也要去闯一闯未开垦的处女地。这样，你才会知道世界不再只是一间好看的玻璃房，你才会看见眼前不再只是一堵堵心的墙。你也才能够品味出，日子不再只是白日里没完没了的堵车、夜晚时没完没了的电视剧和家里不断升级的鸡吵鹅叫、单位里波澜不惊的明争暗斗。

意大利尽人皆知的探险家马可·波罗，17岁就曾经随其父亲和叔叔远行到小亚细亚，21岁独自一人漂泊整个中国。美国著名的航海家库克船长，21岁在北海的航程中第一次实现了他野心勃勃的漂泊梦。奥地利的音乐家舒伯特，20岁那年离开家乡，开始了他维也纳的贫寒的艺术漂泊。我国的徐霞客，22岁开始了他历尽艰险的漂泊，行万里路，读万卷书……当然，我还可以举出如今被称之为"北漂一族"——那些生活在北京农村简陋住所的人，也都是在年轻的时候开始了他们的最初的漂泊。年轻，就是漂泊的资本，是漂泊的通行证，是漂泊的护身符。而漂泊，则是年轻的梦的张扬，是年轻的心的开放，是年轻的处女作的书写。那么，哪怕那漂泊是如同舒伯特的《冬之旅》一样，茫茫一片，天地悠悠，前无来路，后无归途，铺就着未曾料到的艰辛与磨难，也是值得去尝试一下的。

我想起泰戈尔在《新月集》里写过的诗句："只要他肯把他的船借给我，我就给它安装一百只桨，扬起五个或六个或七个布帆来。我决不把它驾驶到愚蠢的市场上去……我将带我的朋友阿细和我做伴。我们要快快乐乐地航行于仙人世界里的七个大海和十三条河道。我将在绝早的晨光里张帆航行。中午，你正在池塘洗澡的时候，我们将在一个陌生的国王的国土上了。"那么，就把自己放逐一次吧，就借来别人的船张帆出发吧，就别到愚蠢的市场去，而先去漂泊远航吧。只有年轻时去远方漂泊，才会拥有这样充满泰戈尔童话般的经历和收益，那不仅是他书写在心灵中的诗句，也是你镌刻在生命里的年轮。

2004 年年初于北京

蒙德里安玻璃杯

在中国，知道凡·高的人很多，知道蒙德里安的人少。几年前，我就属于后者，对蒙德里安一无所知。如今，不仅在中国，凡·高已成为时髦的符号，他的杰作《向日葵》，克隆得到处都是，被炒成"傻子瓜子"或"正林瓜子"一般，消费在街头，装点于客厅。其实，蒙德里安和凡·高是老乡，都是荷兰人。但那时，提起荷兰，我只知道凡·高，再有就是风车和郁金香。

那是好多年前，儿子读大学的时候，一个星期天，他拿回来几幅印刷品的油画，画面上全是直线构成的几何图案的色块，那些完全是由水平和垂直线条构成的图案，红、黑、黄、蓝和灰五种颜色分别涂抹在线条组合而成的大小不一的矩形中，有些像是马赛克的感觉，也有些像是拼贴画的感觉。这样的油画，似乎谁都可以画，只要有一把三角板和一个调色盘就行了，并不需要任何的技巧和手法。

那时候，我不知道这就是蒙德里安的作品。无技巧，恰恰是最大的技巧，所谓大味必淡。那种简单而规矩的线条，明快而干净的色块，呈现出来的高度单纯化和抽象化的风格，完全是和他的老乡凡·高不一样的艺术。一种尘埃落定的宁静舒缓的节奏，沉淀在心头，有一种"明月松间照，清泉石上流"的感觉。

是儿子告诉我，他就是蒙德里安，和凡·高一样的荷兰伟大的画家。他是特意拿回来给我看的，在他的学校里，常常可以接触到一些新鲜的东西，我明白他的意思，不仅拿好东西和我一起分享，也希望我不要落伍，只知道凡·高和那臭了街的向日葵。

以后，我和儿子一起在书店里买到了河北教育出版社出版的蒙德里安的画册。蒙德里安，像是我们家里一位新朋友，渐渐成了老朋友。

四年前，儿子到美国留学，寒假里，他来了一封信，特别高兴地告诉我，他去芝加哥美术馆看到了蒙德里安的真画作了。他知道，蒙德里安是我们共同的喜爱，他乡遇故知的那种意外感觉，总愿意告诉我，就像他给我第一次拿回家蒙德里安的印刷品油画一样，仿佛蒙德里安真的是我们家什么熟人或亲戚。

那年暑假，儿子回家探亲，飞回北京已经是夜晚，回到家，第一件事，是迫不及待地打开行李箱。一层层细细包裹的衣服里面，像是剥开一层层卷心菜的菜叶，露出里面的菜心，是一只宽口玻璃杯。那么远的路途奔波，还要中途在东京转机，带回一只玻璃杯，磕磕碰碰的，不怕碎了吗？我刚要责怪儿子，玻璃杯已经如一只漂亮的小鸟，小心翼翼地托在儿子的手心里，端在我的眼前。我看清了，原来是蒙德里安，玻璃杯的四周是蒙德里安的那再熟悉不过的图案。

那是他前些日子到纽约美术馆，特意买的，带回学校，又特意带给我的。由水平和垂直线条以及红、黑、黄、蓝和灰五种颜色构成的那图案，曾经在我们家里，是那样地亲切、亲近，交织着过去的那一段难忘的日子，那一段日子是儿子读大学的日子，是每个星期天回到家里和我们在一起的日子。蒙德里安，用他那独特的线条和色彩充实着那些日子，让那些日子有了骨架的支撑和色彩的滋润。玻璃杯上的图案，就是蒙德里安一幅题名为《红、黑、黄、蓝、灰构成》作品的一部分，那是蒙德里安 1920 年的作品，在画册上，我们早已和它相遇过。

暑假过后，儿子又回美国上学去了。这只蒙德里安玻璃杯一直在家里的茶盘里。蒙德里安便一直在我的身边，儿子便也一直在我的身边。蒙德里安那独特的线条和色彩，曾经充实过儿子思念我们的那些日子，现在，开始充实着我们思念儿子的日子。

今年春天，我去美国看望儿子，利用春假，儿子带我去纽约，在大都市美术馆里，知道一定能够看到蒙德里安的作品，却没有想到有满满一间展室，陈列的都是蒙德里安的作品。看到的是蒙德里安的真迹，再不是在画册上，仿佛蒙德里安就在面前，真的是老朋友一般，让我涌出一种意外的激动。而在美术馆的商店里，摆着上下好几摞玻璃杯，上面都是蒙德里安那独特的图案。儿子就是从这里买的给我的那个玻璃杯，从这个柜台前带到北京，送到我的手里。遥远的距离就是这样在一瞬间被跨越，蒙德里安带我们一起漂洋过海，我们也带蒙德里安一起回家。

2006 年 6 月北京

搬家记

日子过得真快，一转眼，小铁去美国已经十年了。在这十年时间里，他搬了七次家。

他的第一个家是还没有去美国的时候，在北京在网上预订的，说好一人一间房间，房租一人一半。室友是他北大的校友，虽然从未谋面，却应该算作他的师哥。师哥在麦迪逊机场接的他，帮助他把行李搬到家，位于麦迪逊市区靠近体育场的旁边，离他就读的大学很近。到了那里的时候已经是半夜，他的住处却是客厅，并不是一个独立的房间，师哥自己住的一个房间。到美国的第一夜，小铁失眠了，心里很不舒服，觉得有些受骗的感觉。在经济压力的面前，都是穷留学生，但已经顾不上什么校友，面子是赶不上"美子"实用的。

这件事，他一直没有对我讲。一直到那年我第一次去美国看他，他特意带我看这间房子，才对我说起往事。这是个坐落在小山坡上的木制二层小楼，在我们这里要被尊称独栋别墅。但是，这一带都是这样的房子，也都大多租给了在附近读书的大学生。小铁就住在了二层，正是黄昏，夕阳明亮地辉映在他曾经睡过的窗口。望着这扇窗口，我想起他来到这里第一次做饭，是煮面条，他往锅里放的水不多，却把整整一包面条都扔进锅里，怎么也无法煮熟。那天，他打电话给家里，问面条应该怎么煮。一个孩子，只有走出家门，离开父母，才会真正长大。总和父母在一起待着，是不会长大的。

他告诉我住进这里没几天，他向室友提出，他愿意多付一些钱，从客厅里搬进了里面的房间。很快，他就搬进另一处住所。那该算作他第二次搬家，是学校的公寓。环境幽静，房子也宽敞了许多，每个学生有自己独立的房间，房间前是宽敞的草坪，可以在那里打球和烧烤，草坪紧靠着麦迪逊漂亮的湖。只是这里比他原来的住所远了许多，学校在湖的对岸。每天学校有班车运送他们往来。

那年看小铁的时候，我也来到这里看过，湖畔起伏的坡地上，星罗棋布地散落着二层小楼，掩映在枫树和橡树之间。环境和房间都无可挑剔，就是买东西不大方便，需要下山到几公里以外的超市去。那时，小铁没有车，只好搭一位韩国同学的一辆"现代"一起去超市，采购一次，对付好长时间的吃用。老麻烦同学，他心里有些过意不去。第一年春节回家探亲，他对我说起这事，想买一辆二手车。我问他需要多少钱，他说美国的二手车很便宜，一般的车，车况比较好的跑得年头不长的，5000美元左右，差一点的只有一两千美元。他返校后，我给他汇寄了5000美元，他买了一辆丰田佳美，是辆跑了三年的旧车，但车不错，一直开到了现在。

两年后，他开着这辆车从麦迪逊来到芝加哥。他考入了芝加哥大学读博，这是他第三次搬家。还是事先在网上预订的房子，不过，他多少有了经验，找的是学校管理的学生公寓。位于53街边的一个U字形的三层楼，三个大门，每个大门进去，每层楼里有各带厨房和卫生间的六个房间，每个房间有二三十平方米不等，分别住着六个学生。小铁在宜家买了一个床垫，下面放几块木板，权且住了下来。虽然木板硌得他浑身难受，却还可以忍受。他住在二楼临街的一个房间，街对面有一个小广场，是个商业中心。他的楼下是底商，是一家咖啡馆。每天有咖啡的香味飘进窗来，也有震耳欲聋的音乐闯进窗来，那都是黑人停靠在街边汽车里的音响里肆无忌惮的摇滚乐。黑人开车愿意敞开车窗，让摇滚乐尽情摇荡。小铁基本白天不在家，即使晚上也到学校里的图书馆。但是，有时半夜里也会奔驰过黑人开的车，依然有这样的音乐冲天回荡。这让爱好摇滚乐的他都有些受不了。他酝酿着再次搬家。

这次他找的还是学校的公寓，隔两条街的51街。因为53街有超市，是周围的小中心，所以比较热闹，51街没这么多店铺，相对清静一些。这是一处一室一厅的房子，客厅和卧室之间还有一条走廊，几乎比原来的房子大出将近一倍，每月房租却只多100美元。关键是不临街。他可以独享一下清静了。最有意思的是，他刚刚搬到这里来没几天，下楼看见一套八成新的三人沙发扔在街上，他捡了回来，正好放在客厅里，来个同学借宿可以暂时在那里栖身。

总算安定下来，他对我说，再也不搬家了，太累了，所有的家具都是那个韩国同学和他的女友一起帮助他搬。最沉的是书，可学生哪能没有书的呢？一箱子一箱子的书，就这样搬来搬去，越搬越多，越搬越沉。搬家让他感受到生活沉重和孤独的一面，如果是北京，可以有那么多的亲人帮忙，在异国他乡，只有靠自己。他说他就像小时候看过的一部日本电影《狐狸的故事》里被老狐狸扔到野外的小狐狸，必须咬牙忍受并顶住面临的一切。

比孤独和沉重更厉害的是漂泊的感觉，总觉得在一次搬家中如同迁徙的鸟一样，没有自己的落栖之枝。在这样漂泊不定的生活中，他的心情和心理常常会出现一些焦躁和焦虑的波动。我发现这一点，并没有意识到这是一个问题。

我说这是你必须付出的代价。比起你的前辈出国留学的人，你的条件好多了，如果和我年轻时在北大荒艰苦插队相比，就更是天壤之别。可是，这样的说教是难以说服并打动他的，比起他的前辈和我们这一代来，青春期成长的时代背景和心理背景，都是那样地不同，这个不同，主要体现在他和他的同学是属于独生子女的特殊一代。

独生子女一代已经长大了，而真正成为新的一代。他们再不是孩子那样充满天真和可爱，那样笔管条直地听话了。这样的一点事实，让我有些触目惊心，如何面对、沟通、帮助这些在我国千年历史中独一无二的一代中的孩子，让我有些准备不足，甚至有些力不从心。

我知道，作为国策，独生子女最早始于上个世纪的 70 年代末。其中最大年龄者，恰恰是小铁这样大的孩子。他们很快到了而立之年，三十年过去了，新的一代随日子一起长大，成了不可回避而必须正视的现实。独生子女一代，改变了我国的人口结构，由此也使得社会的构架、心理和性格以及流通的血脉同时产生了潜移默化的变动。更为重要的是，独生子女一代是和社会变革的新时代几乎同步伴生的，独生子女一代是和商业时代的到来一起成长的。他们和他们的父母一代成长的背景，是那么地不同，在社会和时代动荡、激烈碰撞的重要转折时刻，他们如种子播撒在了中国新翻耕的土壤中。命中注定，独生子女一代的成长，在得到得天独厚的优越的生活和教育条件的同时，其自身的心理也容易产生新的种种问题，是他们也是他们的父母乃至全社会无可预料的、缺少准备的，却又是必须面对的。

这样，就不仅需要作为家长的我们和孩子，也需要新的时代和全社会的调试、适应和引导，偏偏商业社会的到来使得原有的价值系统得以颠覆，他们的上一代正处于摸着石头过河的迷茫和探索之中，代与代之间的隔阂与矛盾便由此而越发加深。由于上一代对独生子女的望子成龙期望值超重，也由于独生子女自身无根感的迷茫与失重，两代之间，都会出现种种或深或浅的矛盾冲突与分裂。面对独生子女所出现的整体一代的心理与性格问题，作为家长确实缺乏足够的研究与应对措施。所以，人们曾说这是"孩子的青春期遇上了父母的更年期"，是"老革命遇到了新问题"。应该说，代际矛盾是在每个时代普遍存在的，但面对中国社会崭新的独生子女一代，却是开天辟地的头一次，其矛盾的深刻而独特，可以说是世界独具。如何化解这种矛盾，解决两代人彼此的心理问题，沟通两代人之间的关系与情感，已经成了刻不容缓的课题。

几次在美国看望小铁的时候，我常常和他进行这样的交流，有时是争执。有时，我会反思自己，也许我并不真正理解孩子在异国他乡求学的苦处，他有奖学金，经济上并没有困难，但是更为重要的是离开家那么遥远的精神上的痛苦和心理上的苦闷，我无法设身处地想象，也缺少足够的理解。作为家长，也许更多地为他出国留学并在一所不错的大学里读书而骄傲，而多出一些虚荣心。

五年之后，小铁开始第五次搬家。因为学习和工作关系，他要在普林斯顿住一段时间。事先，利用假期，他先从芝加哥飞到普林斯顿，在靠近普林斯顿大学的附近看了一圈房子，最后预订下一处，是一幢独栋的二层小楼，每层住有四户，每户一室一厅一卫。他选择的东南角，卧室窗户面南，客厅窗户面东，应该是最好的位置了，可以尽情享受阳光。还有一个宽敞的阳台，阳台前是开阔的草坪和雪松，再前面是一条清澈的小河。环境和居住的条件，比在芝加哥强多了。我对他说你要知足常乐！

寒假，他开车从芝加哥出发，向普林斯顿进行长途跋涉。等于从美国的中部向东海岸横穿半个美国。满车塞满了行李和书籍。而此时普林斯顿租的房间里还空空如也，什么东西也没有呢。临出发前打电话的时候，我问他连张床都没有，到了那儿睡什么地方，他说带了个充气的气垫床。这个充气床垫是他在美国旅行时常带的东西，说起它，我想起有一次他去纽约玩，住在长岛同学家，带去了这个床垫，却忘了带充气口的塞子，没法子用了。我嘱咐他别再忘了那个塞子。

到达匹兹堡，他住了两天，在那里参观了匹兹堡大学和美术馆。从匹兹堡到普林斯顿大约有六个小时的车程。早晨，离开匹兹堡前，他在网上查到普林斯顿正好有个人要卖一张床，便立刻联系好，到达普林斯顿先去看床。到达普林斯顿是黄昏，见到的是位在普林斯顿一家公司工作的非洲女子，公司要派她回非洲分公司工作。床很不错，当场买下，非洲人把她的所有餐具和灯具一起送给了小铁。睡觉的问题，那么容易就解决了。带来的充气床垫没有了用场。只是发愁这张大床可怎么运回家，一个瘦弱的非洲女子，手无缚鸡之力，显然帮不了他的忙。

非常巧，那天是当地的搬家日，很多人家都在卖东西，因为周围居住的大多是在附近公司工作的人员和大学生，都来自世界各地，流动性很大，卖各种家用品的很多，小铁很方便就从一个日本人那里买了一台电视机和DVD机，又从一个印度人那里买了一个真皮沙发和桌子。包括床在内所有东西一共花了1000多美元，居家过日子的日常用品，一天之内都置备齐全了。我对他说比在国内都便宜，还方便了。

下面他要想办法怎么把这些家伙带回家。在镇中心吃晚饭的时候，顺便打听到这里有一家汽车租赁公司，专门可以租大型汽车，按所跑的公里收费。他找到这家租赁公司，只是这种没鼻子的大型汽车他从来没开过，愣是坐上去，看了看仪表盘，一咬牙豁出去了，便也把车开走，把这些家具都运回家。如果在家里，一切都需要家里帮忙了，但是，在美国，现实生活磨炼了他，他必须面对。他知道，不会有人帮助他。

晚上运送家具的时候，普林斯顿下起了雨，说心里话，我挺担心的，毕竟他头一次开着那么个大家伙，路滑天黑的，生怕出什么意外。不过，这种担心起不到一点作用，相反只会增加他的负担，不如把担心变为鼓励，让他鼓足勇气去应对一切意想不到的困难。对于独生子女，家长容易事无巨细地担心，和事必躬亲地越俎代庖，有时不是爱孩子，相反容易让孩子弱不禁风，缺乏了生活和生存的能力。我很高兴小铁有能力独自去应对这一切，想象着雨刷在车窗前挥洒，车灯穿透雨雾，小铁开着笨重的大车行驶在普林斯顿的林荫道的时候，心里感到孩子真的长大了。

第二年的春天，我再次去美国看望小铁，有一天，他特意开车带我看当年搬家时租车的那家汽车租赁公司。它离普林斯顿的中心不远，门口停放着几辆大货车，不知哪辆曾经是小铁租过的车。

日子过得飞快，他在普林斯顿度过了整整五年的时光。在这五年中，他又搬过一次家，不过，不远，是一套两居室，有宽敞的客厅，还有一个阁楼。他住得宽敞多了，因为他已经新添了孩子。

我离开美国不久、今年刚入冬，小铁第七次搬家。他在印第安纳大学教书，全家要搬到布鲁明顿大学城。这一次，联系好了搬家公司，定好了日期，把家里的东西包括车，统统都交给了搬家公司负责，一切都比以前几次搬家简单了许多。谁想到，这时候，赶上了纽约和新泽西州百年不遇的"桑迪"飓风，一下子遭遇停电，所有的店铺关门，搬家公司也联系不上。眼瞅着搬家的日子到了，眼前却是一抹黑，让人忧心忡忡。谁想到，就在搬家的日子的前一天，电来了，搬家公司联系上了，天也晴了。一切如约进行，有惊无险，和风暴擦肩而过。

如今，小铁在布鲁明顿的新居已经住了两年。今年夏天，我来这里看他。新居比以前所有的住处都要宽敞明亮，房前屋后还有开阔的草坪。有意思的是，好像小铁并没有把这里当成自己最后的安营扎寨之地。那天，他请来工人帮他彻底修窗户查房顶，我问他干吗这样兴师动众，他说得修好，要不以后房子不好卖。刚刚两年，他就想着卖房子了。不过想想，也很正常，在美国，工作的流动性很大，搬家成为很多人的常事。流水不腐，生命就像水一样，在流动中流逝；人生就像水一样，在流动中成长。真的是所谓岁月如流，人生如流。

2014 年 8 月 5 日于布鲁明顿

儿子的玩具

从玩具的变化可以看到世界的发展真是神速。现在的玩具，已经可以虚拟，到电脑上玩了，花样层出不穷，刀光剑影，过关斩将，可谓惊心动魄。不要说我小时候了，那时的玩具有什么呀，记得大院里有钱人家的女孩子抱着一个眼睛能眨动的布娃娃，就足让我们瞠目结舌，算是奇迹了；而我们男孩子只能蹲在地上撅着屁股玩弹球，或者是拍洋画；滚铁环，抽陀螺，都得爹妈给点儿钱才行。

我有了孩子以后，孩子拥有的玩具，已经和我小时候不可同日而语了。记得给儿子买的第一个自己会动的玩具，是一个大象转伞，一头大象拉着一辆小车，车上支着一把伞，只要往大象的身上安上电池，大象就可以拉着车转动，车一转，彩色的伞就会漂亮地打开，这是那时候很新鲜的玩具了。

儿子5岁那一年的夏天，他的玩具发生了根本性的变化。那一年的夏天，我去了一趟深圳。那时，深圳的建设刚刚起步，沙头角刚刚开放，在那条当时人头攒动的中英街上，我给孩子买了一辆遥控小汽车。这是当时我家最现代的玩具了。只可惜我家那时地方太小，地又不平，小汽车无法跑得开，我们只好让儿子抱着它到陶然亭公园去玩。小汽车在公园的空地上尽情地奔跑，一直能奔跑到远处的草坪中，像兔子似的钻进草丛中出不来。看着孩子用遥控器控制着汽车左右前后地奔突的样子，才会明白不同的玩具带给孩子的欢乐是多么地不同。小汽车上面的天线在风中颤巍巍像小手一样向他挥舞抖动，让孩子兴奋不已，欢叫声和小汽车的喇叭声此起彼伏。

还是那一年的春节，友谊商店破例可以不用外汇券卖货几天，但是需要有入场券，我们得知消息弄到入场券，带着儿子马不停蹄去买玩具。大概是这个遥控小汽车闹的，让孩子对这种现代化的玩意儿越发感兴趣。当然，也是不断变化的玩具，让孩子个个都变得喜新厌旧。从那些平常只卖给洋人的小孩或手持着外汇券的准洋人的小孩的众多玩具中，孩子挑选了一种红外线打靶枪，那枪离靶几米远，只要对准靶心，扣动扳机，红外线就可以让面前的靶心中的红灯闪亮，同时鸣响起轻快的声音。

家里有了这样一把枪和一辆车，儿子可以威风凛凛，持着枪，开着车，在房间里横冲直撞，畅通无阻，简直像个西部牛仔了。儿子在那一年成了暴发户，玩具一下子多了好几件，而且从电动到遥控到红外线一步几个台阶地飞跃。

如今，儿子已经长大，他自己的孩子都长到他当年玩遥控小汽车和红外线打靶枪一样的年龄了。我对他说起这些玩具，他居然已经都不大记得了。这让我有些奇怪，便问他还记得小时候玩的什么玩具呢，他说让他记忆犹新的玩具，是家里存放的那些贝壳。

这让我更有些惊奇。比起那些电动的、红外线的玩具，贝壳如果也算玩具的话，大概是孩子很简单甚至是最原始的玩具了。这些贝壳不是买的，许多是他自己从海边捡回来的，一些是朋友送给他的。特别是他光着小脚丫，自己从海边捡回来的那些贝壳，让他格外珍惜，家里只要来了客人，他都会拿出来向人显摆。那些贝壳，给他带来很多意想不到的快乐。好长一段时间里，他对照着一本《少年百科辞典》，一一查出了他的这些宝贝的名字，然后把名字写在小纸条上，贴在贝壳上，熟悉得像是自己的朋友，然后，他让妈妈帮助他把其中一些诸如东方鹑螺、唐冠螺、竖琴螺、夜光蝾螺、焦棘螺、虎纹贝等他珍爱的贝壳放在盒中，摆放在柜子里，可以天天和他对视对话，彼此诉说着关于大海和童年许多有趣的事情。

有意思的是，去年，他到法国工作半年，带着他的孩子一起住在那里，放假的时候，他和孩子最喜欢到海边去拾贝壳。爷俩儿在退潮的沙滩上寻找贝壳，孩子有意外发现之后的大呼小叫，大概让他想起了自己的童年。半年之后，他和孩子拾了满满两大瓶贝壳，沉甸甸地带回北京，全部倒在桌子上给我看，然后听他的孩子细数每一个贝壳是从哪里的海边捡到的，那股子兴奋劲儿，让我想起了儿子的小时候。

时代的发展，日新月异的玩具变化，带给新一代孩子们更多新颖神奇数字化高科技的惊喜，令他们应接不暇，很容易将过去一代的玩具视为老掉牙乃至不屑一顾。比如，这些贝壳，无论如何也不会比那些电子玩具更对孩子有吸引力。我很高兴，儿子和他的孩子居然都很珍惜这些并不起眼、没有一点科技含量的贝壳。

孩子的玩具，从来都是和孩子的童年联系在一起的。如今孩子的玩具，和孩子的童年互为镜像，从玩具的变迁中能看到孩子童年的变化。只是，我不知道这些变化，哪些为忧，哪些为乐。

2017 年 2 月 17 日

有这样两个地方

　　我的孩子小的时候，我常带他去的地方是美术馆。那时候，他很爱画画，正在和我的同学的一个孩子，他的小姐姐学画国画。他的两幅画——一幅熊猫和一休、一幅老师和学生——还曾经在美术馆里展览过呢。在他童年的生活里，涂抹着绘画活泼而鲜亮的色彩。许多个星期天，我和他都是徜徉在美术馆里。

　　北京的美术馆在闹市区中，繁华热闹的王府井和隆福寺离着都不远。但走进美术馆，一下子就安静了下来，凉爽了下来，喧嚣被遮挡了，阳光被遮挡了，温柔的光线只能透过天窗细微地折射进来，那情景像是走进浓荫匝地的树林，让你的身心沁透着一种清新凉爽的感觉，仿佛滤就得澄净透明。

　　在美术馆里，我和孩子一起看过李可染的牛，看过吴作人的骆驼，看过齐白石的虾，看过徐悲鸿的马；看过吴昌硕的山，看过林风眠的花，看过郑板桥的竹，看过八大山人的傲骨铮铮的莲；也看过伦勃朗的肖像、莫奈的睡莲、米罗的抽象和毕加索的变形……

　　对于我们，美术馆是一部打开的、流动的中外美术史。走在那里，我们不说话，但心里涌出的话却有很多很多。那些美术大师和那些绘画，都在向我们说着许许多多的话，碰撞在我们的心头，像水流激荡在礁石上，迸溅出的湿润的雪浪花。

如今，我的孩子已经长大，他没有学成绘画，但美术并没有离他而去，却是铭刻进他的生活和生命里。那些缤纷美好的色彩永远挥洒在他的眼前，那些绘画所洋溢的生命气息，永远流动在他的心里。

他曾经不止一次对我说，他最大的遗憾就是没有坚持把画学到底，要是学会了绘画，那该有多好！

我问过他：你后悔吗？

他摇摇头：毕竟我是真诚地喜爱过绘画。不见得所有喜爱绘画的人都能会画画，但美术培养了我的素质，让我懂得了一些怎样去欣赏美、珍惜美。

我带孩子进音乐厅听音乐，是很晚的事情，到了孩子读中学的时候。起初，他不大喜欢去，因为看不见的音乐毕竟没有绘画那样如描如绘形态毕现在眼前真真切切。他说他听不大懂那些没有一句歌词的交响乐。到音乐厅去，不如买盘磁带又可听音乐又可看歌词。我对他说，听磁带和到音乐厅听音乐是两回事，听带歌词的流行音乐和听古典音乐是两回事。这就和看画家的原作，同看画册里复印的画是两回事一样。这就和走进开阔的原野，同走进公园人造景观里是两回事一样。

许多事必须身临其境，人才会明白而变得聪明一点。

许多事必须等待时间，孩子才能渐渐长大一些。

在这个世界上，人心越来越浮躁，情感越来越粗糙，道德越来越动摇，信仰越来越苍白。是因为我们刚刚经历着从政治时代走进商业时代这样新旧交替的阶段，我们渐渐变得只会低下自己的头看得越来越实际、实惠与实用，而忘记了应该仰起头来看看头顶的蓝天；我们已经折断了自己飞翔的翅膀，而成为只会匍匐在地的爬行动物；我们已经失去了耐心去倾听看不见摸不着的音乐，而只会去看那些近在眼前逗人一笑的小品。我们现在常说的所谓喜爱听音乐，其实只是喜爱听带通俗歌词唱男欢女爱的流行歌曲，我们把音乐在内的一切艺术已经削足适履只适合世俗的口味。我们常说的音乐发烧友，不少只是喜欢摆弄或炫耀自己拥有的高级音响和占有的唱盘。我们离真正的音乐已经越来越遥远。

但是，我告诉我的孩子：在这个世界上，一切都染上了功利甚至铜臭色彩，包括艺术在内，只有音乐除外。真正的音乐不靠语言，不靠外在的一切东西，只靠心灵。一切的艺术中，只有在音乐的面前，人和音乐一样通体透明。好的音乐，并不在乎你真的能听懂听不懂，而在乎你是否真心去感受；好的音乐，让你的心净化，让你的头垂下，让你的精神飞翔，让你的眼泪纯净得露珠儿一样晶莹，让你觉得你的周围再物欲横流、再污浊窒息、再庸俗不堪……毕竟还有着美好与神圣的存在。

前些天，我的孩子突然这样对我说：将来我要是找女朋友，我一定先带她到美术馆和音乐厅去。如果这两个地方她不愿意去，那就得吹了……

我笑他一时孩子气的话。但他说得没有一点道理吗？一个人成长过程中，需要多种营养，没有音乐与绘画营养的人，照样能长大成人，但他和她肯定会缺少些什么。缺少些什么呢？缺少心灵上和精神上那一点轻柔、湿润的东西。这一点东西也许一时不会显山显水，但关键时刻它会支撑着你的生命的存在。生命中需要坚强，有时也极需要柔韧，坚强如果是生命的高山与大地的话，柔韧就是生命的水脉和天空。

在越来越繁华热闹的都市里，商厦会越建越多，饭店会越建越多，酒吧和咖啡馆会越建越多……美术馆和音乐厅不会很多。

但它们两个是城市的双胞胎，对于一座城市来说作用是不可取代的。在繁忙之余，在嘈杂之时，在污染之际，在种种诱惑与侵蚀扑面而来的包围之中，走进美术馆和音乐厅，会让我们的心稍稍沉静下来、纯净下来，起码暂时得以逃脱和安歇，是同走进商厦、宾馆、饭店、酒吧、咖啡馆里绝对不一样的感觉与感受。

我对孩子说：你说得对，选择朋友时别忘记了去这样两个地方，以后你长大真正走进了社会，无论多么忙多么闷多么烦躁多么挫折重重多么艰难不顺心，也不要忘记到美术馆和音乐厅去。它们起码是我们心灵的一贴伤湿止痛膏和去皱护肤霜。

常到美术馆和音乐厅这样两个地方去的人，和常到饭店酒吧去的人，和常到银行证券交易所的人，内心深处泛起的涟漪是不一样的。

校园的记忆

2006 年的春天，我第一次来到芝加哥的校园。那时，儿子在这所大学读博。十年过去了，多次来美国，只要是在芝加哥入境，我都要到芝加哥大学的校园里转转，尽管儿子早已经毕业，不在这里了。

我很喜欢在校园里走走，尤其是在美国大学的校园里。我们国内的大学，其实也有很不错的校园，比如北大、武大、厦大，但是，不知这么搞的，最近这几年那里一下子人流如潮，爆满得如同集市。或许是大学扩招之后的缘故，或许是家长和孩子对好大学的渴望，参观校园成了一种时尚。再有，和美国大学的校园不同，我们的大学都有院墙，挡住了人们随意进出的路，有些不大方便。想想，自从儿子从北大毕业，我已经有十四年没有去北大的校园了。去年樱花开放的时候，我去了武大一次，校园里，人群如蚁，人头攒动，感觉人比樱花还要多，没有了校园里独有的幽静，漫步让位给了拥挤。

来芝加哥大学，有时候是白天，有时候是晚上。无论什么时候，这里的校园人并不多，抱着书本或电脑疾步匆匆的，大多是学生；举着相机拍照的，大多是外地的游客；嗓门儿亮亮地在呼朋引伴的，大多和我一样是来自国内的同胞。即便是这样的嗓门儿，在偌大的校园里，很快就被稀释了，校园就像一块吸水的海绵，包容性极强。它容得下来自世界各地的莘莘学子，也容得下来自世界各地的如我一样的过客。

夏天的芝加哥，感觉比北京似乎都要热，但只要走进校园，尤其是树荫下，一下子就凉爽了许多。有时候，我会到图书馆，或到学生的活动中心，那里的空调，又过于凉快了，需要多带一件外套。在美国大学里，学生的活动中心，是特别的建筑，一般都会十分轩豁和讲究，仿佛它是大学的一个窗口。芝加哥大学的学生活动厅，是一幢大楼，楼上楼下有很多房间，房间里有沙发和座椅，学生可以在那里学习休息，也可以在那里的餐厅用餐。有时候，我也会在那里吃午饭，那里的饭菜要照顾不同国家学生的口味，有西餐，也有墨西哥和印度饭菜，没有中餐，印度菜中的咖喱鸡可以代替。

活动中心后面是一座小花园，有一个下沉式的小广场，还有一个小池塘，夏天的水面上浮着几朵睡莲。最漂亮的是它的一排花窗，夏天爬墙虎会沿着窗沿爬满，像是镶嵌上的绿花边。我常坐在窗前的椅子上胡思乱想，偶尔也为窗子和爬墙虎画画，有时窗下会停几辆学生的自行车，是画面里生动的点缀。

冬天的芝加哥，肯定比北京冷。芝加哥号称风城，频频的大风一刮，路旁的枯树枝醉汉一样摇晃，真的寒风刺骨。但是，大雪中的校园很漂亮。甬道上，楼顶上，树枝上，覆盖着皑皑白雪，校园如同一个童话的世界。校园里有好几座教堂，我特别喜欢走到校园的一座教堂前，教堂全部都是用红石头垒砌，我管它叫作红教堂。在白雪的映衬下，红教堂红得如同一朵盛开的红莲。

我还喜欢到校园北边和东边去，北边有一个叫作华盛顿的公园，树木茂密，游人很少，很幽静。离公园不远一片深棕色的楼房里，奥巴马就曾经住在那里。那年，奥巴马当选美国总统的时候，芝加哥大学不少学生围在这里狂欢。东边紧靠着密歇根湖，湖边是一片开阔的沙滩。春天可以到那里放风筝，夏天可以到那里游泳。蔚蓝的湖水，像是芝加哥大学明亮的眼睛。

有时候，我会到校园里的书店转转。有一个叫作鲍威尔的二手书店，店不大，书架林立，有点儿密不透风，但分类明显，很好挑书。这里的书大多是从芝加哥大学教授那里收购的，大多是各个专业方面的学术类的书籍。他们淘汰的书，像流水一样循环到了这里，成为学生们很好的选择。那些书上有老师留下的印记，可以触摸到老师学术的轨迹，读来别有一番味道和情感。

今年的春天，我在芝加哥乘飞机回国，专门提前一天到的芝加哥，为的就是到那里的校园转转。两年未到，校园里有一些变化，体育场和体育馆在维修，连接老图书馆的新馆建成了，阳光玻璃房，冬阳下，在那里读书会很舒服，书上会有阳光的跳跃。过活动中心，马路的斜对面，一幢老楼完全装饰一新，走廊墙上的浮雕，窗上的彩色玻璃，古色古香，依然让人想起遥远的过去。

美国著名建筑家莱特设计的罗比住宅的旁边，新开张一家法国咖啡馆，名字叫作"味道"。我进去喝了一杯法式咖啡，喝惯美式咖啡，会觉得那里的杯子太小，但里面的人却很多，每个人都守着那么小的一杯咖啡，意不在喝。坐在我旁边的一位美国学生，手里拿着一摞打印好的材料在学，我瞄了一眼，是《资治通鉴》的中文注释。窗外对面坐在一对墨西哥的男女学生，不知在热烈交谈什么。外面有很多木桌木椅，夏天，一定会坐满人，树荫下，会很风凉，让校园多了一道风景。

当然，我又去了一趟美术馆。这是我每次来这里的节目单上必不可少的保留节目。芝加哥大学的美术馆可谓袖珍，但藏品丰富，展览别致。这次来，赶上一个叫作"记忆"的特展。几位来自芝加哥的画家，展出自己的油画和雕塑作品之外，别出心裁地在展室中心摆上一张桌子和一把椅子，桌上放着一个本子，让参观者在上面写上或画上属于自己的一份记忆。然后，将这个本子收藏并印成书，成为今天展览"记忆"的记忆。

这是一个有创意的构想，让展览不仅属于画家，也属于参观者。互动中，让画家的画流动起来，也让彼此的记忆流动起来。记忆和梦想，是人类区别于动物的主要标志。

我在本上画了刚才路过图书馆时看到的甬道上那个花坛和花坛上的座钟。它的对面是活动中心，它的旁边是春天一排树萌发新绿的枝条。我画了一个人在它旁边走过。那个人，既是曾经在这里求学的儿子，也是我。然后，我在画上写上"芝加哥大学的记忆"。那既是儿子的记忆，也是我的记忆。

2016 年 7 月 11 日

重回土城公园

门口变得很窄，为防止自行车进入，曲形铁栏杆的入口只能容一个人进出。迎面原来是一片地柏，已经没有了，右手一则的土高坡还在，那就是元大都的城墙，土城因此得名。三十二年前，我家住在土城旁边，走路两分钟就到。这一道土城如蛇自东向西逶迤而来，上面只有稀疏零落的树木和荆棘，风一刮，暴土扬尘，名副其实的土城。四围正在修路，土城公园也在绿化布局。那时候，我的孩子才四岁多一点，土城公园成了他的乐园，几乎天天到那里疯玩。一直到他读小学四年级，全家搬家，他转学，离开了这片他儿时的乐园。

今年夏天，孩子从美国回来，想去看看他的这片儿时的乐园。他自己的孩子都到了当年他自己最初见到土城公园的年龄，直让人感慨流年暗换之中人生的轮回。

我陪孩子重回土城公园，正是合欢花盛开的时节。记得那时候进得公园穿过土城，下坡处的一片空地上，便栽有好几株合欢，这是土城公园留给我最深的记忆。合欢盛开的夏天，我曾经指着开满一片绯红云彩的合欢树，对刚刚读小学的孩子说：这树的叶子像含羞草，到了晚上就闭合，第二天白天自己又会张开。孩子眨眨眼睛，不信，晚上一个人从家里悄悄跑来，看到满树那两片穗状的叶子果真闭合了，兴奋异常，像发现了新大陆。

从四岁多到十一岁读四年级时转学以后，孩子不到土城公园已经二十六年。我也二十六年未到土城公园了。对于孩子，成长的背景中，土城公园是浓墨重彩的一笔；对于我，因对于孩子曾经的重要性而连带得成为我人生之书一页色彩浓郁的插图。

有时候，大人其实是很难理解孩子的心。对于事物的好与坏、高级与低级、好玩与不好玩、平常与不平常、丰富与简陋……孩子的价值标准和家长的并不一样。孩子大学毕业离开北京到美国读书后，我曾经翻看他留下的日记和作文，那里有许多地方不厌其烦地记述着、诉说着、倾吐着、回忆着、留恋着土城公园那一片他童年的天地，令我格外惊讶，没有想到家楼后面这座普通的土城公园，对于一个小孩子的成长，居然作用如此巨大。对于一个独生子女，土城公园，不仅成为陪伴他玩耍的伙伴，也成为伴随他成长的一位长者或老师，甚至像童话里的魔术师，可以点石成金，瞬间就能将他渴望的满天星斗装满衣袋。

    小时候，我家楼后便是元大都遗址，虽也算是文化古迹，其实没什么可以游览的，只有一座不高的山坡和树木了。但那里昆虫特别多，也就成了我的乐园。童年像梦一样，我的童年是在这大自然中和小动物和昆虫一起度过的。夏天，是我最快乐的时候。因为昆虫在这时候特别多。

    雨前捉蜻蜓、午后粘知了、趴在草丛里逮蚂蚱、找来桑叶喂蚕宝宝……最有趣的要算是捉瓢虫了。我钻进铁栏杆，就来到了元大都遗址的后山，树荫下是一片小草，草尖是青的，草根是绿的，草中夹杂着蒲公英，黄色的小花像米罗随意撒了几点黄。远远地，就能看见在那绿和黄中间零星的几点红，走近了，这就是瓢虫，像玩魔术一样和我捉迷藏。蹲下身，睁开眼，啊，就在身边的花上、草上呢！瓢虫的壳大多是红色的，但壳上的星的多少却不同，有一星、二星、七星、二十八星的，星数决定了它们的种类。小时候，富于正义感，这片草地就是我伸张正义的舞台。小心地把瓢虫从草叶山和花中挑出来，仔细地数它们背上的星。小孩的心总是更善良，生怕害了好人，如果是二十八星的，我就就地处决，攥起小拳头狠狠地说："让你吃小草！"心里轻松极了，像做了一件大好事，大快我心。有一次错害了七星的，心里真实难过了好几日，发誓下次要再认真数星星。如果是七星的，我就一只只捉来，攒到一大把，张开手向天空一扔，就像放了星星，放飞了一颗颗红色太阳。天便红了，脸也红了，

我便醉了，醉在漫天飞舞的瓢虫之中了……

这是孩子初三时的日记。说实话，看完之后，我很感动。只有孩子才会有这种感情。我们大人还能有这种心境吗？我会精心去数二十八星的瓢虫然后把它们就地处决吗？我能放飞那一只只七星瓢虫而感觉出是在放飞一颗颗红太阳吗？在孩子童年那些岁月里，我和孩子其实是一样天天也从那片土城公园走过，我却从未看见过一只瓢虫，自然也就看不见漫天飞舞的红太阳的童话世界了。

小时候，家里没什么玩具，更没什么游戏机。和我

相伴最多的也是我最爱的就是楼后元大都土坡上的树、草和树间草间的小生命了。或许，小孩都是爱小动物的，望着、捉着那些小生命，总让我想起普里什文和列那尔写过的树林和动物的文字，幻想着身边的这个废弃的小土坡会不会变成文中写的那种样子呢？晚上会不会也"没来由地飘下几片雪花，像是从星星上飘下来的，落在地上，被电灯一照，也像星星一般闪亮"？晚上十点左右，会不会"所有的白睡莲也会个个争炫斗巧，河上的舞会就开始了"呢？……那里不高的山坡，山上那一片浓郁的树林和山下几丛常绿的地柏，以及藏在草丛里那些小生命，就是我童年全部美好的回忆了。它影响我整个的审美情趣和对人生理想的探求方向。我认为我童年美好的一切都在那一片不大的公园、一座不高的山上山下了。

这两段日记，给我留下很深的印象，在去土城公园的路上，再一次想起。我和孩子一路都没有说话，不知道他的心里是否也想起了他自己写过的话？只看见他带着他的孩子跑进公园，先爬上了土城墙，像风一样，从这头一直跑到了那头，然后，从那头走下来。公园里的树木都长高了，长密了，浓荫匝地，将燥热的阳光都挡在外面，偶尔从树叶缝隙洒下来几缕阳光，也变成绿色，如水轻轻荡漾，显得格外轻柔凉爽。远远地，看着他领着孩子，从浓密的树荫下一步三跳地向我走过来的情景，仿佛走来的是我领着读小学的他。人生场景的似曾相识，在重游故地时会格外凸显，仿佛真的可以是昔日重现，却已经是人事有代谢，往来成古今。不过，土城公园，确实对于孩子不可取代，起到了家里父母和学校老师起不到的作用。是它让孩子能够学会听得懂小虫子的语言，看得懂花的舞蹈，嗅得到树木的呼吸，和七星瓢虫对话，幻想着树林中童话和河上的舞会……

可惜，孩子没有找到他童年最心爱的七星瓢虫，他带着他的孩子在他童年曾经非常熟悉的草丛中仔细寻找了好多遍，都没有找到。

我也没有看到一株合欢树。公园入门后下坡处那一片空地上，没有了。我沿着公园找了一圈，没有找到。

2016 年 8 月 20 日

剪　纸

　　那天，我带孙子高高去美术馆看马蒂斯的剪纸。这个题名为"马蒂斯剪纸：'爵士'"的展览，是马蒂斯的一组剪纸画，共有二十幅。这是1942年时马蒂斯的作品，那时，马蒂斯73岁，信手拿起了剪刀和纸。剪刀在他的手中，鬼魂附体一般，灵动如仙；鲜艳的色块和诡异的线条，充满难得的童趣，让我看到了他绘画艺术的另一面。

　　我指着马蒂斯的剪纸，问高高：好看吗？他回答我说：挺好玩的！高高只有四岁半，他的这个回答，让我高兴，因为他没有顺着我的问话回答说好看，而是说好玩。剪纸，和正儿八经的油画不同，正在于好玩。油画，需要画笔、颜料、画布和画架，剪纸，只要一把剪刀和一张纸，就可以了。所以，剪纸，来自民间，而不像油画来自宫廷和学院。

　　我和高高说话的时候，高高的爸爸正在前面，俯身趴在马蒂斯的一张剪纸前观看，不知道他看出了什么，又会想起什么。那一刻，我想起了他小时候，和高高差不多大的年纪，有一天，我和他妈有事外出，把他丢给奶奶照看。小孩子，没有一盏省油的灯，他开始磨着奶奶，和他一起玩，玩他的积木、魔方、变形金刚和电动火车。那时候，奶奶已经70多岁了，哪里会玩他的这些新式玩具？便总在玩的时候出差错，不是积木坍塌，就是火车出轨。他玩的兴趣锐减，开始磨着奶奶要找爸爸妈妈。奶奶没有办法，从针线筐箩里拿出一把剪刀，让他找张纸，说奶奶教你剪纸吧！

孙子眨巴着眼睛，望着奶奶，有些奇怪，但听说剪纸，还是来了情绪，飞快地跑走找纸去了。那时，我家里有很多杂志，花花绿绿的封面，正好成了剪纸的好材料。不一会儿，他抱来一摞杂志，递给奶奶说，你教我剪纸吧！

其实，奶奶哪里会什么剪纸！除了鞋样，她老人家一辈子也没有剪过一回纸，实在是被这个磨人精的小孙子磨得没招儿了。年轻时候，在农村生活，她看过村里人剪纸，是过年的时候剪出的窗花和吊钱，贴在窗户上，挂在房檐前，红红火火的，吉祥，又好看。那些窗花里有很多如喜鹊登梅等好看却又复杂的图案，那些吊钱里有元宝和福禄寿喜更复杂的图案，奶奶哪里会剪呀！奶奶是被赶上架，只好拿起剪刀，冲着杂志封面开剪了，完全是有枣一棒子，没枣一棒子，剪刀没有任何章法地随意游走。彩色的纸屑抖搂在奶奶的衣襟上之后，剪出来的剪纸，虽然祖孙俩谁也认不出是什么花样，却都很开心。孙子说了句真好玩，便从奶奶的手里拿过剪刀，冲着另一本杂志的封面下笊篱。他觉得原来剪纸这么简单，一点儿都不难。

我回家的时候，看见床上和地上都是彩色的纸屑，桌上铺满祖孙俩的杰作。他跑过来对我说，全是我和奶奶剪的，好看吗？我连说好看，那一幅幅剪纸，是比马蒂斯的剪纸还要抽象和野兽派，完全看不出来剪出来的是什么东西。但是，随意甚至肆意的线条，如水如风，在彩色的纸上游龙戏凤，留下了祖孙俩心情和想象的痕迹。这些剪纸，让我第一次真正地意识到，包括剪纸和绘画在内的艺术，不见得都具象得让人看懂，关键是里面要有你的心情、想象和真挚的情感。

从此，很长一段时间，我家总会是一地彩色纸屑，如同开春后的五花草地。奶奶成了孙子的剪纸老师，祖孙俩让家里的那些杂志变废为宝。我从他们两人的剪纸里各挑出一张，夹在我的笔记本里，成为一段美好的记忆。

一晃，三十多年过去了，儿子长到我当年的年龄，而孙子和他当年一样大了。生命的循环，是以日子的逝去为代价的。那天，从美术馆回到家中，我拿出剪刀，对高高说：去，看看你爸爸那里有没有废杂志，爷爷教你剪纸！高高眨动着眼睛，好奇地问我：你会剪纸？像马蒂斯一样的剪纸？我信心满满地对他说：对，比马蒂斯还要好看好玩的剪纸！

又是一地彩色的纸屑。

落叶的生命

　　想找树叶做手工，已是入冬。几场冷风冷雨，树上的叶子凋零无几，大多落在地上。不过，由于雨水频繁，落在地上的叶子湿润，还散发着树枝的气息，呼应着残存在枝头上的叶子，做最后的告别，虽有几分凄婉，却也十分动人。

　　放学的时候，在路口等候校车，看见小孙子从车上跳下来，见到我的第一句话就是：咱们找树叶去吧！便先不回家，沿着落叶缤纷的小路找树叶。这时候，才会发现，秋末时分枝头上的树叶，或金黄，或红火一片，在秋风的吹拂下，是那样地灿烂炫目；落在地上的叶子却有别样的形状、色彩和风情。

　　形状不一样了。由于距离的变化，拿在手中，近在眼前，才发现同样都是枫树，有三角枫、五角枫和七角枫的区别。而且，不同的枫叶，像伸出不同的触角，活了一般，让那红色的叶脉弯弯曲曲像是真的有血液在流动。不同流向的叶脉，让叶子的触角有了不同的弧度，那弧度像是舞蹈演员柔软而变幻无穷的手臂，富有韵律，让我们充满想象，便也成为我们做手工最佳的选择。我和小孙子用这样红色和黄色的枫叶，做成的金孔雀和红孔雀，让我们自己都惊讶那一片片枫叶怎么那么像孔雀开屏时漂亮的羽毛呢？好像它们就是特意落在地上，等着我们弯腰拾起，去做孔雀那五彩洒金的尾巴呢。

还有那槭树和石楠的叶子，椭圆形，粗看起来，大同小异，细看大有玄机。石楠叶小，槭树叶大，小的小巧玲珑，像童话里的小姑娘，大的像大姐姐一样温柔敦厚。石楠叶薄，薄得几乎透明，红红的颜色像是过滤了一样，淡淡的胭脂似的，可以随风起舞蹁跹。槭树叶厚，且有光亮的釉色，像穿着盔甲的武士，似乎能够听到风声雨声；又像天鹅绒的幕布，拉开来，舞台上就可以上演有趣的戏剧。槭树叶和石楠叶最好找，几乎遍地都是，我们常常会如进山寻宝的人，总有些贪婪，弯腰拾起了这片，又抬头看见了那片，捧在手里一大捧，反复权衡，恋恋不舍，好像它们都是我们的至爱亲朋。我们用不同的槭树叶做成了不同形状的鱼，用不同的石楠叶做成了莲花，五片石楠叶错落在一起，就是一朵盛开的莲花；大小两片石楠叶合在一起，就是一朵含苞待放的娇羞的莲花；再找两片小小的黄栌，要找那种还能顽强保持着绿色的叶子，放在莲花下面，就是莲叶田田了。

当然，色彩也不一样了呢。别看落叶没有了在枝头连成一片的金黄和火红耀眼的阵势，但落叶不是落花顷刻辗转成泥，溃不成军。落叶区别于树上叶子的重要之处，在于树上的叶子连成一片的金黄和火红，让所有的叶子变成了一种颜色，淹没在相同的色彩之中，很像当年见过的"红海洋"，和如今已经泛滥的凡·高向日葵的金黄色。落叶散落在草丛中，灌木间，或泥土里，却是色彩不尽相同，彰显每一片叶子舒展的个性，甚至色彩渗进叶脉，都让我们看得须眉毕现，触目惊心，也赏心悦心。

同样是杜梨树上落下的叶子，经霜和被雨水反复打湿后，每一片叶子上的红色已经相同，那种沁入红色深处的黑色光晕，浸淫红色四周的褐色斑点，像磨出的铁锈，溅上的离人泪，似乎让每一片落叶都有了专属于自己前世的故事似的，更让每一片落叶都成了一幅绝妙而无法复制的图画。由于杜梨叶比较厚实，叶子上面有一层釉色，显得很是油亮，每一片落叶都像是一幅精致的油画小品。那些随心所欲而富有才华的大色块渲染，毕加索未见得能够胜上一筹；那些飞溅而落的斑斑点点，西尔斯拿手的点彩也未见得能够如此五彩缤纷。

杜梨叶，是我们最喜欢的，我们常常在地上仔细寻找，不放过任何一片闯入眼帘的叶子，常常会有美丽的邂逅而让我们赏心悦目，便常常会听见小孙子的大呼小叫：爷爷，快看，这里有一片好看的树叶！

找到的最好看最别致的一片杜梨叶，竟然是黑色的。那种黑，不是被污染的乌黑，也不是姑娘劣质眉笔的那种漆黑，而是油亮油亮的黑，叶子的边缘有一层浅浅的灰色，像黑色的火焰燃尽之后吐出后一抹余韵；像淡出画面之外的空镜头里的远天远水，让叶子的黑色充满想象的韵味。

这片黑色的杜梨叶，一直没有舍得用。也不是真的舍不得，是不知道用在哪里恰到好处。我们用别的杜梨叶做的热带鱼或大公鸡，都让不同色彩的杜梨叶尽显各自的英雄本色，让那种不同的红色交织成一曲红色的交响。只是这片黑杜梨叶，一直夹在书本里。曾经想用它做成一只海龟，它黑亮黑亮的釉色和粗粗的叶脉，还真有几分海龟的意思。也曾经想把它一剪两半，做成两条木船，在上面用银杏叶和红枫叶做成它们各自的风帆。但是，都觉得不是最佳选择。它暂时还沉睡在我们的书本里，它的生命跃动，在我们的想象中，也在它自己的梦中。

真的，别以为落叶就是死掉的树叶，落叶离开树枝，不过是生命另一种形式的转移。龚自珍诗曾说：落红不是无情物，化作春泥更护花。不仅是落花，落叶更是如此，更具有化为泥土中腐殖质的营养作用，来年新一轮春花的盛开，是落叶生命的一种呈现。如今，落叶生命的另一种呈现，在我和小孙子的手工中，它们存活在我们的册页里和记忆中。

自己做书

　　如今，在美国，自己动手做一本书，很流行，老少咸宜。它既可以成为一种工艺品，也可以成为一种游戏。它可以制作得很复杂，也可以制作得很简单；可以自己把玩珍藏，也可以作为礼物，送给亲朋好友，甚至自己的恋人。当然，还可以展览交流，甚至出售。

　　这样做书的各种纸张，薄厚，大小，齐整和毛边，带光和亚光，白色和彩色，包括封面封底的用纸，应有尽有，为的就是方便大家自己动手做。

　　有一天，在印第安纳大学美术馆里看到一则广告，有手制书展览在美术系举办。我去参观，展览的手制书不是很多，只是在几张阅览桌上，陈列着几十种，不过，没有一般展览常见的玻璃罩的阻隔，那些书可以随便翻阅，手和书是并列的主角。也是，没有手的重要参与，哪来的这样特制的书？

　　如今的世界上，书的品种越来越多。农耕时代延续至今的纸质书籍，只是其中一种了。当然，还会是最重要的一种。不过，电子书，这个后起之秀，现在越来越流行。除此之外，便是这种手制书，更是后起之秀的后起之秀。心里暗想，手制书，和电子书，呈两极态势发展。电子书，借助的是高科技，是向前发展的产物；手制书，则走的是倒退复古的路，向着农业时代最初纸制书的前身大踏步地倒退，从设计到绘画、剪贴和书写，从选材料到裁页装订，退回到完全手工制作的个体作业模式，甚至连书上面的图画和文字，也是手工完成的。一新一旧，完成着人们对于书的前世与今生的想象。

展览中的手制书，生动形象地说明了这一点。如果说书不仅仅作为知识的一种载体，也可以是一种艺术的展现的话，世界上所有的艺术，都是既可以朝着激进的方向发展，也可以退回到保守主义方面发展的。那么，手制书更可以实现这样一种艺术个性张扬与多样性纷呈的追求和愿望。在正式出版的传统纸制书中，一种书，是千篇一律的内容和包装，个性被淹没在共性当中。即使有专业藏书家，他藏的孤本是很少见的，大多数的书，他有，你也可以拥有。在手制书中，却可以一本书是一种样子，就像大自然一样，每一片树的叶子，每一朵花的颜色，都不尽相同。如果你藏的是手制书，那么，完全可能你拥有的，是世界的唯一，独此一家，别无分店。

我没有想到，有一天，我的孙子高高的老师，居然要求全班的同学，每人自己动手，也做一本这样的手制书。我才忽然感觉到，原来，这样自己动手做书，并不仅仅是在展览馆中的展示，而成了小孩子的作业。高傲的机器印刷的精致书籍，如同迟归的鸟儿一样，如今已经飞入寻常百姓家。

没错，这是小孩子的作业。高高才上一年级。老师布置的第一份作业的题目是"All about me！On the weekend"。这个作业不复杂，也不难，老师给了一张纸，纸上印着好多个画好的钟，让同学们在这个周末几点的时候做什么，就画什么，然后写一行字注明，再把钟剪下来，贴在你画的纸上。书中的一页就算完成了。

高高画的第一页，是几点起床；又画了几点刷牙，几点游泳……把这几页纸装订在一起，自己再画一个封面，一本书就算完成了。挺简单的，也挺有意思的。以前，看的都是别人写的画的印的书，这一次，别看简单得只有几张纸，却是自己动手做的书呢。

老师布置的第二个作业，题目是"Things You Might See in December"。这个题目起得也很适合孩子，你在这个 12 月里看见了什么就画什么，并不是很难。而且，12 月里有一年一度的圣诞节，特点突出。高高写了我看见了雪花，我们堆起了雪人；我看见了圣诞树，和圣诞树上挂着的礼物，我喜欢拐棍糖；便在文字的旁边或下面，画上雪人和圣诞树和拐棍糖……

转年春天来了，老师布置的作业，是"摘草莓"。参观动物园了，老师布置了"关于美洲狮"。老师还给每个同学发了一个精装的小本，要求他们记录他进入学校后自己觉得值得纪念的事情，题目叫作"Easton 的记忆之书"……

一个学期下来，很多语文作业，大多是让孩子们自己动手做书。也许是我的见识有限，这种教学的路数，我还真的从来没有见过。自己动手，从画到写，再到装订，既学了字，练了表达，又学了画画，还得学着做手工，一举多得，孩子还很喜欢做这样的作业，而不尽是那些默写背诵让人头疼的作业。

有一次，老师布置了这样一份作业，题目是"I am Thankful for…"。高高第一页画了一个地球，写我感谢地球；第二页画了一男一女，写我感谢我的家；第三页画了太阳，写我感谢太阳；第四页画了房子，写我感谢我的爸爸妈妈；第五页画了一棵树，写我感谢树木；第六页画了地上开了一排小花，写我感谢大地；最后一页，写我感谢我的老师。封面和封底，连体画了一个大南瓜，和一只五根手指形状的鸡。鲜艳又醒目。

几次自己动手做书，做到这一本，已经看出了他的进步。

自己动手做书，是一种作业，也是一种手工，带有游戏色彩，孩子很高兴玩。看着哥哥这样做书，弟弟得得也跃跃欲试，想自己动手也做一本书。爸爸妈妈教他，和他一起想主意，并动手和他一起做，毕竟他还小，还没有上学呢。

弟弟做的第一本书是 *Porcupine's Adventure*（《豪猪历险》）。从封面开始，每一页在不同的位置上都挖了一个小洞洞，豪猪从这个洞洞里跑走，到下一页不知会落到一个什么地方，比如，顺着天梯坐上了飞机，从飞机上掉进了鳄鱼的嘴里，又不停地掉进拉煤的车上，等等，好不热闹！这些小动物，都是平常画过的，对他一点儿都不难，但让它们汇聚一起，可以随意由他调遣，和这头豪猪一起上天入地地一通折腾，他的兴奋劲就上来了。

由于有爸爸妈妈的帮助，弟弟的这本书画得很复杂，天上有飞机和气球，地上有火车和狐狸，水里有鳄鱼和青蛙，画面比哥哥做的书要好看。哥哥在一边不干了，非要磨着爸爸妈妈，帮他也做一本这样的书。

爸爸妈妈和他一起也做了一本这样的书，在每一页挖一个小洞洞，哥哥这一次要让一只小兔子从这一个洞子钻进另一个洞子里，和弟弟的那个豪猪一样，在魔宫一样的天上地上水里转圈圈。他给书起的名字是 *Rabbit Runs Away*。

看他们在灯下，小脑袋和爸爸妈妈蒜瓣一样挤在一起，又是画又是剪地忙乎，再看他们自己动手做成的书，乐趣真大。这种乐趣，和在游乐场中，或在电子游戏里，或在孩子最喜欢摆弄的乐高里，不尽一样呢。

英文字母画

在我的印象里，在美国的幼儿园里，孩子主要的是玩，我们这里格外强调儿童早期教育的知识方面，好像教孩子们唱儿歌、朗诵童谣之外，就是教了阿拉伯数字和英文字母。和我们这里一样，美国幼儿园都教唱了英文字母歌。对于那里的小孩子，英文字母很重要，只要学会了英文字母，就可以根据字母的发音，拼出单词，也就会识字了，比我们小孩子学象形文字，要简单容易得多。

在幼儿园里，高高先学会了阿拉伯数字。回到家里，画画的时候，我说：你就把你学的数字写在你画的画上，多好啊！

他问我：画到哪儿呢？

我说：你想画到哪儿，就画到哪儿！你觉得哪儿好看，就画到哪儿！

他看看画，还在犹豫，不知往哪儿下笔好。

那时，他正迷上了画火车，刚画完一列火车。我对他说：你就把1234……画在火车吐出的那一溜儿烟上，好不好？烟是曲里拐弯儿的，1234……也跟着一起拐弯儿，多好玩！

他觉得我这个主意不错，把刚学会的从1到10，都写在火车头喷吐出来弯弯曲曲的浓烟上面。效果还不错，那些阿拉伯数字，像一队小鸟追着烟在飞。

以后，他在他画的西瓜和瓢虫上面，也写过这些阿拉伯数字。添加上这些歪歪扭扭的数字，画面更充满童趣，比单摆浮搁的西瓜要好看得多，仿佛那两牙西瓜也有些诱人，甜了许多似的。

高高6岁的时候，不仅已经学会了英文字母，而且可以用它们来识字，读简单的书了。那时，他爱机器人，便学着小时候在火车喷吐的烟上，在西瓜和瓢虫的上面添加阿拉伯数字一样，在机器人旁边，添加了英文字母。那些排列整齐或者错落有致的英文字母，犹如群蜂乱舞，比原来的阿拉伯数字还要热闹、好看。

那时，他还喜欢画一些小动物，比如蜗牛呀、蝴蝶呀什么的。他便把那26个英文字母，写在蜗牛和蝴蝶的旁边，或树的身上，或藏在云彩里面和小鸟的身上。他自己觉得特别有意思，然后让我猜这些字母都在什么地方，看我能不能找出来。我知道，这是他从一本叫作《隐藏在书里的秘密》的书里学到的。那本书里，每一页都是画得满满的景物，把几件东西藏在画面里，要你去找，看你能否找出来，找出了，每样东西的旁边写着一个它的英文名字，是一种教授孩子认识并记住英文单词的好法子。

我们大人总是愿意想尽办法，把知识的点放在寓教于乐之中来完成，教是重点；孩子总是愿意在玩乐中顺便把学到的东西天女散花般撒落出来，玩是重点。这就是我们大人和孩子心理的不同之处。

最有意思的是，有一天，他画了好几条大鱼，还有一个小海马。在下面写他的名字 Easton 的时候，他用的双钩，把这几个字母勾勒出来的。这是我教他的，告诉他这是美术字的一种写法。他只看我写了一遍，就说：我会了！这天，他果然会了，写得飞快，双钩笔线，几个字母都勾出来了，还别出心裁地在每个字母上添加几笔，让每个字母变成了一个小动物。

我对他说：你这个名字写得多有意思呀，和你以前写过的名字都不一样，和别人写的名字也不一样。你要是能把英文的 26 个字母都画成这样不同的小动物，一定更有意思！

听了我的话，他眨巴眨巴眼睛，大概觉得是挺有意思的事情。他坐在桌子前，接着画了起来。

把 26 个字母都画成了小动物。这些小动物，都是他平常爱画的，画出它们不难，但是，要把 26 个字母都改画成小动物，每个字母都是一个不同的小动物，还真的得动点儿脑筋。

他先画了 a，像有一只小黑猫在 a 的一侧爬，不仔细看，几乎看不出来。

他接着画了 b，这回好多了，像只小鸭子。我一下子就看出来了。

他又画了 c，借着 c 上面弯弯的缺口，添加了一个小红鸡冠子，c 立刻就像一只小鸡了。

这样的想法，让他很得意，画得很投入。但是，没过一会儿，他画不下去了。他喊我：爷爷，帮帮我！

我走过去，看他画得挺好的，尤其是那个 g，他在下面点上了一个小黑点，一下子让这个 g 像一条弯弯的小蛇，g 上面的那个小圆圈，特别像蛇弯曲的尾巴。还有那个 h 和 i，h 左边稍微长的那一竖道，小马的脑袋，而右边往下拐弯的那一道和左边那一道，借势成了小马的两条腿；i 上面的那一点，让他画成了小鸟的脑袋，他只是多加了一个小小的三角，作为小鸟的嘴巴。

我夸奖他：你画得多好啊！

他说：可是，这个 k，我想不出来画什么好了。你帮我想想吧！

我想了想，这样字母变小动物的游戏，是考孩子，也是在考大人呢。

　　我对他说：你看这样好不好，把 k 上面的那一撇，咱们给它拉长，长得像长颈鹿的脖子，你在最上面画上长颈鹿的头和耳朵，不就像长颈鹿了吗？

　　他觉得这个主意不错，立刻就拉长了 k 的那一撇，让它变成了长颈鹿。

　　我刚要走，他又拉住我：你别走，你看看，这个 m 画成什么好啊？

　　我问他：你看这个 m 上面是不是拐了一个弯儿，有了一个起伏？

　　他点点头。

　　我又问他：你看这一拐弯儿，上面是不是就有了两个凸出，像不像凸起的两个小山包？

　　他点点头说：像。

　　我接着问他：你再好好想想，你说它还像什么？像什么动物？

　　他几乎脱口而出：像骆驼那两个驼峰。

　　我说：是吧？你好画了吧！

　　他很快就画好了这头骆驼。

　　字母变动物，不仅是让字母发生了魔术般的变化，也让画画本身发生了变化，不再仅仅是照葫芦画瓢地单调去画，而有了几分智力游戏的色彩。就像孩子都喜欢玩脑筋急转弯儿或猜谜语的游戏一样，画画多了一种游戏的玩法儿。

　　他把 26 个字母都画好，手握着 36 色的彩色铅笔，像是率领着他的千军万马打了什么大胜仗一样，高声叫我：爷爷，快来看，我画完了！

他画得确实不错。尽管他钟情于小蛇，把 s、w、z 都重复画成了蜿蜒的蛇，但是，他把 n 画成了鹈鹕，n 的右边那一竖夸张成了鹈鹕的长嘴巴；把 y 画成了小鸟，让 y 左边的那一撇成了小鸟弯弯的翅膀，好像正在振翅起飞；特别是那个大写的 Q，画得真的是好，他把它画成了一只乌龟，伸出的那一道，恰到好处地成了乌龟伸出的脑袋，真的有点儿神来之笔的感觉。我大大地赞扬了他的这个特别独特的 Q。

那时，高高刚上小学一年级。第二天上学到学校，他对同学说：我能把 26 个字母画成不同的小动物。同学不信。放学回家，他对我说了这件事，他说：我明天把画本拿到学校去，让他们看看，他们还信不信？

隔天，他真的把画本拿到学校，同学看了，惊奇得连声叫好。老师也看见了，夸奖了他。他非常高兴。对于一个孩子，老师的夸奖，就是对他做的事情的肯定，那是比家长还要重要的。

读二年级的时候，老师布置课堂作业，发给每个同学几张纸，纸上把 26 个英文字母粗粗黑黑地只印上一半。老师让大家在这字母的一半上面添加东西，让字母变成一种儿童画。这真的是一次别开生面的作业，孩子们都觉得新鲜有趣。

高高拿到的是 h 和 k 两个半拉的字母。在字母上画画，对于他不难，一年前，他就画过。在 h 右侧拐弯的弧形线上，他在中间画了一个房子的尖顶，左右两边各画了一个小小的房子的尖顶，弧线的下面，他画了一扇大红门，门上面画了好多扇窗户，然后，他让左边粗黑的那一竖道变成了烟囱，在最上面冒出一道弯曲的浓烟；这个半拉的 h，便成了一座冒烟的城堡。K 的左侧那粗黑的竖道上，他画一个圆圆的大脑袋和两只小小的眼睛，半拉 k 的那一竖一斜的两道，变成了鳄鱼张开的大嘴巴，他最后画上了满嘴的牙齿。

　　老师夸奖了他。他把画拿回了家，我也夸奖了他。字母画，带给他意外的收获和快乐。

母　亲

十年来，我写过许多篇有关普通人的报告文学。我自认为与他们血脉相连，心不能不像磁针一样指向他们。可是，我却从来没有想到我可以，也应该写写她老人家。为什么？为什么？

是的，她比我写的报告文学中那些普通人更普通、更平凡，就像一滴雨、一片雪、一粒灰尘，渗进泥土里，飘在空气中，看不见，不会被人注意。人啊，总是容易把眼睛盯在别处，而忽视眼前的、身边的。于是，便也最容易失去弥足珍贵的。

我常责备自己：为什么现在才想起来写写她老人家呢？前些日子，她那样突然地离开人世，竟没有留下一句话！人的一生中可以有爱、恨、金钱、地位与声名，但和死亡比起来，一切都不足道。一生中可以有内疚、悔恨和种种闪失，都可以重新弥补，唯独死亡不能重来。现在，再来写写对比生命来说苍白无力的文字，又有什么用呢？

我仍然想写。因为她老人家总浮现在我的面前，在好几个月白风清的夜晚托梦给我。面对冥冥世界中她老人家的在天之灵，我愈发觉得我以往写的所有普通人的报告文学，渊源都来自她老人家。没有她，便没有我的一切。对比她，我所写的那些东西，都可以毫不足惜地付之一炬。

她就是我的母亲。

一

她不是我的亲生母亲。

1952 年，我的生母也是突然去世。死时，才 37 岁。爸爸办完丧事，让姐姐照料我和弟弟，自己回了一趟老家。我不到 5 岁，弟弟才 1 岁多一点儿。我们俩朝姐姐哭着闹着要妈妈！

爸爸回来的时候，给我们带回来了她。爸爸指着她，对我和弟弟说："快，叫妈妈！"

弟弟吓得躲在姐姐身后，我噘着小嘴，任爸爸怎么说，就是不吭声。

"不叫就不叫吧！"她说着，伸出手要摸摸我的头，我拧着脖子闪开，就是不让她摸。

我偷偷打量着她：缠着小脚，没有我妈漂亮、个高，而且年龄显得也大。现在算一算，那一年，她已经 49 岁。她有两个闺女，老大已经出嫁，小的带在身边，一起住进了我们拥挤的家。

后妈，这就是我们的后妈？

弟弟小，还不懂事，我却已经懂事了，首先想起了那无数人唱过的凄凉小调："小白菜呀，地里黄呀，两三岁呀，没有娘呀……"我弄不清鼓胀着一种什么心绪，总是用一种异样的、忐忑不安的眼光，偷偷看她和她的那个女儿。

不久，姐姐去内蒙古修京包线了。她还不满 17 岁。临走前，她带我和弟弟在劝业场里的照相馆照了张相片。我们还穿着孝，穿着姐姐新为我们买的白力士鞋。姐姐走了，我和弟弟都哭了。我们把失去母亲后越发对母亲依恋的那份感情都涌向姐姐。唯一的亲姐姐走了，为了减轻家中添丁进口的负担。她来了。我们又有妈妈了。

姐姐走后，她要搂着我和弟弟睡觉。我们谁也不干，仿佛怕她的手上、胳膊上长着刺。爸爸说我太不懂事，她不说什么。在我的印象中，她进我家来一直很少讲话，像个扎嘴的葫芦。出出进进大院，对街坊总是和和气气，从不对街坊们投来的芒刺般好奇或挑剔的目光表示任何不快。"唉！后娘呀……"隐隐听到街坊们传来的感叹，我心里系着沉沉的石头。我真恨爸爸，为什么非要给我和弟弟找一个后娘来！

对门街坊毕大妈在胡同口摆着一个小摊，卖些泥人呀、糖豆呀、酸枣面之类的。一次路过小摊，她和毕大妈打个招呼，便问我："你想买什么？"

我瞟瞟小摊，又瞟瞟她，还没说话，身边跟着她的亲生女儿伸出手指着小摊先说了："妈！我要买这个！"

她打下女儿的手，冲我说："复兴，你要买什么？"

我指着摊上的铁蚕豆，她便从毕大妈手中接过一小包铁蚕豆；我又指着摊上的酸枣面，她便又从毕大妈手中接过一小包酸枣面；我再指着小泥人、指着风车、指着羊羹……我越指越多。我是存心。那时，我小小的心竟像筛子眼儿一样多，用这故意的刁难试探一位新当后娘的心。

她为难地冲毕大妈摇摇头："我没带这么多钱！"

我却嚷着，非要买不成。这么一闹，招来好多人看着我们。她非常尴尬。我却莫名其妙地得意，似乎小试锋芒，我以胜利而告终。

过了些日子，她的大女儿从天津来了。大姐长得很像她，待我和弟弟很好。我们一起玩时有说有笑也很热闹，大姐挺高兴。

临走前整理东西，她往大姐包袱卷里放进几支彩线，让我一眼看见了。这是我娘的线！我娘活着的时候绣花用的，凭什么拿走？第二天，大姐要走时找这几支彩线，怎么也找不着。"怪了！我昨儿个傍晌明明把线塞进去了呀！咋没了呢？"她翻遍包袱，一阵阵皱眉头。她不知道，彩线是我故意藏起来了。

送完大姐回天津，爸爸从床铺褥子下面发现了彩线，一猜就是我干的好事，生气地说我："你真不懂事，藏线干什么？"

我不知怎么搞的，委屈地哭起来："是我娘的嘛！就不给！就不给！……"

她哄着我，劝着爸爸："别数落孩子了！兴是我糊涂了，忘了把线放在这儿了……"我越发得理似的哭得更凶了。

咳！小时候，我是多么不懂事啊！

二

几年过去了。我家里屋的墙上，依然挂着我亲娘的照片。那是我娘死后，姐姐特意放大了两张12寸的照片，一张她带到内蒙古，一张挂在这里。我和弟弟都先后上学了，同学们常来家里玩。爸爸的同事和院里的街坊有时也会光顾，进屋首先都会望见这张照片。因为照片确实很大，在并不大的墙上很显眼。同学们小，常好奇地问："这是谁呀？"大人们从来不问，眼睛却总要瞅瞅我们，再瞅瞅她。我很讨厌那目光。那目光里的含义让人闹不清。

随着年龄的一天天增长，我的心态变得盛满过多复杂的情感。我对自己的亲姐姐越发依恋，也常常望着墙上亲娘的照片发呆，想念着妈妈，幻想着妈妈又活过来同我们重新在一起的情景。有时对她会莫名其妙地发脾气。她从不在意，更不曾动过我和弟弟一个手指头，任我们向她耍着性子，拉扯着她的衣角，街坊四邻都看在眼里。

许多次，爸爸和她商量："要么，把相片摘下来吧？"

她眯缝着眼睛瞧瞧那比真人头还大的照片，摇摇头。

于是，我娘的照片便一直挂在墙上，瞧着我们，也瞧着她。她显得很慈祥。头一次，我对她产生一种说不出的好感。但叫她"妈妈"一时还叫不出口。

那时候，没有现在变形金刚之类花样翻新的玩具，陪伴我和弟弟度过整个童年的只有大院里两棵枣树，我们可以在秋天枣红的时候爬上树摘枣，顺便可以跳上房顶，追跑着玩耍。再有便只是弹玻璃球、拍洋片了。我不大爱拍洋片，拍得手怪疼的；爱玩弹球，将球弹进挖好的一个个小坑里，很有点儿像现在的高尔夫球、门球的味道。玩得高兴了，便入迷得什么都不顾了，仿佛世界都融进小小透明的玻璃球里了。一次，我竟忘乎所以将球搁进嘴里，看到旁的小孩子没我弹得准时兴奋地叫起来，"骨碌"一下把球吞进肚子里。孩子们惊呆了，一个孩子恐惧地说："球吃进肚皮里要死人的！"我一听吓坏了，哇哇哭起来。哭声把她拽出屋，一见我惊慌失措的样子，忙问："怎么啦？"我说："我把球吃进肚子里了！"一边说着，我又哭了起来。她很镇静，没再讲话，只是快步走到我身边，蹲下身子一把解开我的裤带，然后用一种我从未听过的、带有命令的口吻说："快屙屎，把球屙出来就没事了！"我吓得已经没魂了，提着裤子刚要往厕所跑，被她一把拽住："别上茅房，赶紧就在这儿屙！"我头一次乖乖地听了她的话，顺从地脱下裤子，蹲下来屙屎。小孩们看见了，不住地笑。她一扬手，像赶小鸡一样把他们赶走："都家去，有啥好笑的！"

这一刻，她不慌不乱，很有主意。我一下子有了主心骨，觉得死已经被她推走了，便憋足劲屙屎。谁知，偏偏没屎。任凭憋得满脸通红就是屙不出来。她也蹲着，一边看看我的屁股，一边看看我："别急！"说着，用手帮我揉着肚子："这会儿球也不能那快快就到了屁股这儿，刚进肚儿，它得慢慢走。我帮你擀擀肚子！"我不知道她为什么一直把揉肚子叫擀肚子，但她擀得确实舒服，以后我一肚子疼就愿意叫她擀。她不光擀肚子这块儿，还非得叫我翻过身擀后背。她说就像烙饼得翻个儿一样，只有两面擀才管用。这时候，我第一次感受到她那骨节粗大的手的温暖和力量。不知擀了多半天，屎终于屙出来了。多臭的屎啊！她就那样一直蹲在我的旁边，不错眼珠望着那屎，直到看见屎里果真出现了那颗冒着热气圆鼓鼓的小球时，她高兴地站起来，走回家拿来张纸递给我："没事了，擦擦屁股吧！"然后，她用土簸箕撮来炉灰撒在屎上，再一起撮走倒了。

孩子没有一盏是省油的灯，大人的心操不完。我们大院门口对面是一家叫泰丰粮栈的大院。它气派大，门前有块挺平坦宽敞的水泥空场。那是我们孩子的乐园。我们没事便到那儿踢球、抖空竹，或者漫无目的地疯跑。一天上午，它那儿摆着个大车轱辘，两只胶皮轮子中间连着一根大铁轴。我们在公园玩过踏水车的玩具，便也一样双脚踩在铁轴上，双手扶着墙，踩着轱辘不住地转，玩得好开心。我忘了我们小孩能有多大劲呢？那大轱辘怎么会听我们摆布呢？它转着转着就不听话，开始往后滚。这一滚动，其他几个孩子都跳下去了，唯独我笨得脚一踩空，一个栽葱摔到地上，后脑勺着着实实砸在水泥地上，立刻晕了过去。

等我醒来时已经躺在医院里，身旁是她和同院的张大叔。张大叔告诉我："多亏了你妈呀！是她背着你往医院跑呀！我怕她背不动你，跟着来搭把手，她不让，就这么一直背着你。怕你得后遗症，求完大夫求护士的。你妈可真是个好人啊……"

她站在一边不说话，看我醒过来，俯下身来摸摸我的后脑勺，又摸摸我的脸。我不知怎么搞的，眼泪怎么也控制不住流了下来。

"还疼？"她立刻紧张地问我。

我摇摇头，眼泪却止不住。

"你刚才的样子真吓死人了！"张大叔说。

回家的时候，天早已黑了。从医院到家的路很长，还要穿过一条漆黑的小胡同，我一直伏在她的背上。我知道刚才她就是这样背着我，踩着小脚，跑了这么长的路往医院赶的。

以后许多天，她不管见爸爸还是见街坊，总是一个劲埋怨自己："都赖我，没看好孩子！千万可别落下病根儿呀……"好像一切过错不在那大车轱辘，不在那硬邦邦的水泥地，不在我那样调皮，而全在于她。一直到我活蹦乱跳一点儿事没有了，她才舒了一口气。

这就是我的童年、我的少年。除了上学，我们没有什么可玩的。爸爸忙，每天骑着那辆像侯宝林在相声里说的除铃不响哪儿都响的破自行车，从我家住的前门赶到西四牌楼上班，几乎每天两头不见太阳。她也忙，缝缝补补，做饭洗衣，在我的印象中，她一直像鸵鸟一样埋头在我家那个大瓦盆里洗衣服，似乎我们有永远洗不完的破衣烂衫。谁也顾不上我们，我们只有自己想办法玩，打发那些寂寞的光阴。

一次，我和弟弟捉到几只萤火虫，装进玻璃瓶里，晚上当灯玩。玩得正痛快呢，院里几个比我大的男孩子拦住我们，非要那萤火虫灯。他们仗着自己人高马大，常常蛮不讲理欺侮我和弟弟这没娘的孩子。说实在的，那时我们怕他们，受了欺侮又不敢回家说，只好忍气吞声。这一次非要我们的萤火虫灯，真舍不得。他们毫不客气一把夺走，弟弟上前抢，被他们一拳打在脸上，鼻子顿时流出血来。我和弟弟一见血都吓坏了。回家路过大院的自来水龙头，我接了点儿凉水，替弟弟把脸上的血擦净，悄悄嘱咐："回家别说这事！"

弟弟点点头，回家就忘了。我知道他委屈。爸爸是个息事宁人的老实人，这回也急了，拉着弟弟要找人家告状。她拦住了爸爸："算了！"

我挺奇怪，为什么算了？白白挨人家欺侮？

她不说话。弟弟哭。我噘着嘴。

晚上睡觉时，我听见她对爸爸说："街坊四邻都看着呢。我带好孩子，街坊们说不出话来，就没人敢欺侮咱孩子！"

当时，我能理解一个当后娘的心理吗？她就是这样一个人，一直到去世也没和任何人红过一次脸。她总是用她那善良而忠厚的心，去证明一切，去赢得大家的心。以后，院里大孩子再欺侮我们，用不着她发话，那些好心的街坊大婶大娘便会毫不留情地替我们出气，把那些孩子的屁股揍得"啪啪"山响。

这样一件事发生后，街坊们更是感叹地说："就是亲娘又怎么样呢？"

那是她的小闺女长到 18 岁的时候。

她一直怕人家说自己是后娘待孩子不好，凡事都尽着我和弟弟。哪怕家里有点好吃的，也要留给我们而不给自己的闺女。我们的小姐姐老实、听话，就像她自己一样。小姐姐上学上得晚，18 岁这一年初中刚毕业。她叫她别再上学了，让她到内蒙古找我姐姐去，让我姐姐给介绍了个对象，闪电式便结了婚。一纸现在越发金贵的北京户口，就这样让她毫不犹豫地抛到内蒙古京包线上一个风沙弥漫的小站。那一年，我近 10 岁了，我知道她这样做为的是免去家庭的负担，为的是我和弟弟。

"早点儿寻个人家好！"她这样对女儿说，也这样对街坊们解释。

小姐姐临走时，她把闺女唯一一件像点儿样的棉大衣留下来："留给弟弟吧，你自己可以挣钱了，再买！"那是一件粗线呢的厚厚大衣，有个翻毛大领子，很暖和。它一直跟着我们，从我身上又穿到弟弟身上，一直到我们都长大了，再也用不着穿它了，她还是不舍得丢，留着它盖院子里冬天储存的大白菜。以后，她送自己的闺女去内蒙古。她没讲什么话，只是挥挥手，然后一只手牵着弟弟，一只手领着我。当时，我懂得街坊们讲的话吗："就是亲娘又怎么样呢？"我理解作为一个母亲所做的牺牲吗？那是她身边唯一的财富啊！她送走了自己亲生的女儿，为的是两个并非亲生的儿子啊！

记得有一次，爸爸领我们全家到鲜鱼口的大众剧场看评戏。那戏名叫《芦花记》，是出讲后娘的戏。我不大明白爸爸为什么选择这出戏带我们来看。我一边看戏，一边偷偷地看坐在身旁的她。她并不那么喜欢看戏，也看不大懂，总得需要爸爸不时悄悄对她讲述一遍情节才行。我不清楚她看了这出演后娘的戏会有什么感触，我自己心里却倒海翻江，一下子滋味浓浓得搅不开。那后娘给孩子穿用芦花假充棉花却不能遮寒的棉衣，使我对后娘充满恐惧和厌恶。但坐在我身边的她，是这样的人吗？不是！她不是！她是一位好人！她是宁肯自己穿芦花做的棉衣，也决不会让我和弟弟穿的。我给我自己的回答是那样肯定。

我不爱听评戏。从那出《芦花记》后，我再也没看过第二场评戏。

妈妈！我忘记了是从哪一天开始叫她"妈妈"了。但我肯定在看了这出评戏之后。

三

童年和少年，是永远回忆不完的，像是永远挖不平的大山。那时，我们因节节拔高而常常看不起目不识丁的母亲；常常会在不知不觉中忘记了她的存在。当一切过去了，才会看清楚过去的一切，如同潮水退后的石粒一般，格外清晰地闪着光彩显露出来。

小学高年级，我的自尊心其实是虚荣心突然胀胀的，像爱面子的小姑娘。妈妈没文化，针线活做得也不拿手，针脚粗粗拉拉的。从她来以后，我和弟弟的衣服、鞋都是她来做。衣服做得像农村孩子穿的，洗得干干净净。这时候，我开始嫌那对襟小褂土；嫌那前面没有开口的缅裆裤太寒碜；嫌那踢死牛的棉鞋没有五眼可以系带……我开始磨妈妈磨爸爸给我买商店里卖的衣服穿。这居然没有伤了她的心，她反倒高兴地说："孩子长大了，长大了！"然后，她带我们到前门外的大栅栏去买衣服。上了中学以后，她总是把钱给我，由我自己去挑着买。而她只是在衣服的扣子掉了的时候帮我补上；衣服脏的时候埋头在那大瓦盆里洗不完地洗。

我甚至开始害怕学校开家长会，怕妈妈踩着小脚去，怕别人笑话我。我会千方百计地不要她去，让爸爸参加。如果实在没有办法，她必须去，我会在开会前羞得很，会后又会臊不嗒嗒的，仿佛很丢人。前后几天，心都紧张得很，皱巴巴的，怎么也熨不平。其实，她去学校开家长会的机会很少，但我仍然害怕，我实在不愿意她出现在我们学校里。反正，那时我真够浑的。

一年暑假，我磨着要到内蒙古看姐姐。爸爸被我磨得没办法，只好答应了。听说学校开张证明，便可以买张半费的学生火车票。爸爸去了趟学校，碰壁而归。校长说学生只有去探望父母才可以买半费学生票，看姐姐不行。我知道那位脸总是像刷着糨糊一样绷得紧紧的校长，他说出的话从来都是钉天的星。我们谁见了他都像耗子见了猫一样，躲得远远的。

妈妈说我去试试！

我不抱什么希望。果然她也是碰壁而归。不过她不是就此罢休，接着再去，接着碰壁。我记不清她究竟几进几出学校了。总之，一天晚上，她去学校很晚没回家，爸爸着急了，让我去找。我跑到学校，所有办公室都黑洞洞的，只有校长室里亮着灯。我走进校长室门，没敢进去。平日，我从不敢进过一次校长室。只有那些违反校规、犯了错误的同学才会被叫进去挨训。我趴在门口听听里面有什么动静。没有。什么动静也没有。莫非没人？妈妈不在这里？再听听，还是没有一点儿声响。我趴在窗户缝瞅了瞅，校长在，妈妈也在。两人演的是什么哑剧？

我不敢进去，也不敢走，坐在门口的石阶上等。不知过了多半天，校长的声音吓了我一跳："大妈！我算服了您了！给您，证明！我可是还没吃饭呢！"接着就听见椅子响和脚步声，吓得我赶紧兔子一样跑走，一直跑出学校大门。我站在离校门口不远的一盏路灯下，等妈妈出来。我老远就看见她手里攥着一张纸，不用说，那就是证明。

她走过来，我叫了一声："妈！"愣愣的，吓了她一跳，一见是我，把证明递给我："明儿赶紧买火车票去吧！"

回家的路上，我问她："您用什么法子开的证明呀？"我觉得她能把那么厉害的校长磨得好说话了，一定有高招。

她微微一笑："哪儿有啥法子！我磨姜捣蒜就是一句话：复兴就这么一个亲姐姐，除了姐姐还探啥亲？不给开探亲证明哪个理？校长不给开，我就不走。他学问大，拿我一个老婆子有啥法子！"

"妈！您还真行！"

说这话，我的脸好红。我不是最怕妈妈去学校吗？好像她会给我丢多大脸一样。可是，今天要不是她去学校，证明能开回来吗？

虚荣心伴我长大。当浅薄的虚荣一天天减少，我才像虫子蜕皮一样渐渐长大成人。而那时候，我懂得多少呢？在我心的天平上，一头是妈妈，一头却是姐姐。尽管妈妈为我付出了那样多，我依然有时忘记了妈妈的情意，而把天平倾斜在姐姐的一边。莫非是血脉中种种遗传因子在作怪吗？还是心中藏有太多的自私？

大约六年级那一年，我做了一件错事。姐姐逢年过节都要往家里寄点儿钱。那一次，姐姐寄来30元。爸爸把钱放进一个牛皮小箱里。那箱是我家最宝贵的东西，所有的金银细软都装在里面。那时所谓的金银细软，无非是爸爸每月领来的70元工资，全家的粮票、油票、布票之类。我一直顽固认为：姐姐寄来的钱就是给我和弟弟的。如果没有我和弟弟，她是不会寄钱来的。爸爸上班后，我趁妈妈不在家的时候，走近那棕色的小牛皮箱。箱子上只有一个铜钉锦，没有锁头，轻轻一掀，箱盖就打开了。我记得挺清楚，5元一张的票子六张躺在箱里，我抽走一张跑出了屋。那时，我迷上了文学，尤其是古典诗词。我从同学手里借了一本《千家诗》，全都抄了下来，觉得不过瘾，想再看看新的才解渴。手中有5元钱一张"咔咔"直响的票子，我径直跑往大栅栏的新华书店。那时5元钱真禁花，我买了一本《宋词选》，一本《杜甫诗选》，一本《李白诗选》，还剩 1 块多零钱。捧着这三本书，我像个得胜回朝的将军得意扬扬回到家，一看家里没人，把书放下便跑到出租小人书的书铺，用剩下的钱美美地借了一摞书。我忘记了，那时 5 元钱对于一个每月只有 70 元收入的全家意味着什么。那并不是一个小数字。

我正读得津津有味，爸爸突然走进书铺。我这才意识到天已经暗了下来。我这才发现爸爸一脸怒气，叫我立刻跟他回家。一路上，他走在前面，我跟在后面，活像犯了错的小狗，耷拉着耳朵垂着尾巴。我知道大事不好。果然，刚进家门，爸爸便忍不住，把我一把按在床上，抄起鞋底子狠狠地打在我的屁股上。爸爸什么话也不讲。我不哭，也没有叫。我和爸爸都心照不宣，我心里却在喊："姐姐！姐姐！你寄来的钱是给谁的？是给我的！我的！"

我生平头一次挨打。也是唯一一次。

妈妈就站在旁边。她一句话也没说，就那么看着，不上来劝一劝，一直看着爸爸打完了我为止。

吃饭时，谁也不讲话，默默地吃，只听见嚼饭的声音，显得很响。妈妈先吃完饭，给爸爸准备明天上班带的饭，其实我天天看得见，但仿佛这一天才看清楚：只是两个窝头，一点儿炒土豆片而已。爸爸每天就吃这个。大冬天，刮多大风、下多大雪，也要骑车去，不肯花 5 分钱坐车，我却像大爷一样 5 元钱大把大把地花。我忽然感到很对不起爸爸，觉得是我错了，我活该挨打。妈妈不劝也是对的，为的是让我长个记性。

饭后，爸爸叮嘱妈妈："明儿买把锁，把小箱子锁上！"

第二天，那个棕色小皮箱没有上锁。

第三天，妈妈仍然没有锁上它。

在以后的岁月里，那箱子对我始终没有上锁。为此，我永远感谢妈妈。那是一位母亲对一个犯错误孩子的信任。对于儿子，只有母亲才会把自己的一切向儿子敞开着……

四

我上初中的时候，正赶上三年困难时期。那时，弟弟上小学三年级。我们正在长身体、要饭量的裉节儿。一下子，家里月月粮食出奇地紧张，我们的肚子出奇地大，像是无底洞，塞进多少东西也没有饱的感觉。

星期天，爸爸对我们说："今天带你们去个好地方！"

爸爸、妈妈领着我们兄弟俩来到天坛城根底下。妈妈一下神采焕发，蹲下来挖了两棵野菜。原来是挖野菜来了！爸爸口中念念有词："野菜更有营养！"我和弟弟谁也不信，都觉得那玩意儿很苦。挖野菜，妈妈是行家。她在农村待过好多年，逃过荒、要过饭，闹饥荒的岁月就是靠吃野菜过来的。她很得意地告诉我和弟弟这叫什么菜、那叫什么菜，那样子很像老师指着黑板告诉我们什么是正确答案。以后，我写小说时要写一段有关野菜的具体名字时问她，她依然眼睛一亮，得意地告诉我什么是苗菜、马齿苋、曲公菜、苦苦菜、老瓜筋、洋狗子菜、牛舌头棵……

就是这些名目繁多味道却一样苦涩的野菜，充饥在妈妈和爸爸的肚子里。那时，从天坛城根挖来的野菜，被妈妈做成菜团子（用玉米面包着野菜做馅的食品），大多咽进她和爸爸的胃里，而把馒头和米饭让给我和弟弟吃。野菜到底是野菜，就在灾荒眼瞅着快要过去的时候，爸爸、妈妈却病倒了。

先是爸爸，患上高血压，由于饥饿，全身浮肿，脚面像被水泡过发酵一般，连鞋都穿不进去。他上不了班，只好提前退休，每月拿百分之六十的工资，全家只有靠爸爸的42元钱过日子了。紧接着，妈妈病了，那么硬朗的身子骨也倒下了。

我永远不会忘记那一夜。

那时，我正要初三毕业，弟弟小学毕业，正要毕业考试之际。一天半夜里，我被里屋妈妈一阵咳嗽刺醒，睁眼一看见里屋的灯亮着。爸爸和妈妈正悄悄说着话。我听出来是妈妈吐血了。我再也睡不着，用被子捂着脸偷偷地哭了，又不敢哭出声，怕惊动弟弟和他们。我知道，这一切是为了我们。我们这些孩子有什么用！我们就像趴在他们身上的蚂蟥，在不停吸吮着他们的血呀！我们快长大了，他们的血也快被吸干了。

第二天上午，我对他们讲："爸！妈！我不想上高中了，想报中专！"上中专吃饭不用花钱，每月还能有点助学金。

爸爸一听挺吃惊："为什么？你一定得上高中，家里砸锅卖铁也要供你！"爸爸知道我初中几年都是优良奖章获得者，盼我上高中、上大学。

妈妈坐在一旁不说话，只是不断地咳。她每咳一声，都像鞭子抽打在我的心上。那一刻，我真想扑在她的怀里大哭一场。

爸爸又说："你听见吗？一定要上高中！"他见我不答话，生气地一再逼我答应。

我急了，流着泪嚷了句："妈都吐血了，我不上！"

这话让他们都一惊。妈妈把我叫到她身边，说："你听谁瞎嘞嘞？我没——！"

"您甭骗我了！昨夜里你们的话，我都听见了！"

她本来就不会讲瞎话，让我这么一说更不会遮掩了："妈妈是没事！我以前身子骨好，你放心！上学可是一辈子的事。妈妈一辈子没文化，你可要……"她说着有生以来最多的一次话。她说得不连贯，讲不出什么道理，但我都明白。

"你快别惹你爸生气，你爸有高血压。听见不？就点点头说你上高中！"

她说着，望着我。我望着她蜡黄的脸上皱纹一道道的，心里不禁一阵阵抽搐。

"你快答应吧！"她急得掉出眼泪。

我不忍心她这样悲伤得近乎哀求一样对我说话，只好点了点头。

当天，爸爸把这事写信告诉了姐姐。就是从那个月起，姐姐每月寄来30元钱，一直寄到我到北大荒插队。我知道我只能上高中，只能好好学习，比别人下更大的苦功夫学！

爸爸一辈子留下有两件值钱的东西：一是那辆破自行车；另是一块比他年纪还要老的老怀表。他卖掉了这两样东西，给妈妈抓来中药。我卖掉了集起来的一本邮集，又卖掉几本书，换来一些钱，交到妈妈的手中。我想让妈妈的病快点儿好起来，心想妈妈会为我这孝顺高兴的。谁知她听说我卖了书，什么话也没说，眼泪落了下来。弄得我不知怎么回事，一个劲儿问："妈，您怎么啦？……"

"你真不懂事啊！真不懂事！我为了什么？你说！你怎么能卖书呢？"

我讲不出一句话。妈妈，你病成这样子，想的还是要我读书！

"你答应我以后再也不干这傻事了！"

我只好点点头。

我升入高中。就在高一这一年下乡劳动中，我上吐下泻病倒了。同学赶着小驴车连夜把我送到长途汽车站。我回到家后几天高烧不退，昏迷不醒，可吓坏了爸爸、妈妈。一位邻居对妈妈说："孩子是魂儿丢了。你得快替孩子招招魂！"妈妈赶紧脱下鞋，用鞋底子拍着门槛，嘴里大声反复叫着："复兴，我的儿呀，你快回来吧！复兴，我的儿呀，你快回来吧！……"然后不住叫我的名字："你答应啊！复兴，你答应啊！……"

躺在床头迷迷糊糊听见她在叫我，我不应声。我当时刚刚加入共青团，又是学校堂堂的学生会主席，自以为很革命，怎么能信招魂这迷信的一套呢？我不应声，妈妈便越发用鞋底子使劲拍门槛，越发大声叫："复兴，你答应啊……"那声音越发充满了紧张和急迫，直到后来嗓子哑了、带着哭音了。她是那样虔诚地相信我的魂还未被她招回。我的性子可真拧，或者说我的革命性可真坚定，妈妈就这样叫了我半宿，我硬是不应声。

弟弟在一旁急了，捭掇我："你快答应一声吧！"没办法，我只好有气无力地应了一声："呃！"妈妈长舒一口气，穿上鞋站起来走到我身边，说："总算把魂招回来了！没事了，你病快好了。"

病好之后，我说她："妈！大半夜地叫魂，多让人难为情。您可真迷信！"

她一笑："什么迷信不迷信！你病好了，我就信！"

这就是我的母亲！在所有人面前，我从来不讲她是后娘，也绝不允许别人讲。

我忽然想起这样一件事。那时，我在学校食堂吃一顿午饭，负责打饭、分饭。我们班有个眼皮有块疤瘌的同学，有一次非说我分给他的饭少了，横横地对我说："怎么给我这么点儿？你后娘待你也这样吧？"我气得浑身发抖，扔下盛馒头的筐箩，和他扭打了起来。我从来没和别人打过架，自小力气便弱。疤瘌眼是个嘎杂子琉璃球的个别生，很会打架。我知道我打不过他，可还是要打。结果，吃亏的当然是我，我被他打得鼻青脸肿。但他也没占什么便宜，开始起，他毫无准备被我朝他的小肚子上结结实实打了好几拳。

回到家，见我狼狈的样子，妈妈吓坏了，忙问："小祖宗，你这是怎么啦？"

"没什么！"我没告诉妈妈。但我觉得我值得。我为妈妈做了点儿什么。虽然，也付出了点儿什么。

五

我是用爸爸的一条命从北大荒换回来的。

"文化大革命"中，我和弟弟分别到了北大荒和青海。那时，我们热血沸腾，挥斥方遒，一心只顾指点江山，而把两个老人那样毅然决然、毫无情义地抛在家里，像抛在孤寂沙滩的断楫残桨。我们只顾自己年轻，却忘记了老人的年龄。1973年秋天，我和弟弟回北京探亲，我刚刚返回北大荒不几日，而弟弟还在途中，电报便从家中拍出：父亲脑溢血突然病故在同仁医院。我们匆匆往家中赶，三个姐姐先赶到家。我进门第一眼便看见妈妈臂上戴着黑箍，异常刺目。死亡，是那样突然、那样无情，又是那样真实。我的心一下子紧缩起来。

妈妈很冷静。听到爸爸去世的消息，她孤零零一个人赶到同仁医院。我们都是她的儿女啊，却没有一个人在她的身边。在她最需要我们的时候，我们却远在天涯，只顾各奔自己的前程。

好心的街坊问她："肖大妈，有没有孩子们的地址？找出来，我们帮您打电报！"她从床铺褥子底下找出放好的一封封信。那是我们几个孩子这几年给家中寄来的所有的信。她看不懂一个字，却完完整整保存完好；虽目不识丁，却能从笔迹中准确无误辨认出哪封是我、是弟弟、是姐姐们寄来的。街坊们告诉我："你妈这老太太真是刚强的人，一滴眼泪都没掉，等着你们回来！"街坊就是按这些信封上的地址给我们几个孩子分别拍来电报的。

清冷的家，便只剩下妈妈一个人。我这时才发现，她已经老了，头发花白了，皱纹像菊花瓣布满瘦削的脸上。我算算她的年龄，这一年，她整整70岁了。年轻和壮年的时光一去不返，我们却以为她还不老，还可以奔波。我的心中可曾装有几多老人的位置？我感到很内疚。父亲丧事料理妥当，姐姐、弟弟分别回去了，我留下没走。我决心一定要办回北京，决不让妈妈一个人茕茕孑立，守着孤灯冷壁、残月寒星地生活！

我回到北京，开始了待业的生涯。姐姐又开始每月寄来30元。弟弟也往家寄来钱。我和妈妈真正相依为命的日子是从这时候开始的。以往，我觉得并没有像这时候一样感到心贴得如此近，感到披此是个依靠，是不可分离的。

当我像家中的男子汉一样，要支撑这个家过日子了，才发现家里过冬的煤炉是一个小小圆孔小肚的炉子，早已经落后了十年甚至二十年。它无法封火，又无烟道，极易煤气中毒。院里没有一家再用这种老式简易炉子了。而妈妈却还在用！而我几次探亲，居然视而不见！我真是个不孝的子孙！我骂自己。我想起刚刚到北大荒正赶上大雨收割小麦，双腿陷入深深的沼泽中，便写信让家里给我买双高勒雨靴寄来。买新的，没那么多钱；买旧的，得到天桥旧货市场，妈妈走不了那么远的道。那时候我怎么就没有想到呢？是妈妈托街坊毕大妈的儿子到天桥旧货市场帮我买的。我连想也没想，接到雨靴便穿在脚上去战天斗地了。这年冬天，又写信向家里要条围脖，好抵御北大荒朔风如刀的"大烟泡"。这一回，毕大妈的儿子到吉林插队了，妈妈没有了"拐棍"，只好自己到王府井，爬上百货大楼，替我买了一条蓝围巾。我怎么就没有想到呢？她是踩着小脚走去的呀！这已经是她力不胜任的事情了。我接到围巾时，发现那是条女式围巾，连围都没围便送给了别人。我怎么就没想到那是妈妈眯缝着昏花的老眼挑了又挑，觉得这条围巾又长又厚，才特意买下的，为的是怕我冷呀！当时，我什么都没想，随手将围巾送给了人，只顾嚼着那围巾里包裹的一块块奶糖……

我实在不知道人生的滋味，不知道妈妈的心。妈妈细致的爱如同润物无声的春雨，却只打在我那粗糙、梆硬如同水泥板的心上，没有渗进，只是悄无声息地流走了……

我望着那已经铁锈斑斑、残破不全的煤炉，一股酸楚和歉疚拱上嗓子眼。我对妈妈说："妈，咱买个炉子去吧！"

"买什么呀！还能用！"

"不！买个吧！这炉子容易中煤气！"

大概是后一句话打动了妈妈，同意去买个炉子。实际上，她是怕我中煤气。莫非我的命就比她金贵吗？

我不知道那年头买炉子还要票，我也不知道妈妈找到街道办事处是怎样磨到了一张票。她和我从前门转到花市，就像如今买冰箱彩电一样，挑了这家又挑那家。那时，炉子确实是家中一个大物件。最后终于买到一个煤球、蜂窝煤两用炉。我和妈妈一人一只手抬着这个炉子，从花市抬到家里，足足得走两里多的路呢。妈妈竟然那么有劲儿，想想她老人家都是70岁的人了呀。我家中有史以来第一次冬天生起这样正规的炉子。那是我家第一件现代化的东西。红红的炉火苗冒起来，映着妈妈已经苍老的脸庞，她那样高兴，身旁有了我，她像是有了底气。我回家为妈妈做的第一件事，便是买这个炉子。且以新火试新茶，我和妈妈的生活就是从这炉子开始的。

我的待业生涯并不长，大约半年过后，我在郊区一所中学教书，每月可以拿到薪水 42 元 5 角。我将这第一个月工资交给妈妈，她把钱放进那棕色牛皮箱里，就像当年爸爸每月将工资交给她由她放好一样。节省是一门学问，是一项只有在人生苦难中才会磨炼出来的本领。妈妈就有这种本领和学问。每月 42 元 5 角，两个人过日子并不富裕。她料理得有理有条，中午自己从不起火做饭，只是用开水泡泡干馒头和米饭，就几根咸菜吃；每天只买 2 角钱肉，都是留到晚上我下班回家吃。而我当时却偏偏还在迷恋文学，还要从这紧巴巴的日子里挤出钱来买书、买稿纸。每次妈妈从那小皮箱里拿钱，她从不说什么。每次我问："还有钱吗？"她总是说："有！有！拿去买你的书吧！"仿佛那箱子是她的万宝箱，钱是取之不尽的。

我清楚：我的书一天天增多，家里的日子一天天紧巴巴，妈妈脸上的皱纹一天天加深。

一天傍晚下班回家，还没进家门，听见一阵婴儿的啼哭声从屋里传出。谁的小孩？我们家任何亲戚都不曾有这样小的孩子呀！家里出了什么事？我心里很不安，走进家门，看见妈妈正给躺在床上的一个婴儿换褥子。

"妈！这是谁家的孩子？"

"我给人家看的。"

妈妈抱起正在啼哭的孩子，一边拍着、哄着，一边对我说。

"谁叫您给人家看孩子？"

"每月 30 元钱，好不容易托人才找到这活儿的！"妈妈说着，显得挺激动。那时，每月增加 30 元，对我家来说差不多等于生活水平翻一番呢。她抱着孩子，像抱着一面旗，很有些自豪："这孩子挺听话，不闹人！孩子他妈还挺愿意我给看……"

"不行！您把孩子送回去！"我粗暴地打断妈妈兴头上的话。生平头一次，我冲妈妈发这么大火："现在就送回去！"

妈妈也急了，泥人还有个土性呢，冲我也叫道："你还要吃人呀？"

"不行，您现在就把孩子送回去！"我不听妈妈那一套，铁嘴钢牙咬紧这一句话。我只觉得让年纪这么大的妈妈还在为生计操劳，太伤一个男子汉的尊严，让街坊四邻知道该多笑话我没出息、没能耐！

争吵之中，孩子哭得更响了。妈妈和我都在悄悄地擦眼角。最后，妈妈拧不过我，只好抱着孩子送回去了。她回来后，我们谁也不讲话。整整一晚上，小屋静得出奇。我心里很难受，很想找机会对妈妈讲几句什么，却一句也说不出。

第二天清早，妈妈为我准备好早饭，指着我鼻子说了句："你这孩子呀，性子太犟！"昨天的事过去了。妈妈终归是妈妈。

傍晚下班回家，一进门，好家伙，家里简直变了样。床上、地上全是五颜六色的线团和绒布。本来不大的屋子，一下子被这些东西挤得更窄巴了。妈妈被这些彩色的线簇拥着，只露出半截身子，头发上沾满了线毛。

这一回，妈妈见我进屋就站起来抖搂一身的线毛，先发制人："这回你甭管！我一定得干！拆一斤线毛有×角钱（我忘记具体是几角钱了，只记得拆的线毛是为工厂擦机器的棉纱）。这点钱不多，每天也能添个菜！再说你爸一死，我也闷得慌，干点儿活也散散心。你不能不让我干！"

我还能说什么呢？妈妈的性子也够犟的！她从没上过一天

班，没拿过一分钱工资。她一无所有，没有财富没有文化也没有了青春，正如现在那首歌里唱的："脚下这地在走，身边那水在流，可我却总是一无所有。"她所有的只是一颗慈爱的心和一双永远勤劳不知累的大手。即使如今她老了，还将她那最后一缕绿荫遮挡我，将她最后一抹光辉洒向我。那些个小屋里弥漫着彩色棉纱的夜晚，给我们的家注满了温馨和愉悦。我就是这样坐在妈妈身旁，帮妈妈用废钢锯条拆着那彩色线毛。妈妈常笑我笨，拆得不如她快、不如她利索……

一次参加朋友的婚礼，招待我喜糖，里面有金纸包装的蛋形巧克力。说起来脸红，那时我还从未尝过巧克力。小时候，只有在过年时才能吃到硬块水果糖，最好的也只是牛奶糖。嚼着另一种味道的巧克力，我忽然想起还在灯下拆线毛的妈妈，她也从来没吃过这种糖呀！我偷偷拿了两块金纸巧克力，装进衣兜里。婚礼结束后回到家，我掏出那两块巧克力对妈妈说："妈！我给您带来两块巧克力，您尝尝！"谁知衣兜紧靠身体，暖乎乎的身子早把巧克力暖化了。打开金纸只是一团黑乎乎、黏糊糊的东西了。我好扫兴。妈妈用舌头舔了舔，却安慰说："恶苦！我不爱吃这营生……"

我一把揉烂这两块带金纸的巧克力，心里不住地发誓：我一定让妈妈过上一个幸福的晚年。

六

妈妈病了。

谁也不会想到身体一直那么结实、心地那么宽敞的妈妈会突然发病，而且是精神病。

起初，我没有一点儿思想准备，一直不相信这残酷的现实。有时半夜，她蹑手蹑脚地走到我的床头，附在我的耳边悄悄地说话，生怕别人听见："你听见了吗？隔壁有人在嘀咕咱娘俩，要害咱娘俩！"我坐起来仔细听，哪有什么声响！我劝她快睡觉："没有的事！"越说不信她的话，她越着急。一连几夜如此，弄得我心烦得很："妈！您耳朵有毛病了吧？没人嘀咕，咱又没招人家，没人要害咱们，也没人敢害咱们！"她一听就急了，先压低嗓门："我的小祖宗，你小点儿声，不怕人家听见！"然后生气地伸手捂住我的嘴。

　　"没有的事，您自个尽胡思乱想！"我也急，不知该怎么向她解释才好。越解释，她越生气："怎么，我的话你都不信？我这么大年纪了还能胡说八道？你呀，甭不信，你就等着人家来害你吧！"

　　我不知该怎么办才好。

　　突然，一天夜里，正飘着秋天凄苦的细雨。她又走到我床头，把我摇醒，说："快走！有人来害咱娘俩！"我把她扶到自己的床上，让她躺下，耐着性子说："妈！外面下雨了，您听岔了吧！快睡吧！别想别的！"她不再说什么，我也就放心回屋睡去了。

　　没过一会儿，我听见房门悄悄打开了。我以为她是看看窗外屋檐下的火炉，怕炉子被雨浇灭了。可是，过了许久，再听不见门开的声音，我的心陡然紧张起来，忙爬起身来跑到屋外。夜色茫茫，冷雨霏霏，没有一个人影。妈妈到哪儿去了？我的心一下沉落进冰窖里，从来没有那么紧张。我这才意识到事情比我原来想的要坏。我没了主心骨，慌忙拍响街坊张大叔的家门，他的两个孩子一听立刻打着手电筒跑出来，和我兵分三路去寻找。

"妈!"我冲着秋雨飘洒的夜空不住大声呼喊。在北京城住了这么多年,我还从来没有可劲响亮开嗓门这样喊过。可是,除了细雨和微风掠过树叶的飒飒声外,没有妈妈的回声。我的心像秋雨一样凉,眼泪顺着雨水一起从脸上流下来。

就在我已经毫无希望往回家走时,半路上忽然望见有个人影坐在一个地坡上。走近一看,竟是妈妈!她的屁股底下坐着一个包袱卷。这显然是她早准备好的。我拉她回家。她不回。两位街坊赶来,说死说活,好不容易把她拽回了家。

街坊对我说:"肖大妈这样子像是得了精神病呀!你得带她去医院看看呀!"

那是我第一次来到安定医院这家北京唯一的精神病院。诊断结果:幻听式精神分裂。

我怎么也接受不了这残酷的现实。妈妈!您从不闹灾闹病,平日常说:"你呀,身子骨还不抵我呢!"怎么会闹下这样的病呢?我开始苦苦寻找着答案,夜夜同妈妈一样睡不安稳。父亲去世后,谁能理解妈妈的心呢?她又从来不对任何人诉说自己的苦处,总是默默地忍着,将所有的苦嚼碎了,吞咽进肚里淤积着,直到淤积不了而喷发。老伴、老伴,人老了失去了患难与共的伴该是什么滋味?我才明白"老伴"这词的含义。而那一阵子,我光顾着忙,有时感到苦闷、孤独,常常跑到朋友家聊天,一聊聊到深夜才回家。有几次为了创作还跑到外地一去几个星期,把妈妈一个人甩在家中。她呢?她的苦闷、孤独,向谁诉说?我没有想到应该好好和她聊聊,让她把淤积的心里的苦楚倒出来。没有。她从不爱讲话,我便以为她没什么话要讲。我只顾自己了,像蚕一样只钻在自己织的茧里。我太自私了!我不知道她心里装的究竟是什么,才使她神经再也承受不了重荷,像绷得太紧的琴弦一样断了……

我第一次感到自己并不了解妈妈。即使再老、再没文化、再忠厚老实的老人，也有自己的思想、情感。仅仅吃饱穿暖，并不是对老人最为挚切重要的关心和爱。

每天三次让妈妈吃药，成了我最挠头的难事。她一直不承认自己有病，尤其反感说她是精神病，最反对我那次带她去安定医院。再让她去说死说活也不去，弄得我没辙，只好自己去医院挂号，把情况讲给大夫听，求人家把药开出，拿回家。见到药，她的话就是："吃哪家子药，没事乱花钱！"我递给她药，她一把扔到地上："我一辈子也没吃过什么药，身子骨不是好好的？"没办法，我把药碾成末放进糖水里，可她一喝还是能喝出来药味，便把杯子往旁边一放，再不喝一口。我只好再想新招，把药放在粥里，再加大量的糖，一定盖过药的苦味，在吃饭时让她把粥喝进去。她喝了。她还从来没喝过这么甜的粥，指着我鼻子说："你把卖糖的打死了？"

吃完这药，她总是昏昏睡，有时口水止不住流。大夫讲这都是服药后的正常反应。我望着她那样子，揪心一样难受。她老了，确实老了。她像快耗完油的灯盏，摇曳着那样微弱的光，一切都是为了我们啊！在那些难熬的夜晚，我弄不清她究竟在想什么。她总是昏昏睡过之后，睁着被密密皱纹紧紧包围的昏花老眼瞅着我，一言不发地瞅着我……

这是她有生以来第二次吃药。一次是那年吐血后。药力还真起作用，我见她的脸渐渐又红润起来。我以为她的身体又会像那次吐血后迅速恢复过来一样。我忽略了人已经老了十二三岁了呀，而且病也不一样：一个是累的病，一个却是心病呀！

一天下午，我正带着学生下厂劳动，校长突然给我挂来电话，要我立即回家，校长在家等我有要紧的事。我的心一下子提到嗓子眼。校长亲自找我，说明事情的严重性。又是要我立即回家，我马上想到了妈妈！我骑着自行车从郊外赶到家，屋里挤满了人，一时竟看不到妈妈在哪儿。校长迎了出来安慰我："刚才电话里没敢对你说，你妈妈刚才要跳河，你千万不要着急……"下面的话，我什么也听不清了，脑袋立刻炸开。我赶紧拨开人群，见到妈妈钻进被子躺在床上，脱下来放在地上的棉裤已经湿到腰。"妈！"我叫着，她睁开眼看看我，不讲话。街坊们开导她说："肖大妈！您看您儿子不是好好的没事？您甭胡思乱想！"然后对我说："你快给肖大妈找衣服换换吧！"

好心的街坊告诉我，我才知道妈妈的病复发了。依然幻听，依然是恐惧，依然是有人要害我，这一次是听见有人已经在半路上把我害了，她一下失去依靠，觉得无路可走，竟想寻短见。她走到河边，正是初冬，河水瘦得清浅，离岸上有长长一段河堤。她穿着笨重的棉裤没有那大气力走下去，而是坐在堤上一点点蹭下去的。河边上遛弯的人不知她要干什么，待她蹭到河里时，才意识到不好，赶紧跳下去把她救了上来……

我帮妈妈换上一条新棉裤，看见她的腿那样细，细得像麻秆，骨骼都凸凸地格外明显。这么多年，我是第一次看见她的腿，居然这样瘦削得刺目，心里万箭穿透。妈妈！您为什么要这样！小屋里散发着湿棉裤带来的河水的土腥味。那一夜，我总想着妈妈蹭到河水中的那一幕。那一刻，她的脑子里想的是什么？她是否已经万念俱灰？是否感觉另一个世界父亲的召唤？我至今不得而知。我再次责备自己的无能、自己对妈妈缺少理解和关心，自己太大意了！以为病好转了，可这并不是一般的头疼脑热呀！谁能够妙手回春，替妈妈把病治好？我愿意献出自己的一切。

我再次把妈妈送到安定医院。

这次病好转后，我们娘俩谁也再不提这件事。那是一块伤疤，烙印在彼此的心上。每逢路过那条小河，我对它充满恐惧。我十分担心她病情再次复发，曾对妈妈说："要不送您到天津大姐家住一阵日子吧！换换环境有好处！"她不说话，却果断而坚决地把手一摆：不同意。我便再也不提。我知道这是妈妈对我的信赖。我对她说："那您得听我的，还得接着好好吃药！"她点点头。每次吃药，皱着眉头也吞下去，只是她要喝好多好多的水，那药就是在嗓子眼里转，迟迟才肯下去，那样子，让我感到像个小孩子。人老了，有时跟孩子一个样。

1978 年 11 月，我考入中央戏剧学院。报到日期到了，我拖到最后一天。那天，我很晚才离开家。妈妈不说话，默默看着我收拾被褥、脸盆和书籍。她不大明白戏剧学院是怎么一回事，反正上大学总是件大事，打我小时候起上大学一直便是她和爸爸唯一的梦。我是吃完晚饭离开家的，她送我到家门口，倚在门旁冲我挥挥手。我驮上行李，骑上自行车便走了。天刚擦黑，新月升起，晚雾飘散，四周朦朦胧胧。风迎面打来，很冷，小刀片般直往脖领里钻。我骑了一会儿，不知是下意识，还是第六感的提醒，回头看了看，竟一眼看见妈妈也走出家门和院子，拐到了马路上，向我迈紧了步子。我立刻涌出一股难以言说的感情。我知道，这一夜，我住进学院，她将孤零零守着两间小屋，听着冷风像走得太疲倦的旅人一样拍着门窗，她会是一种什么心情？儿子再次为自己的前程去挤上大学的末班车，妈妈怎么办？我又像十年前为了自己的前程跑到北大荒一样，把妈妈甩在一边。只不过那次是知识不值钱这次知识又值了钱，我像被风吹转的陀螺旋转着奔波，妈妈呢？她却一样孤寂地守候着，望着我陀螺般旋转着。这一次，她将要熬四年，四年苦苦地等待。等待什么？等待的是自己头发更花白、皱纹更深、身体更瘦削。我立刻跳下车，推着自行车回向她走去。这一刻，我真想不上什么劳什子大学！她却向我摆着手，不让我折回。我走到她身边，她仍然不停地摆着手。她不说一句话，只是摆着手，那手背像枯树枝在寒冷的晚风中抖动。

到学院报到之后，在宿舍里安置妥当。我睡在上层铺，天花板是那样近，似乎随时都有压下来的危险。我的心怎么也静不下来，像是被风吹得急速旋转的风车。望着窗外高高的白杨树枝不住摇动，我知道风越来越大了，便越发睡不安稳，赶紧跳下床跑出宿舍，骑上自行车一路飞快朝家中奔去。当我敲响房门时，听见妈妈叫了声："谁呀？"我应了声："是我。"屋里没开灯，只听见鞋拖地的声音，然后看见妈妈掀开窗帘的一角，露出皱纹密布像核桃皮一样的脸，仔细瞧瞧外面，认准确实是我，才将门打开。这时，我发现门被一根粗大木头死死顶着。这一刻，我真想哭。我知道，她怕。人老了，最怕的是什么？不是吃，不是穿，不是钱，不是病……是孤独。

这一宿，我没有回学院去住，而是和妈妈又守了一夜。我的心再也放不下，那根粗木头时时像顶在我的胸口上。我经常隔三岔五地从学院跑回家，生怕出什么万一的差错。妈妈看出我的担心，劝我不要这样三天打鱼两天晒网地上课，讲她没事，让我放心。我知道，总这样，我和她都得身心交瘁。我想把她送到天津大姐家，又怕她不去。再说人家也是一大家子人，对妈妈又是陌生的地方，她不愿去是可以理解的。但我实在怕我不在家时出什么意外。犹豫再三，我还是试探着对妈妈讲了。这一次出乎意料，她爽快地点点头，就像上次果断地摇头一样。我知道这都是为了我：在母亲的心中，只有儿子的事最重要，尤其是儿子的学业，是寄托她同父亲一并的期望。为了儿子，母亲能够做出一切牺牲。为了儿子，母亲她 75 岁高龄时又开始奔波，客居他方……

小屋锁上了门。我再回家时，小屋里是冰冷，是灰尘，是扑面而来的潮气。只要妈妈在，小屋便绝不是这样，小屋便充满生气、充满温暖、充满家的气息。哪怕我再晚回家，小屋里也总会亮着灯，远远就能望见，它摇曳着橘黄色的灯光，像一颗小小跳跃的心脏……

七

世上有一部书是永远写不完的，那便是母亲。

我不能再写下去了，那些喃喃自语，只能留给自己听，留给母亲听。

四年后大学毕业，到天津去接妈妈，我同妻子做的第一件事是给她老人家买了件毛衣，订了一瓶牛奶。生活不会亏待善良的人，妈妈的病好了，好得那样彻底，以后再也没有犯过，大姐和我们一样为妈妈高兴。虽然她喝牛奶像喝药一样艰难，总嫌它味太冲，但那奶毕竟使她脸色渐渐红润、光泽起来。生活，像一只历尽艰辛的小船，重新张起曾经扑满风雨的风帆，家中重新亮起那盏橘黄色如同心脏跳动着的灯光。

这几年，我能写几本小书了。那里大都写的是像我母亲一样的普通人。我知道这是为他们，为自己，也为母亲。当街坊或朋友指着新出版书上我的名字和照片高兴地向她夸赞让她辨认时，她会一扬头："这不是复兴嘛！"然后又说："写这些行子有什么用，怪费脑子的，一天一天坐在那儿不动地方地写！他身子骨还不抵我呢……"

谁能想到呢？就是这样一个硬朗的身子骨，再没犯过其他什么病的妈妈，竟会突然倒下去，再也没有起来呢？

她已经 86 岁，毕竟上年纪了。她不是铁打的金刚，身体内各个零件一天天老化、锈损。我知道这一天迟早要来，绝没想到会这样早，这样突然！头一天，她还把自己所有的衣服洗了，连袜子和脚巾都洗得干干净净，然后择好新买的小白菜和一捆大葱，傍晚时站在窗前看着孙子练自行车，待我回家时高兴地告诉我："小铁学会骑车了，骑得呼呼往前跑……"谁会想到呢？这竟会是她留给我最后的话语。第二天傍晚，她却突然倒在床上，任我再怎么呼喊"妈妈"，却再也答应不了……

母亲去世的第二天清早，我走进她的房间，一眼看见床中间放着四个红香蕉苹果。那是妻子放上的。我不大明白为什么要放上这红苹果，却知道那床再不会有妈妈睡，再不会传来妈妈的鼾声了。我也知道那苹果是前两天我刚刚买来的，新上市的还挂着绿叶，妈妈还来不及尝上一口。我打开她的柜门，看见里面她的衣服一件件都洗得干干净净、叠得整整齐齐。仿佛她只是出去买菜，只是出一趟远门。她没给孩子留下一点儿麻烦，哪怕是一件脏衣服、一条脏手绢都没有！在她人生灯盏的油将要耗尽之时，她想的依然是孩子们！孩子们！什么是母亲？这便是母亲！母亲！

而我们呢？我们做儿女的呢？我们是如何对待自己的父母老人的呢？尤其是如何对待像母亲一样忠厚、善良、从来不会讲话又从不多讲话的人的呢？每个人的内心都是自己灵魂的审判官。我为此常常内疚，常常想想儿时种种不懂事、少年时的虚荣、对母亲看不起、长大成人后只顾奔自己的前程而把老人孤零零甩在家中，以及自己的自私和种种闪失……我知道，什么事情都会很快地过去，很快地被人遗忘。即使鲜血也会被岁月冲洗干净不留一丝痕迹，在死亡的废墟上会重新长出青草，开出花朵，而忘记以往曾经发生过的一切。我也会吗？会忘记陪我度过三十七个年头，为我们尝尽酸甜苦辣的人生况味的母亲吗？不，我永远不会！我会永远记住她老人家的！

我将那些红香蕉苹果供奉在她的遗像前，一直没有动，一直到它们全部烂掉。

我的老家在河北沧县东花园村。三十七年前，妈妈便是从那儿来到北京，来到我们身边，把我们抚养成人，与我们相依为命的。在乡亲们的关怀和帮助下，我将她的骨灰连同父亲和我亲娘的一并下葬在家乡的祖辈中间。在坟前，我和弟弟跪在那充满黏性的黄土地上，一起将我们俩人合写的一本刚刚出版不久的新书《啊，老三届》点燃着。纷飞的纸灰黑蝴蝶一般在坟前缭绕着、缭绕着……

1989 年 12 月 2 日写毕于北京和平里

父 亲

一

我对父亲最初的印象，是母亲去世之后第二年的清明节。那一年，我6岁。一清早，父亲便催促我和弟弟赶紧起床，跟着他走到前门大街。那时，我家住在西打磨厂老街，出街的西口就是前门楼子，路很近，很快就在前门火车站前的小广场上，坐上5路公共汽车，一直坐到终点站广安门。

广安门外，那时是一片田野。我不知道前面是不是没有公共汽车了，父亲为了省钱没再坐。沿着田间的小路，父亲领着我和弟弟往前走。不知走了多远的路，反正记得我和弟弟已经累得不行了。那时，弟弟才3岁，实在走不动了。父亲抱起了弟弟，继续往前走。我只好咬着牙，跟在父亲的屁股后面走。开春的田地在翻浆，泥土松软，脚底上粘了一鞋底子的泥。记忆中的童年，清明节从来没下过雨，天总是湛蓝湛蓝的。在这样开阔的蓝天和返青发绿的田野背景下，父亲抱着弟弟，像一帧剪影，留给我童年难忘的印象。

一直走到了田野包围的一片坟地里，父亲放下弟弟，走到了一座坟前，从衣袋里掏出两张纸，然后，扑通一下跪在坟前。突然矮下半截的父亲的这个举动，把我吓了一跳。

坟前立着一块不大的青石碑，那时我已经认识了几个字，一眼看见了碑的左下侧有一个"肖"字，一下子猜想到那上面刻的是父亲的名字，而碑的中间三个大字，我不认识，一直过了好几年，我才认识上面刻着我母亲的名字"宋辅泉"。又过了好几年，我才明白母亲名字的含义，我父亲的名字中有一个泉字，母亲的这个名字是父亲起的，是要母亲辅助父亲支撑这个家的。可是，母亲37岁就去世了。父亲比母亲大整整十岁，母亲去世的那一年，父亲47岁。

这个埋葬着我生身母亲的坟地，除了这块墓碑，再有就是旁边不远有一条小溪，之外，我没有别的印象了。之所以记住了这条小溪，是因为给母亲上完坟后，父亲要带着我和弟弟到这条小溪边来捉蝌蚪。小溪里，有很多摇着小尾巴的蝌蚪，黑亮黑亮的，映着春天的阳光，小精灵一样，晃人的眼睛。我和弟弟都盼望着赶紧上完坟，去小溪边捉蝌蚪。

那时候，我还不懂事。父亲每年清明都要到母亲的坟前来祭祀，还能理解；让我不可理解的是，父亲每一次来都要跪在母亲的坟前，掏出他事先写好的那两页纸，对着母亲的坟磨磨叨叨地念上老半天，就像老和尚念经一样，我听不清他念的都是什么，只见他一边念一边老泪纵横。念完了这两页纸后，父亲掏出火柴盒，点着一支火柴，把这两页纸点燃。很快，纸就变成了一股黑烟，在母亲的坟前缭绕，然后在母亲的坟前落下一团白灰，像父亲一样匍匐在碑前。

真的，那时候，我实在太不懂事，只盼望着父亲赶快把那两张纸念完，把纸烧完，就可以带我和弟弟去小溪边捉蝌蚪了。

让我更不理解的是，除了清明节来为母亲上坟，到了中秋节前，父亲要来为母亲再上一次坟。而且，父亲照样是跪在坟前，掏出两页写满密密麻麻小字的纸，念完后烧掉。我当时常想，那两页纸写的都是什么内容呢？每一次写的内容是一样的吗？却像是惯性动作一样，每一次来给母亲上坟，父亲都要写这样长的信，念给母亲听，母亲听得到吗？父亲怎么有这么多的话要对母亲说呢？

这样做，打破了常人的习惯。因为一般人都是一年一次在清明节给亲人上坟，不会在中秋节上第二次坟的。当然，长大以后，我明白了，这说明父亲对母亲的感情很深。但是，在当时，中秋前后，青蛙已经绝迹，小溪边更没有蝌蚪可捉，又要走那么远的路，我和弟弟对母亲的思念，常常被对父亲的抱怨所替代。特别让我不能理解的是，为了省钱，给母亲上坟回来的时候，父亲常常带着我们从广安门上车坐到牛街这一站就提前下车，然后，对我和弟弟说：你们是想继续坐车呢，还是走着回家？现在，咱们要是坐车坐到珠市口，一张车票是5分钱，要是不坐车，就用这5分的车票钱，到前面的菜市口，给你们买一包栗子吃。那时候，满街都在卖糖炒栗子，香味四散，勾着我和弟弟的馋虫。我和弟弟抵挡不住栗子的诱惑，选择不坐车，用省下的这5分钱买栗子。

那时候，5分钱能买一包栗子，可是，常常没到珠市口，栗子就吃完了。我和弟弟还想吃。父亲说：从珠市口坐车，坐到前门，一张车票也是5分钱，你们要是不坐车，就可以用这5分钱再买一包栗子。我和弟弟当然又选择了栗子。就这样跟着父亲走回了家，天已经不知不觉黑了。父亲没有吃一口栗子。下一年中秋节前，父亲带我们去为母亲上坟，尽管知道要走那么远的路，一想到栗子，我和弟弟还是很愿意去。

现在想想，那时我和弟弟毕竟小，对母亲的印象是很模糊的，对母亲的感情，远没有父亲对母亲的感情那样深。父亲之所以用这种方法带我们去为母亲上坟，是为让母亲的在天之灵看看我和弟弟。这其实是父亲对母亲的一份感情。只是，我不懂。我更不清楚，父亲和母亲是怎么相爱的，又是怎么结婚的，在那些个战火纷飞的日子里，又是怎么样一路颠簸从信阳到张家口最后来到北京的。清明的蝌蚪，中秋的栗子，小孩子的玩和馋，和大人之间的感情拉开了距离。一直到父亲去世，我也并不了解父亲，更谈不上理解。似乎命中注定，我和父亲一直很隔膜，像是处于两个世界的人。童年母亲坟前对母亲那种迷迷糊糊又似是而非的感情，和父亲在坟前对母亲毫无掩饰而且是无法遏制的感情，只不过是我和父亲隔膜与距离的一种象征。

我只知道，母亲是河南信阳人，个子很高，看过我家唯一存下来的她的照片，长得肤色白皙，应该属于漂亮的女人。父亲是在那里工作时，和母亲结的婚。那时，父亲在南京国民政府的财政局受训之后，来到信阳工作。1947 年，我出生后，父亲先到张家口，又紧接着到北京工作。父亲在北京安定下来，母亲抱着刚刚满月的我，带着我的姐姐随后投奔父亲。因为正是战乱时，张家口站人特别拥挤，母亲带着我们没有挤上火车，只好坐下一班的火车，火车开到南苑时停了下来，停了很久也没有开。一打听，原来上一班火车被炸药炸了。而正在前门火车站接站的父亲，以为母亲和我们都在这列火车上，心急如焚。

很多年后，当姐姐对我讲起这件往事的时候，想象着当初的情景，我才多少理解了父亲对母亲的一份感情。战乱动荡的时局中，普通人之间的感情，便显得那样揪人心肺，从而相濡以沫，弥足情深，所谓聚散两依依。

母亲突然的离世，对父亲的打击，显然很大。那时，北京刚解放三年，日子刚安定下来不久。只是，我太小，难以理解一个人到中年父亲的心情罢了。母亲去世不久，父亲就回老家一趟，为我和弟弟带回一个女人，便成了我和弟弟的继母。继母比父亲大两岁，比母亲大 12 岁。还有和身材高挑、面容清秀的母亲不同的是，继母缠足。

那时，我不懂得父亲为什么给我们带回一个继母。我不懂得父亲所做的这一切，都是为了幼小的我和弟弟。

1994 年，孙犁先生读完我的《母亲》一文，知道我小时候生母去世后父亲回老家又为我和弟弟带来一个继母的这段经历，来信说"您的童年，无论如何，不能说是幸福的，使我伤感"。然后，又驰书一封特别说："关于继母，我只听说过'后娘不好当'这句老话，以及'有了后娘就有了后爹'这句不全面的话。您的生母逝世后，您父亲就'回了一趟老家'。这完全是为了您和弟弟。到了老家经过和亲友们商议、物色，才找到一个既生过儿女，年岁又大的女人，这都是为了您。如果是一个年轻的，还能生育的女人，那情况就很可能相反了。所以，令尊当时的心情是痛苦的。"

孙犁先生的信，让我没有想到，因为在我写《母亲》这篇文章的时候，一直到文章发表之后，都未曾想到过一点点父亲当年那样做内心真实的感情，而只是一味地埋怨父亲。孙犁先生的信提醒了我，也是委婉地批评了我。真的，对于父亲，我一直都并未理解，一直都是埋怨，一直都是觉得自己的痛苦多于父亲。也许，只有经历过太多沧桑的孙犁先生，对于哪怕再简单的生活才会涌出深刻的感喟吧，而我毕竟涉世未深。我不懂得一个人到中年的父亲，选择一个比他年纪大的女人，作为我和弟弟的新母亲，是为了我和弟弟。我不懂得孙犁先生所说的父亲"当时的心情是痛苦的"。

当时间和我一起变老的时候，回想童年时父亲带着我和弟弟为母亲上坟的那一幕，便越发凸显。父亲跪在母亲的坟前为母亲读信的那一幕，才越发让我心动。可惜，我从来不知道父亲在那两页纸上密密麻麻写的都是什么。但我可以想象得出来。想象得出来，又有什么用呢？人老了之后，才渐渐明白了一点人生，才和父亲有了一点点的接近，付出的却是几乎一辈子的代价。我才明白，在这个世界上，亲人之间，离得最近，却也有可能离得最远。

二

在我的印象中，父亲胆子很小，一直到他去世，都活得谨小慎微，有毒的不吃，犯法的不干，树上掉片树叶都要躲着，生怕砸着自己的脑袋。长大以后，当我知道父亲的这件事情之后，对父亲的印象有所改变。

父亲很年轻的时候，独自一人离开家乡河北沧县，跑到天津去学织地毯。我的爷爷当过乡间的私塾先生，略有文化，他有两个孩子，一个是父亲，一个是父亲的哥哥。和一辈子守在乡下种田的哥哥不同，父亲在乡间读完初小，就想离开家乡。别人怎么劝都不行，他还是来到了天津。天津离沧县120里地，是离沧县最近的大城市。沧县很多人都曾经到天津跑码头，这个传统一直延续至今，现在天津的街头还能碰到不少打工者，操着沧县的口音。想想，父亲只身一人跑到天津学织地毯的情景，很像如今那些北漂。尽管时代相隔了近百年，年轻人躁动的梦想和盲目的行为方式，基本相似。那时候的父亲，胆子并不小，性格里有很不安分的成分。

我一直在想，父亲为什么曾经会有这样不安分的性格？后来，又为什么将这种性格磨平乃至变得如此谨小慎微呢？

受我爷爷当私塾先生的影响，父亲读书的时候，爱看一些杂书，特别是章回本的旧小说。我读小学的时候，晚上我和弟弟睡觉前，他常常讲《三侠演义》《施公案》《水浒传》《聊斋志异》里的一些故事给我们听，也不管我们听得懂听不懂，爱听不爱听。他也喜欢沧县地区有名的文人纪晓岚的《阅微草堂笔记》，他常讲一些他小时候听到的关于纪晓岚的民间传说。一直到现在我还记忆犹新，听他有声有色地说起纪晓岚小时候，有一位从南方来的大官，看见纪晓岚在田里放牛，大夏天的，还穿着一件破棉袄，摇着一个破芭蕉扇，觉得很可笑，就随口说了句：穿冬衣，拿夏扇，胡闹春秋。纪晓岚回了一句：到北地，说南语，不识东西。讲完这个故事，父亲呵呵地笑，他故意将"识"说成"是"，然后又对我们讲这里一语双关的意思，讲这个对子里的对仗，对得非常简单，又非常有趣。我和弟弟也觉得特别地好玩。父亲去世之后，整理他极其简单的几件遗物，其中有一本旧书，就是《阅微草堂笔记》。

父亲从来没有对我讲过这类文学的书对于他的影响，他只是说自己从小喜欢读书，以此来教育我和弟弟要好好读书。所以，只要是我买书，他从来都不反对，读小学一年级的时候，他为我买的第一本杂志，是上海出的《小朋友》，那是一种很薄的画册。以后，我识字多了，他为我买《儿童时代》。再以后，他为我买《少年文艺》。这三种杂志，成为我童年读书的三个台阶，应该说是父亲领着我一步步走上来的。

那时候，我家住的大院斜对门有一家邮局，是座二层小楼，据说，前身是清末在北京成立的第一家邮电所。那里卖这些杂志。跟着父亲到邮局里买这些杂志，成了我童年和少年时代最快乐的事情。我想，以后我能写一些东西，最初应该是父亲在我的心里埋下的种子。父子两代人，总有一些相似的东西，影子一样叠印在彼此的身上，是遗传的基因，也是潜移默化的结果，是上一辈人未曾实现的梦想不由自主的延续。

偶尔一次，父亲对我说，在部队行军的途中，要求轻装，必须得丢掉一些东西，他还带着这些旧书，舍不得扔掉。说这番话的时候，其实，父亲只是为了教育我要珍惜读书，没小心说秃噜了嘴，无形中透露出他的秘密。当时，我在想，部队行军，这么说，他当过军人，什么军人？共产党的，还是国民党的？那时候，我也就刚读小学五年级，一下子心里警惕了起来。如果是共产党的军人，那就是八路军，或者是解放军了，应该是那时的骄傲，他应该早就扯旗放炮地告诉我们了，绝对不会耗到现在才说。所以，我猜想，父亲一定是国民党的军人了。

事实证明了我的猜想没有错。

我家有一个棕色的小牛皮箱，我知道，里面放着粮票、油票、布票等各种票据，还有就是父亲每月发来的工资，都是我家的"金银细软"。有一天，我打开这个小牛皮箱，翻到了箱子底，发现了一本厚厚的相册，和一张委任状的硬皮纸。委任状上，写着北京市政府任命父亲为北京市财务局科员，下面有市政府大印，还有当时北京市市长聂荣臻手写体签名的蓝色印章。这是北京和平解放之后，对于像我父亲这样的国民党政府留下的人员接收时的证明。应该说，没有任何问题，问题出在那本相册上。那是一本道林纸的厚厚的印刷品，我打开相册，看见里面每一页都印着一排排穿着国民党军服的军官蓝色照片。这样的国民党军服，只有在电影里才见过，是那些杀人不眨眼的刽子手才穿的军服。我一下子愣在了那里，小小的心，被万箭射穿。我几乎忽略掉了这本相册下面还压着四块袁大头银圆。

读中学之后，我才渐渐弄清楚了。父亲在天津学织地毯，并没有多长的时间，他是觉得这样一天天织下去，织不出什么前途，就投奔了在冯玉祥部队当军需官的一位亲戚（这位亲戚后来官居国民党少将，居于并逝于上海）。父亲不安分的心，再一次蠢蠢欲动。因为他多少有一些文化，在部队里很快得到了提拔，最后当了一个少校军衔的军需官。抗战结束后的 1945 年，他从部队转业，集体到南京国民政府受训，然后转业到地方的财务局，一路辗转，从信阳到张家口到北京。

国民党，还是一个少校军官。这样的一个曾经拥有过的身份，对于我简直像一枚炸弹，炸得我五雷轰顶。

而这样的一个身份，如一块沉重的石头，一直压在父亲的档案里和父亲的心里。

我读初一的时候，已经是 1960 年。新中国伊始的许多政治运动，如"三反""五反""反右"等，都已经轰轰烈烈地过去了。父亲都安然无事，实在是不容易的事。后来，我才发现父亲写的那些交代材料一摞一摞的，不知有多少。父亲对我也不隐瞒，就放在那里，任我随意看。很多的时候，也是故意放在那里让我看，好让我和他划清界限，怕影响我的进步和前程。不止一个父亲这样以主动自愿牺牲自己而成全自己的孩子。

那一摞又一摞的交代材料里，有他的历史，有他的人生。有一段时间，我非常好奇，曾经翻看父亲的这些交代材料，有很多都是车轱辘话，在不厌其烦地反复地讲，又要发自肺腑地深刻地讲。食不厌精、脍不厌细一般，不怕交代的琐碎，不怕检查的絮叨。父亲的字写得很小，又挤在一起，像火车站拥挤的人群，生怕挤不上车，眼睁睁地看着火车开跑，自己被无情地甩下。那些密密麻麻的钢笔字，有很多已经颜色变浅，甚至模糊，不知道为什么让我想起父亲带我和弟弟给母亲上坟时，他写的那两张纸的信上密密麻麻的字迹。同样也是不厌其烦地讲的车轱辘话，同样也是发自肺腑深刻讲的话，却是那样地不同。

读初三的时候，我15岁，退了少先队之后，要申请加入共青团，首先一条，就是要和家庭划清界限。于是，步父亲后尘，如同父亲写交代材料一样，我不知写了多少对家庭出身对父亲历史认识的报告，交给团支部，接受组织一遍遍的审阅，一次次的考验。我才知道，写这些材料，不是一件简单的事情。尽管那时我的作文写得不错，但是，这样的材料，远比作文难写，总觉得写得枯燥，笔重千钧，心很累。但是，我并没有理解父亲写这些交代材料时候真正的心情。那时，我只顾自己的心情，觉得好多的委屈，埋怨自己为什么会摊上了这样一个父亲，却难以理解父亲的心情，其实是更为复杂、更为疲惫不堪的。

想想，有时候，为了表现出来和家庭划清界限，还要做出一些决绝的举动，对父亲的伤害，就更不知晓了。

记得有一次，我们大院里住的一个曾经当过舞女的女人，突然和我们大院的油盐店的少掌柜生下一个私生女。从不多言多语的父亲，在家里和我妈妈悄悄地议论这事，说了句：王婶也不容易，一个女人带着两个孩子，日子怎么过呀！没有想到，他的话，被我听到了，我当时就反驳他：你站在什么立场上说话？还"王婶王婶"地叫着？父亲立刻什么话也不说了，像霜打的茄子，蔫蔫地呆在一旁。那时候，我不懂得上一辈人的历史，也不懂得生活的艰难，只知道阶级的立场，只知道要时时刻刻睁大眼睛，警惕着和父亲划清界限。

父亲的棱角就是这样渐渐被磨平。年轻时候的不安分，本来就是摇曳在风中的一株弱小的稗草，更禁不住一阵又一阵风雨的洗礼了。而在这一番番的风雨中，父亲所要经受的，不仅来自时代和社会，也来自家庭，而在家庭中，主要是为了追求自己前途的我。

年轻的时候，谁没有过不安分的心思和性格呢？不安分，其实就是不安于现状，渴求一种新的生活。年轻的时候，谁不像一株迷途而不知返的蒲公英一样盲目而莽撞呢？我长大了以后，要去北大荒插队之前，和父亲当年一样，没有和他商量，就那样毅然决然地离开了家，父亲当时什么话也没有说，他知道说什么也没有用，眼瞅着我从小牛皮箱里拿走户口本，跑到派出所注销。我离开家到东北的那天，父亲只是走出了家门，站在屋门前的大槐树下，便止住脚步，连大院都没有走出来。他也没有对我说任何送别嘱咐的话，只是默默地看着我离开了家。那是 1968 年的 7 月，酷暑中的我拎着笨重的行李，淌下一脑门子的汗珠。父亲的身影，留在槐树的阴影中。

现在想想，我就像父亲年轻时离开沧县老家跑到天津学织地毯一样。远方，总是比家更充满诱惑，以为人生的理想和前途在未知的前方。尽管成长的历史背景完全不同，父子各自的性格以及一生的轨迹，总会有相同部分，命定一般在重合，就像父子的长相，总会有相像的那某一点或几点。

以后，看北岛的《城门开》，书中最后一篇文章是《父亲》，文前有北岛的题诗："你召唤我成为儿子，我追随你成为父亲。"文中写道："直到我成为父亲……回望父亲的人生道路，我辨认出自己的足迹，亦步亦趋，交错重合，——这一发现让我震惊。"读完这篇文章，我想起了我的父亲，眼泪禁不住打湿了眼眶。

三

父亲不善交往，也不愿意交往。每天骑着自行车，上班去，下班回，两点一线，连家门都不怎么出。只有在退休之后，每天天不亮就出家门，到天安门广场南面的花园练太极拳，才在大院里多了出出进进的次数。那时候，还没有建毛主席纪念堂，在那个位置一直往南到前门楼子，是一片花园。从我家出来，走十来分钟就到。他到那里练拳，独自一人，面对花草树木和天安门与前门楼子，可以什么话也不用说。不知那时他的心里都想些什么，他从来没有对我讲过，我也从来没有问过。他像一个独行侠，其实，他的身上没有一点儿侠的气质，倒像一个瘦弱的教书先生，尽管他练的拳脚很正规，而且，特意买了一双练功鞋，并在鞋帮上缝上两个带子，系在脚脖子上，以免使劲踢腿时把鞋踢飞。

现在想想，自从退休后，那里是父亲唯一外出的地方，远避尘世，有花草树木相拥，那里是他的乐园，一直到他去世。

在我的印象中，父亲这一辈子似乎只有一个朋友，便是崔大叔。

崔大叔和父亲是一起在南京受训时候认识的，然后，两人一起到信阳、张家口和北京，一直都在一个税务局工作。崔大叔和他的妻子都是河南信阳人，我的生母，就是崔大叔两口子做的媒，和父亲相识结的婚。崔大叔先到北京找到的工作，然后邀请父亲前往北京。母亲带着我和姐姐从张家口来北京投奔父亲，起初没有住处，是先住在崔大叔家的。住了好长一段时间，父亲才在前门外西打磨厂的粤东会馆找到了房子后搬的家。有意思的是，父亲带着我们全家从崔大叔家搬出，崔大叔到我家庆祝父亲乔迁新居的那天晚上，两个人都喝多了，一个小偷溜进我家外屋，偷走父亲新买的一袋白面，扛在肩上，大摇大摆地走出我们大院，一路上还和街坊们打着招呼，以至于街坊们都以为小偷是我家的什么亲戚，成为关于父亲和崔大叔的笑谈。

只有和崔大叔在一起，父亲才会喝那么多的酒。一种新生活开始的兴奋，让他们两人都有些忘乎所以。

崔大叔是父亲唯一一个可以无话不谈的朋友。在我渐渐长大以后，父亲的话变得越来越少，几乎成了一个扎嘴的葫芦。因为，在那个时代，他知道要谨防祸从口出。而且，因为和我越来越隔膜，父亲更是很少对旁人说起对我的评点。但是，我知道，他一定对我有他的看法，甚至意见和不满。只有一次，春节在崔大叔家，父亲和崔大叔喝酒时，说到了我，我听见一句：复兴呀，我看他将来当老师！这让我有些奇怪，因为那时我还很小，刚上小学几年级，父亲怎么就一眼看穿断定我以后得当一名老师呢？

每年过年的时候，父亲都要带着我和弟弟去崔大叔家拜年。除此之外，父亲没有带我们到任何一家去拜年，足见崔大叔对于父亲特别重要。记得最清楚的是，每次去崔大叔家的路上，父亲都要教我见到崔大叔和崔大婶以及他家老奶奶时问候拜年的话。那时候，我的脸皮薄，特别害怕叫人，在路上一遍遍地重复着父亲教给我说的话，让这一路显得特别地长。

其实，从我家到崔大叔家很近，过前门，从东南角到西北角，一条对角线，穿过天安门广场，走几步就到了。崔大叔家就住在那里一个叫作花园大院的胡同里。这个名字很好听，让我一下就记住，怎么也忘不了。崔大叔家的大院门前有一棵大槐树，总能够把老枝枯干慈祥地伸向我们。那院子是北京城并不多见的西式院落，高高的台阶上，环绕着一个半圆形的西式洋房，特别带着有宽宽廊檐的走廊和雕花的石栏杆，以及走廊外面伸出几长溜的排雨筒，都是在别处少见的，更是大杂院里见不到的景观。崔大叔就住在正面最大的房子里，里面是一个非常宽阔的大厅，一边一间小房间，全部铺着的是木地板。那个大客厅，更是属于西式的，中国人一般住房拥挤，哪儿还会弄出一个这么宽敞的客厅来？以后，崔大叔的孩子多了，客厅的两边便搭上了两张床，让孩子们睡在那里了。那时，他家的老奶奶，也就是崔大叔的母亲还健在，就住在刚进房门的那一间小屋里。老奶奶总要对我说："你爸你娘带着你，就住在我这屋子里，那时还没有你弟弟呢。"去一次，说一遍。

崔大叔人长得特别英俊，仪表堂堂，很高的个子，戴一副近视眼镜，知识分子的劲头很足，说话很开朗，特别爱笑，呵呵大笑的时候，仰着头，很潇洒的样子，在"文化大革命"期间，让我觉得很有几分像当时正走红的乔冠华。特别是冬天，崔大叔爱穿一件呢子大衣，从远处那么一看，有些威风凛凛的样子，就更像乔冠华了。

很长一段时间里，我对崔大叔并不了解，父亲也从不对我说崔大叔的经历，只是每年要带我和弟弟去给崔大叔拜年。

小时候，我不懂事，只是觉得那一年去崔大叔家，他家好像有了一些变化，到底有什么变化，我又说不清。后来，我仔细想了，是崔大叔没在家，每次去，他都会在家的，他都要烫上一壶酒，陪父亲喝上几杯的。为什么父亲带着我们特意去他家，他偏偏不在家呢？而且，又是春节，难道他不放假吗？

后来，发现父亲不仅仅是春节时带我们去，而是隔一段时间就去一次。奇怪的是，每次去，崔大叔都不在家，这在以前是绝对不可能出现的事情。这让我的疑惑越来越重，也越来越让我好奇。我问过父亲，父亲并不回答我，只是接长不短去崔大叔家，每次去，都和崔大婶在一旁低声说着什么，老奶奶在一旁叹气，不时地咳嗽。

在我的记忆里，大概就是这时候，老奶奶去世了。每次再去崔大叔家，因缺少了崔大叔爽朗的笑声，也缺少了老奶奶温和的话语声和一阵阵的咳嗽声，让我觉得这个家不仅缺少了生气，还笼罩着一些悲凉的气氛。那是我10岁左右的事情了，一切雾一样似是而非，那样遥远而弥漫着轻轻的叹息。

我读了高中以后，才对崔大叔有了一些认识和理解，那种突然之间撞在心头的残酷现实，让我认识了崔大叔，也认识了父亲。在同一个西城区税务局里，崔大叔混得比父亲要好许多，他曾经当过部门的一个小官，而且是一名经济师。但是，出头的椽子先烂，混得好的容易遭人忌恨。1957年，"反右"时，父亲侥幸逃脱，崔大叔却成了右派，被发送到南口下放劳动，一般不允许回家。他和我父亲都是从旧社会里过来的人，在国民党的税务局做过事，加上他爱说，就这样莫名其妙地成了右派。

我私下里曾经莫名其妙地涌出过这样奇怪的想法：是不是因为崔大叔人长得气派，也是成为右派的一个理由呢？但我很快否定了自己的这个想法，因为在我小时候的印象里，在电影和小人书里，那些从国民党那里出来的人，都是猥猥琐琐的，或者像项堃演的国民党一样阴险，起码不应该长得这样地堂皇。莫非崔大叔的相貌也可以打着红旗反红旗？我陷入了不得其解的迷茫中。

我记得那时父亲在拼命地写检查材料。在税务局里，一定是谁都知道他和崔大叔非同一般的关系吧？父亲谨小慎微，态度又极其恭顺，他的性格帮助了他，好歹没有跟着崔大叔一起倒霉。

父亲所能够做的，就是在崔大叔劳动改造的日子里，多去几次崔大叔家，看望崔大婶一家。在我长大以后，回想这一切，就像看一幅老照片，拂去少不更事和时光落满的尘埃之后，才渐渐地清晰起来。崔大叔应该是父亲唯一的朋友。在父亲坎坷的一生中，他唯一能够相信，并且能够给他雪中送炭的，只有崔大叔一个人。而在崔大叔蒙难的时候，他唯一能够做的就是多去几次崔大叔家里看望。尽管父亲所做的这些如同一粒小小的石子投入河中，溅不起多大的水花，是那样地微不足道，却是父亲平淡乃至平庸的一生中最富有光彩的举动了。起码，父亲没有落井下石，将这一枚小小的石子砸向崔大叔。至少，在我看来是这样的。

崔大叔大概是由于劳动改造得好，没过几年——也许是过了好多年之后，在小孩子的记忆里，时间的概念和大人是不同的，更何况是崔大叔劳动改造那艰难又不准回家的日子，一定就更显得漫长吧——便被摘下了右派的帽子，重回到税务局工作。再去他家的时候，又能够看见谈笑风生的崔大叔了，我们两家的聚会便又显得那样地愉快了，父亲和崔大叔多喝了两杯酒，都面涌酡颜了。也是，作为一般人家，图的还不就是一家子平平安安和团团圆圆？但是，他们两人再没有一次像那年父亲搬家后在我家那样喝多过。我想，他们或许年龄已经大了，再不是以前的时候了。

我从没有见过他们在一起交谈过去，不管是他们的伤怀往事，还是他们曾经的飞黄腾达，仿佛过去的一切并不存在。也许，他们是有意在避讳我们孩子，过去的一切毕竟沉重，他们不愿意让那黑蝙蝠的影子再压在我们孩子的身上。也许，他们都相知相解，一切便尽情融化在那一杯杯酒之中了，所谓"功名万里外，心事一杯中"吧？

"文化大革命"中，我去北大荒，弟弟去了青海油田，崔大叔都派了大女儿小玉来送的我们，一直把我们送上了火车，我们在车窗里掉下了眼泪，小玉在车窗外也跟着哭。小玉的年龄和我一般大，但比我工作得早，她初中毕业就到了地安门商场当了一名售货员，那时候，崔大叔正在南口劳动改造。她早早地替家里分忧，担起了生活的担子。我和弟弟离开北京之前的那些日子里，小玉下了班后，一趟趟往我家里跑的情景，总让我忘不了。贫贱而屈辱的日子里，两代人的心便越发地紧密，让心酸中有了一点难得的慰藉。

我们离开北京没多久，小玉的两个妹妹分别去了内蒙古兵团和山西插队，最小的弟弟最后参军去了甘肃。和我家一样，她家也只剩下了崔大叔老两口。我们再见到他们，只有在回家探亲的时候了。走进花园大院，一种从来没有过的凄凉感，不禁油然而生。坐在客厅里，从来没有显出来那样地空空荡荡，说话的回音在木地板上跳荡着，让我忍不住把话音放低。

那年的冬天，我从北大荒回来探亲，崔大婶看见我穿的棉裤笨重得很，棉花赶毡都臃在一起。她为我特意做了一条丝绵的棉裤，说我在北大荒那里天寒地冻的，别冻坏了，闹成了寒腿，可是一辈子的事。那棉裤做得特别好，由于里面絮的是丝绵，又暄腾又轻巧，针脚分外地细密。我接过来，感动得很，一再感谢她，并夸她的手艺好。她叹口气说：你的亲娘要是还活着，她比我做活儿好，还要细呢！她说这番话的时候，我从她的眼睛里看到对往昔的一种回忆。

父亲去世的那一年，我还在北大荒插队，弟弟在青海油田，接到母亲打来的电报，我和弟弟星夜兼程往家里赶。我妈见到我时对我说，崔大叔和崔大婶听说父亲去世后，先来家里看望过了。他们担心老母亲一个人怎么应付这突然到来的一切。我到现在还清晰地记得崔大叔当时对我妈说过的话：老嫂子，有什么困难，需要我们做的事情，一定要说啊！每逢想起崔大叔这话的时候，眼泪总会忍不住湿润了眼角。

弟弟回来后，我们一起去崔大叔家，见到他们两口子，我和弟弟忍不住要落泪，忽然才觉得父亲去世了，他们是我们唯一的亲人了。

以后，我结婚，生了孩子，都曾经特意到崔大叔家去，为的是让他们看看。他们是我的父母一辈子唯一的朋友，现在，我们去看他们，也就等于让父母也看见了我们长大了，已经成家立业了。他们看见后都很高兴，崔大叔连连地对我们说：好！多好啊，多快呀，你们都大了！崔大婶则一边抹着眼泪一边说：要是你亲娘活着，该多好啊！

似乎是一眨眼的工夫，我们都长大成人了，而他们却都老了。从税务局退休后，崔大叔一直都没有闲着，因为有技艺在身，懂得税务，又懂得财务，许多地方争着聘他去继续发挥余热。后来，他参加了民主党派，还曾经当过一段时间的区政协或人大的代表。晚年的崔大叔，应该是充实的，也算是苦尽甜来，是命运对他的一种补偿吧。有时候，他会想起我的父亲，对我说：你父亲是个好人，他要还活着，该多好啊！我站在他的身边，不知该说些什么。我知道，他是看着我长大的，由于母亲去世得早，父亲也去世了，算一算时间，我和他接触的时间比父母都要长许多。在他经历的动荡而磨难的一生中，他比我们这一代饱尝了更多的艰辛，但比我们乐观而达观地看待一切，并始终把他的关爱给予我和弟弟，默默替代着父亲的那一份责任，默默诉说着父亲的那一份心情。虽然，大多的时候，他并不说什么，但我能够感受得到，就像是风，看不到，摸不着，却总能够感受得到风无时无地不在吹拂着我的脸庞。我常常会记得，让我感动，而难以释怀。

我应该感谢父亲，是他让我拥有了这样一位长辈，在父亲不在的时候，替代了父亲的位置。我想，这应该是父亲做人的一种回报吧。

<h2 style="text-align:center">四</h2>

我小时候亲眼看到，父亲有三件宝贝。这三件宝贝都挂在我家的墙上。

一件是一块瑞士英格牌的老怀表。父亲从来没有揣在怀里过，一直挂在墙上当挂钟用。那时候，家里没有钟表，就用它来看时间。我和弟弟小时候，常常会爬在椅子上，踮着脚尖，把老怀表摘下来，放在耳朵边，听它滴滴答答的响声，觉得特别好玩。

一件是一幅陆润庠的字，字写的什么内容，一点儿印象都没有了，只是听父亲讲过，陆润庠是清大学士，当过吏部尚书，是皇上溥仪的老师。另一件是郎世宁画的狗，这个人是意大利人，跑到中国来，专门待在宫廷里画画。他画的狗是工笔画，装裱成立轴，有些旧损，画面已经起皱了，颜色也已经发暗，但狗身上的绒毛根根毕现，像真的一样，背景有树，枝叶茂密，画得很精细。

我不知道这两幅字画，父亲是怎样得来的，是什么时候得来的，从字画陈旧且保存不好的样子看，再从父亲喜爱又熟悉的样子看，应该年头不短了。

我猜想，父亲并不是为附庸风雅，或真的喜欢字画。他只是喜欢两幅字画的名气。值钱，使得这两幅字画的名气，在父亲的眼睛里，更形象化。父亲就是一个俗人。在一面墙皮暗淡甚至有些脱落的墙上，挂这样的字画，多少显得有些不伦不类。不过，这种不伦不类，让父亲心里暗暗自得。在税务局里所有20级每月拿70元工资而且始终也没有增长的同一类职员里，父亲是得意的，起码，他拥有陆润庠、郎世宁，还有另一位，就是他的老乡：纪晓岚。

墙上的这三件宝贝，常常是父亲向我和弟弟炫耀他学问的教材。同时，也是父亲借此教育我和弟弟的机会。父亲教育我们的理论就是人生在世要有本事，所谓艺不压身。不管什么本事都行，就是得有本事，像陆润庠不当官了，写一手好字，照样可以活得挺好；像郎世宁画一手好画，在意大利行，跑到中国来也行。父亲常会由此拔出萝卜带出泥，由陆润庠和郎世宁说出好多名人，比如，他会说，同样靠一张嘴，练出本事，陆春龄吹笛子，侯宝林说相声，都成为雄霸一方的能人。本事有大有小，小本事有小本事的场地，大本事有大本事的场地，就怕什么本事都没有，只有人家吃肉你喝汤了。

在我小的时候，父亲不像我长大以后不怎么爱说话，而是话很多，用我妈的话说是一套一套的，也不怕人家烦。

父亲的教育理论中，这种成名成家的思想很严重。我大一点儿的时候，曾经当面反驳过他，他并不以为然，相反问我：不是成名成家，而是说本事大，对国家的贡献就大。你说说，到底是一个科学家对国家贡献大，还是一个农民对国家贡献大？我回答不上来，觉得他讲的这些也有些道理。一个成功造出原子弹的科学家，对国家的贡献，当然比只种出几百斤几千斤粮食的一个农民要大。但是，在我长大以后，还是把小时候听到父亲的这些言论，当成了反面材料，写进我入团的思想汇报里，在那些思想汇报里，我对父亲进行了批判。

现在回想起来，父亲的这些言论，一方面潜移默化地激励了我的学习，一方面又成为我入团进步的垫脚石。父亲的这些话，一方面成为开放在我学习上的花朵，一方面又成为笼罩在我思想上的乌云。在那个年代里，我的内心其实是有些分裂的。在这样的分裂中，对父亲的亲情被蚕食；父亲的教育理论，作为批判的靶子，常常冷冰冰地矗立在面前，可以随时为我所用。

父亲教育我和弟弟的另一个理论，也曾经潜移默化地影响着我，那就是他常说的本事是刻苦练出来的。那时，他常说的口头语，一个是要想人前显贵，就得背后受罪；一个是吃得苦中苦，才能享得福中福；一个是小时候吃窝头尖，长大以后做大官。

如果我的考试得了 99 分，父亲就会问我：你们班上有考 100 分的吗？我说有，父亲就会说，那你就得问问自己，为什么人家考了 100 分，你怎么就没有考 100 分？一定是哪些地方复习得不够，功夫没下到家！你就得再刻苦！

父亲教育我和弟弟的方法，就是不厌其烦。父亲的脾气很好，是个慢性子，砸姜磨蒜，一个道理，一句话，反复讲。有时候，我和弟弟都躺下睡觉了，他站在床边，还在一遍又一遍地讲，一直讲到我和弟弟都睡着了，他还在讲，发现了之后，才不得不停下了嘴巴，替我们关上灯，走出了屋子。

弟弟不怎么爱学习，就爱踢足球，父亲不像说我一样说他，觉得说也没有用，便由着弟弟的性子，踢他的球。弟弟磨父亲给他买一双回力牌的球鞋，那是那个年代里最好的球鞋，一双鞋的价钱，比一双普通的力士鞋贵好多。父亲咬咬牙，还是给他买了一双。这对父亲来说，是不容易的，在我和弟弟的眼里，他从来以抠门儿而著称，很难让他从衣袋里掏出钱来。我读中学的时候，他每月只给我3块钱，买公共汽车月票，就要2元，我便只剩下可怜巴巴的1元钱。过春节的时候，弟弟要买鞭炮，他会说：你买鞭炮，自己拿着想去点鞭炮，还害怕，你放炮，别人在一旁听响，所以，傻小子才买鞭炮放。他有他的花钱的逻辑和说辞，我和弟弟常在背后说他是要饭的打官司——没的吃，总有的说。

从王府井北口八面槽的力生体育用品商店买回一双白色高帮回力牌的球鞋，弟弟像得了宝，穿在脚上，到处显摆。父亲对他说，给你买了这双鞋，是要你好好练习踢足球，不管学什么，既然学，就一定把它学好！对于我和弟弟，在我们渐渐大了以后，父亲采取的教育策略也相应进行了调整和改变，他不再说那些大道理和口头语。说得好听一些，他是因材施教；说得通俗一些，就是什么虫就让它爬什么树。他认定了弟弟不是学习的料，既然喜欢踢球，就让他好好踢球吧，兴许也能踢出一片新天地。

弟弟鸡啄米似的点头听父亲的说教，心里想着的是这双回力牌球鞋终于到手了。父亲并不懂得弟弟买的这双回力牌球鞋，其实不是真的为了踢足球，而是为了显摆。这种高帮的回力牌球鞋，有一层厚厚的蓝色的海绵，适合打篮球，没有人会去用它踢足球，弟弟也舍不得穿着它去踢足球。他只是每天到学校上学时穿上它去臭美，觉得只有穿上了它，才像是个练体育的。

初一的时候，弟弟没有辜负父亲给他买的那双回力牌球鞋，终于参加了先农坛业余体校的少年足球队。弟弟从业余体校回来，很兴奋地对父亲说，教练说了，我们练得好的，初中毕业就可以直接升入北京青年二队。父亲听了很高兴，鼓励他，把足球踢好，也是本事，你看人家张宏根、史万春、年维泗，就得好好练出人家一样的本事！

我家墙上的陆润庠和郎世宁，就这样成了父亲教育我和弟弟的药引子，可以引出无数的说法，编着花儿地说明他的教育理论。

在父亲的心里，有一个小九九，一碗水没有端平，而是偏向我的。他觉得弟弟学习不成，而我的学习不错，希望把我培养上大学，是他最大的希望。

上个世纪六十年代，我读初中，父亲突然病了。那正是全国闹天灾人祸的时候，连年的灾荒，粮食一下子紧张，我家又有弟弟和我两个正长身体的男孩子，粮食就更不够吃，每个人每月定量，在我家，每顿饭要定量，要不到月底就揭不开锅。因此，每顿都吃不饱肚子。父亲和母亲都尽量省着吃，让我和弟弟吃，仍然解决不了问题。

有一天，父亲不知从哪里买来了好多豆腐渣，开始用豆腐渣包团子吃。团子，是用棒子面包着馅的一种吃食，类似包子。开始的时候，掺一些菜在豆腐渣里，还好咽进肚子里。后来，包的只是豆腐渣，那东西又粗又发酸，吃一顿两顿还行，天天吃，真有些受不了。可是，父亲却天天在吃豆腐渣，中午带的饭也是这玩意儿，最后吃得浑身浮肿，连脚面都肿得像水泡过一样。单位给了一些补助，是一点儿黄豆。但是，这点儿黄豆，已经远远地解决不了父亲身体的严重欠缺。他开始半休。等他的身体稍稍恢复了以后，他的工作被调整了。

但是，父亲一直没有对我们说，他是怕我们为他担心，也是怕自己的脸面不好看。直到有一天，我发现父亲下班回来没骑他的那辆自行车，才发现了问题。原来，父亲把这辆自行车推进委托行卖掉了。

父亲的那辆自行车，就像侯宝林说的相声里那辆除了铃不响哪儿都响的破老爷车，一直是父亲的坐骑。父亲上班的税务局是在西四牌楼，从我家坐公共汽车，去一趟要5分钱的车票，来回

1角钱，父亲的这个坐骑，可以每天为父亲省下这一角钱。现在，这个坐骑没有了，他要每天走着上下班了。

大约就在这个时候，姐姐来了一封写得很长的信，家里一下子平地起了风波。姐姐想把我接到呼和浩特她那里上学，这样，家里少了一个人的开销，特别是我读中学之后，又想要买书，花费就更大一些，姐姐想用这样的方法，帮助父亲解决一些困难。

我不知道我自己的命运会有怎样的变化。从心里想，我很想念姐姐，姐姐是我的生母去世之后不久离开北京，到内蒙古去修那时刚刚开始建设的京包铁路线的，为的是挣的工资多些，为父亲分担一些。姐姐走的那一年，才17岁多一点儿。如果能够到呼和浩特去，我就可以天天和姐姐在一起了。只是，离开北京，离开熟悉的学校和同学，我又有些不舍得。而且，到一个陌生的新学校去，又有些担忧，况且，我们的学校是一所百年老校，是北京市的十大重点中学之一，姐姐帮助我选择的学校是她们铁路的弟子中学，教学质量肯定不如我们学校。我拿不定主意，就看父亲最后是怎么决定了。

父亲没有同意，他没有像我这样地瞻前顾后，他以果断的态度给姐姐回了一封信，不容置疑地回绝了姐姐的好意。这对于一辈子优柔寡断的父亲而言，是唯一一次毅然决然的决定。或许，这是父亲性格的另一面，在年轻时军旅生涯中有所体现，只是那时还没有我，我不知道罢了。

父亲在给姐姐的信中说，他可以解决眼下的困难，他还是希望把我留在北京，以后在北京考大学，各方面的条件都会更好些。

姐姐没再坚持。其实，姐姐和父亲都是性格极其固执的人，如果不是固执，姐姐不会主意那么大，那么不听人劝，17岁时就独自一人跑到内蒙古，在风沙弥漫的京包铁路线上奔波。当时，我猜想，姐姐一定明白，在父亲的心里，我的分量很重，亲眼看到我考上大学，是父亲一直的期待。姐姐也一定明白父亲的想法，因为她只读了小学四年级，便开始参加工作了，父亲一直笃信自己的教育水平，不会相信她，更不会放心把我交到她的手里。

在我长大以后，我的想法有了改变，我猜想，除了对姐姐的不信任，和希望亲眼看到我上大学之外，他的心里一定在想，已经把一个女儿送到塞外了，不能再把一个儿子也送到塞外。在父亲的眼里和懂得的历史中，尽管呼和浩特是一座城市，毕竟无法和首都北京相比，怎么说，那里是昭君出塞的地方。记得那一年春节，姐姐从呼和浩特回北京，父亲从床铺底下抽出他珍藏多年的一整扇小羊皮，让患有了关节炎的姐姐拿走，却把我留在北京。

我留在了北京。父亲继续步行，从前门到西四上班。日子，似乎又恢复了平静。只是，粮食依然不够吃，每月月底，是最紧张的时候，面对两个正在长身体的男孩子，父亲和母亲常常面面相觑，一筹莫展。

没有过多久，我发现墙上的那块英格牌的怀表也没有了。

又没过多久，墙上的陆润庠的字和郎世宁的狗，也都没有了。

我知道，它们都被父亲卖给了委托行。那时，我妈吐血，为给我妈治病，也为治他自己的浮肿，要买一些黑市上的高价食品，父亲不得不卖掉了他仅有的三件宝贝。

我知道，父亲是希望用这样的方法，补我妈的身体，更为挽救自己每况愈下的身体，希望尽快恢复原来的工作。

可是，这三件宝贝没有挽救得了父亲的身体。他的身体下滑得厉害，而且，黄鼠狼单咬病鸭子，又患上了高血压。税务局让他提前退休了。那一年，他57岁，离退休年龄还有三年。

退休那一天，我去税务局接父亲，顺便帮助他拿一些东西。

我才发现，他被调整的工作，不再是税务局，而是税务局下属的第三产业，生产胶木产品的一个小工厂。在税务局旁边胡同里的一个昏暗的车间里，我找到了父亲，他正系着围裙，戴着一副白线手套挑胶木做的什么电源开关。听见同事叫他的名字，他抬起头来看见了我，站了起来，和同事打过招呼之后，和我一起走出车间。我能感到，车间里几乎所有人的目光都落在我和父亲的身上。我不清楚那些目光的含义，是替父亲惋惜、悲伤，还是有些幸灾乐祸？

那一天，我和父亲从西四一直走到前门，一路上，我和父亲什么话也没有说，就这么默默地走在车水马龙的大街上，想象着从新中国成立以来他一直是骑着自行车上班下班来往在这条大街上的。现在，工作没有了，自行车也没有了。我知道，父亲的心里一定很痛苦，他一定没有想到他自己会以这样的一种方式，告别了工作，提前进入了拿国家养老金的行列。他一定不甘心，又一定很无奈。

我一直在想，按照父亲的教育理论，他这一辈子算作是有本事的呢，还是没有本事的呢？如果说没有本事，父亲是凭着初小的文化水平，靠着自己的努力，担当起这一份工作的。如果说有本事，他却最后沦落到做胶木电源开关的地步，和他原来所学所干的工作相去甚远。他是被身体打败的呢，还是由于身体原因被单位借此顺坡赶驴一样赶下了山？父亲从来没有和我谈论过这些，而在那个年代，我也没有能力思考这一切。相反觉得让父亲提前退休，是组织对他的格外照顾。

很久以后，也就是父亲去世之后，税务局的工会派来一位老人来家里进行慰问。因为这个老人在税务局工作的年头很长，曾经和父亲一起共事。对父亲有所了解。他对我说起父亲，说你父亲脾气倔，工作认死理，他去人家单位收税的时候，据理力争，虽然得罪人，但是总能把税给收上来。他的话，给我留下的印象很深，但不知为什么，删繁就简，最后没有了收税，只剩下了得罪人。

父亲退休以后，开始练习气功和太极拳。他做事有定力和恒心。那时候，因为父亲提前退休，每月只能拿百分之六十的工资，42元钱，家里的生活一下子变得更加拘谨。便把原来的三间住房让出一间，节省一些房租。家里就剩下两间屋子，清晨，是父亲练太极拳的时候；晚上，是父亲练气功时候；雷打不动，无论什么情况，他都能坚持，特别是晚上，即使我和弟弟在外屋复习功课或说笑打闹有多吵多乱，他都会一个人在里屋练气功，站桩一动不动。

父亲的举动，让我很受触动。不仅是他的耐性和坚持，而是由于他的提前退休，让家里的日子变得艰难。我本想读高中将来考大学的，在初中即将毕业的时候，把这个念头打消了，想考一所中专或师范学校，上学可以免去学费，又能管吃住，帮助家里解决一点儿负担。父亲知道后，坚决不同意，说是砸锅卖铁也要供你上大学。你弟弟不爱读书也就算了，你学习成绩一直不错，绝不能因为我耽误了你！

我姐姐知道了，这时候，每月从她的工资中寄来30元，说是补齐父亲退休前的工资，一定要我读高中，考大学。

我如愿考上了理想的高中，父亲多日阴云笼罩的脸上露出了笑容。

读高中的时候，我迷上了文学。我常常在星期天的时候逛旧书店。那时候，北京几家有名的旧书店，琉璃厂、东安市场、隆福寺、西单商场……我都去过。西四的旧书店，也是我常去的地方。父亲曾经工作过的税务局，就在书店旁边。路过它的大门的时候，让我想起父亲，想起父亲退休的那一天我来接父亲的情景，心里总会涌出一种酸楚的感觉。我都会暗暗地想，一定好好地读书，考上一个好大学，为父亲的脸面争光。

我的儿子读高中的时候，我曾经带着他到西四去过一趟，西四牌楼早就没有了，书店还在，过西四新华书店不远，税务局也还在，大门依旧。我指着这扇大门对我的儿子说：你爷爷以前就是在这里工作。

五

初三毕业的那年暑假，一天晚上，我已经躺在床上睡下了。父亲走进来，轻轻地把我叫醒。睁开惺忪的睡眼，望着父亲，不知有什么事情，都已经这么晚了。父亲只是很平淡地说了句：外面有人找你。就又走出房间。

我大了以后，父亲不再像我小时候那样砸姜磨蒜一样絮絮叨叨地教育我，他知道我不怎么爱听，和我讲话越来越少。初三那一年，我正在积极地争取入团，和他更是注意划清阶级界限。父亲显然感觉得出来，更是明显地和我拉开距离，不想让自己成为我批判的靶子，当然，更不想影响我的进步。因此，他和我讲话的时候，显得十分犹豫，不知该说什么才好。最后，索性少说，或者不说。

我穿好衣服，走出家门，看见门口站着一个女同学。起初，没有认出是谁，定睛一看，是我的小学同学小奇。她笑着在和我打着招呼。我们是小学同学，她是上四年级的时候，从南京来到北京，转到我们学校的。我们同年级，不同班。第一次见面的情景，立刻在她向我挥手打招呼的瞬间闪现。我们学校有几台乒乓球案子，课间十分钟，是同学们抢占案子的时候，每人打两个球，谁输谁下台，让另一个同学上来打。那时候，我乒乓球打得不错，常常能占着台子打好多个回合。那一天，上来的同学，劈头盖脑就抽了我一板球，让我猝不及防，我忍不住叫了声：够厉害的呀！抬头一看，是个女同学，就是小奇。

小学毕业，我们考入不同的中学，初中三年，再也没有见过面。突然间，她出现在我家的门前。这让我感到奇怪，也让我感到惊喜。看她明显长高了许多，亭亭玉立的，是少女时最漂亮的样子。

她是来我们大院找她的一个同学，没有找到，忽然想起了我也住在这个院子里，便来找我，纯属于挂角一将。但那一夜，我们聊得很愉快。坐在我家旁边的老槐树下，她谈兴甚浓，五十多年过去了，谈的别的什么都记不得了，唯独记得的是，她说暑假跟她妈妈一起回了一趟南京，看到了流星雨。我当时连"流星雨"这个词都没有听说过，很好奇问她什么是流星雨。她很得意地向我描述流星雨的壮观。那一夜，月亮很好，星光璀璨，我望着夜空，想象着她描述的壮观夜空，有些发呆，对她刮目相看。

谈不上阔别重逢，但是，少年时期的三年，正是人的模样、身材和心理、生理迅速变化的三年，时间过得很快，回想起来却显得很长。意外的重逢，让我们彼此都有一种异样的感觉。我们就是这样接上火，令我们都没有想到的是，我们的友谊，从那一夜蔓延到了整个青春期。高中三年，"文化大革命"两年，一直到我们分别到北大荒插队，整整五年的时间，从16岁到21岁。

从那个夜晚开始，几乎每个星期天的下午，她都会到我家找我，我们坐在我家外屋那张破旧的方桌前聊天，天马行空，海阔天空，好像有说不完的话，窄小的房间，被一波又一波的话语涨满。一直到黄昏时分，她才会起身告别。那时，她考上北京航空学院附中，住校，每星期回家一次，她要在晚饭前返回学校。我送她走出家门，因为我家住在大院最里面，一路要逶迤走过一条长长的甬道，几乎所有人家的窗前都会趴有人头的影子，好奇地望着我们两人，那眼光芒刺般落在我们的身上。我和她都会低着头，把脚步加快，可那甬道却显得像是几何题上加长的延长线。我害怕那样的时刻，又渴望那样的时刻。落在身上的目光，既像芒刺，也像花开。

我送她到前门22路公共汽车站，看着她坐上车远去。每个星期天的下午，由于她的到来，变得格外美好，而让我期待。那个时候，我沉浸在少男少女朦胧的情感梦幻中，忽略了周围的世界，尤其忽略了身边父亲和母亲的存在。

所有这一切，父亲是看在眼里的，他当然明白自己的儿子正在发生着什么事情，又在经历着什么事情。以他过来人的眼光看，他当然知道应该在这个时候提醒我一些什么。因为他知道，小奇的家就住在我们同一条街上，和我们大院相距不远，也是一个很深的大院。但是，那个大院和我们大院完全不同，从外表就可以看得出来，它是拉花水泥墙，红漆木大门，门的上方，有一个浮雕大大的五角星。这便和我所居住的那种广亮式带门簪和门墩的黑色老门老会馆，拉开了不止一个时代的距离。

其实，这一点，我是知道的，每天上学下学，都要路过那里。但是，当时的我对这一点却根本忽略不计。对于父亲而言，这一点，是表面，却是直通本质的。因为居住在那个大院里的人，全部都是解放北京城之后进城的解放军的军官或复员军人和他们的家属。那个被称作乡村饭店的大院，是新中国成立后拆除了那里的破旧房屋新盖起来的，从新老年限看，和我们的老会馆相距有一两百年的历史。在父亲的眼里，这样的距离是不可逾越的。不可逾越，从各自居住不同的大院就已经命定，地理里有无法更易的历史，地理里有难以摆脱的现实。我发现，每一次我送小奇到前门回到家，父亲都好像要对我说什么，却又都欲言又止。从那时我的年龄和阅历来讲，我无法明白父亲曾经沧海的忧虑。我和父亲也隔着一道无法逾越历史与地理的距离。

有一天，弟弟忽然问我：小奇的爸爸是老红军，真的吗？那时，我还真不知道这个事实。我觉得老红军是在电影《万水千山》里，在小说《七根火柴》里，从没有想过老红军就在自己的身边。弟弟的问题，让我有些意外，我问他从哪儿听说的，他说是父亲和妈妈说话时听到的。当时，我不清楚父亲对母亲讲这个事时的心理。后来，在我长大以后，我清楚了，我和小奇越走越近的时候，父亲的忧虑也越来越重。特别是在北大荒插队的时候，生产队的头头在整我的时候，当着全队人叫道：如果是蒋介石反攻大陆，肖复兴是咱们大兴岛第一个打着白旗迎接蒋介石的人，因为他的父亲就是一个国民党！

两个父亲，两个党，一个共产党，一个国民党。

后来，我问过小奇这个问题。她说是，但是，她并没有觉得父亲老红军的身份对自己是多么大的荣耀。她只是说当时父亲在江西老家，十几岁，没有饭吃，饿得不行了，路过的红军给了他一块红薯吃，他就跟着人家参加了红军。她说得是那样轻描淡写。在当时所谓高干子女中，她极其平易，对我一直十分友好，充满温暖的友情，即使是以后"文化大革命"格外讲究出身的时候，她也从来没有有些干部子女的趾高气扬，居高临下。那时候，我喜欢文学，她喜欢物理，我梦想当一名作家，她梦想当一名科学家。她对我的欣赏，给我的鼓励，表露于我的友谊和感情，伴随我度过青春期。

说心里话，我对她一直充满似是而非的感情，那真的是人生中最纯真而美好的感情。每个星期天她的到来，成为我最欢乐的日子；每个星期见不到她的日子，我会给她写信，她也会给我写信。整整高中三年，我们的通信，有厚厚的一摞。我把它们夹在日记本里，胀得日记本快要撑破了肚子。父亲看到了这一切，但是，他从来没有看过其中的一封信。

寒暑假的时候，小奇来我家找我的次数会多些。有时候，我们会聊到很晚，送她走出我们大院的大门了，我们站在大门口外的街头，还在接着聊，恋恋不舍，谁也不肯说再见。那时候，不知道我们怎么会总有说不完的话，长长的流水一般汩汩不断，扯出一个线头，就能引出无数条大路小道，逶迤迷离，曲径通幽，能够到达很远很远未知却充满魅力的地方。

路灯昏暗，夜风习习，街上已经没有一个行人，安静得像是睡着了一样。只有我们两人还在聊。一直到不得不分手，望着她向她家住的乡村饭店的大院里走去的背影消失在夜雾中，我回身迈上台阶要回我们大院的时候，才蓦然心惊，忽然想到，大门这时候要关上了。因为每天晚上都会有人负责关上大门。那样的话，可就麻烦了，门道很长，院子很深，想叫开大门，不是件容易的事情。很有可能，我得在大门外站一宿了。

当我走到大门前，抱着侥幸的心理，想试一试，兴许没有关上。没有想到，刚刚轻轻一推，大门就开了。我庆幸自己的好运气，大门真的还没有关闭。我走进大门，更没有想到的是，父亲就站在大门后面的阴影里。我的心里漾起一阵感动。但是，我没有说话，父亲也没有说话，就转身往院里走。我跟在父亲的背后，走在长长的甬道上，只听见我和父亲咚咚的脚步声。月光把父亲瘦削的身影拉得很长。

很多个夜晚，我和小奇在街头聊到很晚，回来时，生怕大院的大门被关闭的时候，总能够轻轻地就把大门推开，看见父亲站在门后的阴影里。

那一幕的情景，定格在我的青春时代，成了一幅永不褪色的画面。在我也当上了父亲之后，我曾经想，并不是每一个父亲都能做到这样的。其实，对于我和小奇的交往，父亲从内心是担忧的，甚至是不赞成的。因为在那讲究阶级讲究出身的年代，一个共产党，一个国民党，他们的水火不容，注定他们的后代命运的结局。年轻的我吃凉不管酸，父亲却已是老眼看尽南北人。

只是，他不说什么，任我任性地往前走。因为他不知道该如何说，他怕说不好，引起我的误解，伤害我的自尊心，更引起我对他的批判。更重要的是，他知道说了也不起什么作用。两代不同生活经历与成长背景的人，代沟是无法填平弥合的。那些个深夜为我守候在院门后面的父亲，当时，我不会明白他这样复杂曲折的心理。只有我现在到了比父亲当时的年龄还要大的时候，才会在蓦然回首中，看清一些父亲对孩子疼爱交加又小心翼翼的心理波动的涟漪。

六

"文化大革命"爆发的那一年，我高三毕业，正准备迎接高考。几乎是在一夜之间，上大学的梦想破灭了。这对于我和父亲，无疑是最大的打击。只是突然降临的大风暴，席卷我们而去，让我们无暇顾及个人梦想在风雨中的落花流水，是那样地无足轻重，又那样地无可奈何。在"老子英雄儿好汉，老子反动儿混蛋"的对联疯狂肆虐下，父亲国民党少校军需官的历史，一下子格外彰显，像刻在父亲的脸上，也刻在我的脸上的一块罪恶的红字一样，让我和父亲都抬不起头来。

那时候，我从心里怨恨父亲当时为什么不在天津就学织地毯学到底，起码现在我的出身可以算作工人。在"文化大革命"的年代，算是"红五类"。现在，我却沦为了"黑五类"。

所谓的红八月中，到处都在抄家，到处都在批斗。身穿绿军装、手挥武装带、臂戴红袖章，被领袖在天安门城楼上接见的红卫兵们，在耀武扬威。在我们学校里，校长高万春不堪红卫兵的毒打，被逼跳楼自杀。在从学校回家走的一路上，很多大院的门口贴着墨汁淋漓的大字报，说是"庙小神通大，池浅王八多"，叫喊着把什么坏人揪出来示众。好像每个院子里都有坏人，不止一个，各式各样，五花八门。我们大院里最先被揪出来的人，是以前当过地主的后院主人，紧接着是当过舞女的王婶。我的心小把儿紧攥着，生怕哪一天，在大院外的墙上贴出揪出父亲的大字报。每天从学校回家，先要紧张地看看院门口的墙，没有父亲的大字报，才稍稍安心。那一面墙，成为我的晴雨表。

猜想，那时候，父亲的心里一定比我还要紧张。

为了表现积极，父亲主动上交了小牛皮箱里那四块银圆。除此之外，他没有什么可以上交的了。那本南京受训时印有他身穿国军制服的相册，早被他毁掉了。

红八月终于过去了，父亲没有被揪出来批斗。我的心里一块石头落了地，便和班上当红卫兵的同学一起，冒充红卫兵去大串联了。当我从广州、衡阳、株洲，然后韶山和南京一路归来的时候，发现父亲和母亲正在院子忙乎接待红卫兵的事情。那时候，很多外地的红卫兵串联到北京，住在我们大院各家里。

在我离开家这些天里，父亲做了两件事，让我格外地吃惊。

一件是居然教会了我妈背诵了毛泽东的"老三篇"中的《为人民服务》。要知道，我妈是大字不识呀，能够全文一字不差地背下《为人民服务》，与其说是我妈的奇迹，不如说是父亲的奇迹。在那个年代里，什么样的事情，都有可能意想不到地发生。

一件是在我家的柜子和窗台之间，用火筷子给两根很粗的竹子扎上了眼儿，然后连上几块木板，成了书架，前后两层可以放我的一些书本。那时，我珍贵的藏书，有泰戈尔文集中的两本，还有就是从1919年到1960年代所有的儿童文学选集。这些书一直放在地上一个鞋盒子里，现在，终于堂而皇之地有了摆放它们的书架了。弟弟告诉我，这是他和父亲一起做的，竹子是南方来的红卫兵到北京串联走时候留下来的，被父亲废物利用。

一直到现在，我都觉得这是父亲做的最古怪的一件事情，完全和他谨小慎微的性格不符。

这是我家的第一个书架。我有些惊讶，在那个读书无用、革命唯此为大的年代里，父亲居然还有心做书架，惦记着我的读书，而且敢于把这些书放在书架上。这是他在"文化大革命"中的得意之作。他从来相信艺不压身，到什么时候读书都是要的，更何况，这些书确实也不是什么"封资修"，见不得人。也许，这是父亲为我做这个简陋书架的心理依据。

这样平静的日子很快就到头了。秋天刚到的时候，我们大院里突然揪斗出一位工程师，说人家是反动权威。都是院子里新搬来的一个街道革委会的积极分子干的。所谓街道积极分子，在那时是一种特别的称谓，更是一种特别的身份。她们大多是家庭妇女，并不是街道居委会（"文化大革命"一来叫街道革委会）的正式工作人员，但因为家庭出身好，又积极为街道居委会跑前跑后干些宣传或收费或节日里站岗巡逻的事，被聘为街道积极分子。这些积极分子中，有不少是热心公益事业的人，但也有不少借此狐假虎威或为方便谋取私利的人。这个积极分子，就是人们忌恨的狐假虎威者。她找来的一帮红卫兵，当天下午在我们大院里开批斗会。她来到我家，找到父亲，要求父亲下午参加大会，并且准备发言批判。我看见父亲在认真地写批判稿，写了好长的时间，密密麻麻的，足足写了有两页纸。其实，父亲和工程师平常没有什么来往，甚至连说话都很少，他对工程师的了解有限，真不知道那批判稿都写了些什么东西。

下午批判会在我们大院的后院开，那里房前有宽宽的廊檐，和几级台阶，正好当成了舞台。批判会开始的时候，父亲第一个走上台发言，他身穿一身整齐的制服，激动地抖动着手中那两页纸，像是受惊的鸟不住纷飞的羽毛。然后，听见他的声音，那声音特别让我吃惊，突然地高八度，一下子非常地尖利。我从来没有听见父亲这样说话过，平常他说话都是细声细语，怎么会突然变成了这样声嘶力竭呢？我知道，他是想表现自己，以划清界限的姿态，想拼命地站在革命阵营这方面来。可是，他的声音太刺耳了。我有些替他脸红，没有听完他的批判发言，悄悄地溜出了大院。

父亲这样异常的表现，并没有能够保住自己。他是被那个街道积极分子给要了。第二天清早，我出门要去学校，看见大门口外面那面墙上贴出了大字报，只有一张纸，但我一眼就看见了父亲的名字，然后看见了"国民党"和"少校军需官"的字样，是那样醒目，飞奔而来的箭镞一样，直射入我的眼睛里。父亲步工程师的后尘，这一天下午，还是在我们大院，要开父亲的批斗会。

我害怕这个街道积极分子像找父亲一样，来家里找我写批判父亲的发言稿，然后让我登台发言批判父亲。一整天，我都没有敢回家。我记得特别清楚，上午我去学校，虽然在复课闹革命，但上课没有什么内容，下午就没事了。下午，我坐上5路公共汽车，从前门坐到终点站广安门，再从终点站坐回到前门，来回不停地坐，一直坐到天完全黑了下来，才像丧家犬一样悻悻地溜回大院，回到家里。父亲看到我回来，没有说话，他在找他在税务局工厂发的劳动手套。我猜想，明天，他将和我们大院的工程师、地主和舞女一起，去街道接受劳动改造了。整整一个晚上，谁都没有说话，一盏15瓦的昏黄的灯下，全家静悄悄的，气氛凝滞了一样，非常压抑。

我不知道，对于这一连两天批斗会上的遭遇，父亲是怎么看待的，我从来没有和父亲交流过。我只知道我自己，那时的心情非常复杂和慌乱。我第一次看到了人心的险恶，对那个积极分子嗤之以鼻。我也第一次看到了父亲的另一面，居然为了保护自己可以这样声嘶力竭。同时，我也是第一次面对自己，害怕父亲被批斗，其实是害怕自己的身份进一步下跌。这样的胆怯，无力面对眼前发生的一切，只有选择了逃避。

也就是从那时候开始，我成了"文化大革命"的逍遥派，彻底逃离了所谓的革命的漩涡，就像鲁迅批评柔石的小说《二月》中的主人公肖涧秋时说得那样，衣襟上溅了一点水花，就落荒而逃。我开始躲在一边，后来又跑到呼和浩特的姐姐家，偏于一隅，埋头在读书之中，尽可能找能找到的书读。而父亲则开始在街道修防空洞，每天干搬砖砌洞的年轻人干的力气活。想想，那一年，父亲61岁。

第二年的年底，弟弟忍受不了这样压抑的气氛，先报名去了青海油田。又过一年的夏天，我也离开北京，去了北大荒。弟弟和我走的时候，父亲都没有送，也没有分别的一点嘱咐，只是走出了屋门，看着我们走去，连挥挥手都没有，显得是那样地麻木。

很久很久以后，我和弟弟谈起这些往事的时候，才觉得真正麻木的是我们。为了自己，我们那样毅然决然地选择了离开了家，而且想离得越远越好，所谓是眼不见心不烦，企图寻找世外桃源，想躲个清静，而把已经是年老多病的父亲和母亲毫无顾忌地丢在一旁，丝毫都没有想过，应该和他们患难与共，帮助他们度过他们的余生残年。年轻时的我们，被所谓革命的风鼓胀得身心膨胀。其实，更是自私和胆怯，如蛇一样悄悄地爬出心头，在一点点地蚕食着人性中对父母的亲情。

在那场疾风骤雨的"革命"中，父亲就是一条落水狗，可以被人任意欺凌。他的国民党和少校军需官身份，就是他的原罪。庆幸的是，父亲从来都是不多言多语，逆来顺受，任劳任怨地修防空洞，工余的时候，还负责为这些戴罪劳动者读报。所以，他没有被遣送回老家，总算保住了他的老窝。但是，最后他付出的代价是，得要换出他的房子。在我离开北京的第二年，那个街道积极分子对父亲说，你们的孩子都走了，用不了住那么大的房子，应该把房子交给工人出身的人住。父亲老老实实地交出了房子，住进了对门院子里两小间矮小的东房里。而那个批斗了父亲和工程师的街道积极分子，更是无理占据了工程师家一间宽敞的正房，给自己的女儿做了婚房。她的女儿嫁给了一个海军军官，似乎更为她虎上添翼，越发威风起来。

离开北京两年后的夏天，我从北大荒第一次回北京探亲。走进陌生的大院，来到父亲信中说的家门前，心里一阵心酸。我第一眼看到的是家门玻璃窗前的窗帘，是母亲用碎布一点一点地拼接起来的。打开门，被风吹动的那块像小孩裤子布一样的破窗帘，让我脸红。在我不在家的日子里，父母竟被赶出了自己的家门，日子过得这样狼狈不堪。

那时候，父亲还在修防空洞。母亲去把父亲叫回家。父亲看见我一脸被霜打的样子，很清楚我想的是什么，对我说：没被扫地出门赶回老家就是万幸。窝还在，你们回来探亲，还有个家。他轻描淡写地说，却说得我心里不是滋味。说着，父亲让母亲赶紧拿出瓜子和花生给我吃。母亲从床下拿出一个笸箩，里面盛满了葵花子和带皮的花生。那时候，只有过春节每户才有半斤花生和瓜子可以买到。父母就是将春节买的花生瓜子不舍得吃，一直留到现在。过去了都已经半年了，瓜子和花生放得都有些哈喇味儿，但是，我还是装作挺好吃地咽进肚子里。

第二天，父亲又去修防空洞了。现在，父亲参与修的这个防空洞还在，成了可以供人们参观的人防工程，长长而宽敞的防空洞，成为前门地区的一道景观。父亲却早已经不在了。那个防空洞的洞口就在街道办事处旁边，每逢路过它的时候，我都会想起父亲，也会想起批斗过父亲和我们大院工程师乃至舞女的那个街道积极分子。人生的遭际，在历史的跌宕中有阴差阳错的选择；人心的险恶，在时代的动荡中有不由自主的表现，像排泄粪便一样忍无可忍，不能自已。前者，其实更多是出于个人生计的选择；后者，则更多是人性潘多拉瓶子的乍开。我相信，每个人的心里都不会鲜花一片，只是，有的人不让或者少让心里藏着的魔鬼出来，而有的人愿意让魔鬼趁机出来兴风作浪，浑水摸鱼。一般而言，后者会活得放得开，什么时候都容易如鱼得水，甚至活色生香；前者会活得谨小慎微，甚至压抑，夹着尾巴做人，却总能让人踩住尾巴。父亲显然属于前者。

七

一年多以后，也就是 1972 年的冬天，我再次从北大荒回北京探亲。可能是一年多年前回家时那个破窗帘对我的刺激太深，这一次回家，我想应该为父母做一点儿什么。

那时候，我的思想还处于阶级斗争理论的笼罩下，尽管已经松动，但脑子里还有阶级斗争这个弦，就像风筝还被线拽着。因此，我的这个念头，其实也是在矛盾中时起时伏。有时候，我会想，毕竟父亲当过国民党的少校军需官，国民党，是共产党的敌人，即使父亲是被改造好，已经不会站在敌对的阵营里，但也不属于无产阶级阵营里的呀。有时候，我又会想，父亲真的就是在电影和小说看到过的那种凶神恶煞的国民党吗？怎么看都不像。从我记事开始，父亲都是唯唯诺诺的，见谁都客客气气，走路都怕踩死蚂蚁，街坊们对他一直很友好。即使"文化大革命"开始，即使沦落到修防空洞了，除了那些街道积极分子直呼过他的名字，街坊们见到他，也客气地叫他"肖先生"。不过，我想，国民党是很狡猾的，会伪装的，也许，这只是父亲的一种伪装出来的假象。

这是当时我真实的心理活动。按下葫芦起了瓢，自己跟自己较劲，打架。

我回到家之后，弟弟先给我寄了点钱，那时，他在青海油田当工人，有高原补助，工资高。弟弟来信说，让我用这钱给父亲买点儿好酒喝。我和弟弟都知道，父亲一辈子爱喝点儿小酒。父亲的酒量不大，可能年轻的时候酒量大些，这时候，一天只在晚上喝一次，八钱的小酒杯，他能喝一杯，却只喝半杯浅尝辄止。一瓶二锅头，可以喝半个月。但是，父亲喝酒，有自己的规矩，就是不管天冷天热，都得把酒烫上。他的理论是，冷酒伤身。记得我和弟弟小的时候，父亲每次喝酒，都要把酒烫在开水碗里，烫好了，先不喝，而是把酒往桌子上倒上一点儿，然后划着一根火柴，在酒上一点，酒立刻燃烧起一团淡蓝色的火焰，蛇一样蠕动着，特别地好看。然后，他会用筷子蘸一点儿酒，让我和弟弟一人尝一口，常常惹得我妈说他：小孩子家的，喝什么酒？我和弟弟被酒辣得大叫，父亲端着酒杯呵呵地笑。那是一家子最开心的画面了。

弟弟在我之前回北京探过一次亲。那时，他买来了好多瓶名酒，给父亲喝，看到父亲难得地高兴，难得喝得酡颜四起，便让我照方抓药，告诉我到哪里能买到这些名酒。拿着弟弟寄来的钱，我到弟弟指定的商店，买回来好几瓶名酒，有五粮液、古井贡、竹叶青、西凤、汾酒，还有一瓶三花酒。这后一种酒，是我自作主张买来的，当时看到三花酒出产地是桂林，早就在贺敬之的诗中知道桂林山水甲天下，一直很向往，虽然没有去过，买一瓶酒回来尝尝，也像是去过了那里一样。

回到家，我找到几个酒杯，把每一种酒倒上一点儿，分别用开水烫好，让父亲都尝尝。看到父亲坐在桌旁，望着这一杯杯的酒，在灯下泛着光，他的眼睛里也放着光，像小孩子一样地兴奋，然后，依次端起酒杯，眯缝上眼睛，每杯抿上一小口，美滋滋地品味着。那一刻，真有点儿六根剪净，万念俱灭，以前所有的日子，都融化在这一杯杯酒中了。

他抿完三花酒，特别对我说：这种酒我从来没有喝过。我问他味道怎么样，他说不错，比五粮液柔和，有股甜味儿。我就又给他倒上一杯三花酒，也给自己倒上一杯，然后和他碰碰杯，一饮而尽。他说我，酒哪有这么喝的，得慢慢地品品。我看着他慢慢地品着，忘却了曾经发达或耻辱或悲凉的一切。

那情景，让我感到，父亲就是一个俗人，简直就像一个农民，一点都不像小说和电影里看到过的国民党坏蛋。

他已经是被共产党改造好了。我在心里这样安慰自己说，让自己找到一种重新看待并对待父亲的依据。或许，在那一刻，无法泯灭的亲情，还是无可救药地占了上风，一种千古至今绵延存在无法剔除的人性中柔软的东西，让再冰冷的石头也能融化了吧？

那时候，电影院里正在上演朝鲜电影《卖花姑娘》。相较一演再演的《地道战》之类的老电影，这是一部新电影，演员演得好，里面的歌唱得也好听，特别叫座。我到大栅栏的大观楼电影院，买了三张电影票，请父母一起看这部电影。我妈没有显出多么地高兴，父亲却很兴奋。他已经好多年没有看过电影了。这部《卖花姑娘》，他在报纸上看过介绍，知道是一部很好看的电影，心里很期待。

我第一次看电影，还很小，没有上学的时候。是父亲带着我去看的，在长安街上的首都电影院，是他们税务局包场发的电影票，看到是《虎穴追踪》。而我带父亲看的第一次电影，是父亲老的时候。这一年，父亲67岁了。

坐在电影院里，看着父亲的侧影，忽然想起往事，心里有些愧疚。记得好几年前，大概是1961年年初的寒假，也是在这个大观楼电影院，那时它被改造成北京唯一一座立体宽银幕电影院。那时，演的电影是《魔术师的奇遇》。因为不仅是宽银幕，还是立体电影，进电影院后，要先发一副特殊的眼镜，看电影的效果才是立体的，如果是水流就真的像是向你流过来一样，浪花能够溅湿你的衣服似的。所以，特别吸引人。排队买电影票的人非常多，我和弟弟一起去买票，长长的队伍像长蛇一样，都排到门框胡同了。可是，我和弟弟没有为父母买票。

年轻的时候，真的有很多幼稚和自私，表面上说是为了革命，其实，心里想着的是自己，甚至可以是和自己没有任何关系八竿子都打不着的人，比如那时叫喊着要解放世界三分之二受苦受难的人民，却很少想到关心一下身边的父母。尤其是对于当过国民党少校军需官的父亲，更是理所当然地冷落在一旁。这样做，没有觉得有什么不妥，相反觉得是阶级立场应有的表现。

年轻的时候，真的还有非常可笑的时候。《卖花姑娘》，现在来看，这是一部很会煽情的电影，卖花姑娘的悲惨身世和故事，让很多人感动，当时的电影院里嘤嘤的哭声一片，有人甚至说，看《卖花姑娘》之前，得带一个手绢。那天，我看电影时擦完眼泪之后，瞥了一眼坐在身边的父亲，忽然发现他也在掉眼泪，在用手不停地擦着眼角。我心里在想，他是一个国民党呀，怎么国民党也会为贫苦的百姓掉眼泪呢？当时的我，就是这样可笑。那一年，我已经25岁。难道还是一个小孩子吗？却比小孩子还要可笑。

隔了几天，我就要回北大荒了。我想在我离开北京之前，带父母看一次京剧。因为我知道，父亲很爱看戏，小时候，他常常带我到鲜鱼口的大众剧场看评戏。我看的第一个评戏《豆汁记》，就是父亲带我看的。只是那时，除了样板戏，没有什么戏可演。我便在离家不远的肉市胡同里的广和剧场买了三张《红灯记》的京剧票。

看戏的那天晚上，天下起了大雪。鹅毛般的大雪，没有阻挡住父亲看戏的热情，他和我妈相互搀扶着，跟着我来到了剧场。我特别带他们出来的时间早些，是想带他们先去离广和楼一步之遥的全聚德吃顿烤鸭。我和弟弟每次回京探亲的时候，都去全聚德吃烤鸭，打牙祭解馋，却没有一次带父母去吃过，顶多带回一点儿吃剩下的烤鸭片。因为心里的愧疚，很多以前自己的不是，便都像沉在水底的鱼一样，一条条地浮出了水面，每条鱼都张着嘴，在咬噬着我的心。

马上就要离开北京了，心里的这种希望弥补的愧疚，越发沉重。真的，那是我有生以来第一次对父母涌出来愧疚之情。特别是看到父母一天天见老，这种滋味更不好受，更折磨自己的心。父亲生我的时候，年龄很大，已经是42岁了。而我妈比他大两岁，比我的生母大12岁，那一年已经69岁了。他们真的老了。而作为两个儿子，都在那么远的地方，一个在北大荒，一个在柴达木，遥远得让我觉得像是一声长长的叹息。

我所能够做的，就只有这一场《红灯记》，和这一顿烤鸭了。

那一天的大雪下的时间很长，一直到戏散了，雪还在下。纷纷扬扬的雪花中，父母相互搀扶着，一身雪花，蹒跚在西打磨厂街上的情景，成了一幅画，总会在我的眼前晃动。那画面，让我感到的更多的是心酸。因为我这一辈子，只为父亲做过这样一件稍稍可以让他感到安慰的事情。在以前我生活的二十五年时光里，我没有为他做过一件事情，相反，却做过很多和他毅然决然划清阶级界限的无情事情。父亲好像从来不是作为我的生身父亲，存在于我的生活中，而是作为敌对的阶级，作为一个我需要铁面无私审判的政治符号，存在于我写过的那些申请入团的思想汇报中。

落地无声的大雪，掩盖了街道上的坑坑洼洼，和落叶、垃圾、泥污等所有的肮脏。那一刻，眼前的一切，平坦、洁白得像一个童话里的世界。

那时候，我读过并背诵过苏轼的诗句："人生到处知何似，应似飞鸿踏雪泥。泥上偶然留指爪，鸿飞那复计东西。"但是，那时，并没有读懂。现在想来，我和父亲，谁是飞鸿，谁又是雪泥呢？在我的人生25岁以来很长的一段时间内，我是把父亲视为雪泥的，他被当时的时代和社会无情踏在泥中，也是被我无情地踏在泥中的。而我却把自己看作飞鸿，要去远方展翅飞翔，不计东西的。那时候，语录里说的是：广阔天地，大有作为。后来很长一段时间里，歌里唱的是：雄鹰展翅飞，哪怕风雨狂。

八

　　第二年，也就是1973年的夏天，我再一次从北大荒回北京探亲。我已经有了女朋友，正在恋爱。她是天津知青，和我前后脚从北大荒回来探亲，我们两人商量好了，等我回到北京之后，她从天津来我家一次，我们一起去呼和浩特看我姐姐，然后再去天津到她家看看，最后一起乘火车回北大荒。这样的行程安排，是想让双方家长都看看，就像定亲一样，事情就这样定下来了。那时候的爱情，简单却不带任何杂质，纯净得像没有污染过的蓝天白云。

　　女朋友从天津动身的时候，我和很多一起到北大荒插队又正好一起回北京探亲的知青，到北京火车站接她。人很多，阵势很是浩大。女朋友下了火车，吓了一跳，没有想到居然这么兴师动众。我心里很清楚，这些伙伴是为我好，生怕女朋友第一次来我家，看到浅屋子破房那么寒酸，一下子失落，无所适从，甚至最后无可收拾。

　　这一列队伍浩浩荡荡，簇拥着我的女朋友走进我家大院，来到我家门前的时候，我注意到，尽管我的女朋友心里早有思想准备，但眼前所出现的破败和凋零，还是让她大吃一惊。不过，她是个懂事而且善解人意的女孩子，并没有把内心的惊讶表现出来，露出的依然是平常常见的笑容。那一年，她23岁，正是一个女人最好的年华。

那么多的人簇拥着一个年轻的姑娘，我家那两间小房根本无法挤得下。大家都站在院子里说说笑笑，引来了街坊四邻好奇的目光。我家来的这些人中，主角是谁，很快就被他们捕捉到，聚光灯一样的目光都集中在了我女朋友身上。我看她倒是没有被这聚光灯照得有什么异样，在和我妈和大家亲热地轻松自如地聊着天。

让我多少有些奇怪的是，家里只有我妈在家。我问我妈我爸哪儿去了。她告诉我：给你买东西去了，这就回来！正说着，父亲拎着一网兜水果，已经走进院子，看到这一帮人，和大家打着招呼，大家立刻都闪到一边，像忽然抖开的一幅扇面，亮出中间一个空场，把我的女朋友亮了出来。

这是父亲和她第一次见面，也是唯一一次见面。我已经忘记了这样唯一的见面，具体是什么情景了。在一片嘈乱中，我只记得父亲没有进屋，就在院里的自来水龙头前接了一盆水，把网兜里的水果倒进盆中洗了起来，然后让大家吃水果。不知道为什么，那天见面的这个情景，让我记忆犹新，至今回忆起来，还像是发生在昨天一样。我记得是那样地清楚，父亲买的水果不多，几个桃，几个梨，还有两串葡萄。而且，我清晰地记得，一串是玫瑰香紫葡萄，一串是马奶子白葡萄。

我无法解释清楚，为什么这些水果，特别是那一串紫葡萄和一串白葡萄，这么多年过去，还会如此水灵灵地出现在我记忆中？

现在想来，可能因为这是父亲留给我最后的一点印象了。尽管当初我无法预测未来，根本不会想到这已经是父亲留给我的最后印象。但是,生命的轨迹,总会神不知鬼不觉显现在父子的亲情之中,在命运的冥冥之中。那是一种生命的感应,即使你当时迟钝地没有察觉,但那已经像一粒种子,悄悄地落入你的生命中,落入你的记忆中,在以后的日子里生根发芽,忽然有一天让你触目惊心而叹为观止。

非常奇怪,在梦中我常梦见我妈,却很少梦见过父亲。大前年夏天,我在儿子美国的家小住,一天夜里,居然梦见了父亲,这几乎是父亲去世之后唯一一次和父亲在梦中相见。父亲的样子很清楚,与我童年少年和二十多岁见到他时一个样子。穿着一身粗衣粗裤,紧紧地握着我的手,在跟我说着什么。但是,说的什么话,我一句也听不清。我很想听他究竟在说些什么,却怎么也听不清,很是着急。梦做到这儿,我醒了。屋外雷雨大作,而楼上的一岁半的小孙子正在哇哇啼哭。

很多天,这个梦一直缠绕在我的脑子里,我百思不得其解。我不明白,这个梦昭示着我什么。父亲究竟在和我说什么呢?是埋怨我当年对他无情的批判呢,还是述说当年辛酸中难得的温馨?还是嘱咐我他的处世箴言?……

同时,为什么那一夜突然雷鸣电闪?而且,恰恰那个时候,小孙子也醒了,不停在啼哭?或者,是生命又一个循环吧,纵使我的儿子都没有见过他的爷爷,小孙子就更无法见到他的祖爷爷了。但是,血脉的延续,生命的轮回,基因的遗传,是命定的。无论是我,我的儿子,还是小孙子,我们都生活在他的影子里,生活在他的足迹中。所有的不幸也好,幸运也好;所有的错误也好,正确也好;所有的醒悟也好,愧疚也好,我们都一起经历过,并在那雷鸣电闪中给我们以醒目的警示。

只是,那一夜的梦,以及对梦的认知,我再无法对父亲诉说。

我知道，其实，父亲一直在我心里，不仅是一个念想，一个回忆，更是一枚刺，刺痛我的心，永远无法从心头拔出。

　　就是那个夏天我带我的女朋友回家，深深地刺激了他。对于父亲，带给他的是美好，也是痛苦。他当然希望儿子有女朋友，但是，他知道，他的儿子有了女朋友，就会在北大荒结婚成家，就再也回不来了。当时，对于未来，他是悲观的。"文化大革命"，不知道何时才能到头，而他的身体已经每况愈下。

　　其实，那时候，知青返城之风，已经起于青萍之末，先行者，开始通过走后门参军，或办理困退病退，回到了北京。只是，这一切对于父亲而言，显得那样遥不可及。他没有这个能力了，因为他自顾不暇。偏偏这时候，我姐姐给父亲写来一封信，说别人家的孩子都已经从农村办回城里，你们老两口身边无一个子女，是符合知青返城的政策的，你应该去街道办事处问问。就是街道办事处的积极分子整的他，一提起街道办事处，他就心里发酸，打哆嗦。

　　姐姐的信，是压垮父亲的最后一根稻草。拿着姐姐的这封信，他不知道找谁去诉说，去求教，只能憋在心里，负担越来越重。我离开北京一个多月之后，正是秋收的日子，我正在地里收豆子，黄昏的时候，一封电报传到我的手里。父亲脑溢血去世。清早，他照例去天安门前的那个小花园练太极拳，突然一个跟头倒下，就再也没有起来。北大荒无边的原野上，血红的落日正在迅速地下坠，很快，我的眼前就是一片黑暗。

　　我和弟弟，还有姐姐星夜兼程赶回北京。父亲躺在同仁医院的太平间里，眼睛还没有合上。他是死不瞑目呀。姐姐用手轻轻地合上了他的眼睛。

　　父亲的一生，就这样结束了。我不知道该如何评价他的一生。我只知道，在他的一生中，起码有二十多年是屈辱的，在这些屈辱中，有许多是时代和历史使然，却也有一些是我添加给他的。我无法向他请求原谅。我只是无法原谅自己。

父亲没有什么遗物。只是在他的床铺褥子底下，压着几张报纸和一本儿童画报。那时，我已经开始发表文章，这几张报纸上有我发表在当地的散文，那本画报上有我写的一首儿童诗，配了十几幅图。这或许是他生命最后日子里唯一的安慰。

在看我家那个装宝贝的小牛皮箱子时，我发现了姐姐写给父亲的那封信，放在箱子的最上面。在箱子的最底部，有厚厚的一摞子信。我翻开一看，竟然是我去北大荒之前没有带走的小奇写给我的信，是整整高中三年写给我所有的信。

望着这一切，我无言以对，眼前泪水如雾，一片模糊。

不到半年之后，我从北大荒办回北京，在一所中学里当高中语文老师。命运，真的让父亲一语成谶，我到底还是当了老师。第一天上班，找到那所偏僻的学校的时候，我在心里对父亲说，你为什么就不能再坚持一下呢？你为什么就不能等我回来呢？

又过了两年，"四人帮"被粉碎了。一切，并不像想象的那样好，但也不像想象的那样坏。在时代的变迁中，在生命的轮回中，曾经被风雨压弯的再弱小的草芥，也可以重新伸展起腰身，然后回黄转绿。

有一天，下班回到家，一位漂亮的年轻女警察，突然也前后脚地来到我家。我很奇怪，为什么警察光临？对于一个曾经长期担惊受怕的家庭而言，警察的出现，让这个家的气氛一下子凝固。我看见我妈有些惊讶，以为出了什么事情。我让女警察坐在我家唯一的椅子上，她很和蔼地问我："文化大革命"中，您家是不是上交过四块银圆？我点点头，那是父亲干了好多年少校军需官留下的唯一财产。她接着说：现在清理"文化大革命"中上交的这些东西。要落实政策归还原物，没有原物的，要照价赔偿。您家呢，这四块银圆，要给您四块钱。说着，她从包里掏出四块钱，并让我在签收单上签字。

这四块钱，连同父亲去世后税务局给予的抚恤金和补发的半年工资500元，我一直存在家附近崇真观的银行里，那里离家很近，父亲一抬脚就到，他在世的时候，如果有钱，也是存在那个银行里的。一直到多年以后，崇真观被拆，银行被取消，才把这钱取出转存别的银行。我不敢花这个钱，这是父亲为我留下的唯一的财产。虽然不多，却带有他生命的温热。

粉碎"四人帮"后一年多，即1978年的春节，我和我的女朋友结婚。我们没有举办婚礼，只是请了几个朋友，姐姐派来她的女儿，晚上的时候，我们一起在家中和我妈吃了顿饭。白天，我到街上买了一点儿菜和两瓶酒，其中一瓶是三花酒。那曾经是父亲爱喝的一种酒，他说这酒很柔和，有股子甜味儿。

有这瓶酒摆在桌上，父亲好像也在了。

2016年岁末改毕于北京

下 卷

第三种友谊

亚里士多德曾经将友谊分为三种：一种是出自利益或用处来考虑的友谊；一种是出自快乐的友谊；一种是最完美的友谊，即有相似美德的好人之间的友谊。同时，亚里士多德特别强调：友谊是一种美德，或伴随美德；友谊是生活中最必要的东西。

我们这一代人，在那个时代所建立起的友谊，当然会随着时间的变迁，在不断地发生着变化，有的会逐渐堕落成亚里士多德说的前两种势利的友谊，亵渎着我们自己曾经付出的青春。但我可以说，我们这一代中的大多数人，或者说我们这一代人中的优秀者，在艰辛而动荡的时代里建立起来的友谊，则是亚里士多德所说的第三种友谊。因为我相信，虽然经历了波折、阵痛、跌宕，乃至贫穷与欺骗的迷惑、金钱和物欲的诱惑之后，这一代依然重视精神和道德的力量。这就是这一代友谊的持久和力量的根本原因所在。

可以说，没有比这一代人更重视友谊的。

我这样说也许有些绝对，因为每一个时代的人，都会拥有值得他们自己骄傲的友谊。但我毕竟是这一代人中的一个，我确实对我们这一代的友谊这样偏执而真切感受着，并感动着。我的周围有许多这样在艰苦的插队日子里建立起的友谊，一直绵绵长长至今，温暖着我的生活和心灵，让我格外珍惜。就像艾青诗中所写的那样："我们这个时代的友情，/多么可贵又多么艰辛，/像火灾后留下的照片，/像地震后拣起的瓷碗，/像沉船露出海面的桅杆……"

因此，即使平常的日子再忙，逢年过节，我们这些朋友都要聚一聚。我们这里许多朋友，虽然并不常见常联系，甚至连如现代年轻人煲粥一样方便打个电话或寄一张时髦的贺卡都不经常，而只是靠逢年过节这样仅仅少数几次的见面来维持友谊的，但那友谊是极其牢靠的。这是我们这一代友谊特殊的地方。这在可以轻易地找到一个朋友，也可以轻易地抛弃一个朋友的当今社会，就越发显得特殊而难能可贵。

这种友谊讲究的不是实用，而是耐用；它有着时间的铺垫，便厚重得犹如年轮积累的大树而枝叶参天。如果说那个悲凉的时代曾经让我们失去了一些什么，但也让我们得到了一些什么，那么，我们得到的最可宝贵的之一就是友谊。友谊和爱情，从来都是在苦难土壤中开放的两朵美丽的花。只是和爱情不同，爱情需要天天一起的耳鬓厮磨，甚至性的交融，拒绝距离；友谊只需哪怕再遥远的心的呼唤就可以了，并不害怕距离的阻隔。所以，这样的友谊之花就开得坚固而长久。

有一年春节，我们聚会的时候，得知一个当年在一起插队的朋友患了癌症，大家立刻倾囊相助，许多朋友是下岗的呀，但他们都毫不犹豫地拿出带着的所有的钱，那钱上带有他们的体温、血汗、辛酸和心意。看着这情景，我有一种说不出的感动。我知道这就是友谊的力量，是我们这一代人独特的友谊。

我想起 1973 年的春节，由于我是赶在春节前夕回北大荒去的，家中只剩下孤苦伶仃的父母。在春节这一天，我的三个留京的朋友买了面、白菜和肉馅，跑到我家陪伴两位老人包了一顿饺子过的春节，帮助我弥补闪失而尽一份情意。这大概是我的父母吃的唯一一次滋味最特殊的大年饺子了。就在吃完这顿饺子以后不久，我的父亲一个跟头倒在天安门广场前的花园里，脑溢血去世了。如果他没有吃过这一顿饺子，无论是父亲还是我，都该是多么地遗憾而永远无法补偿。那顿饺子的滋味，常让我想象着，除了内疚，我知道这里面还有的就是友谊的滋味，是我们这一代永远无法忘怀的友谊。

我还想起有一个冬天的夜晚，开始只是我们少数几个人的聚会，商量给我们当中朋友的孩子尽一点心意。因为他们的孩子在北大荒落生的时候，条件太艰苦简陋，落生下了小儿麻痹瘫痪至今。如今孩子20多岁了，我们想为孩子凑钱买一台电脑，让他学会一门本事将来好立足于这样越发冷漠的世界，让他知道在这个世界上他不是孤独无助的，他的身边永远有我们这些人给予他的友谊。谁想，一下子来了那么多曾经在一起插队的朋友，当中还有下岗的人，纷纷掏出准备好的钱。一位朋友还特意带来了他弟弟的一份钱和一份心意。后来，这个孩子用这台电脑设计出自己构思的贺卡，并打出来他写给我们这些叔叔阿姨的信时，我看到许多朋友的眼睛湿润了。我知道这就是友谊的营养，滋润着我们的下一代，同时也滋润着我们自己的心灵。

现在，常有人说我们这一代太爱怀旧，有说是优点，有说是缺点。我们这一代怎么能不爱怀旧呢？那个逝去的悲凉时代，已经让我们彻底地失去了青春乃至一切，只剩下了这种美好的友谊，怎么能不常常念及而感怀呢？况且它又是那样温暖着、慰藉着我们在艰辛中曾经破碎的心、在忙碌而物欲横流中已经粗糙的心。这是亚里士多德所说的那种第三种友谊，不带势利，而伴随美德；

不随时世变迁，而常青常绿。

以感情而言，我以为爱情的本质是悲剧性的，真正的爱情在世界上极其稀少甚至是不存在的，所以千万年来人们在艺术中才永无止境地讴歌和幻想它；而友谊却是存在于我们身边的，是对爱情悲剧性一种醒目而嘹亮的反弹。爱情和人的激情是连在一起的；而友谊则是"一种均匀和普遍的热力"。这是蒙田说的，他说得没错，所以它持久、耐磨。从某种意义上讲，真正如亚里士多德所说的那第三种友谊，不会如爱情星花般灿烂，只是在艰辛日子里靠均匀的热力走出来的脚下的泡，而不是与生俱来或描上去的美人痣，真正的友谊是纯洁的白莲花。

我们已经彻底地失去了青春乃至一切，哪怕我们两手空空，只剩下了这种美好的友情，就已经足以慰藉我们的一生了。我们这个时代的友情，因此才会从遥远的历史中走来，伴随我们的命运持久而到永远。

1995 年冬于北京

友情比爱情更长久

一

一般向不熟悉的人介绍，无论是齐玉珊还是我，对别人都会说我们是同学。其实，这样说并不准确。都已经到了五十上下的人了，还"同学同学"地称呼着，不是有些太滑稽了吗？难道还能同学一辈子怎么着？

"同学"这个名称是属于老三届人的泛指，说同学，就是说在"文化大革命"或在插队时期有过或深或浅的交往。因此，说同学，其实就是朋友。但老三届这帮人，偏偏爱说"同学"，这同学的含义便比朋友更深一层，尤其是异性朋友之间，更不好意思说是朋友，而要先做贼心虚说是同学，心里有一种封建意识在作怪。

我和齐玉珊是同学，更是朋友。我们之间的友谊从1968年算起，应该是整整三十年了。三十年，是个不小的数字，从青春期开始往前走，走了三十年，人就走到老了。因此，我常常想能和齐玉珊一个女同学（看，我又在说"同学"了）的友谊保持这样真诚而纯洁，自己都为自己而感动。

应该说在"文化大革命"中，我们就认识，但真正开始说话，是在1968年的夏天我要离开北京到北大荒的时候。

齐玉珊是我们邻校女十五中的，我们两所学校离得很近，从我们学校的后门出去，走五分钟就能到她们的学校。男女分校已经成为历史，如今我们这两所原来的男校和女校早已经男女不分了。有时，我想其实男女分校挺好的，它能让正处于青春期的学生对异性充满神秘的想象，从而使得青春更有一种朦胧的美感。那时，我们学校要搞文艺演出，就要找女十五中的女同学，比如我们两所学校共同组成了合唱团和舞蹈队。不过，这只是那些有文艺细胞的同学才能拥有的福分，毕竟是少数。大部分同学只能在看演出时望梅止渴。但是，到了五一国际劳动节、十一国庆节，所有的同学都要上场，都有了和异性同学接触的机会。因为到了那节庆的时候，要到天安门广场去搞集体舞联欢，必须要两所学校结合，才能男女同学搭配跳起舞来。

　　大概，我和齐玉珊就是从那时认识的。但我们从来没有说过话。她说我那时上学时经常和一个初中的男同学一起穿过离她家很近的一条胡同。她那时就认识了我，但从来没有说过话。

　　"文化大革命"的后期，我们学校搞了一个批判"联动"分子（"文化大革命"中的红卫兵）的展览，我知道她和我们学校有些男同学关系很熟（事后，她曾经告诉我：那时，她常到我们的学校，这个男同学推门走进教室，一手是书，一手是书包，不偏不巧，正好走到她的右侧。他们就是这样认识的。她说，留给她这一印象不知怎么那么深刻，而且他那样子正是自己喜欢的。这让我当时很是奇怪，一个人难道还会特别喜欢一个人的什么样子吗？其实，我想她是先喜欢上了这个人，再喜欢他这个样子的吧？），这个男同学拉着她办展览，她当然很乐意，便成了办这个展览的干将。原来还要遮遮掩掩，现在有个展览为理由，可以和这个男同学大摇大摆出入我们的学校。我清楚她就是在这时候和这位男同学的关系非同一般的。说老实话，我当时对她很不满，以为太小布尔乔亚，有点电影《早春二月》里肖涧秋和陶岚的意思，甚至有点爱情加革命的意思，与革命不大相融。

1968 年，上山下乡运动开始了，我要去北大荒的前一天晚上，齐玉珊突然出现在我家的门口，这让我感到很意外。因为在此之前，她从来没有理过我，更不用说到我家来了。那是我们第一次说话，只是浅浅淡淡地说了些无关痛痒的话。她始终没有进我家的家门，只是倚在院墙上说着这些不凉不酸的话。那一面墙因整个一个夏天的雨淋，湿湿的痕迹很重，砖缝间生满沉郁的绿苔，在夜色中闪动着毛茸茸的绿意。当时，我并不明白她为什么要来找我，说是要为我送行？

二

很快，我就明白了。她喜欢的我们学校的那个男同学，和我一列车厢去北大荒，而且这个男同学和我是好朋友。大概是爱屋及乌吧，她便将她的好朋友的朋友也当成了自己人。

我们到北大荒不久，她到吉林哲里木盟（现为通辽市）插队，遥远的别离使得她和我的这位男同学朦胧的感情更加摇曳，维系这一份感情的只有信件的往返。而一般齐玉珊要给这位同学写信的同时也要给我写来一封信，即使不写信，在给这位男同学的信中必定要代问我一句好。我的这位男同学也逗，生怕到北大荒买信封不方便，从北京走时特意买了许多印有小燕子的信封，他买了那样多，多得让我都有些惊奇，好像他预测到他们的分别会是漫长的一生，要写一辈子的信似的。

鸿雁往返，衔着八千里路云和月和包裹得严严实实的感情，那信件中是只谈革命不谈感情的，最后写上一句"致以无产阶级革命的战斗敬礼！"但毕竟是青春的感情，压抑之中总要露出一些喘息的缝隙。就在那一年的春天，齐玉珊给他来的一封信中吐露出这样一点感情的缝隙，他们之间的感情却在突然之间断掉了。在我们这一代，感情就是这样在阴差阳错中来得快去得也快，好像来无影去无踪，其实，都是被压抑着、扭曲着。当时不知道这瞬间的闪失，也许会酿成终身的遗憾。事后，我曾对齐玉珊开玩笑说：要是早知道尿炕，不就早睡筛子了吗？她对我只有一脸的苦笑。

1971年的夏天，我第一次回北京探亲。临离开北大荒时，是这个男同学给了我齐玉珊家的地址，说让我代表他去看看她，告诉我齐玉珊因为写了对"文化大革命"不满的言论，涉及一桩政治的案子，遭遇告密之后，被公安局抓了进去，刚刚释放出来不久，正在家里愁绪满怀。

我回到北京，拿着地址先找到齐玉珊家。那是我第一次到她家。那时，她住在她的母亲家，是靠近天坛东门的一座简易楼。见到我来，她很高兴。我们谁也没提刚从公安局出来的倒霉的事，只是闲聊。她住在最外面的一间屋子，靠窗子搭了一个简易的床铺，床上放着几本旧杂志和旧书。第一天到她家，我从她那儿借了一本"文化大革命"之前的《河北文艺》。她知道我爱写点子乱七八糟的东西，就对我说，你应该多看看理论方面的书籍，后来她还特意借给我一本厨川白村的《苦闷的象征》，是30年代出版的竖排老书，纸页已经发黄，不知她在经过了"破四旧"的浪潮时是怎样保存下来的。我对理论并不感兴趣，但在她的督促和逼迫下，这本《苦闷的象征》确实对我帮助很大。我抄了好多的笔记。

我想我们之间的友谊真正得到发展，并且能够保持到三十年后的今天，这一步是至关重要的。这样说，并不是说我和她在文学方面有着怎样多的共同的语言，更重要的是从这时候起，我们才彼此走近。她内心的一扇门才向我渐渐地敞开。

那时候，我总想成人之美，自以为是能包打天下，当一回急公好义的绿林好汉，能帮助她和我的那位同学重归于好。我觉得这次我的这位同学主动将她的地址给我，并让我来找她，代表他来安慰安慰她，是一次很好的机会。我希望能够好好利用这次机会，助他们一臂之力。

但是，我错了。并不是我没有好好利用这次机会，而是以前属于他们自己的机会，让他们自己失去了。有的机会命中是一次性的，落叶不会像鸟一样重新飞上枝头。他们之间可以还是相互关心的好朋友，但再恢复以前的那种恋情是不可能的了。我只是一厢情愿在做无用功。

三

在这次接触中，我对齐玉珊有了更多的了解。她的父母都有文化，而且很开明。她的父亲是个古董商，家里还有些家底，但在"文化大革命"中流失不少，而在"文化大革命"后期，家境破落，经她的手将家仅存的古物卖给委托店，徒留下了空空的回忆。最使她伤怀的是在她年幼的时候，父亲就故去了。从小失去父爱，让她的心善感而敏感，对感情寄托很多浪漫的向往，却又往往很脆弱。童年的悲凉，往往能够让一个人对感情对艺术有一种天然的亲和力，充满羽毛一样轻柔又柔弱的想象。

所有这些都是她对我谈出来的。她谈这些的时候，眼睛里弥漫着迷离。我发现她最喜欢做的事是和朋友交谈，在交谈中，话语可以流成一条水花激溅的小河，她会情不自禁在河上划着小船尽情地畅游，饱览两岸美好的风光。而这些风光不是属于她过去怅惘的回忆，就是她自己心造出的幻影。在行动与语言方面，她永远都是语言的天才，而是行动的矮人。她的一生中用于和别人交谈的时间要永远比行动多得多，一杯清茶（后来，她能多少喝一些白酒，也能少许燃几支香烟），她能和人彻夜交谈，面对漫天的繁星，面对狂风骤雨或大雪扑门，那将是她最愉快的时候。她会毫无保留地向你袒心露肺地倾诉。李太白诗中所说的"良宵宜清谈，皓月未能寝"，是她的最佳境界。

作为好朋友，我能做的就是听她长长的流水般的倾诉，让那流水漫过我的头顶和心扉。

在以后的日子里，她往北大荒寄来的信，都是寄给我的，只是在信的末尾捎带向我的那个男同学问好。

1974 年的春天，因为父亲的突然病逝，我已经从北大荒困退回到北京。那一年的冬天，齐玉珊有十天的假回北京探亲。但这一年的春节，我的这位同学正好要在北京结婚。我不知道该怎样把这个消息告诉给齐玉珊，有一天的黄昏，她却突然出现在我的家里。我给她倒了杯水，倒水时在琢磨怎么对她说才不太刺激她。大概我的一脸茫然和踌躇，让她早察觉出来，她苦笑一下，说她已经知道了这个消息，她来找我是让我陪她去看看并祝贺这位同学。看她说得这样平静，我的心里稍稍放心了一些。但去是去了，我发现她的心情并不好受，尽力装出的平静一进人家的家门就乱了，涌出"此情可待成追忆，只是当时已惘然"的滋味。幸亏那天新郎和新娘都没有在家，要不该是多么地尴尬。尽管我的这位同学的妈妈一再要她多坐一会儿，她还是很快就起身告辞了。我赶紧跟着她也走出了屋，想安慰她又不知该说些什么才好。她走得很快，想要把什么东西甩掉，又怕是有什么东西在后面要追上来似的。奔走在冷风呼啸的大街上，当着我的面，眼泪再也忍不住流了出来。

是我陪她走回了家。我不大放心，她是一个矜持的人，我没有想到她会这样冲动，以至有些失态。我很想劝劝她，却笨拙得不知说些什么好，就那样陪着她一直走回家。一路上无话，静悄悄的，只听见风声和她的怦怦心跳声。

第二天，她找到我，说她不想参加婚礼，也不想在婚礼时留在北京。我没说什么，作为朋友，我挺理解她的，如果我是她，我也会像她一样做的。

那天晚上，我陪她在街上散步，其实是散心。我知道此刻她的心情并不好受。作为一个个性极强又极重感情的女人，这一份自己最值得珍惜的感情，虽然以前一直没有得到，也觉得不会有成功的可能，却一直在心头在远方闪烁着，便总觉得有着希望有着可以弥补的机会，朦胧中有自己制造的幻想。现在眼瞅着这一份感情像是流星一般陡然失去了，这份幻影彻底在眼前破灭了，她才觉得一切无可挽回地可怕，她像是落进了黑洞一样茫然无措。这样的时候，一个人很容易干傻事。我就这样陪着她一直走着，尽可能地安慰着她，我想一大半都是废话。那时，我家住在前门附近，离天安门很近，我们一起来到天安门广场，然后沿着长安街一直走，走到了天黑了下来。那时，长安街上没有现在这样多的人这样多的车，安静的气氛，和街旁高高白杨树上被风吹得萧瑟的阔叶，都很适合她的心境。她需要这样静静地走一走，需要这样的冷风吹一吹。

是那一年最后一天的晚上，她提前离开北京。她不让我告诉任何人，也不要我来送她。但依我对她的了解，她说这话心里是矛盾的，她还是很希望能有人来送送她。

那天晚上，夜雾茫茫，是我送的她。火车驶动的那一刹那，隔着车窗，我对她说了这样一句话，事过二十多年，我都忘了，她还清楚地记得。我说："到这儿就结束了吧！"我现在都弄不清我说这话是什么意思，我也弄不清这话对她起了什么样的作用。后来，我想起了她在给我的信中曾经抄过这样两句古诗：休对故人思故国，且将新火试新茶。我应该把这两句诗送还给她。

当时，火车就是那样无情地开走了，北京站只剩下冰冷的铁轨在凄清的灯光下伸向远方。我的心中充满伤感。

四

在以后的日子里，我们常常通信。彼此宽慰着，鼓励着。在"文化大革命"中，在插队期间，她和我的通信是最多的了。这些信件是我们友谊的见证。

那一个时期，是"四人帮"最猖獗最黑暗的时期，我在北京郊区的一所中学里教书，心情很不好，常常写一些抑郁的诗，一般都是只寄给她来看看，或者她回北京时让她看看。她是我那个时期唯一的读者。无论我写得怎样地臭，她都给予我鼓励，要我坚持写下去，好像觉得将来有一天我总能写出来一样。可以说，她是我的知音，让我有勇气，坚持往文学这条小路上迈步。

有一天，她从吉林回北京，来到我家，是个冬天，天很冷，外面狂风大作。我说给她做点饭吃，便拿出我新写的一首长诗，让她一边先看着，我忙着做饭。她看着看着，竟情不自禁地朗诵出声来。她小时候参加过中央人民广播电台的少年朗诵组，朗诵的水平不错。我在外面做饭听见她的朗诵，心里充满感动。不知是为自己的诗感动，还是为她的朗诵而感动。以后，我再也没有听过她这样动情地朗诵，当然，我也再没有写过诗。

忘记了哪一年的冬天（我不明白她为什么总是要在冬天回北京，以至于我和她的分手总是在冬天。大概冬天农活少了，好请假吧？），她又要回吉林去的时候，我曾经将我所写的那些诗抄在一个挺好看的笔记本上，在扉页上，我抄了鲁迅的两句诗："我亦无诗送归棹，但从心底祝平安。"她很喜欢这本诗集，说是给她的最好礼物。回吉林后，她将这本诗集给当地插队的知青看，她来信告诉我，这本诗集在他们那里流传开来，许多知青在自己的笔记本上摘抄我的那些诗。我知道，这是她对我最好的鼓励。她总是用这种方式鼓励我，让我树立起自信。

那一阵子，写诗、读诗、聊天、回忆……几乎成了我们每次见面的主要内容。我们几乎忘记了饥饿和时间。偶尔，我们也再聚上其他几个朋友出去玩玩，香山和动物园是我们最好的去处。到现在我也弄不清我们为什么特别喜欢这样两个地方。我们骑着自行车从城里一直骑到香山或动物园，一点也不觉得累，旷夜的风吹拂着我们，玉华山庄和鬼见愁召唤着我们，眼镜湖的湖水和双清的古树辉映着我们……插队时所有的痛苦和不愉快便都暂时消失，一种与当时环境极不相谐的世外桃源的感觉笼罩着我们，让我们沉重的心得以片刻轻松地释放。记得有一次我们约好在香山碰面，我们爬到鬼见愁，而齐玉珊几个人爬到了玉华山庄，我们走岔了道，害得我们在鬼见愁等了她们半天，一个同学禁不住站在山峰上冲着山下高喊：齐玉珊诓我们到此一游！现在想想，年轻时真好，即使是痛苦的青春，也有着难得而且只是那时候才能够拥有的诗意和美好。

那时我们另一种聚会的内容就是唱歌。我们唱的都是老歌，以苏联歌曲为主，一首接一首，从《红莓花儿开》，到"一条小路曲曲弯弯细又长"，从《列宁山》到《莫斯科郊外的晚上》……有一天，我教他们唱一首新歌，是我偷偷从别人那里学来的港台流行歌曲，现兑现卖，名字叫作《苦咖啡》。在听惯了革命激昂的歌曲之后，听这种缠绵悱恻的靡靡之音，听得他们格外神情投入，非要跟我学唱这首歌不成。齐玉珊带头，大家学得那样认真。她说那歌词到现在记得还那样清楚："葡萄美酒让人沉醉，苦口的咖啡让人回味，一个人喝咖啡不要人陪，葡萄美酒加咖啡，一杯一杯再一杯……"也许，这就是当时我们的心理的真实写照。这整个青春期漫长的消耗中，苦涩的滋味雾一样弥漫，散也散不去。唯一能够给我们安慰的就是唱歌、读书，外加上空荡荡的回忆。

那一年的冬天，齐玉珊借我一本《巴乌斯托夫斯基选集》的下部。这是一本无论对于她还是对于我都是极其重要的书。在借我之前，她像演奏一支乐曲拉了一段长长的过门，先对我讲了书中的好几个故事，比如写莫扎特的《盲厨师》，写格里格的《一篮枞果》，写安徒生的《夜行的驿车》，还有写苏联卫国战争刚刚结束军人对新生活对爱情和家庭的渴望的《雨蒙蒙的黎明》……她讲的时候很动情，很投入，便很有感染力，逗出了我的馋虫。那时候，我的见识很浅陋，在此之前，我不知道世界上还有这样一个美好的巴乌斯托夫斯基，一下子，对他格外痴迷。我发现她借我的这本书的扉页上有几行别人写下的字，知道了她的感情的另一方面的秘密。我猜得出这不是一般的人送给她的不一般的书，日子划出了许多印痕，在书上，也在心上。这本对于她并非一般的书，我借了之后便没再还，她也不再要。我知道大概只有对我，她才能这样慷慨。这本书，在她的手里已经很破了，显然是珍藏了好长的时间，我一直保留至今。在这本书里，有巴乌斯托夫斯基叙述着我们之间在那些个风雪弥漫中结下的难忘友谊。

那些年的冬天和春天，无论是在她回北京我们交谈的日子里，还是在她没有回北京我们通信的日子里，我们就是这样在巴乌斯托夫斯基营造的氛围之中度过的，阴霾的日子便有了色彩和一份动人的力量。

"在夜间，在陌生人的家里，在这个几分钟后他就要离开而且永远不会再来的地方，一种时光一逝不返的思绪——从古自今折磨人们的思绪——来到他的脑中。""'我们就在这儿分手吧，'奥尔加·安德列也夫娜说，'我不往前走了。'库兹明看了看她。从头巾下面望着他的一双眼睛，又不安，又严峻。难道说这时候，在这一分钟，一切都将成为往事，无论在她或在他的生命中，都只成了一个沉重的回忆吗？"

这是在《雨蒙蒙的黎明》中的话，不知被她几次提起，我知道那其实就是她自己的心音。

"只有在想象中，爱情才能永世长存，才能永远环绕着光辉灿烂的诗的光轮。看来，我幻想爱情远比在现实中体验爱情要多得多。"这是在《夜行的驿车》中安徒生说的话，也被她一再提起，我当然明白她借安徒生浇自己胸中块垒的弦外之音。

"我们能够否认只有在我们的想象之中，色彩才会永远不褪落，夏天才永远不消逝，爱情才永远不会泯灭吗？只有在我们的想象之中，风才不息地将花圃里的香气吹送过来，柔美的月才能整日在天空中照耀着。只有在我们的想象之中，我们才能与富于风趣的普希金一同欢笑，或是和善良的狄更斯握手，或是在一条结冻的小河的清澈的冰里看到娥菲丽雅的蓝色花圈……"这是《一篮枞果》里的句子，在这些句子下面，有她用钢笔画上的弯弯曲曲的线条，是她的心理谱线……

那些个寂寞而荒芜的日子，因为有了巴乌斯托夫斯基，因为有了友谊，而让我们彼此的生活充满了想象，充满了回忆，充满了弹性，也充满了湿润的气息。虽然有许多忧伤，许多无可挽回的迷茫，但毕竟让我们难忘，让我们彼此慰藉。

那一阵子，我常常到她家，她的母亲和弟弟妹妹姐姐对我都很熟悉，将我待为一家人一样亲切。在她和我的那位男同学的关系中断之后一段很长的时间里，只有我这样一个男同学和她来往最多。她的母亲和家人曾经很关心，想问她又不敢问，知道她的脾气倔，只好在背后悄悄地议论：是不是齐玉珊和肖复兴好上了呀？在大家的眼里，我们确实也是很好的一对。她曾经将这事笑话一样地告诉我听。我也只是笑。因为我们两人谁都知道这是大家善意的猜测，是不可能的。我们都认为在我们两人之间存在的只能是友谊，友谊会比爱情更长久。

那一年春天，她没有回北京，有一个陌生的小伙子回来了，突然出现在我家的门口。她让他给我捎来一只尾巴亮的野山鸡。其实，我知道，她不是为给我山鸡，而是为了让我看看这个人，替她评估一下。

她要结婚了。

她在北京那个小伙子的家中举行婚礼。结婚的那一天，我去了那里，已是一屋子和她在一个村子插队的人，我刚进屋，就把放在地上的一瓶红葡萄酒碰翻打碎了，大家狂喊着：岁岁（碎碎）平安！作为朋友，我当然希望她能够平安，能够幸福。

她结婚正好赶上恢复高考制度。由于结婚怀孕，她错过两次考试的机会。人生对于任何人都是刻薄的，哪有那么多机会一次次等着我们？关键时刻的一次机会，就足以耽误我们整整的一生，何况两次机会！

五

我再见到她的时候，她已经随知青大返城的浪潮从吉林回到北京。她回来得很晚，是1979年的时候了。和所有知青的命运一样，熬过一段待业的生涯，好不容易找到一份工作，刚开始，她在街道办的一家丝织挂毯厂做织工。我去工厂找她，穿过了长长的车间，找到了她，她的背后是好看的挂毯。不知怎么搞的，在那一瞬间，我忽然想起二十多年前我到北大荒去的前一天晚上，她来我家的院子里站在那一面长满绿苔的湿墙前的样子。这真是一种命定般的象征，人生背景的不同，也许会预兆一点好的光景吧？

她的工作很累，一点也不在农村干农活之下。她已不再年轻，这活是要站着织挂毯的，每天下班之后，累得腿都是肿的。

我记得很清楚，这么累的活，没有压垮她，相反她很是朝气蓬勃。那天见到她，她首先对我说的是她特别喜欢看日本电影，下了班常去电影院门口等退票。让厂子里那些年轻的女工下班回家路过电影院门口，看见她伫立在冷风凄厉的街头等退票的样子，很觉得可笑，怎么这么大岁数了，还跟个小姑娘一样地傻！那一阵子，日本电影正流行。在"文化大革命"中看惯了那仅有的几个国产和阿尔巴尼亚的电影之外，日本电影让人耳目一新，风靡一时。她痴迷《追捕》《望乡》《生死恋》。

我隐隐发现她有些变化。我只是不大清楚这些变化是由于她婚后平静而幸福的生活，还是由于粉碎"四人帮"后时代骤变的崭新生活，让她焕发了青春，孩子一样睁大了好奇的眼睛，伸开双臂尽情地呼吸新鲜空气一样，尽情地弥补失去的一切。我告诉她应该抓紧时间争取上学，在一个人的一生中，爱情和求学，是两项重要的内容，就像是鸟的双翅，才能使得人的精神得以飞翔。但是，她好像并没有重视我说的这些话。我觉得她是那样轻易地将流动在自己身边的机会陡然放走。我想起了罗曼·罗兰曾经说过的话：不幸福的生活磨炼人的斗志，幸福的生活消磨人的斗志。

但这并不妨碍我们之间的友谊。在患难中建立起来友谊，足以牢靠得如同水中的礁石，禁得住水流的冲激。我不止一次说过：友谊这东西不是美人痣，可以是天生俱来的；友谊是脚底下的泡，是走出来的，靠时间走出来的。她依然常常到我家里来找我聊天。即使她每天工作累得很，即使后来我搬家离得很远。"四人帮"的粉碎，文艺的复兴，让从小就埋藏在她心里的那种艺术的种子，适时得以萌发。她来找我谈新放映的电影《天云山传奇》《牧马人》；谈新发表的朦胧诗和张洁的小说《爱，是不能忘记的》；谈以前根本不让演奏的柴可夫斯基的音乐……当然也鼓励我多写点东西，现在是写东西的时候了！

我就是在那时候开始发表东西并考上大学的。她看到我这些最初发表的东西，看到我终于考上了大学，像看到自己的梦终于实现一样地高兴。我知道只有友谊才会让她那样高兴。友谊不是镀在外表的一层漆光，友谊是田野上生长起来的稻谷和玉米，里外一样地金黄。由于那时我搬家很远，每次她来找我都要走很长的路，换好几次公共汽车。每次送她走时，都是我陪她走过好长一段荒凉的路。那时，我们谁也不觉得晚，不觉得远，不觉得路黑夜黑，心里被夜晚的星星闪烁得一片光明。我知道这是友谊之光。

我只是在心里隐隐地替她惋惜，她错过了刚刚粉碎"四人帮"考大学的机会。如果她也能考上大学，她的人生之路肯定会有变化或转折。凭她的对艺术的敏感和素养，她没准比我要强，能写出更多东西来。

岁月如流，人生如流，二十多年就这样过去了。再美好或再痛苦的青春回忆，也成了前尘往事，存在于各自的心里和尘埋网封的历史之中，只会在痛苦或高兴的时候才又蓦然唤醒。和这一代的许多人一样，过去的事情过去了，都埋在、刻在我和齐玉珊脸上渐渐起来的皱纹里。

一天黄昏，齐玉珊突然找到我的家里。我看见她的眼睛哭得肿肿的，不知发生了什么样的事情。一再追问，她才讲出了是和丈夫闹了别扭，一时闹得有些不可开交，忽然非常委屈，跑来找我。我听出了她的话的意思，是没法子过了，想要提出离婚。当然，这都是气头上的话，我只有好言相劝并安慰她。纵使心有千千结，也得一结结地解开。

坦率地讲，那天和丈夫闹的别扭，是一次次小别扭聚集而成才酿成的爆发，也不能完全责备她的丈夫，因为每次的别扭，她的眼前都有拂不去的青春时期参照物，用来和丈夫的今日做着不切实际的对比。其实，这个参照物，也只是她自己幻想出来的，所有的依据不是现在，而只是青春的印象、错觉和幻觉。

事实上，那天夜里很晚齐玉珊才离开我家，从我家出来没走多远，在我家前的立交桥的桥头，便看见了她的丈夫，丈夫在那里整整等了她半宿，向她道歉，便又化干戈为玉帛。为此的代价是丈夫扔在桥头下的自行车丢掉了。

如今，齐玉珊在一家饭店里当办公室主任。她将以前对文学和艺术的感悟移植到饭店的管理，她将以往对文字的能力化为了现在撰写办公室的各类文件、报表和总结。她干得很好，干得很踏实，得到上上下下的好评。这是这一代人总体的工作态度。她的丈夫也在这家饭店工作，是餐厅部的主任。她的孩子已经上大学三年级。她的日子过得平稳而幸福，像是一艘小船，在游过了风雨和险滩之后，船头洒满一片阳光。

只是在忙碌之余，她有些不满足，她会骑上自行车到离家不远的海淀图书城去挑几本爱看的书，唤回青春时的梦想和回忆。那种对于艺术的爱好与憧憬，漂走的漂流瓶一样又漂流到自己的面前。

再有能自慰于她的就是值夜班的时候，当她将整个偌大的饭店巡视完毕之后回到自己的办公室，夜更深，万籁俱寂，是她心最安静的时候，往事如观流水，来者如仰高山，万千思绪涌上心头，她会从抽屉里翻出笔记本，写下自己对往事的回忆、感受和思考。那一刻，是她最幸福的时刻，回忆的潮水汹涌而来，淹没了她。或者说她像是逆流而上的一条鱼，又情不自禁地回流到往事之中。谁也走不出自己的影子，她更是愿意在自己青春的海滩上用回忆的潮水浸泡自己。

她将自己这个笔记本称为"伤心小站的笔记"。她有时会邀请我到她的这个伤心小站去坐坐，听她为我念念她写的这些笔记。她从不给别人看，只给我一个人念念，她说："往这个本子上写的，是我的内心独语，我无法交流，也不想交流。每个人都有属于自己的故事，不必去骚扰别人，也不必让别人来骚扰自己。我只需要一个听众，这是我必需的宣泄方式。"

这个听众就是我。我知道这是对我最大的信任，是我们三十年友谊最好的评价。我要做的就是好好听她的宣泄，做一个好听众。三十年过去了，她依然性格未变，依然是喜欢交谈和倾诉。这时候，她的眼睛依然如青春时一样迷离忧郁，望着前方不可知的地方。我就总觉得她是一个从本质上生活在过去的人，她是一个重友谊甚过其他一切情感的人。

她在这"伤心小站"里写下的笔记确实很有文采和感情。我对她说你要好好整理整理，完全可以发表，不见得比别人差，起码不会比我所写的文章差。她只是笑笑，对我说她写这些东西不是为了发表给别人看，她只是为自己而写。

但她确实写得不错。她的文笔，她对生活的感悟，她对历史的回味，她对自己的剖析，她对心灵的叩问……让我随同她一起走进往事，走进她的心灵之中。只可惜，当我要写这篇文章希望再听她为我念念她的这些"伤心小站"的笔记时，她告诉我她前些日子已经将它们都烧掉了。我很是惊讶。她说过去的一切都过去了，人不必生活在过去。她说得那样平静，平静得让我一时说不出任何话来。

她说得没有错，但她所说的和所做的是矛盾的，而这矛盾其实正是这一代人内心的矛盾所在。在过去与现在面前，这一代人像是追逐在两者之间的一只猫，被过去和现在这样两团毛线团缠绕着，难以择清这两团毛线。

况且，过去的一切既然发生了，就不可能再消逝，即使想烧掉它成为灰烬，它依然是存在着的，存在于时光里，存在于历史里，存在于我们的记忆里，存在于我们的生命里。

在她的那些笔记中，我仍然清晰地记得曾经有这样的一节。她是写她在吉林插队时遇到的一个场景——

那天黄昏，车过畜牧场，一群马羊浴在夕阳中。一匹离群的小母马，鬃毛飘飘，蓦然回首，不知找什么？汽车过时，它回头看了一眼，我看见它的眼睛里满是悲哀。我以为它一定也是看见我的了。那匹负重的、离群的黄昏时分的小母马，秋风中的小生灵呀，我该怎样才能抚平你那驯服的头上飘曳的长鬃？抚平你那向着阳光水草奔跑而慌乱跳动的一颗心呀！过了几天，我再去那个畜牧场找那匹小母马，再也找不到它了。不知为什么我是那么想找到它，直至有一天，我发现一群放牧的骏马，它们的眼神竟全是悲哀——无奈的悲哀……

　　我总是想起她曾经写过的这一段文字。我这里只是凭我的回忆记了一个大概，她写得比我写得要好。也许，只有我能够理解她看到那匹小母马和写这匹小母马时的心情和心思。那命定般的伤感和惘然，对于她是具有象征意味的。

　　当年的小马都已经成了老马。无论逝去的岁月如何苍凉，无论人生有着怎样的阴差阳错，无论冥冥之中的命运如何牵引着我们，长达三十余年的友谊，尤其又是异性之间纯洁的美好的友谊，总是让我们彼此欣慰。

　　友谊确实比爱情更长久。

1998 年秋日写于北京

朋友之间

一

老朱是可以称为"朋友"的人。

老朱和我是中学时代的同学，他的名字叫朱延福。我们上中学时，大家就都叫他"老朱"，是因为他显得比我们要大，要成熟。那时，他是我们班的团支部书记。我是他发展的一名团员，他主持开的支部大会，学生干部有干部的样子，就像唱戏的老生总会有老生的装扮，一举一动都老成持重。以后我们一起到北大荒插队，组织毛泽东思想文艺宣传队上台演出节目，演的也总是干部的形象，在话剧《艳阳天》中，他当然要演的是肖长春。上中学那时，老朱留着两撇挺浓挺黑的小胡子，年龄显得挺大，他自己也处处起着老大哥的表率作用，处处不忘他是个学生干部，非常愿意帮助别人。其实，他只比我大一岁。

高一那一年，我们到农村劳动，我突然腹泻不止，吓坏了老师，立刻派人送我回家。派谁呢？那时，天已经渐渐黑了下来，出了村四周是一片荒郊野地，听说还有狼。老朱说我去送吧！他赶来一辆毛驴车，扶我坐在上面，他扬鞭赶出了村。那是他生平第一次赶毛驴车，十几里乡村土路，就在他的鞭下、毛驴车的轮下颠簸着如流逝去。幸亏那头小毛驴还算听话，路显得好走了许多，只是天说黑一下子就黑了下来，四周没有一盏灯，只有星星在天上一闪一闪，一弯奶黄色的月亮如镰如钩，没有了在天文馆里见到的星空那样迷人，真觉得有些害怕，尤其怕突然会从哪儿蹿出条狼。

一路上，我的肚子疼得很，不时还要跳下车来跑到路边蹿稀，没有一点气力和老朱说话，只管他赶着车往前走。他也不说话，我知道他和我一样也有些怕，前不着村后不着店的，我们像被罩在一个黑洞洞的大锅底下，再怎么给自己壮胆，也觉得瘆得慌。那时，我们才十五六岁呀！

终于看到隐隐约约的灯火闪烁的时候，我们俩都舒了一口气。倒退三十多年，农村和城里的区别就是这样明显，突然间出现在面前的两排浑黄的路灯，我们知道小毛驴的任务完成了。老朱把我送上公共汽车，向我挥挥手，赶着他的小毛驴车往回走了。那时候，毛驴车和大汽车就是这样地和平共处，相映成趣。我看见老朱赶着毛驴车消失在浓重的夜色之中，心里忽然涌出一种说不出的感情。

人和人之间的距离，有时候就是这样拉长或缩短的。人和人之间的友谊，有时候就是这样悄悄地滋润着、蔓延在心房的。我不知道老朱独自一人赶着那辆小毛驴车，是怎样回村的，我可以想象到十几里荒郊野外，夜路蜿蜒，夜雾飘散，夜露垂落，不是那么容易走的。

我们真正的友谊大概就是从那个夜色苍茫的夜晚开始的。

以后，我们渐渐熟了起来。我常到他的家里去，他也常到我家来，我们发现彼此身上有着太多相似的东西，不是命运的巧合，就是生活的轨迹如出一辙。我们两人的出身、经历、家庭状况……非常一样，我有一个疼爱我为了家早早就出去工作的姐姐，和一个不大听话的弟弟，他一样也有这样一个让人敬重同样为了家早早就出去工作的姐姐，和一个让人操心的弟弟；我的家生活不富裕，母亲曾糊纸盒养家，他的母亲一样也曾艰辛地打过麻绳。最巧的是，他的父亲是一家食品厂的会计，我的父亲是税务局的科员，偏巧正负责向他父亲收食品厂的税……

我们似乎是走的同一条路，从童年而来，一直走到了这个夜色苍茫的夜晚。

二

童年和少年还没来得及回味，我们就长大了。青春，是一个最让人羡慕的时代，也可以是一个最容易荒唐的时代。这个时代，偏偏在我们上高三的时候又让我们赶上了一场"文化大革命"。以我们的出身又都是学校资产阶级教育路线培养的"黑苗子"的身份，我们两人谁也参加不了红卫兵。我们像是被大海抛弃在沙滩上可怜的鱼，只能望着海上的潮起潮落。一直到天冷的时候，我们跟着班上一个出身工人的同学，才开出介绍信，跑出北京，乘上南下的列车。我们第一站就跑到了广州，在那里第一次吃到香蕉，因为是第一次，所以记得很清楚，每斤香蕉才 5 分钱。然后，我们到了韶山，本还想一起步行串联到延安，因为出来得太晚，学校招呼我们要回校闹革命，我们就老老实实地回学校去了。

回到学校，我们两人和另两个同学一共四人便成立了学校最小的组织，起名叫什么，让我们费了心思，而且极其认真，就像眼下各种演唱组摇滚乐队此起彼伏一样，那时候战斗队林立。我们给战斗队起了名字，叫"老百姓"，不像现在叫什么"黑鸭子"

"红唇族"。一个时代有一个时代的时尚。然后，是彻夜不眠写大字报、拎着糨糊桶满大街刷大字报、骑着自行车到大学里去串联……我们怀着满腔的热情，仿佛真的在参加一场什么攻打冬宫或巴士底狱的伟大革命。有一天晚上，我到邻校去串联，被一帮红卫兵包围，脱身不得，只好给老朱打电话。老朱带领好多同学骑上车火速增援，将我解救出来。我们以为我们的友谊正在接受革命暴风雨的洗礼，革命是不断白热化半膨胀，友谊确实是一点点成长并牢固的。

我就是在那时候跟老朱学会骑自行车的，那时老朱的姐姐有辆飞鸽牌自行车，我借了这辆自行车第一次骑车上马路，就撞上一个小学生，把人家的衣服撞破了，老朱得替我去"擦屁股"。最后，这辆自行车在我们一次串联中丢失了，也算是为我们鞠躬尽瘁。

1968年的春天，我正在呼和浩特我姐姐家，是老朱一连几封鸡毛信将我召回，他找我说："北大荒来人招学生去那儿，那儿是农场，下一拨是到山西插队，咱们还是争取到北大荒去吧！"我们都彼此明镜般地清楚，能到北大荒农场去，是我们当时最好的出路了。也就是这前后，我们的激情消失了许多，我感觉前景黯淡了许多。我们谁也不说什么，但心里都隐藏着许多迷惘和悲伤。

我们开始去找北大荒农场来的人去磨，那时去北大荒，我们还属于不合格的呢，同样是学生，早被军宣队工宣队分了三六九等。我们说好了一定要争取去北大荒，而且要去一定要一起去。许多个夜晚，我们都去泡北大荒来的人的住处，死磨硬泡。大概心诚则灵吧，最后我们两人都被批准了。被批准的那天是晚上，我们一直走到天安门广场，华灯璀璨，春风吹拂，我们非常高兴，毕竟是挺不容易才被批准的，一时的兴奋淹没了一切。当时不会想到整个的青春就将要和那块野生荒凉的黑土地联系在一起了，却大有一副天涯何处无芳草、天下谁人不识君的劲头，以为捡了什么喜帖子。

三十年的友谊，就这样齐步走。如今，能够保持或值得保持三十年的友情，已经很少。友情这东西，不是美人痣与生俱来，而是脚底下的泡，靠日子走出来的。三十年，即使天各一方，却心系一处，日子摞上日子，友情便结上结实的老茧。

分手之际，我们"老百姓"战斗队四位大将来到崇文门外的崇文食堂，想如荆轲风萧萧兮易水寒壮别一样，开怀痛饮一番。掏遍了衣袋，只有老朱掏出两角六分，买一瓶小香槟，倒在四只杯中，瓶底还剩下一点儿，老朱说了句文绉绉的学生腔："谁还觉得欠然？"没人说话。老朱举起瓶，将瓶中酒分成四份洒在每人的杯中。便一起举杯，再无豪言壮语，默默地一饮而尽。从此，悲欢离合一杯酒，南北东西万里程。

我和老朱坐着同一列火车离开的北京。那一天上午 10 点 28 分的火车，这个时间永远在我们的生命中定格。那一天，锣鼓喧天中有人在笑有人在哭，我们两人都有些心不在焉，眼睛不住张望着车窗外的站台，希望站台上能够出现我们渴望出现的奇迹。那时，我 21，老朱 22 岁，都有了朦朦胧胧的恋情，我的女朋友是一个小学的同学，他的是位邻校女中的同学。我们彼此没有说什么，但都明白同样是等她们。而她们是分别对我们两人说要来车站为我们送行的。但是，火车开了，她们两人谁也没有出现在站台上。我们两人的失望都一览无余地写在各自的脸上。但就是当火车刚刚驶出北京站，在建国门前的城墙的垛口上，老朱看见了，我也看见了，他的那位女朋友高高地站在古城墙的垛口上，秀发迎风摆动。老朱忽然将半个身子探出车窗，挥着手高喊着她的名字叫道："给我来信！"火车在这一刹那风驰电掣而去，再看不见她的身影。但老朱那喊声近三十年过去了，依然清晰地回荡在我的耳边。这是我见到的他第一次，也是唯一的一次情不自禁的冲动，和他一向的老成持重大相径庭。

我们到北大荒时是黄昏，天正下着毛毛细雨，第一件事是我们两人蹬上高筒雨靴跑到十八里地以外的麦地里，和康拜因合影留念，一副广阔天地炼红心的豪放劲头儿。

并不仅仅是巧合，而是命运的安排，我们两人先后喂了几年猪，我是接的他的班，喂的是同一群"猪八戒"。按照老朱的说法，我们两人当时都没有建设边疆和保卫边疆的资格。当时，我们一起为队上被错打成反革命的当地人鸣冤叫屈，我们一起起草了三份大字报要为正义讨个说法。我们那时太年轻气盛，不知这样的做法，已经让队上的头头下不来台而怀恨在心。他们搬来了工作组的救兵，着实地整了我们一家伙。由于我们是"罪魁祸首"，差点没把我整成了"反革命"当当。后来，在查抄我的所有的日记本和当时我写的一些诗之后，对我从轻发落，我才幸免一难，发配到猪号，接替了老朱的班。事过很久之后，老朱还清晰地记得，并为我不平。他说：多么可笑，有一次，仅仅因为你笨手笨脚地把棉袄上的补丁补歪了，就碍了他们眼，非说你有意给社会主义丢人现眼，大兴问罪之师！

我去猪号那时，老朱已经调到宣传队，去写节目。后来，我也被借调去宣传队帮忙写节目。反正，我们两人总是形影不离，命运是那样地相似。

那一段日子，是我们最开心的时候。我们两人编的节目，我们两人一起上台演出，居然到现在还有人记得并抄下我们两人写的幼稚可笑的诗。我们也是先后脚在北大荒恋爱乃至后来结婚的。

我最初恋爱的时候，老朱跑了老远的路亲自审问户口一样把人家审个底儿朝天。而他热恋的时候，主动向我汇报他们是如何在大雪弥漫的夜晚约会，回到宣传队（当时他们都在农场场部的宣传队，他是队长，她是演员）的帐篷里两人都变成了雪人。其实，我早掌握他的情况。说来有意思，他接到人家写给他的第一封情书，他马大哈给丢在场部的路上，让一个知青捡到了，一时找不到他，都知道我们两人是好朋友，便找到我将情书交给了我。至今，那封宝贵的情书还保留在我的手里，成为珍贵的文物，也成为我常常拿它向老朱开心的证据。

北大荒的黑土地上印着我们许多的相同的欢乐与痛苦，也印着我们太相同的足迹和心迹。有一阶段，人们常常把我们两人弄混，不是把我叫成老朱，就是把他认成了我。那样的时候，我们俩确实很开心。

只是，这样开心的日子很短暂，像是北大荒的春天，虽然刚刚熬过风雪严寒的冬天，但一晃就过去了，紧接着就是炎热并且暴雨滂沱的夏天。由于我在我们团部编了几个被认为不错的节目，被师部宣传队借了去，师部宣传队想调我，却遭到队上那几个头头的阻挠，并且要追回我立刻回队上干活！师部宣传队的头儿老余没办法，只好让我回去，临走那天，老余找我谈了一次话，满脸苦瓜似的笑。我知道他的好意，他实在为难。我灰溜溜地扛着行李从师部回团里了。是老朱在团部迎接了我，帮我扛着行李，送我回队上，一直把我送到猪号。从团部到队上十六里地，十六里地，我们谁也没说话，但我感受到他的温暖和友谊。他就是这样以他特有的方式，在我最困难的时刻，给予我安慰。那十六里地，显得那么长而充满感情的色彩。我记得那是个开春的时节，十六里地路的两旁长满的是绿油油的麦苗，绿得那样清新、沁人。

当然，再好的朋友也有矛盾的时候，也有脸红的时候。想想，我和老朱的友情中矛盾和脸红的时候有两次。

一次，是那年发生有名的张铁生事件的全国高考之前。我以为上大学的机会又来了，可以凭自己的真本事去考试上大学。我便报了名，但老朱没有报。我去找他劝他赶紧报名，过了这村就没这店了！可他说死说活就是不报。我有些着急，他却反过头来说："你以为你报了名，就是你考的成绩再好，你就能考上大学了？我告诉你，就是北大荒最后剩下两个知青，那也只能是你我两人！"我觉得他太悲观，但我说服不了他，我们争执起来。最后的结果证明他是对的，我没有考上大学。我永远也不会忘记那个落日飘落的血红的黄昏，他对我说那番话时眼睛里扑满的忧郁伤感的神情。

另一次，是因为信。老朱从北京带来厚厚一沓印有一行南飞大雁的信封，足足够他用好几年，是专给那个在建国门城墙垛口上为他送行的女同学写信用的，其时，这位女同学在内蒙古插队。天涯相隔，鱼雁传书，成了那时生活的一种向往和寄托。有一天，那位女同学回信，在信尾处粘了一块内蒙古当地的特产奶酪。千里迢迢的长路，那一块奶酪已经发黄变硬，兀兀地如同一块石头一样突立在信纸上，快要把信纸撑破了。那块奶酪逗我馋虫，我还从来没尝过奶酪的味道呢，想要掰一点儿尝尝鲜。谁知，他竟然不让而急忙把信藏了起来。我开了一句玩笑，指着他常用的那印有大雁的信封说他："雁引愁心去，山衔好月来！"这弦外之音，他是完全听得出来。这是一句李白的诗，给他写信的那位女同学的名字最后一个字恰恰和"山"字同音。没想到，我正为这句信手拈来的李白诗而自以为是呢，他却突然勃然大怒，和我吵了起来。

我没有料到一向温良恭俭让的他会这样对我不留情面，我被他这突如其来的大怒弄得不知所措。我那时不懂初恋人的心其实是极其敏感的。他和你为了一小块奶酪而大怒大吵，正说明这块奶酪对他的价值，他把那一份最初的感情和这块奶酪一起小心翼翼地珍藏着，不愿意受到一点点伤害和亵渎。更何况那粘在信纸上又八千里路云和月越过关山重重并融有内蒙古和北大荒霜晨月夕两地相思味道的奶酪，对于一个初恋的人来说，是何等的意味！

三

我曾经说过：友谊不是美人痣与生俱来的，友谊是脚下的泡，是靠自己靠日子走出来踩出来的。当然，所有可以称之为"感情"的东西，都是靠日子来承载的，感情方才成为实实在在的实体。友谊和其他感情的不同在于：友谊是悄悄的，如同细雨润物无声，如同嫩叶自然发绿；同爱情等感情相比，友谊不需要海誓山盟和堂皇的仪式或一纸证书。依我来看，所有的感情，我们都是需要的，但友谊是在所有感情中最特殊的最不可或缺的。以爱情同友谊相比，爱情是白头偕老，友谊则是天长地久；白头偕老是一辈子，天长地久则是永恒。

因此，我格外看重友谊，老朱也是如此。在北大荒插队的第五年的秋天，老朱回北京探亲。那一年的秋天，我的父亲脑溢血突然去世，偏巧我没在家而正在北大荒，老朱却正在北京。命中注定，老朱要替我在这关键时刻出场。这就是冥冥之中友谊的力量和分量。老朱是在买好了回北大荒的火车票到我家告别，看看家里要不要给我带些什么东西的，正巧赶上我父亲去世，妈妈一个人没有了主心骨的时候。那时，姐姐在内蒙古，弟弟在青海，我在北大荒，只有妈妈一个人孤苦伶仃，又不识字，正翻床铺褥子底下我们写给家里的信要给我们几个孩子打电报，老朱来到了我家。妈妈立刻像有了支柱，她一把紧紧抓住老朱的手，眼泪汪汪起来。这是妈妈在父亲去世后唯一一次眼泪汪汪，以后当我从北大荒赶回家，妈妈见到我也没有这样过。妈妈见到老朱，像见到了亲人，她的这种感觉是对的，儿子最好的朋友、在学生时代就结下深厚友情的朋友，当然让她涌起这种信赖和依靠的感情。这一瞬间，儿子的友谊传递给了她，让妈妈和老朱的感情立刻相通相融。

老朱立刻退了火车票，打电报给我，让我火速赶回。在那个阴郁的秋天，是老朱陪伴着我到火葬场为父亲料理的后事。这让我想起十六年后我母亲去世的时候，也是老朱陪着我到火葬场为母亲料理的后事。他特意为我找了一辆汽车，跑火葬场方便些，他想的总是尽可能周到些。他不是那种多说话的人，他安慰人，靠的是他自己的行为方式，他知道在这个世界上话语已经够多够灿烂的了。友谊，是默默的，就像我们脚下的泥土，质朴却能生长起万物。只是在城里我们脚下已经没有多少真正的泥土，柏油马路让我们和泥土隔离、隔膜起来。

那一年的秋天，我送老朱回北大荒，火车站上显得很凄凉。我们两人都知道这一别意味着什么。家中只剩下老母一人，我必须要办回北京，在北大荒便只剩下他孤零零的一个人了。

第二年的冬天，我回北大荒办困退回京关系的那几天，老朱一直陪伴着我，话语不多，但分别的滋味让我们都感到了，又都不愿意说出。

那几天正赶上北大荒的大烟泡疯狂地纷纷扬扬飘洒，让我们的分别显得几分凄凉和悲壮。跋涉在没膝深的雪窝子的荒原上，分手的那天晚上，我将我早早在北京就抄好的一本诗集送给他，将我的那顶狐狸皮帽子送给了他，我说回北京天气暖了，用不着它了，你留着戴吧。那天，他喝酒喝醉了，哇哇直吐。

我们以后友情的传递是靠信件。老朱用他从北京带去的厚厚一沓印有一行南飞大雁的信封给我写信，因为常常有信来，就连不识字的老母亲都认出是老朱的字体了。海内存知己，天涯若比邻，这两句诗形容我们那一段时候是最恰当不过了。

四

我和老朱是同一年考入大学的。那是粉碎"四人帮"后的第二年，又恢复了高考制度。我们是凭着自己的考试成绩考入大学的，我从北京考上中央戏剧学院，老朱从北大荒考上东北林学院。只是这个大学让我们整整晚了十二年。十二年前，我们高中毕业的时候，以我们的学习成绩，我们考上大学是没问题的，我们两人都是连年优良奖章的获得者。

这四年大学生活让我们一言难尽，因为毕竟不是十二年前的青春岁月，我们是拖家带口，一根力不胜负的扁担挑着沉重的老少两头，青春早如一只鸟飞得无影无踪了。大学二年级，我写了两篇反映在刚刚粉碎"四人帮"恢复高考之后我们这一批特殊大学生生活的小说在杂志上发表，一篇叫作《星星般的眼睛》，一篇叫作《爸爸妈妈今天毕业》。老朱当时在哈尔滨上学，在一天下课上街在书摊上买到有这两篇小说的杂志，他买回宿舍一口气看完，抑制不住刚刚读完那两篇小说后的激动，给我写来一封信。除了谈他的感想之外，道出他对我的祝贺和期待。因为他深深知道我一直想写东西，终于看到我的东西了，他和我一样地高兴。那毕竟是我最初走上文学创作道路印上的浅浅的足迹。

那封信，我还保存着。他在信中这样写道：当我听到你的《星星般的眼睛》这篇小说发表时，邮局里这一期的杂志已经卖光了。我跑了半个哈尔滨，终于还是在一个寒冷的晚上，从一个小摊上买到了刊载这篇小说的杂志《小说林》。在窄小宿舍的一角落里，我如饥似渴地读着。当然，我不会有那个小生命在肚子里干扰（我在这篇小说里写了一个女大学生好不容易上了大学，却偏偏怀孕了而只好将肚子里的孩子流产），但除此之外，发生在小说里那间女大学生宿舍里的思想忧虑、矛盾斗争，同样发生在我的身上。你知道，我也是一样，妻子刚刚病退回到北京，正在家待业；孩子两岁，嗷嗷待哺；而我与课堂和书本已绝缘十二年之后，又和相差 14 岁的小同学坐在同一张课桌旁，演算着令人挠头的数学题。"没办法！谁让咱们是粉碎'四人帮'后的第一批自愿报名的大学生呢！有苦、有难，也得咽呀！""每一个时代都需要为这个时代做出牺牲。"你在小说中借主人公穆佳贞和柳茵哽咽说的话，在我的心头引起强烈的共鸣。苦是什么？难是什么？牺牲又是什么？是青春，是抛洒在北大荒的青春，当然有苦得自己咽，有难自己吞，为了明天那星星般的眼睛，但昨天毕竟是一片冰冷的苦涩的回忆。在北方这个寒冷的夜晚，你的小说拨动了我那低沉的心弦……

现在，再来读这封信，那种真纯和激情，还是那样让人感动；而那种友谊，依然清晰在目，更加让人感动。

想想，在当时那个百废待兴的时代，一切充满新的希望，遥远两地彼此的鼓励，怎么能不让人感动？它让我们的心一起张起鼓胀的风帆。也许老朱到街上书摊看见我的小说只是偶然，但如果不是心心相通，偶然便会如风一样吹过散去而不会留下痕迹，偶然的风吹动了两片相同的树叶才会响起飒飒细语，如音乐一般动听而让彼此感到慰藉。

如果像年轻人一样在正常的年龄上大学，那该是多么美好的事情。以我们当年那样大的年龄重新出现在大学的校园里，其实隐含着多少辛酸和苍凉，是历史的喜剧，也是悲剧，总有些像是范进中举的意味。

正如老朱在信中写的那样，那时，他的爱人已经带着他们的女儿回到北京，没有房子，住在老朱的家中。老朱的姐姐和弟弟各自一家，都和她住在一起，再加上老朱的父母，四大家子人挤在一起，锅碗碰瓢勺的事自是难免。那时，我常常到他家去，既然是朋友，应该去看望看望。他的爱人也是我的老熟人，常常忍不住向我诉诉苦。她确实不容易，一个人带着孩子，忍受着和老朱的长别离，有时一大家子人围在一起吃饭，看见老朱的姐姐给姐夫夹菜，或者老朱的弟弟和弟妹亲热，她的心里都会漾起异样的涟漪。这种内心的痛苦，老朱最理解，他知道这四年大学生活，是爱人同自己相濡以沫度过的。我有时写信安慰他，他写信同样安慰我，真是同病相怜，我和他一样上学时也是和家人两地分离。当时，我在北京上学，爱人带着孩子在天津。我和老朱的友谊，就是这样无论在幸事还是苦事方面都如此相连在一起，像是两棵长得越来越粗大的树，树枝上枝叶连在一起，树下的根须也连在一起。

历尽了整整四年两地的双双苦难，大学毕业，我们在北京重逢。我们流浪了整整十四年，才又回到了家，回到了原始的出发地。像所有老知青刚刚返城的命运一样，没有房子住，他只好暂时在老丈人家楼后搭了一间小偏厦，权且栖身。那时，我们已经三十五六岁，他的女儿 6 岁，我的儿子才 3 岁。我们将青春倾洒干净，才多多少少明白一些人生的真谛。所幸的是，我们毕竟没有一无所获，在生活的艰苦中，在人生的跌宕中，我们的友情在与日俱增。

那一年，我买了一台冰箱，是我们这帮人中第一个买冰箱的。那时，还没有送货上门这一说，面对这个庞然大物，我不知道怎么把它抬回家。情急之中，想起老朱。老朱从他的单位中找来一辆手推车，利用中午休息时间，一路吱扭扭地帮我把冰箱推回家。那一路正午的阳光灿烂，满街的树光花影摇曳，推得他汗珠闪烁。我想起高一那年他赶着毛驴车送我回家看病的情景，耳边毛驴车那吱扭扭的声音和手推车这吱扭扭的声音交织在一起，心里涌出说不出的滋味。岁月，二十年的岁月如流，一去不复返。我们的友情便是在这岁月的流淌淘洗中变得结实起来，就像那水中的礁石，任那水浪的冲击，在礁石上只留下友情的痕迹。

从 1963 年上高中算起，我和老朱的友情绵绵长长已经有了三十三年的历史。老朱曾经对别人这样感慨道："从我生来到我父亲去世，我和我父亲一起生活不过才三十二年的时间，但我和老肖的友情却那么长的时间了！"

老朱说得对，在所有的感情中唯有友情能够超越一切。我为我们的友情而感动。

三十三年，就这样如水长逝。这期间我的母亲、老朱的父亲先后去世，我们的孩子都已长大成人。肩挑着这一老一少两头，扁担有些颤颤地发弯，我们自己渐渐地老了。

只是，我们还不甘心，还期盼着新的日子会如新的绿叶，鸟儿一样重新飞满枝头，撑起一片如盖的绿荫。

大学毕业那一年的夏天，我回北大荒一次。旧地重游，让我涌出颇多感慨。我刚刚到达原来的师部现在叫作建三江的地方，就碰到原来的老熟人、一个叫大刘的（他原来和我、老朱都很熟，个儿高，我们常常在一起打篮球），他见到我很高兴，更高兴地对我说有两件好事告诉我：一件是原来我们队的头头搬来的救兵——特地整我们的工作组组长患癌症死了；一件是我们队的头头后来因为在知青大返城时严重受贿而被"双开"，即开除出党，开除出干部队伍。也算是善有善报，恶有恶报吧。

我回到原来的队上，一切人去物非。原来我们住过的老知青宿舍，已经坍塌；我和老朱共同干过活的猪号，已经荒草萋萋。我来到老朱结婚后住过的新房，门前的当年的小白杨树已经长得很高。当地的老乡知道我要来，忙乎了一大早晨做了那样多的菜，备了那样多的北大荒酒。和当地农民结婚的一位女知青，特地从家里还拿来了录音机，让每一位老乡对着录音机说上一句或几句话，录下音来，把录音带交给我，让带回北京给老朱他们听听。

饭后，趁着老乡们酒酣之际，我一个人偷偷溜下桌，跑到队的边上，不远处能望见一个叫作底窑的林子。那时，我和老朱冬天修水利的时候，曾经住在那片林子的临时帐篷里，工休时没事也曾到那里玩。那片林子还是那样绿意朦胧，但我和老朱都不在这里。重新望着这一切，我的心里不知是一种什么样的滋味。我既感受到老乡的一片浓郁乡情，也涌出一丝丝怅惘。

回到北京，我把老朱和当年一起到北大荒插队的朋友叫到我家。那时，我家还没有录音机，是从街坊家借来的。我和老朱都很笨拙，还不会摆弄这家伙，我把录音带插进录音机里，我们两人一起弄了半天，才终于听到声响。那来自北大荒的声音，听得满屋寂静无声，老朱的眼睛里含满了泪水。不管怎么说，我们的青春是在那度过的，我们的友谊在那时经受了考验和磨炼。事后，我将从北大荒带来录音带的事情写了一篇叫作《抹不掉的声音》的小说，算是一种纪念。也许，我和老朱一样，都爱怀旧吧？过去的一切，总是留下抹不掉的声音和影子。

去年的春节，老朱提议，我们原来"老百姓战斗队"的四位大将重新聚会，将这三十多年的友情重温。我知道并不是老朱一个人，也并不是我们这四个人如此怀旧，格外看重友情。这是我们的整个一代人解不开的情结。也许，是我们的弱点；也许，恰恰是我们最为得天独厚的长处。

那天，老朱特地拿来两大瓶小香槟。那酒瓶硕大无比，这让我们立刻瞪大了眼睛，这就是老朱，只有老朱才会想得这样细而独到。

老朱打开两瓶小香槟。

我们不喝人头马，不喝路易十六，不喝孔府家宴，不喝长城干白……我们只喝小香槟。

但是，不知怎么搞的，老朱打开的小香槟虽是张裕名牌，苹果的味道，却没有三十年前的味道，只是在杯中泛起微微的泡沫。

当年，我们四人一起举杯痛饮小香槟的崇文食堂，后来装潢一新改建为宫颐饭店，又拆成一片零落的工地，如今建起了堂皇的新世界商厦。人事有代谢，往来成古今。历史，就是这样书写在我们的身前身后。友谊，就是这样书写在我们的身前身后和我的心中。

还能有一个三十年吗？再聚在一起，畅饮一回小香槟？

1996 年年底写于北京

龙云断忆

一

我和龙云是汇文中学同届同学。读高中的时候，彼此不熟，只知道那时他爱踢足球。稍微熟悉一点，是在"文革"中，那时北京中学分成两派，我们同为一派，自然便亲切了许多。

我们汇文中学是男校，和女同学接触有限。"文革"一来，打破了男校女校之间的界限。那时，我们汇文的几个男同学和一街之隔的邻校女十五中的几个女同学，兴致勃勃办起了一个小有影响的展览。展览使正处于青春期的男女同学有了一个亲密接触的机会。这在当时的我看来，颇有些30年代左翼小说家常常描写的革命加爱情的意思。

后来的事实证明，我的判断是对的。办展览的几对男女同学都有了那种朦朦胧胧的感情。其中也包括龙云。我猜想，应该算作他的初恋。其实，只是一段还没有开始就结束的无花果之恋。其中最具有戏剧性的桥段是，龙云鼓足了勇气，给那位女同学写了一封信，收到的回信，却是一封无字书，只有他写给人家的那信，另外夹着两根火柴和一片涂磷纸。那意思很明确，让他自己把自己的信烧掉，同时，也烧掉自己的初恋。

我不知道这件事对于龙云日后的影响如何。后来，我看到龙云写过的唯一一篇短篇小说《记忆中的小河》，小说记述了这个戏剧性的桥段。小说用了那位女同学真实的名字（在龙云最初的创作中，他剧本中的人物爱用现实中的真人名姓），足见这件事对于他还是记忆犹新的。但是，在小说中，他处理得很宽厚，充满怀念与温情。不知别人对他的创作如何解读，我一直以为，这应该是他创作的起点。尽管，他真正的创作是在到北大荒后的第三年。但是，对于自己生活的记忆与处理，对于情感的细腻和沉淀，是他最初创作的基础和原动力。

二

1968 年夏天，我和龙云坐同一辆火车北上，来到位于富锦县（现为富锦市）的大兴岛，叫作大兴农场二队，后叫 57 团二连。应该说，真正密切的接触，从这里开始。从列车驶动，到北大荒，我发现他显得情绪格外波动，常见他泪眼婆娑。到达北大荒的第一个夜晚，他睡不着，跑到外面，月涌大江流，星垂平野阔。那时，我也在外面，和他一样地情绪起伏。他对我坦诚地说自己是在"感情回潮"。

这个词，印象深刻，一直存活在我的脑海里四十七年。这是一个带有时代烙印的词，也是一个带有感情色彩的词。那时，时兴说"右倾回潮"，而他却别出心裁说是"感情回潮"。

那时候，我和龙云真的是非常地好笑，自以为是，急公好义，路见不平，拔刀相助。用当时东北老乡的话说，其实就是傻小子睡凉炕，全凭火力壮。

全因为看到队里的三个所谓的"反革命"，认为并不是真正的反革命，而绝对是好人。尤其是看着他们的脖子上用铁丝勒着挂三块拖拉机的链轨板挨批斗，更是于心不忍。要知道每一块链轨板十七斤半重，每一次批斗下来，他们的脖子上都是鲜血淋漓，铁丝在肉里勒下深深的血痕。于是，我和龙云，还有另外汇文的七位同学，号称"九大员"出场了，要拯救那三个人于危难之中。

那一年冬天，踏雪迎风，我们一起走访老农家，身后甩下无边无际的荒原，心里充塞着小布尔乔亚的悲天悯人情怀。一连好几个夜晚，在知青的大食堂里摆下辩论会场，我们和那些坚决要把这三人打成"反革命"的人进行辩论。唇枪舌剑之间，龙云的口风犀利又带有幽默，令人不容置辩，又常让人忍俊不禁。他让我第一次看到在重感情并易动感情的柔软甚至脆弱之外，那种正直与正义以及正气的一种刚毅。在以后我和他接触的四十余年的岁月里，我一直以为这是他性格的两个侧面。

在此之后，上级派来工作组，把我们"九大员"打散，分到其他各生产队，龙云去了十九队。也就是从那时前后，他开始了他的文学创作，主要是写诗。他写的《二连的战旗在富锦码头上呼啦啦地飘》，颇有当年张万舒《黄山松》的气魄，很是昂扬，我和队友曾经在大兴岛的舞台上朗诵，为龙云赢得了最初的好评。以后，他写的《二连啊二连，我是如此地想念你》，写道：我真想冬天去二连看望你，我曾经贴在东风上（指东风牌康拜因）的机标，是不是被寒风冻伤。这是诗中的一句大意，写得真的是好，充满感情，和那时我们都在写的，也和他的那首《二连的战旗在富锦码头上呼啦啦地飘》过于慷慨昂扬的诗风大异。他后来写的一组《风雨楼的歌》，被当时《中国文学》翻译成英文，不是没有原因的。

那时候，我被调到师部宣传队搞创作，因为当年在二连的政治风波中得罪了头头，档案压在他们的手里死活不放，在师部一年多之后，始终无法正式调去，我灰溜溜又回到大兴岛。临别前，宣传队负责人老余问我还有什么人能写东西。我说了龙云。后来，龙云去了师部宣传队。我们两人像上下半场交换位置的运动员，轮番上场，为建三江这块荒原留下了自己的青春篇章。

三

龙云临离开大兴岛到师部宣传队报道前，我们聚了一次。那时，我从北京带去了两个箱子，一箱子是被褥衣服，一箱子是书，在同学中，应该是带书最多的。他从我那里找了几本书，其中印象深的是萧平的一本小说集《三月雪》。他和我都非常喜欢。这几本书，他带到师部，再也没有还我，我当时很想跟他要书，但几次都不好意思开口。有一次，到师部宣传队看他，他先说起书的事，说都丢了。其实，我已经看见那本《三月雪》正压在他的枕头下面。他确实喜欢那本书，那样子，真的像个孩子。

他真正大量读书，应该是从这时候开始的。在师部宣传队，他偶然发现了一个书库，藏有不少古今中外的名著，当时被当作"封资修"封存在那里。他便开始一个人偷偷地跑到那里拿出书，回来偷偷地读。那里，是他的图书馆，是他的学校。青春季节读书，其中的感受力和吸收力，和其他时候完全不一样。这个时期，是他知识储备的关键，是他创作积淀的关键。他不再仅仅凭借情感与感性，而是有了古今中外名著更为宽阔的知识与理论的借鉴和眼光。

在师部宣传的那几年，应该是他愉快的几年。他读了那样多的书，又写了那样多的节目，其中还有在全兵团上演并颇有影响的多幕话剧。而且，他是在那里赢得了爱情。仔细想来，他在北大荒十年整，在大兴岛只有不到四年，在师部却有六年，且是他最春风满怀的六年，他北大荒的朋友为大兴岛和师部两部分组成，在他的晚年，这些朋友成了青春的回忆和精神的寄托。他曾经把写过的一些草稿交给其中的朋友看，寻找知音，渴望回声。

他调到师部一年多，我就离开北大荒回到北京了。我们的联系很少了，他的那些剧目我也无从看到。粉碎"四人帮"之后，我们只知道彼此考入了大学。等我们再一次接上头，是1979年，他约请我去王府井的儿童剧院看他的话剧《有这样一个小院》。那天，他在忙着和这个戏的导演李丁联系。我们两人在儿童剧院门口见了一面，没说几句话，就匆匆分手了。

这是一部与当时《于无声处》类似的反"四人帮"的时代戏，当时，影响很大，我很为他高兴。我看得出他创作的进步，也看得出他钟情于时代，愿意紧密触摸现实的脉搏。从创作的风格而言，他走的基本是老舍《茶馆》的路子。可以说，这部戏是以后更有广泛影响也争执颇多的《小井胡同》的前奏，或是试验的草稿。如此与现实胶黏，并愿意为现实发声，对于当时还是处于尚未转型的政治社会，受到不是来自艺术而完全是政治的非难，便在劫难逃。

《小井胡同》在1983年正式公演时，我没有看到。但是，后来读到他的剧本集前刊载了那样多与陈白尘的通信，我看到龙云深陷其中，并且痛苦不堪，深觉得他耗费了太多的精力，有些无奈，又有些不大值得，很是惋惜。或许，这就是龙云的宿命。人常说，性格即命运。

四

在此后多年的时间里，各自奔忙，我们彼此疏于联系。现在想想，真的是非常地遗憾。因为，一晃，竟然是二十来年过去了，我们再一次联系密切，是 2004 年一起重返北大荒。

在重返北大荒之前，正好赶上他的话剧《正红旗下》从上海移师北京演出。他邀请我去看戏。这是自《有这样一个小院》之后，我看到他的第二部戏。戏在人艺演出，这是他的老窝。人艺是他的发祥地，也是他的伤心地。因种种不愉快，他已经离开人艺到国家话剧院。在此之前，除了《小井胡同》外，他写了好几部大戏，都无从上演。却在一年半之前的 2002 年上演了他专门为人艺写的《万家灯火》。这部戏，他邀请了很多北大荒的老友，但没有邀请我，大概他知道我并不大喜欢这部"命题作文"的戏。尽管这部戏上演百场，广受好评，后来又被拍成电影，我却相信音乐家肖斯塔科维奇说的"交响乐是不能够接受预订而写的"。可惜，我们没有进行过关于这部戏的交流。

我更喜欢他的《荒原与人》，可以看出他对奥尼尔，特别是阿瑟·米勒《推销员之死》的学习和借鉴，有明显而可贵的探索试验。那种心理的跳跃时空和故事的线性时空交织，那种独白、旁白和对白的跳进跳出，纵横交错。特别是剧中的主人公"十五年前的马兆新"和"十五年后的马兆新"，同《推销员之死》里的主人公"威利"和"哥哥本"，其设计，同时镜像一般并置于舞台上，有着明显的相似之处，同样都是为了主人公的两种不同思想、感情，以及心理的两种声音的交替出现与碰撞，写得那样努力去触及心灵，又那样有意识地洋溢诗性。

2004 年之夏的重返北大荒，让我们又回到青春时节。从北京站上了火车之后，龙云就急忙把啤酒和蒜肠、小肚和猪头肉拿出来，喝！喝！咱哥儿几个凑齐了，多不容易呀！到了大兴岛，到了二队，和老乡聚会的时候，龙云站了起来说：我们二队有个队歌，是肖复兴写的，后来由我们在内蒙古的一个同学谱的曲子。歌词是这样的。接着，他背诵了一遍。他的记性真好，居然一字不差。然后，他一把拽起了我，对大家说：下面就由我和肖复兴一起为大家把这首歌唱一遍。歌声忽然变得具有了奇妙的魔力一样，让往昔的日子纷至沓来，我们竟然为自己的歌声而感动。那一刻，歌声像是万能胶一样，弥合着现实和过去间隔的距离与撕裂的缝隙。

龙云这种激情外露的样子，是我很久没有见到的。听说，在北京的时候，他总爱提着一个大茶缸子，独自一人到天坛一转悠就是一天，有时候，他也爱到胡同里转悠，自己踩着自己的影子。偶尔碰见北大荒的荒友，他会非常高兴，站在马路牙子上，一聊聊到路灯亮了起来。我总觉得他的心里是孤独的，苦闷的，老来每恨无同学，梦里犹曾得异书。知音难觅，让他只有在孤独的散步中想象着他自己和他梦中的剧本。除了舞台的想象之外，北大荒是他能够尽情释放的唯一天地。

五

2008 年春天，龙云邀请我到国家大剧院看他的话剧《天朝1900》。那天，长安街上堵车严重，我到后戏的第一幕演了一半了。他在剧场外等我，看我急忙忙的，对我说别急，也没有什么可看的。我不知道他是谦逊还是宽慰我。但是，戏看完后，非常失望，满台花里胡哨，华而不实。第二天，龙云电话和我交流，我不知道该怎么对他讲。他见我欲言又止，对我说知道你肯定不满意，跟你说实在的，我意见大了去了！说着，他说你在家等我！然后，他打车来到我家，送给我一本2007年第二期的剧本杂志，上面全文刊载了他的《天朝上邦》三部曲。

当天，认真看了一遍，明白了演出为什么失败，导演背离剧本太多、太远。原剧本是龙云积十余年心血积淀而成，可以说是他一生最为重要的创作。它是由"家事""国事""天下事"三部戏组成，由家事走出而进入国事乃至融为天下事的，有着对历史与国民灵魂的宏观而深沉的思考和把握。将三部戏演成一出戏，删掉的内容，不仅伤了皮肉，更是断了筋骨，关键是失去了一剧之魂。这从剧名的改动就可以看出导演删改的基本思路，先改为《我杀死了德国公使》，后改为了现在的《天朝1900》，原剧本中诸如看到洋人的火车径直从城墙垛口开进天坛愤慨说道都快开到皇上家炕上去了，然后撞火车殉身的汉人文瑞，以指血写就《金刚经》视为《广陵散》、用生前纷至沓来的订单做烧纸而慨然赴死的大书法家文子臣，被侵略者如同十字架绑在未来佛身上而活活烧死却决不屈服的报国寺方丈朗月大师……悉数被删，将剧本演绎成一个特定历史事件的表述，删繁就简只牵出刺杀的一条情节线来，透露着迁就市场的媚俗信息，将一部壮观的大戏弄小了，弄俗了。

后来，我写了一则批评该剧的文章《谁糟蹋了〈天朝1900〉》，引起了一些争论。龙云很生气，又来我家找我，义愤填膺地说他一定要召开一个记者会，说说这出戏的来龙去脉，本能够排三部戏的钱，怎么都砸在一部戏上了。可是当晚，他给我打来电话，说还是算了吧，时任国家话剧院的院长赵有亮找了他。他有些不好意思了，当初，是赵院长力主将他调到国家话剧院的。

不过，我可以看出，对于这部话剧，他真的很上心，也很伤心。他说他要找上海话剧院重拍这三部曲。不过，他和我都知道，一部剧和一部小说不一样，将剧本在舞台上呈现，不是一个人说了算的事情。但是，将这浸透他心血的三部曲完整地呈现在舞台上，该是他多么大的希望。他去世后，尽管在人艺的努力下，将《小井胡同》重现舞台，我却知道，其实，他最希望的还是这三部曲。只是，这成为他一生的遗憾。

读 2007 年这一期的剧本杂志，在《天朝上邦》剧本后附有龙云的一篇文章《〈天朝上邦〉写作的前前后后》，文中写有这样一段话："我一直想找个机会酣畅淋漓地表现我对那个时代、那些人物命运的理解；我一直想借用那片土壤写一写中国血液里的一些东西；我一直想写一部史诗性的巨作。"

可以说，这个"史诗性"，是龙云的戏剧梦，也可以说是他的戏剧抱负。这个梦，这个抱负，支撑着他后半个人生，却也让他折寿。他不大理会我劝他的"开轩面场圃，把酒话桑麻"；他渴望的是"研朱点周易，饮酒读离骚"。却是"离骚未尽灵均恨，志士千秋泪满裳"。

龙云愿意成为志士——起码是在梦中，在笔下，在戏里。

2015 年春节前夕于北京

发小儿四章

发小儿的毛笔

发小儿，是地道的北京话，特别是后面的尾音"儿"，透着亲切的劲儿，只可意会。发小儿，指的应该是从小拜一个师傅学艺，后来也指从小就是同学，摸爬滚打一起长大。童年的友谊，虽然天真幼稚，却也最牢靠，如同老红木椅子，年头再老，也那么结实，耐磨耐碰，而且漆色总还是那么鲜亮如昨。

黄德智就是我这样的发小儿。我们从小一起长大，有五十多年的友谊。小时候，他家宽敞，我总上他家写作业，顺便一起疯玩，天棚鱼缸石榴树，他家样样东西都足够我新奇的。找到草厂三条最漂亮的院门，就找到了他家，那门楼上有精美的砖雕，黑漆大门上有一条胡同文辞最讲究的门联：林花经雨香犹在，芳草留人意自闲。可惜，去年修马路，草厂三条西半扇全部拆了，他家的老院，连同我们童年的记忆，随之埋在平坦的柏油路下面。

"文化大革命"中，我去了北大荒插队，他留在北京肉联厂炸丸子，一口足有一间小屋子那么大的锅，哪吒闹海一般翻滚着沸腾的丸子，是他每天要对付的活儿。我插队回来探亲时候到肉联厂找他，指着这一锅丸子说：你多美呀，天天能吃炸丸子！他说：美？天天闻这味儿，我都想吐。

那时候，我喜欢写东西，他喜欢练书法，这是我们从小的爱好，一直舍不得丢，也是枯燥生活中的一点寄托。我插队回来后当老师，偷偷写了一部长篇小说，根本不知道有没有出版的希望，却取名叫《希望》。每写完一段，晚上就跑到草厂三条他家读给他听，然后听听他的意见。他脾气好，柔和而宽容，总是给我鼓励。读完小说，我们就像运动员下半场交换位置一样，他拿出他练习的书法给我看，让我品头论足。那时，我们书生意气，挥斥方遒，自以为是，指点彼此，胸荡层云，笔走乾坤。那时，他写了一幅楷书横幅"风景这边独好"，挂在他屋的墙上。

往事如烟，想起这段小屋练兵的激情往事，也已经过去了三十多年，一晃我们一下子都到了退休之年。发小儿的友情，一直坚持到如今，不是为示人观看的美人痣，却如同脚下的泡，是一天天日子踩出来的，皮肉连心。

如今，黄德智已经成了一名不错的书法家，他的作品获过不少的奖，陈列在展室里，悬挂在牌匾上，印制在画册中。我觉得他的影响应该比现在还高一些，才名副其实。但现在的书法界乱如集贸市场，是个人都可以玩书法，尤以退休的老干部和有钱的企业家为最，他们别的玩不了，便喜欢玩书法和诗，这两样就这样人尽可夫被糟蹋了。黄德智为人低调，不善交际，无意争春，羞于名利，却觉得这样挺好，自娱自乐。我喜欢他的楷书和隶书，特别是小楷，很见功夫，一幅咫尺蝇头小楷，他要写上一整天。如今谁愿意沉潜得下心，坐得住屁股？这需要童子功，好的书法家如同高尔斯华绥的小说《品质》里写的"要做最好的靴子"的皮鞋匠一样，地道结实的功夫，靠一生心血的积累而结晶。

黄德智乔迁新居，我去他新家为他稳居。奇怪的是他的房间里没有他的一幅作品，我问他，他说觉得自己的字还不行。他的作品一包包卷起来都打成捆，从柜子的顶部一直挤满到了房顶。他打开他的柜子，所有的柜门里挤满了他用过的毛笔。打开一个个盛放毛笔的盒子，一支支用秃的笔堆在一起，如同一座小山，是陪伴他几十年岁月的笔冢。他说起那些笔里面的沧桑，胜似他的作品，就如同树下的根，比不上枝头的花叶漂亮，却是树的生命所系，盘根错节着日子的回忆。

被雨打湿的杜甫

初三那一年的暑假，我们都是十五岁的少年。那一年的暑假，雨下得格外勤。哪儿也去不了，只好窝在家里，望着窗外发呆，看着大雨如注，顺着房檐倾泻如瀑；或看着小雨淅沥，在院子的地上溅起像鱼嘴里吐出的细细的水泡。

那时候，我最盼望的就是雨赶紧停下来，我就可以出去找朋友玩。当然，这个朋友，指的是她。那时候，她住在我们大院斜对门的另一座大院里，走不了几步就到，但是，雨阻隔了我们。冒着大雨出现在一个不是自己的大院里，找一个女孩子，总是招人眼目的。尤其是她那个大院，住的全是军人或干部的人家，和住着贫民人家的我们大院相比，是两个阶层。在旁人看来，我和她，像是童话里说的公主与贫儿。

那时候，我真的不如她的胆子大。整个暑假，她常常跑到我们院子里找我。在我家窄小的桌前，一聊聊上半天，海阔天空，什么都聊。那时候，她喜欢物理，她梦想当一个科学家。我爱上文学，梦想当一个作家。我们聊得最多的，是物理和文学，是居里夫人，是契诃夫与冰心。显然，我的文学常会战胜她的物理。

我常会对她讲起我刚刚读过的小说，朗读我新看的诗歌，看到她睁大眼睛望着我，专心地听我讲话的时候，我特别地自以为是，洋洋自得，常常会在这种时刻舒展一下腰身。

不知什么时候，屋子里光线变暗，父亲或母亲将灯点亮。黄昏到了，她才会离开我家。我起身送她，因为我家住在大院里最里面，一路要逶迤走过一条长长的甬道，几乎所有人家的窗前都会趴有人头的影子，好奇地望着我们两人，那眼光芒刺般落在我们的身上。我和她都会低着头，把脚步加快，可那甬道却显得像是几何题上加长的延长线。我害怕那样的时刻，又渴望那样的时刻。落在身上的目光，既像芒刺，也像花开。

雨下得由大变小的时候，我常常会产生一种幻想：她撑着一把雨伞，突然走进我们大院，走过那条长长的甬道，走到我家的窗前。那种幻觉，就像刚刚读过的戴望舒的《雨巷》，她就是那个丁香似的姑娘。少年的心思，是多么地可笑，又是多么地美好。

下雨之前，她刚从我这里拿走一本长篇小说《晋阳秋》。现在，我已经完全忘记了这本书是谁写的，写的内容又是什么了。但是，我清楚地记得，是《晋阳秋》。《晋阳秋》是那个雨季里出现的意外信使，是那个从少年到青春季里灵光一闪的象征物。

这场一连下了好几天的雨，终于停了。蜗牛和太阳一起出来，爬上我们大院的墙头。她却没有出现在我们大院里。我想，可能还要等一天吧，女孩子矜持。可是，等了两天，她还没有来。我想，可能还要再等几天吧，《晋阳秋》这本书挺厚的，她还没有看完。可是，又等了好几天，她还是没有来。

我有些着急了。倒不仅仅是《晋阳秋》是我借来的，该到了还人家的时候，而是，为什么这么多天过去了，她还没有出现在我们大院里？雨，早停了。

我很想找她，几次走到她家大院的大门前，又止住了脚步。浅薄的自尊心和虚荣心，比雨还要厉害地阻止了我的脚步。我生自己的气，也生她的气，甚至小心眼儿地觉得，我们的友谊可能到这里就结束了。

　　直到暑假快要结束的前一天的下午，她才出现在我的家里。那天，天又下起了雨，不大，如丝似缕，却很密，没有一点停的意思。她撑着一把伞，走到我家的门前。那时，我正坐在我家门前的马扎上，就着外面的光亮，往笔记本上抄诗，没有想到会是她，这么多天对她的埋怨，立刻一扫而空。我站起来，看见她的手里拿着那本《晋阳秋》，伸出手要拿过来那本书，她却没有给我。这让我有些奇怪。她不好意思地对我说：真对不起，我把书弄湿了，你还能还给人家吗？这几天，我本想买一本新书的，可是，我到了好几家新华书店，都没有买到这本书。

　　原来是这样，她一直不好意思来找我。是下雨天，她坐在家走廊前看这本书，不小心，书掉在地上，正好落在院子里的雨水里。书真的弄湿得挺狼狈的，书页湿了又干，都打了卷。

　　我拿过书，对她说：这你得受罚！

　　她望着我问：怎么个罚法？

　　我把手中的笔记本递给她，罚她帮我抄一首诗。

　　她笑了，坐在马扎上，问我抄什么诗，我回身递给她一本《杜甫诗选》，对她说就抄杜甫的，随便你选。她说了句我可没有你的字写得好看，就开始在笔记本上抄诗。她抄的是《登高》。抄完了之后，她忙着起身站起来，笔记本掉在门外的地上，幸亏雨不大，只打湿了"无边落木萧萧下，不尽长江滚滚来"的那句。她不好意思地对我说：你看我，在同一个地方摔倒了两次。

　　其实，我罚她抄诗，并不是一时的兴起。整个暑假，我都惦记着这个事，我很希望她在我的笔记本上抄下一首诗。那时候，我们没有通过信，我想留下她的字迹，留下一份纪念。那时候，小孩子的心思，就是这样地诡计多端。

读高中后，她住校，我和她开始通信，一直通到我们分别都去插队。字的留念，再不是诗的短短几行，而是如长长的流水，流过我们整个的青春岁月。只是，如今那些信都已经散失，一个字都没有保存下来。倒是这个笔记本幸运存活到了现在。那首《登高》被雨打湿的痕迹清晰还在，好像五十多年的时间没有流逝，那个暑假的雨，依然扑打在我们的身上和杜甫的诗上。

木刻鲁迅像

我和老傅是高中同班同学。那时，我们住得很近，我住在胡同的中间，他住在胡同的东口，天天抬头不见低头见。高中毕业那年，正赶上"文化大革命"，闹腾了一阵子之后，我们两人都成了逍遥派。天天不上课，我们更是整天摽在一起。他和他姐姐住一起，白天，他姐姐一上班，我便成了他小屋里的常客，厮混一天，大闹天宫。

除了天马行空的聊天，无事可干，一整个白天显得格外长。要说我们也都是汇文中学好读书的好学生，可是，那已经无书可读，学校的图书馆早被封上大门。我从语文老师那里借来了一套十本的《鲁迅全集》。那时，除马恩列斯和《毛选》外，只有鲁迅的书可以读。我便在前门的一家文具店里，很便宜地买了一个处理的日记本，天天跑到他家去抄鲁迅的书，还让老傅在日记本的扉页上帮我写上"鲁迅语录"四个美术字。

老傅的美术课一直优秀，他有这个天赋，善于画画，写美术字。那时，我是班上的宣传委员，每周在教室后面的黑板上出一期板报，在上面画报头或尾花，在文章题目上写美术字，都是老傅的活儿。他可以一展才华，在黑板报上龙飞凤舞。

老傅看我整天抄录鲁迅，他也没闲着，找来一块木板，又找来锯和凿子，在那块木板上又锯又凿，一块歪七扭八的木板，被他截成了一个课本大小的长方形的小木块，平平整整，光滑得像小孩的屁股蛋。然后，他用一把我们平常削铅笔的小刀，是那种黑色的，长长的，下窄上宽而扁，3分钱就能买一把——开始在木板上面招呼。我凑过去，看见在木板上他已经用铅笔勾勒出了一个人头像，一眼就看清楚了，是鲁迅。

于是，我们都跟鲁迅干上了。每天跟上课一样，我准时准点地来到老傅家，我抄我的鲁迅语录，他刻他的鲁迅头像，各自埋头苦干，马不停蹄。我的鲁迅语录还没有抄完，他的鲁迅头像已经刻完。就见他不知从哪儿找来一小瓶黑漆和一小瓶桐油，先在鲁迅头像上用黑漆刷上一遍，等漆干了之后，用桐油在整个木板上一连刷了好几层。等桐油也干了之后，木板变成了古铜色，围绕着中间的黑色鲁迅头像，一下子神采奕奕，格外明亮，尤其是鲁迅的那一双横眉冷对的眼睛，非常有神。那是那个时代鲁迅的标准像，标准目光。

我夸他手巧，他连说他这是第一次做木刻，属于描红模子。我说头一次就刻成这样，那你就更了不得了！他又说看你整天抄鲁迅，我也不能闲着呀，怎么也得表示一点儿我对鲁迅他老人家的心意是不是？说着，他从衣兜里掏出一张纸递给我，说我还写了首诗，你给瞧瞧！

那是一首七言绝句：

肉食自为庙堂器，布衣才是栋梁材。

我敬先生丹青意，一笔勾出两灵台。

　　写得真不错，把对鲁迅横眉冷对和俯首甘为的两种性格的尊重，都写了出来。老傅就是有才，能诗会画，但做木刻，鲁迅头像是他头一回，也是最后一回。自然，这帧鲁迅头像，他很是珍视，他说做这个太费劲！刀不快，木头又太硬！他把这帧木刻像摆在他家的窗台上，天天和它对视，相看两不厌，彼此欣赏。

　　一年后的夏天，上山下乡运动开始了，我先去的北大荒，他后去的内蒙古。分别在北京火车站上车，一直眼巴巴地等他，也没见他来。火车拉响了汽笛，缓缓驶动了，他怀里抱着个大西瓜向火车拼命跑来。我把身子探出车窗口，使劲向他挥着手，大声招呼着他。他气喘吁吁地跑到我的车窗前，先递给我那个大西瓜，又递给我一个报纸包的纸包，连告别的话都没来得及说一句，火车加快了速度，驶出了月台，老傅的身影越来越小。打开纸包一看，是他刻的那帧鲁迅头像。

　　一晃，四十八年过去了。经历了北大荒和北京两地的颠簸，回北京后又先后几次搬家，丢掉了很多东西，但是，这帧鲁迅头像一直存放在我的身边，我一直把它摆在我的书架上。而且，四十八年过去了，他写过的很多诗，我写过的很多东西，我都记不起来了，他写的那首纪念鲁迅的诗，我一直记得清清爽爽。毕竟，那是他 20 岁的青春诗篇，是他 20 岁也是我 20 岁对鲁迅的天真却也纯真的青春向往。

等那一束光

老顾是我的中学同学，又一起插队到北大荒，一起当老师回北京，生活和命运轨迹基本相同。不同的是，他欢喜浪迹天涯，喜欢摄影，在北大荒时，他就想有一台照相机，背着它，就像猎人背着猎枪，没有缰绳和笼头的野马一样到处游逛。攒钱买照相机，成了那时的梦。

如今，照相机早不在话下，专业成套的摄影器材，以及各种户外设备包括衣服鞋子和帐篷，应有尽有。退休之前，又早早买下一辆四轮驱动的越野车，连越野轮胎都已经备好。万事俱备，只欠东风，只要退休令一下，立刻动身去西藏。这是这些年早就盘算好的计划，成了他一个新的梦。

他就是这样一个人，我说他总是活在梦中，而不是现实中，便总事与愿违。现实是，他在单位当一把手，因为后任总难以到位，过了退休年龄两年了，还不让他退。他不是恋栈的人，这让他非常地难受。终于，今年春节过后，让他退休了。这时候，我们北大荒要编一本回忆录，请他写写自己的青春回忆，他婉言拒绝，说他不愿意回头看，只想往前走，他现在要做的事不是怀旧，而是摩拳擦掌准备夏天去西藏。等到夏天，他开着他的越野车，一猛子去了西藏，扬蹄似风，如愿以偿。

终于来到了他梦想中的阿里，看见了古格王朝遗址。这个七百年前就消失的王朝，如今只剩下了依山而建的土黄色古堡的断壁残垣，立在那里，无语诉沧桑般，和他对视，仿佛辨认着彼此的前生今世的因缘。

正是黄昏，高原的风有些料峭，古堡背后的雪山模糊不清，主要是天上的云太厚，遮挡住了落日的光芒。凭着他摄影的经验和眼光，如果能有一束光透过云层，打在古堡最上层的那一座倾圮残败的宫殿顶端，在四周一片暗色古堡的映衬下，将会是一帧绝妙的摄影作品。

他禁不住抬起头又望了望，发现那不是宫殿，而是一座寺庙，白色青色和铅灰色云彩下，显得几分幽深莫测，分外神秘。这增加了他的渴望。

他等候云层破开，有一束落日的光照射在寺庙的顶上。可惜，那一束光总是不愿意出现。像等待戈多一样，他站在那里空等了许久。天色渐渐暗下来，他只好开着车离开了，但是，开出了二十多分钟，总觉得那一束光在身后追着他，刺着他，恋人一般不舍他。鬼使神差，他忍不住掉头把车又开了回来。他觉得那一束光应该出现，他不该错过。

果然，那一束光好像故意在和他捉迷藏一样，就在他离开不久时出现了，灿烂地洒在整座古堡的上面。他赶回来的时候，云层正在收敛，那一束光像是正在收进潘多拉的瓶口。他大喜过望，赶紧跳下车，端起相机，对准那束光，连拍了两张，等他要拍第三张的时候，那束光肃穆而迅速地消失了，如同舞台上大幕闭合，风停雨住，音乐声戛然而止。

往返整整一万公里，他回到北京，让我看他拍摄的那一束光照射古格城堡寺庙顶上的照片，第二张，那束光不多不少，正好集中打在了寺庙的尖顶上，由于四周已经沉淀一片幽暗，那束光分外灿烂，不是常见的火红色、橘黄色或琥珀色，而是如同藏传佛教经幡里常见的那种金色，像是一束天光在那里明亮地燃烧，又像是一颗心脏在那里温暖地跳跃。

不知怎么，我想起了音乐家海顿，晚年时听自己创作的清唱剧《创世纪》，听到"天上要有星光"那一段时，他蓦地从座位上站起来，指着上天情不自禁地叫道："光就是从那里来的！"那声音长久地在剧场中回荡，震撼着在场的所有人。在一个越发物化的世界，各种资讯焦虑和欲望膨胀，搅拌得心绪焦灼的现实面前，保持青春时分拥有的一份梦想，和一份相对的神清思澈，如海顿和我的同学老顾一样，还能够看到那一束光，并为此愿意等候那一束光，是幸福的，令人羡慕的。

汇文五师

花阴凉儿

已经有二十多年没有见到高挥老师了，高老师一把握住我的手，拉我坐在她的身边。80岁的人了，腿脚利索，还显得那么有生气。高老师是我在汇文中学读书时的老师，那是五十年前的事情了，想想，那时她30岁上下，长得漂亮，又会拉一手小提琴，还在学校的舞台上演出过话剧。好长一段时间里，我偷偷地喜欢多才多艺的她，觉得她长得特别像我的姐姐，连说话的声音都像。

后来听说，她是志愿军文工团的团员，从朝鲜战场上回来，部队动员她嫁给首长。她没有同意，只好复员，颠沛流离之后考学，毕业不久，到了我们学校，开始教地理，后来负责图书馆。

我就是在高老师负责图书馆的时候，和她逐渐熟悉起来的。那是1963年的秋天，我读高一，因为初三的一篇作文在北京市获奖，校长对她说可以破例准许我进入图书馆自己选书。那一天的午饭时间，我刚要进食堂，看见高老师站在食堂旁的树下，向我招招手，我走过去，她对我说起了这件事，说你什么时候去图书馆都行。我的心里涌出一种说不出的感动，口拙，一时又说不出什么。她摆摆手对我说，快吃饭去吧。我走后忍不住回头，才发现高老师站在一片花阴凉儿里，阳光从树叶间筛下，跳跃在高老师的身上，闪动着好多颜色的花一样，是那么地漂亮。

图书馆在学校五楼，由于学校有百年历史，藏书很多，有不少解放以前的书籍，由于没有整理，都尘埋网封在最里面的一间大屋子里。高老师帮我打开屋门的锁，让我进去随便挑。那是我有生以来第一次叹为观止见到那么多的书，山一般堆满屋顶，散发着霉味和潮气，让人觉得远离尘世，与世隔绝，像是进入了深山宝窟。我沉浸在那书山里，常常忘记了时间，常常是高老师在我的身后微笑着打开了电灯，我才知道到了该下班的时候了。

久别重逢，逝去的日子，一下子迅速地回流到眼前。我对高老师说，您对我有恩，没有您，也许我不会走上写作的道路。高老师摆摆手说不能这么讲，然后对在座的其他几位老师说，我去过肖复兴家一次，看见地上垫两块砖，上面搭一块木板，他的书都放在那里，心里非常感动，回家就对我女儿说。后来，肖复兴到我家里看见有一个书架，其实是最简单不过的一个矮矮的书架，他对我说，以后有钱我一定买一个您这样的书架。这给我印象很深。

我忽然想起了这样一件事，为了我破例可以进图书馆挑书，高老师曾经和一个同学吵过一架，那个同学非也要进图书馆自己挑书，她不让，同学气哼哼指着我说，为什么他就可以进去？为此，"文革"中她被贴了大字报，说是培养修正主义的苗子。我私下猜想，为什么高老师默默忍受了，大概她去我家的那一次，是一个感性而重要的原因。秉承着孔老夫子有教无类的理念，她一直同情我，帮助我。如今，这样的老师太少了；如今，不少老师是向学生索取，偏偏要通过学生寻找那些有钱有权的家长，明目张胆地增添自己收入或关系网的份额。

我对高老师说，我从北大荒插队回来，第一个月领取了工资，先在前门大街的家具店买了一个您家那样的书架，22元钱，那时我的工资才42元5角。高老师对其他老师夸奖我说，爱书的孩子，到什么时候都爱书。

我又对高老师说，"文革"中，虽然挨了批判，但图书馆的钥匙还在您的手里，有一次在校园的甬道上，您扬扬手里的钥匙，问我想看什么书，可以偷偷进图书馆帮我找。好长一段时间，我都是把想看的书目写在纸上交给您，您帮我把书找到，包在一张报纸里，放在学校传达室王大爷那里，我取后看完再包上报纸放回传达室。这样像地下工作者传递情报一样借书的日子，一直到我去北大荒。那是我看书看得最多的日子。《罗亭》《偷东西的喜鹊》《三家评注李长吉》……好几本书，都没有还您，让我带到北大荒去了。高老师说，没还就对了，还了也都烧了。在场的几位老师都沉默了下来，那时，我们学校的书，成车成车拉到东单体育场焚毁，那里的大火曾经燃烧着我学生时代最残酷的记忆。

我庆幸中学读书时遇见了高老师。虽然多年未见，但心里一直把她当作自己的一位大姐（她比我姐姐大一岁）。想起她，总会有一种格外亲近的感觉。一个人的一生，萍水相逢中能够碰到这样的人，即使不多，也足够点石成金。分手时，送高老师进了汽车，一直看着汽车跑远，才忽然想到，忘记告诉高老师了，那个从北大荒回来买的和您家一样的书架，一直没舍得丢掉，还跟着我。很多的记忆，都还紧紧地跟着我，就像影子一样，像校园里树叶洒下了花阴凉儿一样。

花间补读未完书

田增科老师到澳大利亚去了。这是他第三次去。我隐隐地感到，这一次，他大概不会再回来了。他的两个孩子在那里，另一个在意大利，国内已经没有他的亲人了。几个孩子在国外干得都不错，执意要接他们老两口出去，尽尽孝心。

我忽然觉得一下子非常落寞。在偌大的北京，我没有任何亲戚，连八杆子打不着的都找不着一个。田老师，已经是我在北京唯一的亲戚了。我和他交往了四十多年了，过了我人生的大半。岁月，让人的感情发生着变化，就像葡萄在时间的催化下变成酒一样，浓郁芬芳醉人。

我在汇文中学上初三，田老师教我语文。那时，我 15 岁，田老师刚刚大学毕业，我们开始了这长达四十余年的交往。这中间，是他帮助我修改了我的一篇作文，并亲自推荐参加了北京市少年作文比赛，获得了一等奖。那是我的第一篇变成铅字的文章，如果没有这样的一篇文章，我会那样迷恋上文学吗？我今天的道路会不会发生变化？我有时这样想，便十分感谢田老师。我永远难忘他将我的那篇作文塞进信封，投递进学校门前的绿色信筒里的情景；我也永远难忘当我的这篇文章被印进书中，他将那喷发着油墨清香的书递给我手中时比我还要激动的情景。那是春天一个细雨飘洒的黄昏。

这中间，还横躺着一个"文化大革命"。说来我当时也许真是十分地可笑，我自以为自己才是革命的，而认为田老师当时有些保守，因为我们两人当时参加的并不是一个战斗队，有一段时间，我和田老师疏远了。可是，在我要到北大荒插队的时候，我以为田老师不会来送我的了，田老师却出现在我的面前。在那些个路远天长、心折魂断的日子里，田老师常有信来，一直劝我无论什么样艰苦的条件下千万不要放下笔放下书。在那文化凋零的季节，他千方百计从内部为我买了一套《水浒传》和一套《三国演义》，在我从北大荒回家探亲假期结束要回北大荒的前夕，赶到我的家里把书送来。那一晚，偏巧我去和同学话别没有在家，徒留下桌上的一杯已经放凉的茶和漫天的繁星闪烁。

这中间，我和田老师先后结婚，先后为老人送终，他生下两女一子，我生下一个儿子，在那一段一根扁担挑着老少两头的艰辛的日子里，我待业在家没有工作，他鼓励我别灰心，并借给我他的《苕溪渔隐丛话》《中国画论辑要》《人间词话》《红楼梦》等书，并送我一个笔记本，劝我再苦再难，读书是必要的，要相信乾坤有眼、时序有心，要相信艺不压身，学问终有需要的时候。

这中间，我发表的第一篇文章，是他看后觉得不错，亲自骑上自行车跑到报社替我送到编辑的手中，并郑重地推荐给人家的。那篇文章，他至今保留如初，并保留着我中学的作文本。

这中间，他出版的第一本书，特意约我来写序言，我说："这本书中的这些篇章并不是为文而文，而是一位老教师在和你坦率真挚地谈心。悠悠读来，我仿佛又回到学校，重温坐在教室里听田老师讲课时那一片温馨，它曾伴我度过少年而渐渐长大。"

这中间，我和田老师一样，做上了中学和大学的老师。我刚刚给学生上课的时候，田老师都曾经骑着自行车到学校专门听我讲课。我教书的中学在郊区，比较远，但他还是早早就到了。听他的学生要给更为年轻的学生讲课了，他的心情显得有些激动。田老师走进校园，我看到许多学生趴在教室的窗前好奇地看。那一次，他回家迷了路，兜了好半天的圈子才回到家。

还有一次，他到我教书的中央戏剧学院来听我讲课，我讲的朱自清的《背影》，下课后，他告诉文章中的一个字我读错了，另外除了结合朱自清先生的自身经历，还要结合当时的时代背景，会对文章的内涵理解得更深刻些。我送他一直到学院门口，看着他骑上车在冬天的风中远去，一直到看不见他的背影为止，我才发现自己的手中拿着的正是朱自清的《背影》。

四十多年的岁月就这样如水长逝。可以说，我和田老师这四十多年的交往，是读书写书和教书的交往，清淡如水，却也清澈如水，由书滋润着情感，又由情感滋润着书，便也格外湿润而清新。并不是所有的人都能够或值得保持这么多年的友情的。人生中，萍水相逢的、利害相加的、关系互通的人，总是居多。但我和田老师却是这样平淡又长久地保持着这样一份感情，让彼此都感到那感情中因有岁月的沉淀而那样沉甸甸。在偌大的北京城中，由于我没有任何亲戚，便把田老师当成了唯一的亲戚。在春节老北京人讲究亲戚之间互相看望的礼节里，我唯一要看望的就是田老师一个人。

一晃，春节将要来临。田老师却到澳大利亚去了，而且不会再回来了。春节，我将无处可去。

我想起前年的春节，田老师当时也不在北京，正在澳大利亚女儿的家中。他特意给我寄来一封信，信中夹有一张他在女儿家门前照的照片，照片后面有田老师抄的一句清诗："竹里坐消无事福，花间补读未完书。"一下子，遥远的澳大利亚变得近在咫尺，田老师又像坐在我的身边了。而且，那时总想这个春节田老师不在，下一个春节他是要回来的。毕竟他还想着那么多要读的未完之书。

可是，这一次，田老师不会再回来了。他早早寄给我一张贺卡，贺卡上印着积雪覆盖的原野。接到贺卡那天，北京正纷纷扬扬飘飞着冬天以来最大的雪花。

先生教我抛物线

从母校寄来的新的一期《汇文校友》刊物上，才得知韩永祥老师刚刚过完他的百岁生日。看刊物上登载他祝寿的照片，100岁的老人，依然那样精神矍铄、鹤发童颜，和身着的红色唐装相映成辉。哪里看得出竟然有一百年的光阴，已经从他的身上淌过，额头上刻下了岁月的年轮？

记忆中的韩老师，并没有这样地老。那时，我在汇文中学上高一的时候，韩老师教我立体几何。他高高瘦瘦的个子，抱着一个大大的三角板，第一次出现在我们教室门口的时候，给我的感觉很奇怪，有些像相声演员马三立先生，也有些像独自一人大战风车的堂吉诃德。大概因为他实在太瘦，那三角板显得格外硕大而与他不成比例，另外，他微微地笑着，那笑带有几分幽默的意味。

课间操的时间里，常看见他和数学组的年轻老师一起打排球。就在我们教室窗外的空地上，没有球网，只是老师们围成一圈，互相托球，不让球落地，也要技术和技巧，我们学生下操后常常去看热闹，为老师叫好。那时，韩老师身手不凡，格外灵敏，加上胳膊长腿长，能够海底捞月一般弯腰救起许多险球。算算那是四十年前，韩老师已经是 60 岁的人了呀。奇怪的是，他给我的印象那时就年轻，所以现在他活到百岁也不显老吧？

韩老师最初给我的幽默的感觉，在他上课的时候得到了验证。他讲课不紧不慢，不温不火，言语干净利索，讲得清晰明白，时不时地带有几分幽默。记忆最深的一次，是讲双抛物线，讲到其特点在坐标轴上下的弧线是无限延长永不相交的时候，韩老师指着黑板上他画出的双抛物线，忽然说了一句："这叫作——上穷碧落下黄泉，两处茫茫皆不见。"全班同学一下子都会意地笑了，他自己也有些得意地笑了。因为那时我们刚刚学完白居易的《长恨歌》，"上穷碧落下黄泉，两处茫茫皆不见"，正是其中的一句诗。这句诗本来是形容唐玄宗对杨贵妃上天入地的渴望的，用在抛物线上，歪打正着，那么地恰如其分，又生动富于想象力。学问的积淀，方能触类旁通，横竖相连，让我们的学习有了趣味而记忆牢靠。

我的立体几何学得一直不错，在韩老师教授我的一年时间里，大小考试都是满分，只有一次马失前蹄。我记得很清楚，是期末考试前的一次阶段测验，韩老师出了四道题，每题25分，马马虎虎，我错了一道，得了75分。有意思的是，全班只有我一人错了一题，其他同学都是满分，我的脸有些臊不嗒嗒的。那天，发下试卷，韩老师没有找我，而是让我们的班主任找到我，并没有批评我，只是转告我说韩老师觉得很奇怪，肯定是大意了，期末考试时把损失找补回来！好的老师总是懂得教育学生的机会和方法，便使得枯燥的数学化为了艺术，也使得平凡的生活化为了永远的回忆。

一晃，四十年弹指一挥间，韩老师已是百岁老人，不禁令我感慨，更令我怀念。当晚睡不着，诌出一首打油诗，寄赠韩老师，算我迟到的生日祝贺——

> 上穷碧落下黄泉，两处茫茫皆不见。
> 先生教我抛物线，一语记犹四十年。

一个都不能少

王瑷东老师今年 81 岁，鹤发童颜，还敢骑着自行车，在北京城越发拥挤的大街小巷里游龙戏风。

在我的印象中，王老师是我们汇文中学里最漂亮的女老师，即使穿着简单朴素的白衬衫，也显得风姿绰约。她教高三毕业班的语文。1966 年，我读高三。想想那时她还不到 36 岁，正是风华绝代的年龄。我永远不会忘记，1966 年所谓的"红八月"。那个炎热的夏天，在下午毒辣辣的太阳底下，王老师站在了学校操场的领操台上，几个红卫兵也是她的学生，挥动着武装带，让她躬身九十多度弯腰，接受批斗。她的罪名是修正主义教育路线的红人，其实，不过是她的语文课教得好，当然也包括她长得漂亮，漂亮的姿容，在当时也属于了资产阶级的范畴。领操台下是黑压压的人群，其中不少也是她的学生，其中包括我。我挤进人群，想对王老师轻轻地说几句话，但我挤到她的身边时，看见红卫兵手里的武装带和眼睛里的凶光，一下子卡了壳。这时候，红卫兵用武装带打了她一下，让她继续弯腰。那一瞬间，我看见她穿着半袖的白衬衫完全湿透，一根胸罩的带子从袖口里掉了出来，如同一条蚯蚓，显得格外突兀刺目。

那个镜头像定格一样，一直在我的眼前突兀着。当时，我赶紧扭转身，泥鳅钻沙一样挤出人群。很久的一段时间里，我都在想，一个不到 36 岁的漂亮女教师，受到这样的屈辱，当时，以及后来，她会是什么样的心情，尤其是面对她的那些向她挥舞武装带的学生，包括我这样想安慰她又胆怯得那么不争气的学生？

1971 年的冬天，我从北大荒探亲回京，到学校看老师，看见了王老师。她还是那样地漂亮，似乎以往批斗和劳改都不曾在她的身上留下什么痕迹。她把我拉到一边悄悄地说到她家借给我书看，说到什么时候都还要读书。我到东单的新开路她家，她借给我《约翰·克里斯多夫》《红楼梦》和《人间词话》。特别是《约翰·克里斯多夫》，几乎成为我走上写作道路的启蒙书。

那个寒冷的冬天，因有了王老师的书，让我感到温暖。只是有一次我到她家还书，看见屋子里坐着好几个同学，其中有一个当年站在领操台上挥舞武装带批斗过她的红卫兵。我像是吞进一只苍蝇那样地恶心，我实在不理解，为什么王老师对他和其他同学一样地谈笑风生。我甚至认为，王老师变得一锅糊涂没有了豆儿一样没有了立场。记得那一天，把书还给王老师，我就匆匆离开了。

这件事，和领操台上弯腰九十多度胸罩带掉了出来的情景，常常如同对比醒目的两个镜头，悬挂在我的记忆里。一直到今年的春天，我才明白了，这前后两个镜头是属于王老师人生的两个明喻，以德报怨，让她的心清澈透明，她一直以为面对的都是自己的学生，不能让学生背负本该属于历史的那么沉重的责任。她不止一次对我说：你们那时候才多大呀，还都是孩子。

今年，是我们汇文中学建校一百四十周年的日子。从两年前开始，王老师就打算把原来高三4班的同学都汇聚齐整。这是王老师"文革"前教过的最后一届学生，由于和她一起经历了那场"文化大革命"，她和我们学生感情弥笃。

过了春节，王老师非常高兴，因为高三4班四十五名同学，她已经找到其中四十四名。这四十四名同学，有出息的，有落魄的，有在外地的，有在国外的……在王老师的眼里，都没有了身份的焦虑，都是她的学生；依然是有教无类。说实在的，这四十四名同学，如今都和我一样早过了退休的年龄，王老师年过八十，还要跑远路，一部电话，一台电脑，一辆自行车，她要付出多少心血和代价。但是，她渴望这次全班同学的聚齐，就像当年她走进教室进行早点名一样，她不愿意看见一名同学缺席。

这最后一名没有找到的学生，叫刘泓，初中和我就是同学，他哥哥当年是中央乐团的小提琴手，他的小提琴在我们学校里拉得也很出名。1981年，他是我们班出国的先行者，因为他的姑姑在美国，怀揣着梦想，骚动着盲目，他开始了洋插队，却一下子泥牛入海一般，和大家都没有了联系。王老师最大的愿望，就是找到她最后的一名学生刘泓。她以为在汇文中学建校一百四十周年的日子里，这件事最有意义。她就像一个鸡婆一样，要把她所有的学生像鸡雏一样，都揽在她的翅膀下。对于校庆，每个人都有自己的庆祝方法，作为王老师，她认为这是最好的庆祝了，胜过什么隆重的大会或觥筹交错的晚宴。

五一节前夕，我和王老师一起到长安大戏院看京戏。说起王老师的这一努力了两年的心愿，我笑着说王老师这符合传统老戏里的大团圆的结尾。王老师却兴奋地告诉我：刘泓终于找到了！前两天，他给我打来电话，我一耳朵就听出来了，还是三十年前的他那憨厚的声音。

戏也没好好看，听王老师说，知道了刘泓在美国的经历不凡，至今独身，一直做维修工，64岁了还在干活。不过，他很乐观，有一个美国的女朋友，日子过得挺好。我问王老师：您多大的本事，是怎么找到刘泓的？王老师笑着说，该找的地方都去了，该问的人都问了。她说起在美国我的一个同学的名字，他的爱人的朋友知道刘泓，你说这不是踏破铁鞋无觅处、得来全不费工夫吗，怎么那么巧？我说，这不是巧，是您心诚则灵。

如今，高三4班四十五名同学终于都聚齐了，可以让王老师点名了，四十五声嘹亮的回声：到！

那应该是王老师最幸福的时刻。

五月的鲜花

阎述诗老师，冬天永远不戴帽子，曾是我们汇文中学的一个颇为引人瞩目的景观。他的头发永远梳理得一丝不乱，似乎冬天的大风也难在他的头发上留下痕迹。

阎述诗是北京市的特级数学教师，这在我们学校数学教研组里，是唯一的。学校里所有的老师，包括我们的校长对他都格外尊重。他只教高三毕业班，非常巧，我上初一的时候，他忽然要求带一个班初一的数学课。可惜，这样的好事没有轮到我们班。不过，他常在阶梯教室给我们初一的学生讲数学课外辅导，谁都可以去听。他这样做，为了我们学生，同时也是为了年轻的老师。他要把数学从初一开始抓起的重要性，用自己的实际行动告诉给我们大家。

我那时并不怎么喜欢数学，还是到阶梯教室听了他的一次课，是慕名而去的。那一天，阶梯教室坐满了学生和老师，连走道都挤得水泄不通。上课铃声响的时候，他正好出现在教室门口。他讲课的声音十分动听，像音乐在流淌；板书极其整洁，一个黑板让他写得井然有序，像布局得当的一幅书法、一盘围棋。他从不擦一个字或符号，写上去了，就像钉上的钉，落下的棋。给我印象最深的是他随手在黑板上画的圆，一笔下来，不用圆规，居然那么圆，让我们这些学生叹为观止，差点儿没叫出声来。

四十五分钟一节课，当他讲完最后一句话的时候，下课的铃声正好清脆地响起，真是料"时"如神。下课以后，同学们围在黑板前啧啧赞叹。阎老师的板书安排得错落有致，从未擦过一笔、从未涂过一下的黑板，满满当当，又干干净净，简直像是精心编织的一幅图案。同学们都舍不得擦掉。

是的，那简直是精美的艺术品。我还未见过一个老师能够做到这样。阎老师并不是有意这样做，却是已经形成了习惯。长大以后，我回母校见过阎老师的备课笔记本，虽然他的数学课教了那么多年，早已驾轻就熟，但每一个笔记本、每一课的内容，他写得依然那样一丝不苟，像他的板书一样，不涂改一笔一画，哪怕是一个圆、一个三角形，都用圆规和三角板画得规规矩矩，而且每一页都布置得整齐有序，整个一个笔记本像一本印刷精良的书。阎老师是把数学当成艺术对待的，他把数学课便化为了艺术。只是刚上学的时候，我不知道阎老师其实就是一位艺术家。

一直到阎老师逝世之后，学校办了一期纪念阎老师的板报，在板报上我见到诗人光未然先生写来的悼念信，信中提起那首著名的抗战歌曲《五月的鲜花》，方才知道是阎老师作的曲，原来如此学艺广泛而精深。想起阎老师的数学课，便不再奇怪，他既是一位数学家，又是一位音乐家，他将音乐形象的音符和旋律，与数学的符号和公式，那样神奇地结合起来。他拥有一片大海，给予我们的才如此滋润淋漓。

那一年，是1963年，我上初三，阎述诗老师才58岁，太早地离开了我们。他是患肝病离开我们的。肝病不是肝癌，并不是不可以治的。如果他不坚持在课堂上，早一些去医院看病，不至于这么早走的。他就像唱着他的《五月的鲜花》的战士，不愿离开自己战斗的岗位一样，不愿离开课堂。从那一年之后，我再唱起这首歌："五月的鲜花，开遍了原野，鲜花掩盖着志士的鲜血……"，便想起阎老师。

就是从那时起，我对阎述诗老师有了进一步的了解。以他的才华学识，他本可以不当一名寒酸的中学老师。艺术之路和仕途之径，都曾为他敞开。1942 年，日寇铁蹄践踏北平，日本教官接管了学校后曾让他出来做官，他却愤而离校出走，开一家小照相馆艰难度日谋生。解放初期，他的照相馆已经小有规模，凭他的艺术才华，他的照相水平远近颇有名气，收入自是不错。但是，这时母校请他回来教书，他二话没说，毅然放弃商海赚钱生涯，重返校园再执教鞭。一官一商，他都是那样爽快挥手告别，唯放弃不下的是教师生涯。这并不是所有知识分子都能做得到的，人生在世，诱惑良多，无处不在，一一考验着人的灵魂和良知。

我对阎述诗老师的人品和学品愈发敬重。据说，当初学校请他回校教书，校长月薪 90 元，却经市政府特批予他月薪 120 元，实在是得有其所，充分体现对知识的尊重。现在想想，即使今天也不是那么容易做到的。

世上有许多东西是无法用金钱衡量的。阎述诗老师一生与世无争，淡泊名利；白日教数学，晚间听音乐，手指在黑板与钢琴上均是黑白之间，相互弹奏；两相契合，阴阳互补，物我两忘，陶然自乐。在物欲横泛之时，媚世苟合、曲宫巧学、操守难持、趋避易变盛行，阎述诗老师守住艺术家和教育家一颗清静透彻之心，对我们今日实在是一面醒目明澈的镜子。

诗人早就说过，有的人活着，他却死了；有的人死了，他却活着。想想抗战胜利都七十年，《五月的鲜花》唱了整整有七十多年，却依然在整个中国的土地上回荡。岁月最为无情而公正，七十多年的时间哪，会有多少歌、多少人，被人们无情地遗忘！但是，阎述诗老师和他的《五月的鲜花》仍被人们记起。

在母校纪念阎述诗老师的会上，我见到他的女儿，她是著名演员王铁成的夫人。她告诉我她的女儿至今还保留着几十年前外公临终前吐出的最后一口鲜血——洁白的棉花上托着一块玛瑙红的血迹。

从血管里流出的是血，与从自来水管里流出的水，终究是不同的人生、不同的历史。

那块血迹永远不会褪色。那是五月的鲜花，开遍在我们的心上。

小学双师

白发苍苍

小学三年级，多了一门作文课。教我们这门课的是新班主任老师。我记得很清楚，他叫张文彬，四十多岁的样子，有着浓重的、我听不出来究竟是哪里的外地口音。他很严厉，又正是年富力强的时候，站在讲台桌前，挺直的腰板，梳一头黑黑的头发——他那头发虽然乌亮，却是蓬松着，一根根直戳戳地立着，总使我想起他给我们讲课解的"怒发冲冠"这个成语——我们学生都有些怕他。

第一次上作文课，他没有让我们马上写作文，带我们看了一场电影，是到长安街上的儿童电影院看的。（如今这家电影院早已经化为灰烬，在包括它在内的一片地方建起了一个商厦。）我到现在还记得，看的《上甘岭》。

那时，儿童电影院刚建成不久，内外一新。我的座位是在楼上，一层层座位由低而高，像布在梯田上的小苗苗。电影一开始，身后放映室的小方洞里射出一道白光，从我的肩头擦过，像一道无声的瀑布。我真想伸出手抓一把，也想调皮地站起来，在银幕上露出个怪样的影子来。尤其让我感到新鲜的是，在每一排座椅下面都安着一个小灯，散发着柔和而有些幽暗的光，可以使迟到的小观众不必担心找不到座位。那一排排小灯让我格外感兴趣，以致使我看那场电影时总是走神，忍不住低头看那一排排灯光，好像那里闪闪烁烁藏着什么秘密或什么好玩的东西。

张老师让我们写的第一次作文就是写这次看电影，他说："你们怎么看的，怎么想的，就怎么写，你觉得什么有意思，就写什么。"我把我所感受到的这一切都写了，当然，我没有忘了写那一排排我认为有意思的灯光。

没想到，第二周作文课讲评时，张老师向全班同学朗读了我的这篇作文。虽然，几十年过去了，我还记得特别清楚，他特别表扬了我写的那一排排灯光，说我观察仔细，写得有趣。他那浓重的外地口音，我听起来觉得是那样亲切。那作文所写的一切，我自己听起来也那么亲切。童年的一颗幼稚的心，使我第一次对作文产生了浓厚的兴趣。啊，原来自己写的文章还有着这样的魅力！

张老师对这篇作文提出了表扬，也提出了意见，其他具体的我统统忘记了。但我记得从这之后，我迷上了作文。作文课成了我最喜欢最盼望上的一门课。而在作文讲评时，张老师常常要念我的作文。他常在课下对我说："多读一些课外书。"我觉得他那一头硬发也不那么"怒发冲冠"了，变得柔和了许多。

有时，一个孩子的爱好，其实就是这样简单地在瞬间形成了。一个人的小时候，有时就是这样地重要。

那时，我家里生活不富裕，在内蒙古的姐姐给家里寄些钱。一次，姐姐刚寄来钱，爸爸照往常一样把钱放进一个小皮箱子里。我趁着爸爸上班，妈妈不在家，偷偷地打开了小皮箱子，拿走了一张 5 元钱的票子。小时候，5 元钱，对我是一个多么大的数字呀！拿着它，我跑到离我家不远的大栅栏里的新华书店，破天荒头一次买了四本书。我到现在还保留着这四本书：《李白诗选》《杜甫诗选》《陆游诗选》《宋词选》。谁知，我为此付出的代价是屁股上挨了爸爸一顿鞋底子。这是我有生以来第一次也是唯一一次挨打。

这件事不知怎么传到张老师的耳朵里了，他毫不客气地给了我一个"当众警告"的处分，而且白纸黑字地贴在学校的布告栏里。说心里话，我很恨他。让我多看课外书的不是你吗？但当时我忘记了问一问自己：张老师可没有让你私自拿家里的钱去买书呀！

值得欣慰的是，我的作文，张老师依然在班里作为范文朗读。没过几日，学校的布告栏里又贴出一张纸：宣布撤销对我的处分。张老师对我说："是有意识这样做的。对你要求严格些，没坏处！"我当时心里很不服气，这不是成心让我下不来台吗？小事一件，值得吗？大概他也觉得太过分了，才这样安慰我吧？那时候，我就是这样地幼稚。我并没有理解张老师一片严厉而又慈爱的心。

新年，我们全校师生在学校的小礼堂里联欢。小礼堂是用原来的破庙改建的，倒是挺宽敞，新装的彩灯闪烁，气氛挺热闹的。每个班都要出节目，我那天和同学一起演出的是话剧《枪》的片段。演得正带劲的时候，礼堂的门突然推开了，随着呼呼的冷风走进来一个白胡子、白眉毛、白头发的老爷爷，穿着一件翻毛白羊皮袄，身上还背着一个白布袋……总之，给我的印象是一身白。走进门，他捋了捋白胡子，故意装出一副粗嗓门儿说道："孩子们，我是新年老人，我给你们送新年礼物来了！"同学们都欢呼起来了，他走到我们中间，把那个白布袋打开，倒出来一个个小纸包，递给每个同学一份。那里面装的是铅笔、橡皮、三角板，或是糖果。当我们拿着这些礼物止不住笑成一团的时候。新年老人一把摘掉他的白胡子、白眉毛和白头发，我才看清，哦，原来是我们的张老师！

第二年，他就不教我们了。他给我留下了这个白胡子、白眉毛和白头发的新年老人的印象。他给我一个现实生活中难得的童话！这种童话，只有在我那种年龄才能获得，他恰当其时地给予了我。

以后，我从这所小学毕业，考入中学。"文化大革命"那一年，我刚好高中毕业，偶然从这所母校路过，我看见了张老师，他骑着一辆破旧的自行车，佝偻着背，显得苍老了许多，我几乎没有认出他来。尤其让我惊讶万分的是，他竟然像那年装扮的新年老人一样真的满头白发苍苍了。才不到十年呀，他不该老得这样快。他那一头"怒发冲冠"的乌黑的头发哪里去了呢？

我恭敬地叫了一声："张老师！"他跳下车，还认得我，没对我说什么，匆匆地骑上车走了。从此，我再也没有见过他。他那一头苍苍白发，给我的刺激太深了。

1974年，我从北大荒回到北京，一时没有工作待业在家，好心的母校老师找到我，让我暂时去学校代课。我去了，首先问起了张文彬老师。他退休了，"文化大革命"中，他受到了不公正的待遇。站在张老师曾经站过的讲台上，我居然也做起老师讲课来了，而张老师却不在了，我的心里掠过一阵难以言说的感情。

不知怎么搞的，我的眼前总是浮动着张老师那白发苍苍的样子。

音乐老师

汪老师，我已经忘记她叫汪什么了，她教我小学的音乐课。在我的眼里，她是个老太太了。不过，孩子的眼睛常常看不准，因为那时自己太小，便容易把比自己大许多的大人都看成老人。

现在回想起来，汪老师大概最多也就是40多岁。

她很胖，个子不高，但面容白皙，长得很好看，是那种家境很好又很会保养的人，这在全校的老师中很是显眼。其实，这都是我自以为是的猜测，小孩子看人常常走眼。

她教我们唱歌教得很好，既认真又有方法，她的最主要方法就是从不批评我们，而是常常表扬我们，总是说我们唱得真好听，学得真快……我们都很爱上她的音乐课。她听我们唱歌时爱侧着脑袋，一手轻轻地打着拍子，非常专注的样子，好像特别地喜欢听我们唱，我们就唱得更加卖力气。她教我们唱歌时略微带有南方的口音，挺甜的，有点像我们小孩子一样。尤其是她一边弹着风琴一边仰着脸唱歌的样子，特别天真，像小孩子。

我对她印象极好，还有一个原因，就是她教我们班唱《听妈妈讲那过去的事情》的时候，我特别爱唱这首歌。说来也许好笑，我特别喜欢这首的原因，一是它的旋律美，另一个是在全校歌咏比赛时高年级领唱这首歌的是一个叫秦弦的大队长，与其说我喜欢这首歌，不如说我更喜欢领唱这首歌的高年级的女同学。我希望也能像秦弦一样领唱这首《听妈妈讲那过去的事情》，最好也在学校操场那高高的领操台上。我觉得自己唱得还不错，在底下悄悄练过好多次了呢。汪老师好像钻进我的心里去了一样，猜到了我的心事，她在快要下课的时候，宣布由谁来领唱竟然念到的是我的名字！

放学后，我被留下来，跟着她的琴声练了一遍又一遍《听妈妈讲那过去的事情》，那真是挺幸福的事！她主要教我唱歌要带着感情和表情，而且说是先要有感情才能有表情，感情从哪儿来，你就要边唱边真的觉得好像是在夏天的夜晚，坐在谷垛旁边听那动人的故事……她说话声特别好听，让我觉得就像唱歌似的，让我不知不觉地学会好多东西。所有这一切，都是我第一次听到，我感到特别地新鲜。我想如果说这也能算是艺术的话，我最早接触的艺术大概就要算这首《听妈妈讲那过去的事情》，而最早引我进入艺术殿堂的领路人就是汪老师。

一个小孩子对一个老师的好感或恶感，就是这样简单地完成了。不管怎么说，汪老师是一个挺受我们学生欢迎的老师。我对她充满感激之情。

汪老师教我两年后的夏天——大概是夏天，因为在这之前，我记得她还穿着裙子。有一天上音乐课上课铃打了老半天了，也没见汪老师的人影。起初，我们以为她病了，但过了一会儿我们的班主任老师来了，看他那表情好像他感到挺突然的，汪老师好像不是病了。我们不知道汪老师为什么没有来上课，而且以后好多堂音乐课，她都没有来上，直至有一天换了一个新的音乐老师。

后来，在学校传开了，汪老师是倒卖粮票被公安局抓住送进了拘留所。

现在的年轻朋友已经对粮票很陌生了，难以明白在我国的历史中曾经有过那样一段日子里买粮食需要用粮票，而在饥饿年代粮票对于一个人是多么地重要。那时，虽然我仅仅还是个小学生，但我懂。只是过了许久许久，我都弄不明白为什么汪老师要去倒卖粮票。一个那么有修养那么好看又那么会唱歌的老师，干吗要去倒卖粮票？

以后，稍稍长大一些，我常想起汪老师，便总是在想：一个饿着肚子的人有时为了生存会铤而走险的；一个过惯了优越生活的人有时也会为了虚荣而一失足成千古恨的。汪老师是这两方面的综合？我不大清楚，只是猜测。不管怎样，我都为汪老师有些惋惜，怎么都觉得干这种事的不该是汪老师，而应该是别的什么人。有时，我甚至想也许他们抓错了人。过不了多久，他们就会把汪老师放回来的，汪老师还能教我们的音乐课。

可是，我小学毕业，升入中学，乃至中学毕业，汪老师都没有再返校教书。

我忘记是什么时候了，我听别的同学告诉我，知道汪老师当时其实是为了几个孩子，那时正是整个国家大饥荒刚刚露出了端倪的时候。她的孩子很多，而且都是正长身体要饭量的男孩子，她又是离婚独自挑起这沉重的家庭的大梁，没有办法想用钱换点儿粮票，偏偏遇到了公安局的人，不由分说给抓了起来，便一下子断送了她音乐老师的生涯。

她是一个多么好的音乐老师！起码，对我而言是这样一个难忘又可惜的音乐老师。

铁木心传

上

十年前，即2004年的夏天，我回到北大荒。那是自1974年离开那里之后我第三次回北大荒。没有想到，竟然是最后一次见到赵温。

很多人知道我是一定要找赵温的。没错，到了建三江，我第一个想见的，就是赵温。

建三江，是我们北大荒农场管理局的一个分局所在地，我所在的大兴农场分属它管。隔一条七星河，就是大兴农场。1968年，我从北京到那里落户，七星河上还没有桥，要乘船才能到对岸大兴岛我要去的二队。七星河上的桥，就是包括我在内的知青们修的，最初叫反修桥。为修桥，冬天要用炸药炸冰冻的土方，飞溅起的石块，曾经炸伤我右腿的迎面骨。现在，坐汽车，四十里的车程，就可以到我当年的大兴二队。有意思的是，桥墩上水泥凹凸刻上的"反修桥"三个字，尽管经历几十年风雨磨蚀，居然清晰还在。

建三江，是一个带有知青色彩的新地名。我最初去那里的时候，还没有这个地名，七星河两岸，只是一片荒原。当年，开发荒原，向荒原进军，曾经是一个非常响亮的口号。开发的荒原，包括黑龙江、松花江和乌苏里江三条江周围的荒草甸，便取了"建三江"这样一个名字，如今赫然标立在中国的地图上。那时候，修七星河桥的时候，我们都是住在自己搭起的帐篷里，中间一道布门帘，分别住着我们男女知青。那时候，我们自编的歌曲《绿帐篷》，唱着"绿色的篷帐，花开在荒原上……"进行着这样开发荒原、向荒原进军的豪迈工作。荒原，那时叫沼泽地，叫漂伐甸子，现在叫湿地，被称作大地的肺。历史的翻云覆雨，让"知青"成了一个尴尬的名词。

那时候，扎帐篷需要的木工活，比如扎帐篷四角的木桩、帐篷里面的木板床，洗漱用的架子，等等，都是赵温和一帮老农带领着知青干。赵温，是我们二队的木匠。

1982 年，我大学毕业后利用暑假第一次回北大荒，在建三江，一切安排好，服务员把我引到宾馆的房间，屁股在椅子上刚刚坐下，建三江的朋友就对我说：告诉你两个事，一个是赵温已经从大兴二队调到了建三江粮食加工厂来了，一个是你们原来二队的队长因为喝知青的血贪污受贿被双开（开除党籍、开除公职），整你的工作组长得癌症死了。

这一次也是这样，简直是 1982 年那一幕的重演，我刚进房间，也是屁股在椅子上刚刚坐下。房门敲响了，进来一位建三江的老朋友，见到我寒暄没几句话，就告诉我：赵温不在家。原来，他早好心在我到达建三江之前就替我找赵温去了。

我心里一沉，莫非他到外地去了？来人对我说：他儿子说他去看庄稼了，说完又补充道：他承包了几百亩麦子地，现在正是要麦收的时候，他儿子说他在麦子地边搭了一个窝棚，夜里就睡在那里，看庄稼呢。

我松了一口气，他没有外出，还在建三江，麦子地再远，也是能够找到他，能够见到他的。只是，我在心里悄悄地算了算，他早已经退休了，今年大概是 70 岁的人了，这么大年纪，还要去住窝棚看庄稼，真是太辛苦。他有两个儿子，都干吗去了？

来人告诉我：他的儿子大了，结婚了，他原来在粮油加工厂的房子给了儿子住，他和老伴单独住在加工厂旁的棚子里，四周种的都是菜。他是闲不着的人。

为了孩子，为了家，当父母的从来都是为儿孙当马牛。

来人又告诉我：我已经告诉他儿子了，说你来了，让他儿子立马儿去找他，他承包的那块地整得挺远，看他今晚上能不能赶回来。

想起上次到建三江，我迫不及待地找到他搬来不久的新家，去看望他时相见甚欢的情景，还清晰得如在目前。一晃二十二年过去了，一切真是恍然如梦。

我和赵温的友情，要上溯到 1968 年我刚到北大荒的时候。

想想那时候，我真的是非常地好笑。年轻的时候，大概谁都会是心高气盛吧。那时，我也是一样，自以为是，急公好义，路见不平，拔刀相助。用当时东北老乡的话说，其实就是傻小子睡凉炕，全凭火力壮。

1968 年，到北大荒，我 21 岁。全因为看到队里的三个所谓的"反革命"，认为并不是真正的反革命，而绝对是好人。尤其是看见用铁丝勒着三块拖拉机的链轨板，挂在他们的脖子上批斗，更是于心不忍。要知道每一块链轨板是十七斤半重，每一次批斗下来，他们的脖子上都是鲜血淋漓，铁丝在肉里勒下深深的血痕。于是，是我带头出场了，自以为是样板戏里的英雄人物李玉和出场一样呢，要拯救那三个人于危难之中。

那三个人中，一个是队上的司务长，说是他贪污了食堂里的粮票；一个是复员兵，被叫作二毛子，因为母亲是个老毛子（俄罗斯人），硬说他是苏修特务，到他家掘地三尺要挖出他里通外国的电台；一个便是赵温，一个革命烈士的后代，硬说是和队上赶大车的大老张的女儿乱搞。

第一场戏，演出的是访贫问苦。我和一起去北大荒的八个同学（当时流行小演唱"八大员"，指的是炊事员饲养员之类，我们就被队里人戏称为"九大员"），我们分别悄悄地跑到这三个"反革命"的家里，想像毛泽东当年写《湖南农民运动考察报告》一样，也去调查真实的情况，撑起革命的旗帜，施展革命的抱负。

那一年刚入冬，踏雪迎风，身后甩下无边无际的荒原，心里充塞着小布尔乔亚的悲天悯人情怀。我走进的第一家，是二队最北的一间拉禾辫盖的泥草房。那是我有生以来第一次真正见识农民的家是什么样子。拉禾辫，是用干草和泥和成一体，拧成辫子状，一层层绑在房子搭起的木架周围，然后再在上面抹上一层泥，这便是当时矗立在大兴岛上绝大数的房子。灰褐色的墙体，像是土拨鼠，低矮地趴在那里，似乎只要有一点风吹草动，就能随时逃走。房顶上积雪的衰草，在风中摇晃，好像能随时把身下的草房子连根拔掉。

那一天，是收工之后的晚上，我走进三位"反革命"中的一位——一个地地道道的贫农的家中，我看见家里穷得盆朝天碗朝地的，一盏马灯昏暗的灯光下，他的老婆穿着一件跑了花的破棉袄，揽着两个孩子，蜷缩在炕上，而他自己则光着膀子穿着一件单薄的破棉袄。寒风醉汉一样使劲拍打着窗户，发出怪异的嘶鸣。不知道我来了哪一股子劲，当场脱下临来北大荒之前姐姐给我的那件崭新的棉大衣，披在他的身上，感觉良好地当了一回救世主。他披着棉大衣，一双细长的眼睛眯缝着，紧紧盯着我，没有动窝，也没有说话。

他就是赵温。干一手好的木匠活，唱得来一腔好嗓子京戏。多少年过去了，他始终记住我的那件棉大衣。我始终记住我们之间的友情。

第二场戏，演出的是激扬文字。我和同学一起连夜赶写了三张大字报，慷慨激昂，挥斥方遒，有事实有理论，有文采有感情，掷地有声，不容辩驳。第二天一清早，墨汁未干，把大字报贴在队里的食堂的墙上，胸有朝阳般等待着人们特别是将这三个人打成"反革命"的队部的头头前来看我们的杰作。

第三场戏，演出的是现场辩论。那时，我们的食堂是全队的政治中心，大会小会，一切活动，都要在那里举行，俨然是我们的"人大会堂"。一连几个收了工的晚上，全队人被我们的三张大字报磁铁吸石一般招呼到食堂里，我们和坚持要把那三个人继续打成"反革命"的对立派进行唇枪舌剑的激烈辩论，唾沫与手势齐飞，语录和标语共舞。在连续几个夜晚的辩论会上，我是主角，连发炮弹一样的发言，真真是有种"一点浩然气，千里快哉风"的意思，成了舌战群儒的孔明似的，不时地让对手哑口无言，赢来我们一阵阵热烈的掌声。

那时候，赵温始终坐在我们的身后，而我的心始终站在他的那一边。我们之间的友情，在这样的战斗中一次次地被淬火，被洗礼，而迅速升温。我和赵温迅速地胶粘在一起，朴实的木匠，只要觉得你对他真的好，就会千方百计地把他对你的好回馈给你，就像你给了他一把斧头，他立刻恨不得砍下一棵大树给你。

只是队上的头头没有出场参与辩论，但每晚都来，躲在角落里，不住燃烧的香烟烟头和目光一起闪烁，一言不发。我以为我们在节节胜利。

我根本没有料到，第四场戏就要开场，我已经走到了危险的悬崖边上，断头台就横在我的面前。

上级派来的工作组进队了。这是队上的头头搬来的救兵，要演出一场气势汹汹的借刀杀人。工作组进队的头一天一大清早，便召集全队人马在食堂里开会。因为在场院上脱了一宿的谷子，我当时正猫在赵温家的火炕上，想睡个安稳的觉，哪里会想到大祸就要临头。工作组组长指名要找到我必须参加大会，别人却哪里也找不到我，问谁谁也不说我在哪里。队上的头头亲自出马了，他料事如神一般，推开赵温家的房门，一脸我以为是有些谄媚的笑其实是得意的笑里暗藏杀机。我被叫到了食堂，黑压压的人群簇拥着台上新来的工作组组长，军大衣不穿而是披在身上，《林海雪原》里的少剑波一样，几分潇洒倜傥。当他看见队上的头头向他挥了挥手，知道我已经来了，开始极其严厉地说起了一长段火药味儿很浓的话，其他的话我已经记不住了，但有这样一句话至今清晰在耳，那就是他声音高亢地说："肖复兴是过年的猪，早杀晚不杀的事了！"那一刻，几乎所有人的眼睛都投向我这一边，目光像是聚光灯似的落在我身上。

紧接着，工作组的组长分别找我们"九大员"，进行了各个击破的谈话。这位年纪和我一样大一样 66 届老高三毕业的组长，是友谊农场的党委书记的秘书，他开始向我大背整段整段的马克思、恩格斯和列宁关于无产阶级专政下继续革命的语录，密如蛛网遮下来，雨打芭蕉打下来，先把我说晕，然后，义正词严地向我指出和队上的党支部对着干而为三个"反革命"翻案的问题性质的严重。显然，他和队上的头头已经认定，我是"九大员"中的罪魁祸首。

在一天收工后的黄昏，"九大员"中的一员找到我，悄悄地问我：你的日记里有什么怕别人看的东西没有？

我连想都没有想，对他说：没有。

他嘱咐我说：你还是先仔细看看，得留神那帮人。

果然，如他所料，工作组查抄了我写的所有日记，还有当时我写的几本诗。

我知道，一切已经在劫难逃。心里一下子灰暗下来，心想三个"反革命"没有能够平成反，我自己倒先折了进去，真有些出师未捷身先死的味道。所有的朋友都为我担心，我自己更是不知道未来迎接我的是什么样的命运。我只是知道，就是这时候，我和赵温的关系更加密切，因为不可测的命运已经把我们连接在一起，成了一根绳子上拴的两只蚂蚱。如果说最初对于赵温，我还多少有些普度众生的居高临下的感觉的话。那么，现在，我已经和赵温一起成为普度众生所需要搭救的对象。

从那以后，我和赵温的友情越来越深，保持到现在长达四十余年之久。那友情，真有点生死之交的味道，清晰得犹如他手中墨盒在木头上画下的黑线，深得犹如他手中锯断如木桶一般原木的锯辙，纷纷锯末如雪，撒在我们的身前身后。

1971年，我被临时调到建三江管理局宣传队创作节目。春节前，宣传队放假，队里的知青都早早回各自的农场或生产队里过年去了。我因一点事情耽误了，想在年三十晚上吃年夜饭前赶回二队，不耽误大年夜的饺子就成了。如果一切正常，乘公交车一个多小时就到，便胸有成竹。

那时候，是我来北大荒的第三个年头，前两个春节都是在二队过的。大年三十的晚上，我们"九大员"和另外几个知青，都是到赵温家聚会，拥挤在热烘烘的炕头上，腾出炕下的空地。那块空地，有三五平方米，成了那时我们春晚的舞台，我们就在那里轮流每人有模有样地表演一个节目，唱歌跳舞，或者是清唱样板戏。最后，赵温要伸长了脖子唱一段字正腔圆的京剧。

那时候，屋外的灶上沸腾着一锅香气扑鼻的东北乱炖，灶膛里噼噼啪啪燃烧着柴火，赵温家烧的柴火与众不同，特别透露着他木匠的身份，他不像一般人家烧豆秸，而是烧木桦子，是他从老林子里砍下那些树木的下脚料中挑选出来的，大多是野苹果树或山梨树，所以，屋子里总散发着果木特有的香味，像是也来特意参加我们的春节联欢会。那两个年三十的夜晚，曾经吸引了队上不少的人，特别是邻家的小孩子们，趴在赵温家屋外的窗户上，透过结满冰凌花的窗玻璃，观看我们火爆的演出。

因此，我想在三十晚上赶回去就可以了，就可以不耽误饺子，不耽误我自己已准备好的节目，和看大家的节目。

谁想到年三十天没亮就把我冻醒了，开始以为偌大的宿舍因为就我一人，屋子太旷，要不就是炉子灭了的缘故，起来一看，炉子里的火烧得挺好，往窗外一瞧，才知道大雪封门，刮起了大烟泡，漫天皆白，难怪再旺的炉火也抵挡不住寒气逼人。心想糟了，这么冷的天，这么大的雪，去大兴岛的车还能开吗？但是，还是抱着一线希望去了汽车站。那里的人抱着火炉子正在喝小酒，头也没抬，说："还惦着开车呢？看看，水箱都冻成冰坨了！"

我的心一下子也冻成了冰坨。天远地遥，天寒地冻，这个年只好我一人孤零零过了。说心里话，来北大荒三年了，虽然艰苦，但每一个年都是和同学、老乡一起过的，便也都是乐呵呵的，暂时忘掉了思家之苦。现在，就要我独自过年了，漫天飞雪，天又是如此寒冷，而且师部的食堂都关了张，大师傅们都早早回家过年了，连商店和小卖部都已经关门，命中注定，别说年夜饭没有了，就是想买个罐头都不行，只好饿肚子了。

大烟泡从年三十刮到了年初一早晨，也没见有稍微停一下的意思，老天爷自得其乐在玩自以为挺好玩的游戏，哪里顾得上我？我一宿没有睡好觉，大年初一，早早就醒了，望着窗外依然寒风呼啸，大雪纷飞，百无聊赖，肚子又空，想家的感觉袭上心头，异常地感伤起来。我一直偎在被窝里，迟迟地不肯起来，睁着眼，或闭着眼，胡思乱想。

10点钟的时候，忽然听到咚咚的敲门声，然后是大声呼叫我的名字的声音。由于大烟泡刮得很凶，那声音被撕成了碎片，显得有些断断续续，像是在梦中，不那么真实。但仔细听，那确实是敲门声和叫我名字的声音。我非常地奇怪，会是谁呢？在师部，我仅仅认识的宣传队里的人一个个都早走了，回去过年了，其他的，我没有一个认识的人呀！谁会在大年初一的上午来给我拜年呢？

满怀狐疑，我披上棉大衣，跳下了热乎乎的暖炕，跑到门口，掀开厚厚的棉门帘，打开了门。吓了我一跳，站在大门口的人，浑身是厚厚的雪，简直是个雪人。我根本没有认出他来。等他走进屋来，摘下大狗皮帽子，抖搂下一身的雪，我才看清是赵温。天呀，他是怎么来的？这么冷的天，这么大的雪，莫非他是从天而降不成？

我肯定是睁大了一双惊奇的眼睛，瞪得他笑了，对我说："赶紧给我倒碗开水喝，冻得我骨头缝里都是风了！"我赶紧从暖水瓶里给他倒了一碗开水，这是我这里唯一可以吃喝的东西了。他先用双手捂着搪瓷缸子，把手稍稍焐热，开水也就渐渐变温了，他几乎仰着脖子一饮而尽。我赶紧去拿洗脸盆，想给他倒热水洗把脸，暖和一下。他拦住了我："这时候可不敢拿热水洗脸！你先别忙！"说着，他蹲下来，捡起点儿地上刚刚被抖落的残雪，使劲地擦手擦脸，直到把手和脸擦红擦热，他说："行啦，没事了。你去拿个盆来！"我这才发现，他带来了一个大饭盒，打开一看，是饺子，个个冻成了梆硬的坨坨。他笑着说道："可惜过七星河的时候，雪滑跌了一跤，饭盒开了，捡了半天，饺子还是少了好多，都掉进雪坑里了。凑合吃吧！"

我立刻愣在那儿，望着那一堆饺子，半天没说出话来。这些饺子就不老少了，也够我吃几顿了，他可是真没少带呀。我知道，他是见我年三十没有回队，专门给我送饺子来的。如果是平时，这也许算不上什么，可这是什么天气呀！他得多早就要起身，没有车，四十里的路，他得一步步地跋涉在没膝深的雪窝里，他得一步步走过冰滑雪滑的七星河呀。他说得轻巧，过河时候摔了一跤，我却知道他是条老寒腿，并不那么利落呀。我很难想象，一个拖着老寒腿的人，冒着那么大的风雪，一个人走过七星河，该是一种什么样的情景。以至事过多年之后，一想起那样的情景，都会让我无法不感动，总觉得是一幅北大荒最动人的木刻画。

真的，我过过那么多个春节，吃过那么多次饺子，没有过过那样的一个春节，没有吃过那样的一次饺子。当然，也再没有遇到过那样冷那样大的风雪。

我永远记得，那一天，没有锅煮饺子，我和赵温把一个洗脸盆刷干净，用那只盆底是朵大大的牡丹花的洗脸盆煮的饺子。饺子煮熟了，漂在滚沸的水面上，那一只只饺子像一尾尾银色的小鱼，被盛开的牡丹花托起。

1974年，春节过后的初春，我告别北大荒的时候，朋友帮我从木材场找来那么多的木头，每一块都两米多长，我觉得没办法运回北京，找赵温帮我锯断，化整为零，好带回家。赵温看看那一堆木料，对我说：你看看，不是水曲柳就是黄檗罗，都是好木料呀，锯断了多可惜，回家就没法子打大衣柜了，你还得结婚呢。

他说得我心头一热。是啊，我是还要结婚，那时候结婚都讲究打大衣柜。他想得很周全。

于是，他没有帮我锯断木头，而是找来木板，帮我打了两个硕大无比的木箱子，把这些长长的木料分别装进去。他把那长长的有好几寸的长钉子一个个钉进木箱盖，最后用他的那大头鞋死劲地踢了踢箱子，对我说：挺结实，就是火车搬运工摔也摔不坏了！然后，他弯腰蹲在地上一边拾起没有用完的钉子和榔头等工具，一边又对我说：装一个箱子太沉，没有法子运，即使能运，到了北京，你自己也搬不动。

他想得很仔细。望着他蹲在积雪没有融化的地上，散落着的被斧头削砍下的木屑，新鲜得如同从雪中滋生出来的零星的碎花和草芽，我心里很感动。我不知道该说些什么，他也不再说话。装上一袋关东烟，知道我不抽烟，自己一个人默默地抽着。有时候，真的觉得，好多最深切的感情，往往不是用语言能够表达的，沉默，便是最好的表达方式。尤其是男人之间的沉默，就像那夜色下深深的湖水，没有涟漪，没有云光月影，甚至看不见湖面的轮廓和湖底的深浅，但能够让你明显地感受到它的存在，清冽而湿润的水气，扑面而来。

我们就那么默默地站着，一直等到朋友赶来了一辆老牛车，我们一起把那两个大箱子抬到牛车上面，我坐到车上，朋友要赶着这辆老牛车慢悠悠地跑上十八里，帮我把木头运到场部，明天和我一清早离开大兴岛，到福利屯坐火车回家。

我和赵温就是这样告别了，没有拥抱，没有握手，甚至没有说一声再见。我永远也不会忘记，那是一个落日的黄昏，在开阔而平坦的大兴岛原野上，由于无遮无挡，夕阳显得非常明亮，像是一个巨大的红灯笼，一直挂在西天的边上，迟迟地不肯下坠。

离开北大荒那么多年了，虽然，平常和赵温也没有什么联系，平淡如水却也清澈如水的友情，往往更能够具有持久的生命力。我始终相信，即使我们平常没有什么信件或电话的往来，但彼此的心是连在一起的。这就是男人之间的友情，区别于男女之间哪怕是再好的恋情的地方，因为男女之间可以好得如胶似漆，却也可以在瞬间反目为仇、不共戴天，甚至血溅鸳鸯。但男人之间的友情，却绝对不会出现这样的情景。所以我说，男女之间的恋情，必须要举行堂皇的婚宴的话，男人之间的友情却只需要家常的粗茶淡饭。所以一般我们常常听到这样惯常的说法：爱情是白头偕老，友情是地久天长。白头偕老，是一辈子，而地久天长，则是永恒。

那一晚，在建三江宾馆，我一直在房间里等赵温。

由于是好多年没有回北大荒了，来宾馆看望我的老人特别地多。许多逝去的往事和岁月，纷至沓来，奔涌上心头。那一晚，虽然因为宾馆断电没有热水，无法洗澡冲洗一天的疲劳和风尘，但是，根本顾不上了，故人重逢，旧事重提，都禁不住执手相看，泪眼蒙眬，话语茫茫。那一刻，真的让我感到一种说不出的滋味。岁月能够将将人们催老，却也能够把往昔的日子保鲜如昨，让我忍不住想起卡朋特唱过的那首动人的歌 *Yesterday Once More*。

只是没有能够立刻见到赵温。

当一切事过境迁之后，对知识青年上山下乡那场轰轰烈烈的运动，历史严峻的回顾与评价，和一般人们的回忆与诉说，竟然是如此不同。也许，历史讲究的是宜粗不宜细，而一般人们却是宜细不宜粗吧？因为那些被历史删繁就简去掉或漏掉的细处，往往却是一般人最难忘记的地方，是与一般人的生命生活和情感休戚相关的人与事吧？同样是一场逝去的过去，从中打捞上来的，历史学家和一般人是多么地不同，前者打捞上来的是理性，如同鱼刺、兽骨和树根，硬巴巴的；后者则打捞上来的是如同水草一样的柔软的东西。在那场现在评说存在着是是非非的上山下乡运动中，悲剧也好，闹剧也好，牺牲了我们一代人的青春也罢，毕竟至今还存活着我们和当地农民和老职工那种淳朴的感情，以及由此奠定的我们来自民间底层的立场，是唯一留给我们的慰藉，是开放在北大荒荒原上细小却芬芳的花朵，是那些对于一般普通人最柔软的部分，也是最坚定的部分。也许，这就是历史揉搓的皱褶中的复杂之处，是扭曲的时代中未能被泯灭的人性。是的，历史可以被颠覆，时代可以被拨弄，命运之手可以翻手为云覆手为雨残酷无情，人性却是不可以被残杀殆尽的。这就是人性的力量，是我们普通人历尽劫难而万难不屈而能够绵延下来的气数。

那一晚，赵温始终没有来。第二天一清早，我们就要赶到大兴岛，开车之前，也没有能够见到他的影子。我等不到他了。但是，我相信，这一次重返北大荒，我和他一定会见面的。

中

我一直这样认为，记忆是一种情感，是只有人类才具有并区别于动物最重要的地方。作为一个普通的人，拥有记忆，靠的不是历史典籍或自己的日记，以及那些发黄的老照片，而往往是一个看起来不大起眼的地方，一个和你一样普通的人，在某个特定的时候，蓦然之间撞进你的眼里或怀中。这个地方，这个人，是记忆的必备的调料，它们能够迅速而神奇地将逝去的一切连接，让过去如同焰火，死灰复燃，含温带热，甚至活色生香。在这里，地方，是记忆的背景，让记忆有了连贯一致的方式，将过去断片的生活整合一起，让一直处于冬眠状态的记忆有了特殊的情境，方才能够如惊蛰后的小虫子似的得以复活出场。而人则是记忆的血肉，独个的人，构不成记忆，独木不成林，记忆必须连带别人，哪怕只是另外的一个人，正如一位美国学者曾经说过的一句俏皮的话：就像上帝需要我们一样，记忆也需要他人。有的地方，有的人，之所以一辈子也忘不了，永远存活在记忆里，它们的意义就在这里吧。

那天，离开建三江，当车子跨过七星河，笔直朝南开出大约十里地，开到三队的路口时，这样的一个地方，这样的一个人，突然出现在了我的面前，像路标似的指向了过去。记忆复活了。

三队的路口是一个丁字路口，往西九里，是我们二队，往东九里，是农场场部。这是每一个在大兴岛生活的人进出大兴岛必经的路口。对于我，它的意义不仅在于交通，而在于人生，青春时节最重要的记忆，许多都埋藏在这里了。因此，车子刚刚往东一拐弯，我犹豫了一下，因是集体的行动，怕影响大家整体行程的安排，但在那一瞬间，话还是忍不住脱口而出：要不让我下车去看看老孙家吧，下午我再到场部找你们。那声音突然地响起，而且是那样地大，连我自己都有些吃惊。

回北大荒看望老孙，一直是我心底里的一种愿望。这种愿望自登上北上的列车，就越来越强烈，在三队路口一拐弯，更加不可抑制。

回北大荒，最想看望的两个人，除了赵温，就是老孙。

老孙，是我们二队洪炉上的铁匠，名叫孙继胜。他人长得非常精神，身材高挑瘦削，却结实有力，脸膛也瘦长，却双目明朗，年轻时一定是个俊小伙儿。和赵温一样，也爱唱京戏，"文革"前曾经一起组织过业余的京戏社，赵温的小生，他的青衣。

他是我们队上地地道道的老贫农，老党员，是在我们队上说话颇占分量的一个人。他打铁时候，夏天爱光着脊梁，套一件帆布围裙，露出膀子上黝亮的腱子肉，铁锤挥舞之中，迸溅得铁砧上火星四冒，像有无数的萤火虫在他身边嬉戏萦绕着。那是我们队上最美的一幅画。在二队的时候，我曾经写过一首诗《二队的夜晚》，里面专门写了洪炉夜晚老孙打铁这样美丽的情景。值得欣慰的是，当时，很多知青把这首诗抄在笔记本里，至今居然还有人能够背诵。其实，当时，这首诗主要是为了写老孙，是记录我对老孙的一份感情。

在北大荒，第二年参加麦收，我用的一把镰刀，镰刀把是赵温帮我从林子里找的一根黄檗罗做成的。那一年麦收前，赵温拉上我到七星河边的老林子里，找到一根黄檗罗木。那时候，我不认识黄檗罗木，他告诉我这种木头外软内硬，做镰刀把使着最可手，不磨手。他还告诉我，这种木头珍贵，一般都用它做枪托。我第一次见这种树，禁不住抬头看了看，十几米高，枝叶参天，很茂密。他用斧子砍下一根枝子，恰到好处有个弧度，他随波就弯，用斧子削了削，递给我说：看合不合适？握在手里，还真合适。再仔细看，它的树皮很厚，很柔软，剥去表皮，木栓层那种鲜黄的颜色，让我的眼睛一亮，我还从来没有见过这样黄得灿烂如金的树木。中间的木质部分，依然是黄色。只是淡了一些，不过那种柠檬一般的黄色，让人感到是那样地清新而纯净。

然后，赵温让老孙帮我打出一把镰刀。那时候，队上发给知青的镰刀，都是统一从供销社买来现成的。老孙打出的镰刀，刀刃锋利，刀柄轻快，造型美观，比买来的要秀气。在洪炉看老孙为我锻打镰刀，真的美如一幅色彩浓重的油画，炉火通红，火焰随着风箱的拉动，从炉膛里一起一伏地喷突而出，明暗之间，如同一匹红鬃烈马抖动着马鬃，不时地伸出马头，和老孙手中的镰刀嬉戏。逆光中的老孙，有一种雕塑的美，他长得并不壮，属于偏瘦的体形，一般人看不出他是铁匠，但站在炉火前，系上帆布围裙，大铁锤在铁砧上一挥，立刻变换了一个人。其实，对于老孙，打把镰刀是小菜一碟。正是麦收的紧张季节，各种农机具的锻打和修理忙不过来，一般是不会给人做打镰刀这样的小活儿的。我知道，老孙是为我。我谢他，他指着黄檗罗，说：好马配好鞍，这么好的把儿，得有好镰刀配。看老孙一手持生铁，一手持锤子，只几下，再一淬火，就完活儿了。但那几分钟，在我的眼里却看出了神，觉得他像是一个魔术师，在瞬间就可以将一块生铁变成了一把有了灵气和生命的镰刀，弯月牙儿一样，钩出一炉的火星四溅和一天的星光灿烂。

当时，队上谁都羡慕我的这把镰刀，就像现在年轻人羡慕一部新款4G的智能手机一样。一直到我离开北大荒，还有人惦记着我的这把镰刀，我真的不舍得将它拱手易人。

谁想到呢，我这次回北大荒，却再也看不见老孙了。

就在我此次重返北大荒之前，我刚刚给《羊城晚报》写了一篇文章《想念铁匠老孙》。在那篇文章中，我回忆了工作组进驻我们二队，查抄我的所有日记和写的所有的诗，并没有像我自己想象的那样自信，以为全部都是雷锋和王杰的日记一样充满革命的内容，在那个鸡蛋里都能够找出骨头的年代里，欲加之罪，何患无辞？在日记里，我记了队长把毛主席的诗"借问瘟神欲何往，纸船明烛照天烧"，给念成了"借问瘟神欲何住"。还记了写《西行漫记》的美国作家斯诺刚去世，队长念报纸："埃德加·帕克斯·斯诺去世了。"然后，他进一步解释说："啊，美国的三位友人先后去世了。"便都成了我的罪状，对领导不恭，继而上升到对党的不满。而在诗里，他们找出了我写的这样的诗句：南指的炮群，又多了几层。明明是指当时珍宝岛战役之后要警惕苏修对我们的侵犯，却被认为那"南指的炮群"指的是台湾，最后上纲到："如果蒋介石反攻大陆，咱们北大荒第一个举起白旗迎接老蒋的，就是肖复兴！"现在听起来跟笑话似的，但从那时起，几乎所有的人都像是躲避瘟疫一样躲避着我。这时候，我知道，厄运已经不可避免，就在前头等着我呢。

那一天收工之后，朋友悄悄地告诉我，晚上要召开大会，要我注意一点儿，做好一些思想准备。我猜想到了，大概是要在这一晚上把我揪出来，和那三个"反革命"一勺烩了。因为早好几天前这样的舆论在全队就已经雾一样弥漫开了。队上的头头走路都情不自禁地鹅一样昂起了头。

那一天晚上飘起了大雪。队上的头头和工作组的组长都披着军大衣，威风凛凛地站在了食堂的台上，我知道躲过了初一躲不过十五，硬着头皮，强打着精神，来到了食堂。就在前不久，也是在这里，我还慷慨激昂地振振有词，把当时的会场激荡得沸腾如同开了锅，如今却跌进了冰窖。我虽然做好了思想准备，心里还是忍不住瑟瑟发抖，我不知道待会儿真的要揪到台上，我会是一种什么狼狈的样子，他们会不会也在我的脖子上挂链轨板？我真的一下子如同丧家之犬。我只好无可奈何地等待着厄运的到来，才知道英雄人物和"反革命"这两类人物，其实都不是那么好当的。

谁能够想到呢，那一晚，工作组组长声嘶力竭地大叫着，一会儿说阶级斗争的新动向，一会儿重复着说如果蒋介石要反攻大陆真打过来了，咱们队头一个打白旗出去迎接的肯定是肖复兴……总之，他讲了许多，讲得都让人提心吊胆，但是，一直讲到最后，讲到散会，也没有把我揪到台上去示众。我有些莫名其妙，以为今晚不揪了，也许放到明晚上了？

我坐在板凳上一动不动，等着所有的人都走净了，才拖着沉甸甸的步子走出食堂。我忽然看见食堂门口唯一的一盏马灯的灯光下面，很显眼地站着高高个子的一个人，他就是老孙。雪花已经飘落他的一身，就像是一尊白雪的雕像。

那时，四周还走着好多的人，只听老孙故意大声地招呼着我："肖复兴！"那一声大喝，如同戏台上的念白，字正腔圆，回声荡漾，搅动得雪花乱舞。紧接着，他又大声说了一句："到我家喝酒去！"然后，大步走了过来，一把拉住我的胳膊，当着那么多人其中包括队上的头头和工作组组长的面，旁若无人地把我拖到他的家里。

炕桌上早摆好了酒菜，显然，是准备好的。老孙让他老婆老邢又炒了两个热菜，打开一瓶北大荒酒，和我对饮起来。酒酣耳热的时候，他对我说："我和好几个贫下中农都找了工作组，我对他们说了，如果谁敢把肖复兴揪出来批斗，我就立刻上台去陪斗！"

谁肯艰难际，豁达露心肝？

算一算，几十年过去了，许多事情，许多人，都已经忘却了，但铁匠老孙总让我无法忘怀。有他这样的一句话，会让我觉得北大荒所有的风雪所有的寒冷都变得温暖起来。对于我所做过的一切，不管是对是错，都不后悔。什么是青春？也许，这叫作青春，青春就是傻小子睡凉炕，明知凉，也要躺下来是条汉子，站起来是棵树。

1982年夏天，我回北大荒那一次，回到大兴岛上，第一个找到的就是老孙。那是我1974年离开北大荒和老孙分别八年后的第一次相见。他在我离开北大荒之后，从二队调到了三队，还当他的铁匠。当时，他正在洪炉上干活，系着帆布围裙，挥舞着铁锤，火星四溅在他身子的周围。一切是那样地熟悉，那一瞬间，像是回到那年找他为我打镰刀时的情景。他一眼看到我，停下手里的活儿，我上前一把握着他的手，一句话也说不出，泪水模糊了我的眼睛。

他把活儿交给了徒弟，拉着我向他的家走去，一路上，什么话也没有说，只是用他那只结满老茧的大手紧紧握住我的手。刚进院门，就大喊一声："肖复兴来了！"那声音响亮如洪钟，让我一下子就想起那年冬天在队上食堂门前风雪中那一声洪钟大嗓的大喝："肖复兴！到我家喝酒去！"

进了屋，他的老婆把早就用井水冲好的一罐子椴树蜜的甜水端到我的面前。一切，真的像是镜头的回放一样，迅速地回溯到以前。自从那个风雪之夜老孙招呼我到他家喝第一顿酒之后，在北大荒的那些日子里，我没少到他家喝酒吃饭打牙祭。他家暖得烫屁股的炕头，我没少和他脸碰脸地坐在一起。春天，到他家吃第一茬春韭包的饺子，夏天，到他家喝从井里冰镇好的椴树蜜，是我最难忘的记忆了。

那春韭嫩绿嫩绿，从他家屋后园子里摘下来，常常还带着露珠儿，根根亭亭玉立，像从泥土里钻出来的小美人。只要听见老邢在柞木菜墩上剁韭菜馅，就能闻见清新的香味，那种带有春天湿润气息和一种淡淡草药的气味，特别地蹿，一下子就冲撞进我的鼻子里，然后像长上了翅膀一样，蹿得满屋子都是。老邢用她家鸡新下的蛋，和韭菜和在一起的饺子馅，真的特别地好吃。返城以后的日子里，尽管也吃过无数次韭菜馅的饺子，却怎么也比不过老孙家的香。

椴树蜜，是北大荒最好的蜜了，在我们大兴岛靠近七星河原始的老林子里，有一片茂密的椴树，夏天开白色的小花，别看花不大，但开满树，雪一样皑皑一片，清香的味道，荡漾在整片林子里，会有成群的蜜蜂飞过来，也有养蜂人拿着蜂箱，搭起帐篷，到林子里养蜂采蜜。那时候，他家菜园子里，有他自己打的一口机井，他常常把椴树蜜装进一个罐头瓶子里，然后放进井下面，等收工回来的时候，把椴树蜜从井里吊上来喝，冰凉沁人，是那时候冰镇的最好法子，井就是他家的冰箱。

喝到这样清凉的椴树蜜，岁月一下子就倒流了回去，让你觉得一切都没有逝去，岁月曾经经历过的一切，都可以复活，保鲜至今。

在给《羊城晚报》写的那篇文章中，我写道："今年的夏天，我和十几个同学商量好了，准备再回北大荒一次，我的心里一直在想象着和老孙再次重逢的情景。已经又是二十二个年头过去了，我不知道老孙变成什么样子了。算一算，他有七十上下的年龄了。我真的分外想念他，感念他。"

前一天晚上，我在建三江宾馆里等赵温的时候，向人打听老孙，谁知，人家告诉我：老孙两年前去世了。这多少让我感到意外，在我的印象中，老孙一辈子打铁，身体非常地硬朗，他和赵温年龄差不多，不该那么早就去世的呀。那一天夜里，我翻来覆去睡不着，老孙的影子，总浮现在眼前：1968年冬天，大雪纷飞的夜晚，队里食堂门前，他一身雪花的样子；1982年夏天，他拉着我的手走进家门，让他老婆给我端来椴树蜜水的样子。像是两幅北大荒的木刻画，线条鲜明而深刻，刻印在岁月里，刻印在记忆里。

老孙，我来北大荒就是来看你的，你却不在了。

人应该感恩，滴水之恩，当涌泉相报。老孙不在了，我更该去看看他的家。所以，在路过三队路口的时候，我是真想立刻下车去看看他家。

场长先拉着我的胳膊说：别，等我和三队打个招呼，再说午饭我们都准备好了，下午再去吧。下午，我陪你一起去。

陪我们来大兴岛的建三江管理局的一位头头，和场长一样都是我们看着长大的孩子，即使现在他已经是独当一面的领导，我们还是叫他的小名：喜子。他也愿意我们这样叫他，感到很亲切。他对我说，先到农场场部吧，场长都已经把饭准备好了，吃完午饭，我陪你去三队。

喜子当年也是我们二队农业技术员的儿子，后来在三队组建武装营，他和我都先后调到营部，我负责组建毛泽东思想文艺宣传队，他是营部的警卫员。那时，营部是里外两间屋，营长和教导员住里屋，我们俩，再加上宣传队打扬琴的哈尔滨知青，三个人在外屋的一面火炕上睡了一年多，要是场部演电影，他就骑上自行车，前车梁上坐一个，后车架子上坐一个，带上我们两人一起骑上九里地，记得那时看朝鲜电影《鲜花盛开的村庄》《卖花姑娘》，都是骑着自行车这样去的。三队，也是他的三队，他陪我去三队，也是应该的。但是，千万就别惊动场长了。场长不干，非要下午陪我一起去，热情得让我不知如何是好。我对他说，本来就是私人的事情，这样兴师动众，让我心里不好受。我开玩笑说，下次再来大兴岛，我可不敢再找你，我自己找辆车悄悄地进村，打枪的不要。他不像是开玩笑地说：那我就派人把你的车拦住，你可别忘了，我们是当地的一级政府。我笑他说：那你就是"当地政府"了？玩笑归玩笑，心里却想，下午，可千万别让"当地政府"跟着，前呼后拥的，像什么样子。

中午，刚刚吃完午饭，幸亏场长喝多了，躺在我的床上呼呼大睡，喜子悄悄地拉上我，躲开他，匆匆离开了住处。在还没有出场部的路上，我问喜子：商店还在原来的老地方吗？能买点什么东西？喜子说，原来的商店早拆了，路上有一个超市，到那里买东西吧。到了超市，一个比原来商店还小得多的店，私人承包，只有前后两排货架，不少是过期的东西，心里充满歉意，后悔昨天没有在建三江买好东西，带给老孙家，只好挑了挑，买了点儿吃的喝的，又上了车，往三队赶。一路风吹着，汗还是不住地冒，路两边的白杨树呼呼往后闪着，闪得心里怦怦地一个劲儿跳。

九里的路，一会儿就到了。

到了三队，模样依旧，却又觉得面貌全非，二十二年的岁月仿佛无情地撕去了曾经拥有过的一切，只是顽固地定格在青春的时节里罢了。先在场院上看见了现在三队的队长，是当年我妻子在三队当小学老师时教过的学生，他正在鼓捣拖拉机，看见我们，一脸的陌生，似乎和喜子也不大熟，缺少了"当地政府"的陪同，喜子这样的管理局的头头，也显得有些强龙难压地头蛇的感觉。喜子向队长介绍了我，他多少还记得，又问他铁匠老孙家住哪儿，然后催促他：快带我们去。

队长带着我们往西走，还是当年的那条土路，路两旁，不少房子还是当年我见到的老样子，只是更显得低矮破旧，大概前几天下过雨，地翻浆得厉害，拖拉机链轨碾过的沟壑很深，不平的地就更加地凹凸不平。由于是大中午，各家人都在屋子里吃饭休息，路上，没有见一个人，只有一条狗和几只鸡，在热辣辣的阳光下寂寞地吐着舌头或刨土啄食。记忆中，1982 年来时，也是走的这条路，先去洪炉上找到的老孙，后去他的家。那时，这条路没有这样地破旧和冷清。也许，是老孙在，他放下手中的活，拉着我的手就往他家走，一路上洪亮的笑声，一路上激动的心情，让我没有太注意路上的情景。

如果没有记错的话，前面就应该是老孙家，我不大敢保证，问了一下年轻的队长，队长说就是。正说着，走到老孙家前十来步远的时候，老孙院子的栅栏门推开了，从里面走出来一个女人，正是老孙的老伴老邢，仿佛她就像知道我要来似的，正在出门迎我。我赶紧走了几步，走到她的面前，她有些感到意外，愣愣地望着我。别人指着我问她："你还认识吗？看是谁？"她只是愣了那么一瞬间，立刻认出了我来，一把抓住我的胳膊，眼泪唰地流了出来，我也忍不住哭了起来，我们俩什么话也没有说出来，只能够感到彼此的手都在颤抖。

走进老孙的家门，她才抽泣地对我说老孙不在了，我说我听说了，便问起当时的情景。老孙一直有血压高和心脏病，一直不愿意看病，更舍不得吃药，省下的钱，好贴补给他的小孙子用。那时，小孙子要到场部上小学，每天来回走十八里，都是老孙接送小孙子上学。两年前的3月，夜里两点，老邢只听见老孙躺在炕上大叫了一声，人就不行了。小孙子整整哭了两天，舍不得爷爷走，谁劝都不行，就那么一直眼泪不断线地流着。

我想象着当时的情景，开春前后，正是心血管病的多发期，3月的北大荒，积雪没有化，天还很冷，就在这间弥散着泥土潮湿地气的小屋里，就在我坐的这铺烧得很热的火炕上，老孙离开了这里，离开 1959 年他 26 岁从家乡山东日照支边来到这里就没有离开过的大兴岛。那一年，老孙才 69 岁，他完全可以活得再长一些时间。

　　望着老孙曾经生活过那么久的小屋，我的心里很不是滋味。二十二年前，我来看老孙时，就是在这间小屋里，二十二年了，小屋没有什么变化，和老孙在的时候几乎一个样。所有简单的家具，一个大衣柜、一张长桌子，还是老样子，也还是立在原来的老地方。一铺火炕也还是在那里，灶眼里堵满了秫秸秆烧成的灰。家里的一切似乎都还保留着老孙在时的老样子，只要一进门，仿佛老孙还在家里似的，那些简陋的东西，因有了感情的寄托，赋予了生命，那些东西还立在那里，不像是物品，而像是有形的灵魂和思念。

　　一扇大镜框还是挂在桌子上面的墙上，只是镜框里面的照片发生了变化，多了孙子外孙子的照片，没有老孙的照片，我仔细瞅了瞅，以前我曾经看过的老孙穿着军装和大头鞋的照片，和一张老孙虚光的人头像，都没有了。那两张照片，都是老孙年轻时照的，挺精神的，老孙和赵温都爱唱京戏，老孙唱的是青衣，和赵温一起还组织过一个票友的班子，外出唱戏的时候在富锦照的相片。一定是他老伴老邢怕看见照片，触景伤情，取下了吧？

　　我问老邢：老孙的照片还在吗？

　　她说：还在。说着，从大衣柜里取出了一本相册，我看见在里面夹着那两张照片。还有好几张老孙吃饭的照片，老邢告诉我：那是前几年给他过生日时候照的。我看到了，炕桌上摆着一个大蛋糕，好几盘花花绿绿的菜，一大盘冒着热气的饺子，碗里倒满了啤酒。老孙是个左撇子，拿着筷子，很高兴的样子。那些照片中，老孙显得老了许多，隐隐约约地能够看出一点病态来，他拿着筷子的手显得有些不大灵便。

我从相册取出一张老孙拿着筷子夹着饺子正往嘴里塞的照片，对老邢说：这张我拿走了啊！

她抹抹眼泪说：你拿走吧。

我把照片放进包里，望望后墙，还是那一扇明亮的窗户，透过窗户，能看见他家的菜园，菜园里有老孙自己打的一眼机井，我那次来喝的就是那眼机井里打上来的水冲的椴树蜜。似乎，老孙就在那菜园里忙乎着，一会儿就会走进屋里来，拉着我的手，笑眯眯地打量着我，如果高兴，他兴许还能够唱两句京戏，他的唱功不错，队里联欢会上，我听他唱过。

那一瞬间，我有些恍惚，在走神。人生沧桑中，世态炎凉里，让你难以忘怀的，往往是一些很小很小的小事，是一些看似和你不过萍水相逢的人物，是一些甚至只是一句却足以打动你一生的话语。于是，你记住了他，他也记住了你，人生也才有了意义，才有了可以回忆的落脚点和支撑点。我一直以为回忆的感动与丰富，才是人一辈子最大的财富。

当我回过神来，发现老邢不在屋了，我忙起身出去找，看见她在外面的灶台上为我们洗香瓜。清清的水中，浮动着满满一大盆的香瓜，白白的，玉似的晶莹剔透。这是北大荒的香瓜，还没吃，就已经能够闻到香味了。

我拽着她说：先不忙着吃瓜，带我看看菜园吧。

菜园很大，足有半亩多，茄子、黄瓜、西红柿、豆荚……姹紫嫣红，一垄一垄的，拾掇得利利索索，整整齐齐。只是老孙去世之后，那眼机井突然抽不出水来了。这让老邢，也让所有人感到奇怪。有些物件，和人一样，也是有感情的，有生命的。生死相依，一世相伴，有时候，并不只是限于人。

空旷的菜园里，只有我们两个人，午后的风也凉爽了许多，整个三队安静得像是远遁尘世的隐士。前排房子的烟囱里有烟冒出来，几缕，淡淡的，活了似的，精灵一般，袅袅地游弋着。远处，是蓝天，是北大荒才有的那样湛蓝湛蓝的天，干净得像是用眼泪洗过一样，安静得连蜜蜂飞过的声音都听得见。

那一刻，我的心一阵直发紧。我才真正地发现，我此次回大兴岛最想见的人，已经看不见了。搂着老邢的肩头，我很想安慰她几句，说几句心里的悄悄话，才发现我的嘴其实很笨拙，说不出什么来，眼泪忍不住又落了下来。

倒是老邢握住我的手，劝起我来：老孙在时，常常念叨你。可惜，他没能再见到你。他死了以后，我就劝自己，别去想他了，想又有什么用？别去想了，别去想了，啊！你知道，我比老孙小整整十岁，我就拼命地干活，上外面打柴火，回来收拾菜园子……

离开老孙家，坐上车返回场部的路上，我的耳边一直回响着老邢的这几句话。特别是她一连说起的那几句劝我也是在劝她自己的"别去想了，别去想了"，让我只要一想起，忍不住就想落泪。我不知道此次重返北大荒之后，什么时候还能够再有机会来大兴岛，来三队，看看老邢。一想到这儿，我的心里充满忧伤。

有这样一件事情，应该插在这里讲，也许不应该算是节外生枝。我去老孙家那天，是2004年8月2日，星期一，就在那一天，《羊城晚报》发表了我写的那篇文章《想念铁匠老孙》。那一天，就在报纸上印刷着这篇《想念铁匠老孙》的文章的时候，我正走在去老孙家的路上。世上怎么会有这样巧合的事情？莫非世上真的有什么机缘巧合，有一种命中注定的东西在规范着，我们是逃不掉的，是割舍不开的吗？

想一想，有时候，万言不值一杯水；有时候，一句话，能够让人记住一辈子。年轻的时候，我们并不怎么珍惜青春，年老了以后，我们再来谈青春，往往容易显得矫情和奢侈，但无论怎么说，一个人青春时节奠定的来自民间的立场，却是能够影响一个人的一辈子的。如果说我们的青春真的是蹉跎在那场上山下乡运动中的话，而曾经有过这样的一个人，有过这样的一句话，那么，到什么时候，你也要相信，你的青春并不是一无所获。

那天下午，返回到农场场部的时候，喜子从车上搬下来一大塑料袋子香瓜，放进我住的房间。我才知道，尽管人们说到场部也有好多香瓜，就不用带了，老邢坚持一定要把这些香瓜塞上车，让他们一定给我带回来。她说：你们的是你们的，那是我的。

我知道，那也是老孙的。

满屋子都是香瓜的清香。

下

从大兴岛返回建三江，已是黄昏，推开我住的房间，我一眼看见，赵温坐在那里。

他是那样地瘦，瘦得像一张剪纸。只有一双眼睛还是那样地明亮，仿佛能够洞穿世上的一切。他已经坐在这里等候我好久了。

我冲过去，握住他的手，刚要说话，问他怎么这么瘦，就拥进了好多人，热情的寒暄，嘈杂的声浪，灌满整个房间。赵温坐在房间角落里的一把椅子上，静静地看着，听着，不说一句话。

天不知道什么时候已经黑了下来，他悄悄地站起来，按下墙上的开关，吸顶灯亮了，房间里洒满温暖的光芒。

这时候，有人进来，招呼吃晚饭了。

因为明天早晨我们就要离开北大荒了。这天晚上，建三江管理局在家的领导都出面，为我们饯行。餐厅里摆着三张大圆桌，只是最外边的一张桌子旁边一直是空的，凉菜和酒已经摆满，却没有一个人。本来那里应该坐满当地的老人的，不知怎么搞的，是没有通知到，还是忘了通知到，或者他们不想和那么多的领导凑在一起吧，反正都没有到。

老人里，只有赵温一个人坐在我的身边。

我终于见到了赵温，终于可以和他坐在一起好好说话。

我刚到建三江那天，因为太晚，他的儿子没有去地头找他，第二天找到他告诉他，他再来找我们的时候，我们已经回大兴岛了。他把儿子好一通责骂。

他已经70岁了，牙都快要掉光了，木刻似的皱纹深深地爬满一脸，瘦削的身子，像是一只枯叶蝶一样，瘦得让人心痛。不过，他告诉我，他的身体还不错，要不也不能那么大年纪还睡在地头的窝棚里看青，一个人侍弄那么多亩地的庄稼，闲暇时，也会和老伙伴们一起唱唱京戏。

听说今天下午我从大兴岛返回建三江，他早早就来到了宾馆找我，一直坐在我住的房间里等我。但是，在房间里，人来人往，总是打断我们的交谈，大部分的时间里，他只是坐在那里，没有说话，就那么静静地坐着。

我记得以前他是抽烟的，而且抽得挺厉害的，现在他不抽烟，也不喝茶，就那么静静地听别人讲话，灯光的暗影里，他像打坐入定了一般那样地安详，瘦削的剪影贴在了白墙上。

一直到要吃晚饭了，他对我说：你去吃，我在这里等你。我拉着他说：走，一起去吃！生拉硬拽，才把他拉了去。在饭厅里，他坐在我的旁边，他的旁边坐着建三江管理局的局长，是这里的最高长官了。我向他介绍着赵温，告诉他是我们大兴岛二队的一个老人，我们的关系一直很深，他很热情地微笑着冲赵温点点头，赵温有些木然，没有什么表情，岁月让他久经沧海难为水，对于当官的有一种本能的疏离和拒绝。虽然一直是他手下最基层的兵，但似乎从来没有见过面。这也是可能的，二十二年来，建三江走马换将很多，这是新的一任年轻有为而且英俊的局长了。而赵温却显得那样地苍老，老得像一片枯萎的落叶，任何人从上面踏过去，都不会有任何察觉，不会觉得硌脚。想当年，他在二队当木匠的时候，是多么地英姿勃发，1974 年的开春，他为我打运回北京的木头那两个木箱的时候，还显得是那样地硬朗而年轻。再早的时候，特别是开春盖房的时候，他踩在房梁上，拉着大锯上下挥舞，背后是北大荒的蓝天白云，手下是带着雪白雪白新木茬儿的木料，上身如波浪一样起伏，下身铁桩一样纹丝不动的影子，更是显得年轻得很。日子和人就这样一起苍老了。再美好的青春，也只存活在记忆里了。

我看见喜子坐在旁边的另一张桌前。我猜想他大概是有意躲开我，并不仅是因为一个局长一个副局长要分开两桌坐，出于礼貌的安排他才坐到了那里。本来就是知青的聚会，民间性的色彩，没有利害关系，没有等级差别，没有身份的认同，也没有所求或所应，便也没有那么多现在官场和商场上花样繁多的讲究。

昨天晚上在大兴岛的饭桌上，喜子和我挨着坐在同一桌，快要散席了，我刚想走的时候，喜子突然站了起来，后退了两步，晃晃悠悠地指着我的鼻子冲我说道：肖复兴，我告诉你，三队那个老孙的老婆子什么都不是，别看你为她哭，你看他家弄得那样子，鸡屎都上了锅台……我知道他是喝多了，他手里握着的酒杯还在不停地晃，酒都晃洒了出来。但是，他的这几句话，还是让我惊愕，并把我惹火了，我走到他的面前，打断了他的话，厉声问他：那我倒想问问你了，老孙的老婆什么都不是，你是什么？然后，不等他回话，我转身就走了。

今天，也许，喜子是对昨天酒醉之后发的话有些后悔，不大好意思了，坐在一旁去了。

我一直在犹豫，要不要过去和他说几句话，毕竟明天一清早就要离开这里了，而他是我在武装营时的老朋友，是我们看着长大起来的孩子。但是，昨天他的话实在让我生气，无法原谅他的原因，并不仅仅因为他亵渎了我和老孙老邢之间的感情，更在于他在二队也是和他们一起在艰苦的日子里走过来的，又是和我一起到三队看望了老邢家那真实的情景，知道我和老孙一家的来龙去脉，为什么没有激发起他对老孙逝世后老邢孤苦伶仃一个人的同情之心和关切之情，相反会冒出那样的想法，竟然说人家什么都不是？要想让人家是什么呢？是个有级别有官衔的大人物？是个有鼻子有眼儿的英雄模范？为什么我没有看到老邢家的鸡屎上了锅台，而他偏偏看见了？是我的眼睛视而不见，还是他的眼睛出了毛病？真的，我无法理解，便也无法原谅。

不过，说心里话，在我的眼睛里，喜子毕竟还是一个孩子，在武装营当警卫员的时候，我们在一铺炕上打过滚儿。那时，他也就是十七八岁，甚至还要小，天天跟在教导员营长屁股后面，像是个跟屁虫似的，那样地天真顽皮。况且，昨晚，他也是喝醉了，酒精燃烧，让他忘乎所以，也就满嘴地跑火车了。我在自己的心里给自己，也给他都留下了一个台阶。如果他端着酒杯过来，说一声昨晚喝高了，什么也不用再解释，然后和我碰个杯，也就算了，谁也别要求谁，每一个人有着各自做人和做事的标准和底线，站在不同的位置、角度和场合，心里的话和嘴上的话，过去的事和现在的事，都不能要求那么一样一致。

告别的晚宴到了尾声，喜子始终没有过来。我犹豫了一下，就这样散了？要不要有个告别的话和哪怕那么一点点的意思？我发现喜子的眼神有时向这边扫过来，似乎和我一样，也是在犹豫不定。我想了想，还是应该我主动一些吧，就端起了一个杯子，往里面斟满酒，站了起来，向喜子走了过去。

他看见我过来了，显得很高兴，端起酒杯，也站了起来，迎着我笑了起来。如果什么话也不说，就这样把杯中的酒碰了，也许一切都真的一锅糊涂没有了豆，也就好像是什么都没有发生一样，结束圆满得花好月圆。

我走到他的身边，对他说了这样几句话：喜子，明天我们就要走了，我先敬你一杯。我知道你从二队从大兴岛调到建三江，为建三江的建设立下过汗马功劳……

开头的这样几句，他静静地听着，很高兴，很受用，没有说话。

我接下去的话，立刻让他的脸上变了颜色。我说：临走了，我只想提醒你一句，这话是对你说的，也是对我自己说的，别忘本，甭管当了多大的官，别忘了我们都是从大兴岛从二队那里走出来的，那些现在还在那里的人，他们确实是什么都不是，他们就是最底层的老百姓，你还想让他们是什么呢？你别不高兴，听我把话说完，我刚才了，问你的这些话，其实，也是问自己的话，我们都应该提醒我们自己，不应该忘本，不应该忘了他们！

我光顾着我心里的话倾诉完，一时没有注意到喜子是在竭力控制着自己，更没有发现今天他已经又是喝多了，酒精再一次让他没有克制住自己。只见他把酒杯"啪"的一下摔在桌子上，一屁股坐了下来，说了一句：你这么说，我不跟你喝了。然后就控制不住地骂了起来。

我也火了，要和他争吵。赵温也腾地站了出来，几个健步走了过来，伸出手指着喜子骂：你是什么东西！一下子，场面乱了起来，人们赶紧把我们拉开，把我推走，一直拉到餐厅的外面，拉到宾馆的房间里。很快，局长跟了过来，很客气地一个劲儿地劝解着，不住责怪喜子又是喝多了。

晚宴不欢而散。

那一晚，正是立秋，夜风吹来，有些萧瑟，下弦月久久没有升上来，也没有见一颗星星，夜空一直很暗。最后的晚餐，这样收场，不知道是我的做法多此一举，还是命定的在劫难逃？

我回到房间，赵温跟着我也回到房间。局长见我没怎么吃饭，让餐厅做了一大碗热汤面送进我的房间。赵温的晚饭也没有怎么吃，我让他吃点儿，他没有动筷子。我也没有吃，面条上的热气散尽了，我们就这样面对面坐着，静静地望着那碗面条发呆。然后，我们说起话来，没有谈往事，也没有谈刚才发生的事，只是询问了彼此的生活和身体，还有，便是说起了老孙。说起老孙，我们两人沉默了好一会儿。然后，他说，老孙早应该离开大兴岛。他又说，老孙要是听我的话就好了，调到建三江来，起码不至于那么早走！

天很晚了，我送他回家。走出宾馆不远，路灯就没有了，他还得走一段夜路才能到家。前面的路很黑，也很静，静得仿佛是远离尘嚣超尘拔俗的世外桃源一般。走在这样夏夜的柏油路上，和当年走在二队风雪迷漫的土路上的感觉，是完全不一样的。并排走在路上的那一瞬间，我想如果现在我们的年龄都能够再年轻一些，该是多么好啊。那时，我怎么也不会想到，那竟然是我和赵温最后一起走在北大荒泥土芬芳的路上了。

走了一段，柏油路结束了，前面是小道了，蜿蜒如蛇，夹在两旁大房子之中。赵温坚决不让我再送，他对我说：明天一早我还来，我们还能见。然后，他转身走去，身影很快消失在夜色里。

反身往宾馆走的路上，我又想起了喜子说老孙老伴老邢的那句话：那老婆子什么都不是！这句话深深地刺伤了我。你要求她是什么呢？又是谁或什么原因让她变得什么都不是了呢？我忽然发现，我们每天生活在最普通而底层的百姓之中，但我们的心不见得就一定是和他们在一起，也许，相反貌合神离与他们离得很远，自以为比他们高明而高贵。我说过，并且我一直坚信，来自北大荒这块土地上培育的真挚爱情，和来自北大荒这里乡亲培养我们的民间立场，是我们知青岁月里最大的收获，没有了这样的两点，或者我们抛弃了这样的两点，我们的青春才真的是蹉跎，成为没有了丝毫可以回忆的一片空白。

回到宾馆，躺在床上，北大荒的这最后一夜，我的脑子里一下纷乱如云，荆棘塞满心里一样非常地难受，久久没有睡着。我一直都是这样认为，无论我们怎样思念这里，千里万里来过几次这里，我们都不过是候鸟，飞来了，又离去了，而像老孙老邢赵温他们，却一辈子在那里，在那个被七星河和挠力河包围的大兴岛上默默无闻地生活着，荒草一样，春来春去，岁岁枯荣，然后，生老病死，被人随意地践踏，被人无情地遗忘。但是，就是这些人，如果没有了他们，我们还会再回去吗？是的，不会了，我相信，不会了。大兴岛上正因为有他们在，才让我觉得再远再荒僻也值得回去，但也只是回去看看他们而已，我们为他们、为大兴岛能够做什么呢？我们什么也做不了，但起码不应该忘记他们，起码不要对他们说一些居高临下的话。说实在的，我在酒桌上对喜子说的那些话，不说出来，憋在心里，我会更难受。那些话，是对他说的，也是对自己说的，包括他和我在内的所有的我们，不应该时刻问问自己：老孙老邢和赵温，这些北大荒如同尘土草芥的他们，真的什么都不是了吗？我们又都真的人五人六的是些什么了吗？

夜色铺天盖地地压来。后半夜，起风了。来自遥远地平线的风，长途跋涉的旅人一样拍打着我的窗户，不知是在问候我，还是在询问我，或者是在质疑我。

第二天清早，天好得出奇，阳光灿烂，万里无云，风如清水一样地凉爽而清新。这是北大荒的风，我知道，离开了这里，回到了北京，会有许多东西扑面而来，但不会再有这样的风了。许多乡亲早早地就来了。赵温也来了，还是那样，就在一旁静静地看着我，等着我，什么话也不说，连个招呼也不打。但是，看到赵温，让我高兴，甚至有些激动，昨晚的许多不愉快，让赵温的再次出现给稀释了许多。像是一场演出，最后的压轴戏一样，没有能够见到老孙，毕竟见到了赵温。见到了赵温，他的身边就站着老孙，就让我坚信此次重返北大荒没有白来，让我再一次感受到北大荒最柔软最脆弱却也是最富有韧性的那一部分，像是电影里最后响起的主题曲，让分别的高潮有了动人的旋律。

此时，房间里，大厅里，宾馆的外面，站的都是密密麻麻的人。分别的气氛，虽然有些悲伤，但那种浓浓的情意，却还是冲淡了昨晚板结的气氛。阳光分外地好，暖洋洋的，带有北大荒的气息和温度，微风能把远处田野里成熟的麦香一阵阵吹来。重返北大荒短短的日子，打包在一起似的，浓缩在这分别的时刻，温暖，难忘，沉甸甸地压在我们新一轮的记忆里了。就像煤层一样，一层层重叠着，新的记忆压迫着老的记忆，沉淀着老的记忆，会让一些记忆成了化石，也会使得一些记忆变形，早已经不再是原来的样子了，而我们自己还在顽固地以为是经久不变的，小心翼翼地揣在自己的怀里。在岁月的嬗变中，煤层的坍塌或自燃等多种因素，也会使得有些记忆无情地流失和被遗忘，再也无法找到了。

所以，我知道，我们不必过分地相信和依赖记忆，就像我们不必过分相信老照片和回忆录一样，失真可能会多于保鲜。有时候的记忆，只不过是我们自己的幻觉，是一种自我的想象，或是主观的一种排列组合，离着真实发生过的一切，已经很遥远了。更何况，我们每一个人的记忆是不同的，即使面对的是同样的经历，同样的背景，同样一个人、一个物或一件事，记忆的方式角度和内容都会大相径庭。虽然，哈布瓦赫在《论集体记忆》里曾经断定："对于那些发生在过去，我们感兴趣的事件，只有从集体记忆的框架中，我们才能重新找到它们适应的位置，这时，我们才能够记忆。"但是，此次重返北大荒之行却明确无误地告诉了我，哈布瓦赫说的集体记忆和集体记忆的框架，要不就是指的另一回事，要不就是不存在的，像他所说的："我们应该抛弃这样的观念：过去本身保存在个体里面，似乎有多少个体，就能从这些记忆中采集到多少个迥然不同的样品。"不幸的是，我们无法抛弃哈布瓦赫所说的这样应该抛弃的观念，因为这样的观念已经不再是观念，而是事实，是那样明显地存在着，我们的回忆，只属于每一个人，每一个人的回忆，其实是那样地不同。

面对一直默默无语的赵温，面对即将到来的分别，我再一次问自己：这一次重返北大荒，到底是为了什么？有没有价值？有没有收获？我再一次地回答自己：是值得的，你应该来，你没有白来。你得到的够多了，你没有什么可抱怨的。而且，你来这里，也不应该仅仅是为了得到一些什么，而是应该审视和反思，你已经到了该重新审视北大荒和自己的时候了，这样的时候，命运留给你的机会不会太多，甚至不会再有了。重返北大荒，也快成了一种新的旅游项目，被聪明的商人在悄悄地开发了，夕阳红豪华旅游团、知青专列，正在酝酿，甚至暗流涌动，此起彼伏，也许如老年模特队或街头秧歌舞或知青大聚会一样，会成为一种时髦。在热闹中回忆，在时尚中怀旧，让回忆和怀旧联手，为我们的今天蒙上一层雾帐，为我们的心境涂上一层防水漆，温柔地欺骗着我们自己；让回忆和怀旧合谋，共同为我们点燃起一堆枯枝，从中蹿出我们生命的火焰，燃烧着我们自己的最后的岁月。

大家都上车了，车上的人和车下的人，还在说话，还在挥手，还在流泪。那情景，真让我涌起一种这样的感觉：相逢不如长相忆，一度相逢一度愁。

车门要关的那一瞬间，赵温跳了上来，70岁的人，腿脚还像是年轻人一样地灵便。他不容分说地对司机道：拐一个弯儿，先到粮油加工厂的宿舍。

司机有些不情愿：那边是小道，不好走啊。

赵温说：好走，就在大道边上。

司机又说：那边是集贸市场，堵车。

赵温说：不堵，拐一点儿就能直接上去富锦的公路上了。

赵温说得很坚定，车厢里的空气，一下子凝结了一样，没有一个人敢说话。司机不再说什么了，因为昨晚的不愉快，谁也不会再说一个普通的北大荒瘦干瘦干的老人什么都不是了，没有人再出面干涉赵温，这是一个北大荒的老人最后的一点要求了。

那一刻，赵温一脚站在车的踏板上，一脚伸进车厢，一手扶住车厢，一手指着前面的方向，那样子，就像一个严峻而果断的指挥官。朝霞从车窗玻璃里洒进来，洒在他的肩头，勾勒出一圈那么明亮而金灿灿的光晕。

我知道，赵温特意从他家的地里为我们摘了香瓜和玉米，天没有亮就爬起床，烧开锅，开始烀玉米。他希望我们带走它们，这是他能够向我们表达的最后一点心意了。他知道，我们不知道什么时候还能够再回来了。我不敢想象，如果没有答应赵温的要求，车子扬长而去，那将会是怎样一种情景？

车子到了粮油加工厂的宿舍前面停了下来，就在大道的边上。我和一个伙伴下了车，跟着赵温大步流星地往前走。1982年，我来找赵温的时候，来过这里，但我认不出了，不是周围的变化大，就是因为我自己的记忆力在衰退。我问赵温：还是原来的老地方吗？他头也没有回，说：是。他走得很快，不像一个70岁的老人。我知道，他是怕一车人等。那么大的年纪了，他的腿脚还真不错，这让我多少感到欣慰。一会儿就到了他的家，很结实的一个大门，很干净的一处房子，他推开门，他的老婆、他的儿子和儿媳妇，已经闻声迎了出来。我们没有来得及多说话，跟着赵温走进屋里面，两大包（就像我们当年装一百多斤麦子或豆子的麻袋入囤那样大的袋子），一包香瓜，一包玉米，早早准备好放在那里，半个人似的蹲在那里，像是等候信号枪响就要起跑的运动员。赵温拎起一包就往外走，像抢运什么紧急物资，飞快地走，我和伙伴抬起另一包，紧紧地跟在后面。因为来不及说话，赵温的老婆紧紧地跟着我们，一直跟到汽车旁，和大家一个个地打着招呼，眼泪汪汪的，泪水快要流了出来。

香瓜和玉米都被拎上了车，在奔往哈尔滨的漫长一路上，我们有了可以吃也可以回味的东西了。我刚紧紧地握了握赵温的手，车门就关上了。赵温什么话也没有说，还没有来得及招手，车就开了。头探出车窗外望着，站在道边的赵温两口子的影子越来越小，飞扬起的尘土毫不留情地淹没了他们的影子。

建三江领导的小车早早地在通往富锦的国道前的岔路口等着我们。这里离建三江十几公里，他们就送到这里了，前面稍稍一拐上了国道，建三江就算是真的告别了，送君千里，终有一别。应该感谢他们的热情，让我们重返北大荒的好梦成真。

我们的车停了下来，透过车窗玻璃，我看见建三江管理局几位领导向我们的车走了过来。走在后面的是喜子。

别人坐的车的车窗都摇了下来，和他们告别，隔着玻璃，我也向他们挥挥手。喜子走到我的窗前，我看见他的嘴唇动了动，似乎是要说什么，没有了酒精，他的脸还是有些红，也许，他真的很后悔，想向我说几句道歉的话。我也真的有些心动，毕竟只是一句酒后的醉言，干吗那么较真，那么不宽容？况且，他再一次表示，一定要把在二队说过的话落实，把二队通往三队的那条破路修一修，想用自己的实际行动说话。还是多栽花，少种刺吧，我想把车窗摇下来，和他说几句话。但是，一想起他的那句话，心里总是堵着一块疙瘩，固执地不情愿原谅，封闭的门总是撬不开。我脸前的那扇车窗还是没有摇下来，车子在一片告别声中驶动了，很快就加速上了国道。

建三江，那么快，甩在身后。北大荒，真的要和你告别了。8月早晨的阳光，清亮亮地流淌在北大荒无遮无拦的原野上。车窗玻璃前，不停地叠印着喜子和很多人的影子，但更多的是赵温和老孙的影子，反复出现，清晰得近在眼前，可触可摸。眼泪止不住地流淌了下来，车窗玻璃前的影子完全模糊，我不知今夕何夕，身在何处。

尾 声

　　今年，是老孙，孙继胜逝世十二年；是赵温逝世两年。他们一个是北大荒的铁匠，一个是北大荒的木匠。他们平凡，普通，如尘埃草芥。在芸芸众生中，在茫茫人海里，谁会认得他们？谁又还会记得他们？

　　下个月，就是清明节了。无以相祭，写下两首小诗，想写在宣纸上，在清明那天，遥向北天，烧掉它们，化作缕缕青烟，在风中袅袅飞起，带去我深深的怀念——

祭老孙

洪炉访老孙，未想遇新坟。

万马暗将夜，一人挺且身。

间从尝夜韭，频唤把春樽。

正是落花时，为何不见君？

祭赵温

风雪忆青春，艰辛念赵温。

木工手艺好，票友唱腔真。

一块链轨板，百重屈辱心。

赤忱生死意，气胜海天深。

2014 年 3 月 4 日写毕于北京

图书在版编目（CIP）数据

肖复兴散文精选集·亲情与友情卷：佛手之香 / 肖复兴
著 . -- 北京：作家出版社，2021.1

ISBN 978 - 7 - 5212 - 1129 - 0

Ⅰ . ①肖…　Ⅱ . ①肖…　Ⅲ . ①散文集 – 中国 – 当代
Ⅳ . ①I267

中国版本图书馆 CIP 数据核字（2020）第 186542 号

佛手之香

作　　者：肖复兴
责任编辑：赵　超　赵文文
装帧设计：卿　松
出版发行：作家出版社有限公司
社　　址：北京农展馆南里 10 号　　　　邮　　编：100125
电话传真：86 - 10 - 65067186（发行中心及邮购部）
　　　　　86 - 10 - 65004079（总编室）
E – mail: zuojia@zuojia. net. cn
http: // www.zuojiachubanshe.com
印　　刷：天津中印联印务有限公司
成品尺寸：142 × 210
字　　数：256 千
印　　张：11.125
版　　次：2021 年 1 月第 1 版
印　　次：2021 年 1 月第 1 次印刷
ISBN　978 - 7 - 5212 - 1129 - 0
定　　价：42.00 元